"……다, 다녀왔어, 키릴."

아직 대성당 꼭대기보다
높은 곳에 있었을 터인데,
확실히 브레이브를 발동한
지금의 키릴이라면 점프해서
이 고도까지 다다르는 일이야
누워서 떡 먹기였으리라.
하지만 실제로 보자
아연실색하지 않을 수 없었다.
키릴은 플럼의 몸을 양손으로 안더니
부드럽게 스르륵 착지했다.
"어서 와, 플럼."
그렁그렁,
눈에 눈물이 고인
키릴이 나타났다.

"너 따위가 마왕을 이길 수 있다고 생각하지 마"라며
용사 파티에서 추방되었으니
왕도에서 멋대로 살고 싶다
04

5 · 방황하는 용사와 최약체 영웅의 브로큰 버스데이

CONTENTS

제5장

Episode 5

방황하는 용사와 최약체 영웅의 브로큰 버스데이

나선 미궁에 출구는 없다

왕국 북서부에 존재하는 교회의 지하 연구소 터.

세일러와 네이거스는 거기서 두 마리의 거대한 거미 모양 몬스터와 싸우고 있었다.

"네이거스, 오른쪽에서도 와요!"

"알았어, 이런!"

말이 거미지 머리는 말 모양이고, 입에서는 무수한 촉수가 돋아 있었지만.

이 괴물을 '사육'하던 곳인지 방은 쓸데없이 넓었다.

네이거스는 촉수의 채찍을 피한 뒤 세일러를 끌어안고 손을 뻗어 마법을 발동했다.

"토네이도 일리걸 포뮬러!"

일리걸 포뮬러(법외주문)── 마력의 과잉 행사로 발생한 거대한 회오리가 두 사람을 지키듯 에워쌌다.

그 위력은 점차 커져 이윽고 모든 적을 다지는 절대무적의 벽이 되었다.

"키이이이이이이! 키! 키이이이!"

지능은 낮은지 몬스터들은 제 발로 회오리에 달려들었다.

그리고 갈기갈기 잘려나가면서도 사냥감을 먹고자 입에서 보라색 촉수를 뻗었다.

하지만 촉수가 네이거스에게 다다르기 전에 빠직── 하고 몸을 덮은 등딱지가 깨지며 부서졌다.

"끄으아아아아아아아아아아악!"

입에서 점액질을 흩뿌리고 소리치며 날뛰는 몬스터.

하지만 필사적인 저항이 무색하게 몸에 한계가 와 몸통의 중앙부터 둘로 절단되었다.

"이래도 아직 안 죽나요?!"

상반신만 남았는데도 촉수를 이용하여 기며 접근하는 괴물.

그 대단한 생명력과 집념에 그녀는 공포를 느꼈지만, 네이거스는 냉정하게,

"멜티 다크니스."

손바닥에서 거대한 검은 구체를 방출했다.

구체는 몬스터의 머리로 둥실둥실 다가가더니 접촉한 순간 단번에 팽창하여 머리를 감쌌다.

내부에 찬 어둠은 피부와 살을 녹였고, 구체가 사라지자 두개골이 훤히 드러났다.

역시 뇌가 파괴되면 활동을 유지할 수 없다.

몬스터는 풀썩 쓰러져 움직이지 않았다.

네이거스는 "휴우" 하고 숨을 토해냈다.

아직 여유롭게 쓰러뜨릴 수 있을 정도기는 하지만, 연구소가 이용된 기간이 현재에 가까워짐에 따라 남겨진 오리진 코어가 깃든 몬스터는 확실히 강해져 간다.

"네이거스, 손에 상처가 있어요."

네이거스는 분위기가 심각했지만, 세라가 만지자마자 표정이 부드럽게 풀어졌다.

세라는 그런 그녀에게 진저리를 치면서도 정성껏 치료 마법을 사용했다.

"아아…… 세라의 회복은 각별해."

"다른 것과 똑같아요. 하여튼 방심은 금물이에요. 적도 점점 강해지고 있으니까요."

"세라가 걱정해준다면 다치는 것도 나쁘지 않네……."

"너무 설치면 방치할 거예요."

세라는 그렇게 차갑게 말하더니 홀로 방을 나섰다.

"아이, 농담이야. 기다려, 세라."

네이거스는 그 뒤를 총총 쫓아갔다.

옆에 나란히 선 그녀는 진지한 표정을 되찾았다.

"그나저나 머리를 부수면 순순히 죽는 게 괴물 같지는 않네."

"확실히 고분고분하네요. 하지만 외모는 징그러워진 것 같아요."

"다양한 몬스터의 몸을 맞붙이고 오리진 코어를 부여해서 강력한 병기를 만들어내는 연구── 키마이라구나. 정말 깊게 연구했군. 잘도 생각했어."

"게다가 현재진행형으로 연구가 이어지고 있으니 악몽일 따름이에요."

그렇게 말하며 세라는 아까 그 거미보다 징그러운 몬스터를 상상했다.

불쾌한 듯 입술을 삐죽 내민 그녀를 보고 네이거스는 큭큭 웃었다.

"이곳을 안 것도 세라 덕분이니 정말 고마워."

네이거스의 '연구소 터 찾기'에는 세라가 가져온 정보가 꼭 필요했다.

물론 세라도 리치의 부탁을 받아 약초가 있는 곳을 찾을 때 우연히 교회 안에서 발견한 자료—— 그곳에 적힌 지명이 연구소 자리를 나타낸다고는 생각지도 못했지만.

"생뚱맞게 뭐죠? 호감도를 버는 건가요?"

"가끔 다정하게 대해주면 신랄한 말이 돌아오는 건 왜일까……?"

"자업자득이죠."

찍소리도 안 나오는 논리에 네이거스는 아무 말도 할 수 없었다.

"하지만 네이거스 정도의 바람 마법 술사라면 제가 없어도 바람의 흐름을 조사해서 지하 연구소를 찾을 수 있지 않나요?"

"대량의 유적이 묻혀 있어서 구별이 안 돼. 오리진과 싸운 흔적이 아닐까?"

"……오리진과 싸워요?"

세라가 되묻자 네이거스는 노골적으로 "아뿔싸!" 하고 당황하며 발을 멈추었다.

"왕국은 오리진과 싸웠나요?"

"아, 아니…… 뭐랄까, 말실수라고 할까……?"

"기밀인가요? 됐어요. 어차피 네이거스는 제게 아무것도 말해주지 않을 거잖아요."

눈을 흘기며 뺨을 부풀린 세라의 모습에 네이거스는 "윽" 하고 신음했다.

"같이 여행을 하며 친해진 줄 알았는데 저만 그렇게 생각했네요."

재차 공격하자 네이거스는 가슴을 누르며 "끄으응……!" 하고 괴로운 듯 뺨을 일그러뜨렸다.

"아~아, 오늘은 둘이 같이 목욕을 해도 좋겠다고 생각했는데. 네이거스가 필사적으로 부탁해서 슬슬 허락해도 괜찮겠다 싶었는데, 계속 숨기기만 해서야 그것도 어렵겠네요……."

다시 그녀는 "으윽……!" 하고 괴로워하며 갈등했다.

확실히 같이 목욕은 하고 싶다. 차라리 엎드려 빌까 싶을 정도로 원했다.

하지만 자신의 욕심을 위해 마족의 기밀 정보를 누설해도 될까?

아니, 아무리 생각해도 안 되지만, 상식을 뛰어넘지 않으면 꿈은 이루어지지 않는다.

게다가 여기까지 세라를 끌어들였는데 아무것도 가르쳐주지 않는 건 불공평하지 않은가――.

"으아아아아아! 알았어. 말할 수 있는 범위에서 말할게! 이렇게 된 거 이제 모르겠다. 기밀 같은 건 엿이나 먹으라고 해! 그러니까 같이 목욕해주세요!"

인간을 초월한 동작으로 이마를 바닥에 대고 부탁하는 네이거스.

세라는 물론 식겁했다.

가장 가까운 마을인 노웨이스에서 방을 잡은 두 사람.

방에 들어가자 네이거스는 "목욕, 목욕"이라며 아이처럼 들떴다.

한편 세라는 "성급했나?"라며 후회하는 눈치였다.

네이거스는 세라의 목욕수건을 즉각 벗기고 욕조 속에서 다리 위에 앉혔다.

지금까지 실컷 안긴 세라지만, 살갗이 맞닿자 사정이 또 달랐다.

수증기가 뭉게뭉게 피어나는 가운데, 그녀는 얼굴을 새빨갛게 물들이고 움츠러들었다.

한편 네이거스는 "후헤······헤헤······ 에헤헤헤······" 하고 행복의 절정에 잠겨 있었다.

"제발 아저씨처럼 그렇게 웃지 좀 마세요."

"뭐어? 그건 무리야. 세라와 함께 목욕을 하는걸."

"오리진에 대해 가르쳐준다는 약속을 잊지는 않았겠죠?"

"그건 똑똑히 기억하고 있으니 안심해. 그럼 어디서부터 얘기할까?"

"왕국이 오리진과 싸웠다는 이야기부터 듣고 싶어요."

"정확히는 인간과 마족이야. 그러니까 마족의 영지에도 유적은 꽤 묻혀 있지."

"인간과 마족은······ 협력했었나요?"

"물론이지. 아무리 내성을 가졌대도 종족이 서로 싸우면 이길 수 없는걸."

"내성이요?"

"그래, 내성. 인류는 한 번 오리진에 멸망했었어. 그 뒤 길고 긴 시간을 지나 '두 번째' 번영이 시작되었고 급속히 진화했지. '속성'을 익혀 마법을 쓸 수 있게 된 것도 그중 하나야. 마족의 탄생도 그 결과라고 말할 수 있어.”

“의문점이…… 질문이 정리되지 않아요. 그러니까, 그렇게 순조롭게 진화할 수 있나요……?”

“이 별의 생명이 끊기지 않게 하고자 ‘별의 의사’라고도 부를 수 있는 힘이 발동했다고들 해. 생명에 다양성을 부여함으로써 한쪽이 멸망해도 한쪽이 살아남도록 한 거지.”

이야기의 규모가 너무 커서 역시 세라는 좀처럼 와 닿지 않았다.

“좀 복잡하지? 이해하려면 오리진의 정체를 알 필요가 있어.”

“저도 그게 가장 궁금해요.”

“세라는 이 세계에서 싸움을 없애기 위해서는 뭘 하면 좋다고 생각해?”

세라는 아랫입술에 검지를 댄 채 “으~음” 하고 고민했다.

네이거스는 그 깜찍한 동작에 남몰래 흥분했다.

“모든 사람에게 확실한 도덕 교육을 실시하는 걸까요?”

“생각보다 현실적인 노선이네……. 하지만 오리진을 **만든** 사람은 이렇게 생각했어.”

네이거스는 세라의 작은 귀에 입술을 들이대고 속삭였다.

“다양한 생명체의 뇌에 접속해서 하나의 생명으로 만들면 된다고.”

세라는 몸을 부르르 떨었다.

그녀의 목소리도 어우러져 등줄기가 얼어붙었지만, 잘 생각해 보면――,

“……그걸 그렇게 가까이에서 말할 필요는 없지 않나요?”

"촌스럽기는. 분위기 형성이 얼마나 중요한데."

"그런 건 됐으니 담담히 사실만을 가르쳐주세요."

그녀는 입술을 삐죽 내밀고 불만을 말했다.

쓸데없는 짓만 하지 않으면 다정한 언니인데 말이죠── 라고 마음속으로 덧붙이며.

"그런데 뇌에 접속한다는 게 무슨 뜻이죠?"

"말 그대로의 의미야. 다른 존재가 없으면 싸움이 일어날 일이 없잖아?"

"오리진은 오직 싸움을 없애기 위해서만 생겨났다는 뜻인가요?"

"본래는 '인간의 의식을 순환시키는 에너지 생성 기관'이었다는 모양이야. 하지만 어느샌가 본래의 목적에서 벗어나 잘못된 이상을 품고 세계를 멸망으로 인도하고 말았지."

그렇기에 오리진은 멈추지 않는다.

자신이 발생시킨 에너지로 자신의 소모를 보충하는 영구적인 기관이 된다.

"어쩐지 안쓰러운 녀석이네요."

흔들리는 수면을 바라보며 세라는 말했다.

"확실히 한 명이라면 싸움은 일어나지 않겠지만…… 누군가를 좋아하게 될 수도 없어요."

턱에서 떨어진 물방울이 그녀의 슬픔을 상징하는 눈물처럼 보였다.

네이거스는 감동하여 그녀를 안은 양팔에 살짝 힘을 주었다.

"그건 내게 에둘러 고백하는 거라고 생각해도 될까?"

"분위기가 홀딱 깨졌네요."

세라는 벌떡 일어나 욕조에서 나갔다.

"아아, 기다려. 나쁜 뜻은 아니었어!"

네이거스는 필사적으로 세라의 다리에 매달렸지만, 주르륵 미끄러져 빠져나갔다.

결국 그대로 꿈만 같던 목욕 시간은 막을 내렸다.

◇◇◇

욕실에서 나온 세라는 방에 있는 화장대 앞에 앉았다.

네이거스는 그녀의 뒤에 서서 바람 마법으로 그녀의 머리카락을 말리고 빗으로 빗겨주었다.

"그나저나 너무 이상해요. 인간과 마족은 왜 지금은 사이가 나빠졌을까요?"

"나와 세라는 이렇게 사이가 좋은데."

"네이거스 같은 존재가 많아서일까요?"

"세라의 신랄함이 멈출 줄을 모르네……."

"거듭 말하지만 자업자득이에요."

백 퍼센트 네이거스의 잘못이고 그녀도 자각은 있었다.

"농담은 제쳐두고, 마족과 거리를 두는 건 인간 측이 바란 일이었어."

"왜 그랬나요?"

"인간은 욕망이 강한 생물이니 언젠가 힘을 바라며 오리진의 봉인을 풀 것이다. 그러니 우리가 아닌 마족이, 미래의 인간에게 빼앗길 일이 없도록 그걸 지키길 바란다——라고 오리진을 봉인한 '초대 용사'가 말했다나 봐."

"새로운 사실이 연이어 나오네요. 그렇다면 오리진은 마왕성 근처에 봉인되어 있나요? 게다가 용사는 지금의 키릴 씨뿐만이 아니죠?"

"이왕 이렇게 됐으니 말하자면 네 말이 맞아. 마왕성 지하에 봉인…… 아니, 오리진의 위에 마왕성이 세워졌지. 참고로 용사는 몇백 년에 한 번 출현한다는 모양이야."

오리진이 없는 시대에 태어나 봤자 용사는 '매우 강한 모험가'에 지나지 않는다.

용사가 진가를 발휘하는 것은 오리진이 부활했을 때, 혹은——.

"어쩌면 오리진의 계시로 키릴 씨가 마왕성으로 향했다는 건……."

"봉인한 것이 용사라면 봉인을 푸는 것도 용사라는 뜻이겠지."

"교활해요. 마왕을 쓰러뜨리기 위한 여행이라면서."

"교활하다면 인간과 마족 사이를 악화시킨 것도 그렇지."

"그러고 보니 아까 그 이야기는 '교류가 없던 이유'에 지나지 않았어요."

"50년쯤 전에 인간과 맺은 정전 협정이 일방적으로 파기된 데다 왕국 내에 유통된 책과 이야기에 마족을 악당으로 취급하는 내용이 늘었어. 마족은 아무 짓도 하지 않았는데."

"그래서 저희 인간은 마족을 '나쁜 존재'라고 생각하게 되었군요. 그리고 그것이 인간과 마족의 관계 악화를 불렀고, 30년 전의 인마 전쟁으로 이어졌어요……."

바람 마법이 멈추자 네이거스는 세라의 바싹 마른 금발을 만졌다.

세라는 "감사해요"라며 거울 너머로 웃었다.

"왜 50년이나 걸려서까지 봉인을 풀고 싶어 할까? 신앙이라는 건 이해할 수가 없어."

"나라까지 끌어들였으니 그냥 신앙이라고는 생각할 수 없지만요. 그러고 보니 인간과 마족에게는 오리진에 대한 내성이 있지요? 그렇다면 왜 지금은 코어의 영향을 받을까요?"

그녀는 거울 앞에서 이동하여 침대 끝에 앉았다.

네이거스는 한발 먼저 이불 속에 들어가며 대답했다.

"가능성을 따지자면 내성을 가진 누군가가 오리진과 접촉해서 내성을 해석했다, 정도?"

"결국 누군가가 인간이나 마족을 오리진에 바쳤다는 뜻인가요? 봉인되었는데? 그게 원인이라면 말하기 좀 어렵지만…… 마족 중에 배신자가 있다는 거 아닌가요?"

흔적을 지우면서까지 오리진과 접촉할 수 있는 것은 3마장, 혹은 마왕 정도다.

"말도 안 된다고 말해둘게. 그 애들이 배신하리라고는 생각할 수 없는걸. 게다가 현재 사용하는 코어가 마왕성 지하에 있는 오리진에서 받은 힘만을 이용한다고는 단정할 수 없잖아."

"오리진이 여럿 존재할지도 모른다고 생각하는군요."

"마족으로서는 그렇게 생각하고 싶어. 그러니 우선은 코어에 담긴 힘의 출처를 규명하기 위해 가동 중인 연구소를 찾아내는 게 최우선이야."

네이거스는 눈을 가늘게 뜨고 천장을 바라보았다.

보통은 까불대기만 해서 인상에 잘 남지 않지만, 그녀의 얼굴은 대단히 반듯하다.

입만 다물면 몹시 쿨하고 지적인 미인의 분위기다.

세라의 가슴은 크게 쿵쾅거렸지만, 금세 제정신을 차리고 고개를 옆으로 붕붕 저었다.

"세라, 뭐 해?"

"아, 아무것도 아니에요!"

"허전하면 같이 잘까?"

네이거스는 이불을 들치고 제안했다.

"거절합니다!"

세라는 거칠게 말하며 난폭하게 이불을 뒤집어썼다.

"무뚝뚝하기는."

미소를 지은 네이거스가 램프의 스위치에 손가락을 대고 불을 껐다.

"잘 자."

"……안녕히 주무세요."

어떤 때라도 인사는 잊지 마── 라는 것은 세라가 에른에게 배운 교훈 중 하나다.

다정하게 말을 나눈 두 사람은 눈을 감은 채 내일의 탐색을 앞두고 이내 잠이 들었다.

◇◇◇

마왕성 안에 있는 도서실에는 마족의 역사와 예지가 가득 담겨 있다.

이미 모두가 잠든 시각, 시툼은 의자에 앉아 책에 빠져 있었다.

하지만 몇 번을 살펴봐도 오리진의 봉인에 약점은 확인할 수 없었다.

그런 그녀의 뒤에서 손이 뻗어와 책상에 향긋한 냄새가 피어오르는 차가 놓였다.

"오빠——."

시툼은 돌아보며 그렇게 말했다.

하지만 그곳에 서 있는 건 차이온이 아니라, 외알안경에 연미복 차림의 남자—— 디저였다.

"후후, 저라서 죄송합니다. 지금이라도 차이온을 부를까요?"

"……으으, 아, 아니에요! 그런 게 아니라!"

시툼은 얼굴을 새빨갛게 물들이며 고개를 숙였다.

"후후, 벌써 밤도 늦었습니다. 너무 열심히 보면 책이 망가져요."

"지금은 긴급 사태이니 그런 말을 할 때가 아니에요."

"흠, 훌륭해지셨군요……. 울기만 하던 어린 시절이 거짓말 같아요."

늘 차이온의 뒤에 숨은 겁쟁이 소녀—— 그것이 어린 시절의 그녀였다.

"어렸을 때 이야기는 하지 마세요. 누구나 부끄러운 법이니까요."

"그런가요? 저는 괜찮은데요. 선선대 어르신께 거둬진 뒤 지금에 이르기까지 이곳 마왕성에서 보낸 시간을 부끄럽게 생각한 적은 없습니다."

갓난아기인 그를 거두어 키운 것은 선선대 마왕.

그는 그 은혜를 갚기 위해 이곳 마왕성에서 시툼 측을 뒷받침하고 있다.

"선대 어르신께서 키우신 마왕님도 당당히 가슴을 펴셔야지요. 외람되지만 한 말씀 드리겠습니다."

"그렇게 말하면서 제가 엉엉 운 이야기를 꺼내며 놀리는 게 디저잖아요."

"믿음이 없군요."

"일상이죠…… 라는 말이 떨어지기 무섭게 히죽히죽 웃고 있잖아요! 역시 그럴 생각이었죠?! 미워요."

시툼이 얼굴을 홱 돌리자 디저의 입가는 더욱 느슨해졌다.

그는 쿨럭 헛기침을 하며 마음을 다잡고 그녀에게 충고했다.

"미워도 어쩔 수 없습니다. 마왕님, 무리하지 마십시오. 차이온을 위해서라도."

그 말만 남기고 디저는 떠나갔다.

남겨진 시툼은 다시 책과 마주했다.

"그러니까 왜 거기서 오빠가…… 못 살아. 저도 안다고요. 하지만……."

선대 마왕이 남긴 일기가 있으면 단서를 찾을 수 있을지도 모른다.

하지만 신기하게도 어머니가 썼을 일기는 마왕성의 어디에도 없었다.

그렇다면 자신의 힘으로 어떻게든 할 수밖에 없다.

그 뒤 몇 시간 동안 시툼은 자신의 몸에 한계가 올 때까지 책장을 계속 넘겼다.

붕괴(崩壞)

진은 자문했다.

왜 내가 다른 사람을 위해 꽃 따위를 사야 하느냐고.

왜 이 위대한 내가 다른 사람을 위해 로브까지 새로 맞춰야 하느냐고.

왜 이 위대한 천재인 내가 가슴 졸이며 머리 모양을 가다듬어야 하느냐고.

"긴장은 무슨, 얼어 죽을."

그렇게 말하면서도 그는 바삐 제 방 안을 걸어 다녔다.

책장에서 마법 이론에 관한 책을 뽑는가 싶더니 표지만 보고 되돌려 놓거나.

책상 위에 놓인 펜을 집어 의미도 없이 관찰하고는 다시 제자리에 돌려놓거나.

"……어처구니가 없군."

자신과는 연이 없는 것이라고 생각했다.

그것이 무엇이냐고 묻는다면 진이 지금 느끼는 '전부'라고밖에 말할 길이 없다.

똑똑―― 하는 노크 소리가 들리자 진의 동작이 딱 멎었다.

마른침을 삼키며 목이 꿀꺽 움직였다.

"드…… 들어와도 돼."

첫 음이 뒤집혔다.

얼버무리듯 헛기침을 하고 진지한 표정으로 방문객을 맞이했다.

문에서 모습을 드러낸 이는── 그가 기다렸던 키릴이 아니라 라이너스였다.

"라이너스로군. 용건이 있으면 나중에 말해줄래? 지금은 다른 약속이── 크억?!"

진이 말을 채 끝내기도 전에 그 안면에 라이너스의 주먹이 날아왔다.

묵직하게 체중을 실어 회전까지 먹인 그 일격은 진의 얼굴을 심하게 찌그러뜨렸다.

벌어진 입에서 비말이 튀고 목이 뒤틀렸으며 충격은 몸 그 자체를 날려버렸다.

등부터 책상에 부딪혀 무너져내리며 그는 라이너스를 노려보았다.

"가, 갑자기 무슨 짓이야!"

"무슨 짓이냐니!"

라이너스는 멱살을 잡고 이마가 닿을 정도로 얼굴을 들이댔다.

그리고 악마 같은 형상으로 격정을 쏟아냈다.

"이 자식, 플럼에게 무슨 짓을 한 거야?!"

그 말을 들은 진은 "핫" 하고 코웃음을 쳤다.

"뭐야? 그런 거였어?"

"뭐라고, 인마?!"

"뭘 그렇게 분개하고 그래? 쓸모없는 주제에 동료랍시고 용사인 키릴에게 친근하게 굴잖아. 죽어 마땅한 죄야! 그런데도 나는 수고스럽게도 어울리는 신분을 제공해줬어. 칭찬은 받지 못할지

언정 욕먹을 이유는 없어."

"10대 소녀를 노예로 만든 것도 모자라 팔아넘기는 건 범죄야!"

"어쩔 수 없어. 때로는 내 생각이 법보다 옳으니까."

그 표정에 반성하는 기색은 전혀 없었다.

마음속 깊은 곳에서 진심으로 자신이 한 짓이 옳다고 생각하는 것이다.

한없이 제멋대로고 다른 사람의 마음을 모르는—— 하지만 그렇기에 천재다.

"웃기지 마! 연약한 여자애가 노예로 살아가는 게 얼마나 힘든지 알아?!"

"그럼, 알다마다. 지금까지 편하게 다른 사람에게 보호받으며 살아온 대가지."

"다른 사람 도움을 실컷 받으며 살아온 네놈이 할 소리냐!"

"뭐라고……?"

그것만은 그냥 넘어갈 수 없다며 진의 눈썹이 움찔 떨렸다.

하지만 라이너스는 실제로 그의 뒤치다꺼리를 한 적이 몇 번이나 있었다.

함께 여행을 시작한 뒤로, 주로 인간관계에서 라이너스의 도움이 없었다면 진에게 덤벼들었을 인간이 지금까지 얼마나 많았는지.

"언제, 어디서! 내가 대체 누구에게 도움을 받았다는 거지?!"

"모두에게! 네놈은 인간관계에서 주위에 너무 민폐를 끼쳐! 물론 마법 솜씨는 확실해. 머리도 좋을지 모르지. 하지만 네게는 치명적으로——."

라이너스는 자신의 가슴을 주먹으로 때리며 힘주어 말했다.

"다른 사람을 생각하는 마음이 부족해!"

그게 바로 문제의 근원이었다.

다른 사람의 마음을 이해하지 못하고, 이해하려고도 않는다.

그것만 고칠 수 있다면 진은 진정한 의미로 "현자"가 될 수 있을 텐데.

라이너스의 말은 옳다. 진리다. 아무도 반론할 수 없다. ──진 본인을 제외하고는.

"핫, 하핫, 아하하하하하하핫!"

"뭐가 웃기지?!"

"잘 들어. 나는 천재야. 세계 제일의 두뇌를 가졌고 만인의 정점에 서야 할 인간이지! 그런 내가 왜 이 별에서 가장 귀중한 뇌세포의 리소스를 다른 사람을 위해 나눠야 하지! 그게 최대의 손실인데! 나는 나를 위해서만 이 뇌를 쓸 것을 최우선해야 할 의무가 있어. 알아들어?!"

"알아들을 리가 없잖아! 이해할 수 있는 녀석은 이 세상에 한 명도 없어!"

두 사람의 언쟁은 평행선을 달려 수습될 기미가 없었다.

진은 영원히 반성하지 않을 것이다.

하지만 그가 반성하지 않으면 라이너스의 분노도 가라앉지 않을 것이다──.

키릴은 자신의 방문에 끼워져 있던 메모를 들고 진의 방으로 향했다.

『오늘, 언제든 좋으니 방으로 와.』

강압적인 한 문장에 그녀의 위장이 죄어들었다.

키릴은 진이 불편했다.

중책에 짓눌릴 것 같을 때 상담에 응해준 상대로서 의지한 적도 있다.

고분고분 따르면 직접 생각하지 않아도 돼서 마음이 편했기 때문이다.

하지만 그 결과── 플럼을 잃고 말았다.

그 이후로는 진의 얼굴을 보기도 싫어졌다.

하지만 그렇게 타인에게 책임을 전가하는 사고방식은 키릴의 마음을 더욱 자책으로 좀먹는다.

소중한 친구였다. 그녀가 없었다면 진즉 은퇴했을 것이다.

그런 플럼을── 자신은 왜 배반했을까?

"미안해, 플럼……."

수없이 반복한 말.

그것을 면죄부 삼아 용서를 청하는 이기적인 자신을 키릴은 더욱 혐오했다.

솟구치는 감정을 억누르지 못한 채 진에게 받은 메모를 구겨 쥐었다.

"하아……."

진이 무슨 이야기를 할 생각인지는 모르겠지만, 얼른 이야기를

끝내고 자기 방에 틀어박혀 조용히 쉬자고 생각하는데——.

"애초에 그 꼬라지는 뭔데!"

방안에서 소란스러운 목소리가 들려와 저도 모르게 발을 멈추었다.

"키릴을 맞이할 거야. 어울리는 모습으로 기다리는 게 당연하지!"

"지난번부터 생각했는데, 너 진심으로 키릴에게 반했지?"

"반했다는 말이 맞는지 모르겠지만, 나는 그녀를 선택해줬어!"

"최악이야, 끔찍하다고! 너는 그 아이에게서 플럼을 빼앗아놓고 잘도 그런 소릴 하는구나. 게다가 그 꽃다발은 설마 오늘 고백이라도 할 생각이야?!"

"……마, 맞아. 그래서 키릴을 불렀어!"

"안 될 게 뻔하거든, 이 동정 자식아!"

"키릴 말고 내게 어울리는 여자가 없었을 뿐이야아아아아앗!"

진도 라이너스도 평소에는 상상도 할 수 없을 정도의 거친 말투였다.

"네놈이야말로 사돈 남 말 하고 있거든?! 그 마리아라는 여자는 뱃속이 장기를 피에 절인 것 마냥 끈적끈적하고 탁하잖아?! 지독한 취향의 끝판왕이야!"

"뭐라고……?!"

"보는 눈이 없어. 그 여자의 뇌 속은 모략과 간계와 흉계의 풀코스라고! 성녀의 가면을 쓰고 고고한 천재인 나마저 내려다보는 썩어빠진 걸레야!"

"핫…… 내가 모를 줄 알아?"

"뭐라고? 설마 알고도 반한 거야?!"
"안 되냐? 그런 어두운 면도 포함해서 빠졌다 이거야! 자기에게 이득이 되지 않는다고 플럼을 노예로 팔아넘긴 네놈과는 다르단 말이다아앗!"
키릴의 머리는 새하얘져서 숨 쉬는 것마저 잊어버렸다.
눈을 크게 뜨고 조용히 그 자리에 서 있었다.
꾸깃꾸깃한 진의 메모가 융단이 깔린 바닥 위에 툭 떨어졌다.
다른 내용도 충격적이었지만, 무엇보다 충격인 말이 있었다.
'플럼이…… 노예로?'
계속 자신 때문에 시골로 돌아갔다고 생각했다.
단지 그것만으로 키릴은 자신을 죽이고 싶을 정도로 계속 나무랐다.
그런데 사실은 고향에조차 가지 못하고 노예로 팔려간 걸 알았으니――.
온몸에서 핏기가 가시며 다리에서 힘이 풀려 무릎을 꿇었다.
"그……그럴 수가…… 나, 때문에, 플럼이……."
이를 딱딱 떨며 시야가 눈물로 흐려졌다.
"플럼이…… 아아아, 플럼, 이…… 아아아아악……."
소리를 토해내지 않으면 지금 당장이라도 이 자리에서 자신을 죽일 것만 같았다.
아니, 차라리 죽어야 했는지도 모른다.
"아아아아아…… 나는, 나느으으은!"
그 한탄은 치고받고 싸우던 라이너스와 진에게도 다다랐다.

그들은 동작을 멈추고 동시에 문으로 시선을 보냈다.

"이봐, 진, 키릴을 불렀다고 했지……? 혹시 그게 지금이었어?"

"그렇게 말했을 텐데?"

라이너스는 진을 놓고 황급히 열린 문을 통해 밖을 살펴보았다.

그곳에는 울며 무너진 키릴이 있었다.

"이, 이봐, 키릴…… 잠깐 나랑 얘기 좀 할까?"

"아……아아……."

키릴은 겁먹은 듯 라이너스의 모습을 올려다보며 뒷걸음질 쳤다.

"아까 한 이야기는, 뭐랄까, 그게……."

"거짓말, 인가요?"

"……아니, 사실인데."

"그럼, 역시 플럼은, 노예가…… 저 때문에, 노예가……."

"그렇게 너를 나무라지 마. 책임은――."

"저는…… 이제, 아무와도…… 그런, 자격은……."

"부탁이야, 키릴. 내 말을 들어봐!"

라이너스는 되도록 다정하게, 하지만 필사적으로 말했다.

하지만 어떤 변명을 하든 플럼은 키릴 때문에 노예가 되었다.

――그것만으로 충분했다.

"으, 으으으…… 으아아아아아아아아악!"

그녀는 네 발로 기어서 멀어지더니 일어나서 소리 지르며 달려갔다.

있는 힘껏 달렸기에, 출발이 늦은 라이너스가 쫓아갈 수 있을 리 없었다.

그는 머리를 감싸고 그 자리에 서 있을 수밖에 없었다.

진이 팔짱을 끼며 불손하게 방에서 나왔다.

"라이너스, 왜 그녀가 울고 있었지?"

진은 평소와 다르지 않은 모습으로 그렇게 물었다.

라이너스는 주먹을 쥐더니 재차 분노를 불태우며 그가 있는 방향을 돌아보았다.

"저게 네가 저지른 일의 결과야!"

"내가? 이해가 안 되네. 왜 그녀는 플럼 같은 인간이 사라진 정도로 슬퍼하지? 그토록 재능과 힘이 있으면서 왜 왜소한 존재에게 그렇게까지 휘둘릴까?"

이제 화를 내 봤자 소용없다고 깨달은 라이너스는 어깨를 축 늘어뜨린 채 "에휴" 하고 한숨을 쉬었다.

그는 천재인 대가로 타인을 이해하는 힘을 잃었다.

"이제 됐어. 무슨 말을 해도 소용없는 모양이네."

라이너스는 그 말을 남기고 진에게서 돌아섰다.

그 쓸쓸한 모습을 보고 그는 마침내 한 가지 가능성에 이르렀다.

"설마 내가…… 틀렸다는 거야? 아니, 그럴 리가 없지. 나는 천재니까. 틀린 사람이 있다면 그건 분명 키릴일 거야."

그 오만한 중얼거림이 누군가의 귀에 다다르는 일은 없었다.

갈 곳을 잃은 키릴은 성을 빠져나와 자기 방에 틀어박혔다.

침대에 뛰어들어 이불을 뒤집어쓰고 눈을 꼭 감아 아무것도 보지 않으려 했다.

"내가…… 한 짓. 내 잘못이야. 내 탓이야. 내가, 내가, 내가……!"

하지만 죄책감은 꽉 닫힌 껍데기를 빠져나와 키릴을 덮쳤다.

한탄하고, 괴로워하고, 오열하는—— 그런 그녀에게 성녀는 속삭였다.

"키릴 씨, 그 괴로움에서 해방되는 좋은 방법이 있어요."

목소리를 듣고 황급히 이불에서 얼굴을 내밀자 다정하게 미소 짓는 마리아가 그곳에 있었다.

키릴은 방문을 잠그지 않았던 모양이다.

"얼마 전에 드린 코어는 어디에 있죠?"

"코어? 아아…… 그 검은 수정이라면 책상 밑 서랍에 들어 있어."

"아까워라. 그 힘만 있으면 키릴 씨의 고민은 모두 해결되는데요."

마리아는 책상 서랍을 열어 코어를 꺼냈다.

그리고 검게 소용돌이치는 그것을 황홀한 표정으로 바라보았다.

"저나 진 씨의 싸움을 보셨죠? 그게 이 코어의 힘이에요."

"그렇……구나."

"키릴 씨도 이걸 사용하면…… 고민 따위는 사라……지고."

마리아는 코어를 든 채 재차 키릴에게 다가갔다.

하지만 그 말은 점점 끊어졌다.

"아, 아무튼, 굉장한 힘, 이에요. 키릴 씨도…… 사용하는, 것, 이……."

"마리아?"

키릴은 비틀거리는 그녀를 걱정스레 바라보았다.

"어, 어라……? 이게 뭐죠? 이런, 일이…… 있을, 리가……."

"괜찮아? 회복 마법을 쓸 수 있는 사람을 불러올까?"

키릴은 침대에서 내려가 그녀의 몸을 받치듯 만졌다.

푸슉── 그때 사방에서 습한 소리가 들렸다.

"마, 말도 안 돼…… 어째서, 제, 가……."

"마리아, 당장 불러올게──."

키릴은 마리아를 침대에 앉히고 방을 나서려 했다.

푸슉, 질척.

그러자 다시 뒤에서 아까와 비슷한 소리가 들렸다.

돌아본 키릴은 바닥에 튄 혈액을 보았다.

장소로 미루어 짐작건대, 마리아의 입에서 쏟아진 것이리라.

이것은 생각보다 더 큰 일일지도 모른다──. 키릴의 얼굴이 창백해졌다.

푸슉, 질척. 푸슉, 질척.

하지만 명백하게 모습이 이상하다는 걸 깨달았다.

사람의 입에서 이렇게 많은 혈액이 쏟아질 수 있을까?

"마리아?"

머뭇머뭇 얼굴을 들여다보자── 손가락 사이로 내장을 가득 담은 듯 붉은 무언가가 보였다.

"……마리아."

손뿐만 아니라 로브의 옷깃도 대량의 피에 젖었고, 그럼에도 혈액 배출은 계속된다.

그곳에는 꿈틀거리는, 개복한 인간의 몸통이 연상되는 살의 소용돌이가 있었다.

"아…… 아악, 괴, 괴물……. 그럴 수가, 마리아가……!"

안 그래도 플럼의 일로 정신이 없는데 이런 것까지 봐서야—— 참을 수 없는 공포가 키릴을 가득 채웠고 허용량을 넘어섰다.

한계에 다다른 그녀는 풍선이 터지듯 감정이 폭발했다.

"이런 건…… 싫어……. 싫다고……. 싫어어어어어어어어어어어어어어엇!"

복도에 울려 퍼질 정도의 절규, 그리고 도망.

키릴은 뒤도 돌아보지 않고 방을 뛰쳐나가 성의 출구로 향했다.

한편, 괴물로 변한 마리아는 당황하여 그 자리에서 꼼짝달싹도 하지 못했다.

"어머나, 큰일이네."

단단한 구두 굽이 융단 너머로 바닥을 두드리는 소리가 방으로 다가왔다.

그리고 흰 가운 차림의 여성—— 연구팀 '키마이라'의 리더인 에키드나는 입구에서 괴로워하는 마리아를 내려다보며 입술을 끌어올렸다.

"성녀님이 그렇게 징그러워지다니 어떻게 된 거죠?"

"……에키, 드나. 당신…… 이, 코어는, 무슨……!"

"키마이라가 정성껏 만든 고성능 코어에요. 오리진의 영향을 한계까지 차단하여 힘만을 끌어냈지요. 본래는 부작용이 날 리가 없는데요."

에키드나는 꿈틀거리는 살의 소용돌이에 얼굴을 들이대더니 도발하듯 고했다.

"어쩌면 실수로 몬스터용으로 조정된 코어를 드렸는지도 모르겠네요. 그렇다면 몸이 못 버텨요. 우후훗."

"윽…… 결, 국. 처음……부터, 당신, 은……!"

"으흐흐흐, 흐흐흐흐, 으흐흐흐흐흐흐흐훗!"

악녀는 악녀를 내려다보며 실로 유쾌하게 웃었다.

에키드나는 흰 가운을 흔들며 빙글 한 바퀴 돌아 마리아에게서 거리를 두더니 진의를 말했다.

"계시, 용사, 마왕, 복수…… 으흐흐흐, 시시해요. 낡고 진부해요."

"무슨, 뜻이죠?"

"또 다른 현명한 방법이 있다는 뜻이에요."

"……하지만…… 오리진 님께서, 바라는 건……! 오랜 세월에 걸친, 계획이……!"

약 50년 전에 오리진의 '계시'는 왕국의 중요한 직무를 맡은 인간에게 발신되었다.

그리고 현재의 국왕이나 교황은 태어났을 때부터 계속 그것을 듣고 있다.

그들이 오리진의 꼭두각시가 되는 것도 당연한 일이었다.

"애초에, 습한 지하에서 썩고 있는 신이 우리보다 바른 이치를 가졌을 리가 없잖아요? 우리에게는 키마이라와 '도쿄'가 있으니까요."

"설마…… 부상한 목적이……?!"

"으흐흐, 사리사욕 때문에 움직이는 당신은 이제 노이즈예요. 전력적으로도 상징으로서도 역할은 끝났죠. 기사단장님이 잘라버리고 싶어 하는 것도 도리라고 생각하지 않나요?"

마리아의 경우는 왕이나 교황과 달리 증오 때문에 자신의 의사로 오리진에게 힘을 빌려줬다.

그 존재는 이제 교회에 이물이 되고 있었다.

"그래서 저를……! 마족을 뭉갤, 전력이 모였, 으니……!"

"네, 그러니 교회나 제 사랑스러운 키마이라를 위해── 무참히 죽어주세요."

에키드나가 손가락을 딱 울리자 원숭이처럼 생긴 몬스터가 나타났다.

하지만 그 등에는 날개가 돋았고, 팔다리는 오거처럼 굵었으며 얼굴은 인간이었다.

"프로토 타입 인랑(人狼)형 키마이라예요. 인간의 머리를 이용하니 내구성을 대가로 제법 똑똑한 아이가 되었지요. 순종적이고 힘도 세요. 하앙, 정말 귀여워어어……."

"아으윽!"

소형 키마이라는 마리아의 양손을 억지로 잡아당겨 어딘가로 데려갔다.

"으으…… 저는, 아직…… 아직……!"

마리아는 얼굴에서 피를 쏟으며 분한 목소리를 냈다.

하지만 코어가 어지간히 몸에 맞지 않는지 몸을 뒤트는 게 고작이었다.

에키드나는 그런 그녀의 한심한 모습을 보며 시종일관 유쾌하게 "으흐흐흐" 하고 웃어댔다.

그날을 계기로 키릴과 마리아는 행방불명이 되었고, 라이너스도 모습을 보이는 일이 적어졌다.

진은 홀로 방에 틀어박혀 변변히 모습도 보이지 않았다.

물론 그런 상태로 그들이 파티를 꾸려 마왕을 토벌하기 위한 여행을 나서는 건 불가능했다.

창조신 오리진에게 선택받은 용사와 영웅들의 파티는── 완전히 붕괴되었다.

충돌(衝突)

잉크가 "아~앙" 하고 입을 벌리자 라이너스는 서구에서 가장 높은 탑 위에 콩을 퍼서 혀 위에 얹었다.

그것을 씹은 잉크는 부끄러워하는 기색도 없이 실로 만족스러워 보였다.

이 집의 식사 시간에는 흔히 있는 일이라 딱히 신기한 광경도 아니었다.

하지만 오늘만큼은 어쩐지 밀키트가 손을 멈춘 채 멍하니 두 사람의 모습을 바라보았다.

"밀키트, 혹시 부러워서 빤히 보는 거야?"

"……네? 아, 아니, 그런 거 아니에요. 그냥 좀 즐거워 보였을 뿐이에요."

"딱히 즐거워서 하는 게 아니야."

"그건 알아요! 그냥 그렇게 생각했을 뿐이에요."

밀키트는 그렇게 말하고 살며시 뺨을 붉게 물들이며 식사를 다시 시작했다.

즐거워 보인다는 감각은 플럼에게는 솔직히 잘 이해되지 않았다.

하지만 예고 없이 솟아난 호기심이 그녀의 손을 움직였다.

그녀는 테이블에 쌓인 작은 빵을 손에 들더니 아무 말도 없이 밀키트에게 들이댔다.

밀키트는 멍하니 고개를 갸웃거리며 붕대를 흔들었다.

플럼은 그런 그녀의 눈을 빤히 바라보았다.

의도를 파악하기까지 한동안 시간이 필요했지만, 이해하자 그녀의 볼이 다시 빨개졌다.

"네? 정말로 하나요?"—— 그런 당혹감을 시선으로 호소해도 플럼은 아는지 모르는지 반응을 보이지 않았다.

별수 없이 밀키트는 빵에 입을 대고 작은 새가 쪼듯이 작게 베어 물었다.

"……그렇군. 확실히 즐거울지도 모르겠어."

납득한 플럼에게 밀키트는 빵을 씹어 삼키며 중얼거렸다.

"저는 조금 부끄러웠어요."

불쾌하지는 않았지만, 어쨌든 다른 사람이 있는 곳에서 할 행동도 아닌 듯했다.

에타나는 기분 탓인지 지루한 표정을 짓고 있었다.

하지만 그런 것은 개의치 않고 플럼이 또 한 입 먹이고자 빵을 들이대자——,

"플럼, 편지가 왔어."

잉크가 그런 말을 꺼냈다.

귀가 밝은 그녀에게는 밖에 있는 우편함에 편지를 넣는 소리가 들린 모양이었다.

"고마워, 잉크. 먹고 보러 갈게."

"응…… 하지만 어째 이상한 것 같아. 넣은 사람이 뛰어서 도망친 듯해."

잉크는 불안한 듯 그렇게 말했다.

네크로맨시와 싸움을 끝낸 참이다. 경계해서 나쁠 건 없다.

플럼이 집을 나서 나무로 만든 상자를 들여다보니―― 아무것도 적히지 않은 하얀 봉투가 들어 있었다.

"이게 뭐지?"

햇빛에 비춰보자 두 번 접힌 종이 한 장이 들어 있는 게 보였다.

일단 집으로 들어가 거실에서 기다리는 세 사람에게 돌아갔다.

"어서 오세요, 주인님. 그게 들어 있었군요."

"아주아주 평범한 편지 같은데."

플럼은 봉투를 찢어 종이를 펼치고 그곳에 적힌 문자를 본 뒤 그것을 식탁 쪽으로 돌렸다.

침묵하는 밀키트와 에타나.

"뭐라고 적혀 있어?"

눈이 보이지 않는 잉크가 불안한 어조로 묻자 에타나가 대답했다.

"앞으로 나흘."

그것 말고는 아무것도 적혀 있지 않았다. 정말로 단지 그것만이 붉은 글씨로 적혀 있었다.

교회와 대립하는 지금 상황에 이것을 단순한 장난이라고 단정 지을 수는 없다.

낮의 평온한 분위기가 단숨에 사라지고, 공기가 가라앉았다.

"……또 교회가 무언가를 꾸미는 걸까요?"

"그렇더라도 그걸 굳이 우리에게 전할 필요는 없어."

"에타나 말대로 협박치고는 이상해. 왜 카운트다운을 하는 걸까?"

"가르쳐 줄 거면 뭐가 나흘 남았는지도 적어주지."

왜 자세한 내용을 숨기는지, 보내는 사람을 밝히지 않는지――

정보량이 너무 적었다.

현재 상황에서는 플럼 일행의 불안을 부추길 뿐인 의미를 알 수 없는 괴문서였다.

"발소리가 들리지 않는다고 말했던 것도 신경 쓰여. 일단 이 편지는 내가 조사해볼게."

"부탁드려요, 에타나 씨. 저는 길드에 갈 예정이니 가디오 씨와 상의해볼게요."

플럼은 그렇게 말하고 의자에서 일어나 남은 점심을 다 먹은 뒤 나갈 채비를 하기 시작했다.

"가디오 씨와 훈련하느라 피곤할 테니 무리는 하지 마세요."

"알았어. 걱정해줘서 고마워."

플럼은 밀키트의 머리를 쓰다듬고 집을 나섰다.

길드 앞에 접어들자 청소하는 금발 남성과 눈이 마주쳤다.

"아, 안녕하세요? 플럼 씨."

길드 사무원이며 이라의 후배이기도 한 슬로우 우라드네스였다.

심약해 보이며 태도는 부드럽고 말투도 고상해서 서구의 길드에는 어울리지 않는 인재였다.

플럼은 "안녕?" 하고 가볍게 인사하고 그의 옆을 지나간 뒤 길드에 들어가 카운터로 다가갔다.

"이라, 슬로우는 언제부터 여기서 일했어? 내가 왔을 때는 이미 있었지?"

"몇 달 전이었나? 슬로우 군은 아직 열여덟 살인데 이렇게 썩어빠진 길드에서 일하고 싶다고 말한 괴짜야. 예뻐하는 보람이 있는 착한 아이지."

이전부터 그랬지만, 이라는 슬로우에게만 '군'을 붙여 부른다.

그녀는 자기 취향인 남성 앞에서는 의외로 노골적으로 아양을 부리는 여자다.

반듯하게 생겼으니 이라가 환장할 법한 타입이기는 하다…….

나이 차이가 심한 것도 같지만.

"데인 소동에도 그만두지 않는다니 의외로 대담하네."

"우유부단한 거지. 사실은 그만둘까 고민했지만 꾸역꾸역 계속하다가 마스터가 온 덕분에 남기로 결심한 모양이야. 뭐, 나도 실은 전보다 일이 편해져서 다행이지만."

이전에 서구의 모험가 길드에는 마스터가 없었다.

그래서 데인이 멋대로 행동했던 거지만, 한편으로 마스터가 없어서 업무량도 많았던 모양이다.

"아, 참. 오늘 아침 말인데, 라이너스가 이곳에 왔어."

"라이너스 씨가?!"

"응, 실물은 정말 멋지더라. 네 얘기를 했더니 서둘러 돌아간 게 아쉬워."

이라는 라이너스의 얼굴을 떠올리며 황홀한 표정을 지었다.

"그래? 드디어 전해졌구나……."

언젠가 그때가 올 줄은 알았지만, 설마 이 타이밍이라니 완전

히 플럼의 예상 밖이었다.

하지만 라이너스가 안색을 바꿀 정도로 동요했다니 그녀에게는 반가운 일이었다.

동시에 키릴에게도 플럼의 소재가 전해질 가능성이 있다는 뜻인데――.

"……키릴은 어떻게 생각할까?"

가능하면 슬퍼하길 바랐다. 진심으로 그렇게 바라지 않을 수 없었다.

"지금까지 안 물어봤는데, 너는 정말로 그 플럼 애프리코트인데 왜 노예의 인이 새겨진 거야? 다른 멤버에게 미움이라도 샀어?"

"맞아. 진이라는 녀석에게 미운털이 단단히 박혀서 돈과 바꿔 팔려갔지."

"우와아, 진이라면 현자 진 인테이지 맞지? 영웅의 어두운 면을 본 느낌이야."

"인간이란 그런 존재야. 그런데――."

플럼은 억지로 화제를 전환했다.

이미 끝난 일이라지만 떠올려서 좋은 기억은 아니다.

밀키트와 만난 것은 그렇다 쳐도, 낙인의 통증은 지금도 떠올리는 것만으로 노예의 인 자리가 욱신거릴 정도였다.

"가디오 씨는 있어?"

"마스터라면 외출 중이야. 슬슬 돌아오지 않으려나? 소개소에서 기다리는 게 어때?"

약속 시각보다는 아직 조금 일렀다.

플럼은 이라의 말대로 소개소로 이동하려 했지만,

"우햐아아아아아아아앗?!"

밖에서 들려온 목소리에 움직임을 멈추었다.

"슬로우 군?!"

이라가 외치며 일어났다.

플럼은 슬로우의 기척뿐만 아니라 강한 살기를 느꼈기에 서둘러 길드를 뛰쳐나갔다.

"그대에게 원한은 없지만, 우리의 미래를 위해 죽어주면 좋겠어어어어어엇!"

쳐든 날의 넓이만도 사람 한 명 정도의 사이즈인 거대한 도끼.

그것을 양손에 쥔 사람은 하얀 갑옷을 입었으며 플럼과 비슷한 나이인 소녀였다.

"그렇게는 안 돼!"

플럼은 소녀와 슬로우의 사이에 선 뒤 영혼 사냥꾼을 소환하여 옆으로 눕힌 날로 도끼의 일격을 기다렸다.

상대는 어마어마한 도끼를 날카롭게 플럼을 향해 휘둘렀다.

쿠우웅! 플럼은 강렬한 충격을 받았다. 부서진 돌바닥에 뒤꿈치가 잠겼다.

물론 그냥 한 손에 쥔 검만으로 막을 수는 없었고, 생성한 프라나로 양팔을 강화하고 나아가 날에 건틀릿을 장착한 손목을 대어 어렵사리 힘을 버텼다.

"휘이, 제법이군, 플럼 애프리코트!"

날끼리 포개지며 생겨난 바람이 소녀의 빨강에 가까운 주황색

머리카락을 흔들었다.

"크…… 그 갑옷은 교회 기사단의……!"

"맞아. 나는 교회 기사단 부단장인 리셸 휠레!"

"그런 녀석이 왜 이 길드에!"

"너를 죽이러 왔다고 대답하는 게 가장 이치에 맞겠지?"

네크로맨시를 짓뭉갠 플럼은 언제 교회의 표적이 되어도 이상하지 않다.

하지만 방금 그 말투와 처음에 노린 사람이 슬로우였던 시점에서 다른 목적이 엿보였다.

"뭐, 나는 어느 쪽이든 상관없지만. 그럼 다음으로 갈게. 저스티츠 아츠(정의 집행)——!"

"거기까지야."

리셸의 목덜미에 검은 날이 닿았다.

"와우, 돌아와 버렸네. 게다가 몰두하느라 이 거리까지도 알아채지 못하다니."

가디오의 살기를 가까이에서 느끼고도 그녀는 여전히 장난스러웠다.

리셸은 에픽 장비인 도끼를 거두고 순순히 양손을 들었다.

그 순순함에 가디오는 미간을 찌푸렸지만, 일을 더 크게 만들지 않기 위해 검을 내렸다.

살기가 사라진 것을 감지하자 리셸은 바닥을 박차고 길드의 지붕 위로 올라갔다.

"나 참, 시비를 걸 만큼 걸어놓고 물러나다니 한심해. 단장에게

혼날지도 모르겠네."

"목적이 뭐야?!"

"그러니까 플럼을 죽이기 위해—— 라고 말해도 납득하지 못할 테니 침묵을 관철하는 리셸이었다. 그럼 간다. 살아남으면 하늘 너머에서 또 보자고!"

리셸은 토끼처럼 뛰어 모습을 감추었다.

쫓아가려는 플럼을 가디오가 손으로 제지했다.

"지금은 그만둬. 칠드런과 기사단을 동시에 상대하는 건 좋은 계책이 아니야."

"칠드런과……? 뭔가 알았나요?!"

"안에서 이야기하지. 슬로우도 혹시 모르니 들어와. 또 습격받을지도 모르니까."

"으힉…… 아, 알겠습니다……."

얼굴이 새파래진 슬로우는 재빨리 길드로 들어갔다.

플럼과 가디오도 그의 뒤를 따라 실내로 돌아갔다.

그러자 걱정한 이라가 입구 근처까지 나와 슬로우의 손을 잡았다.

"괜찮았어? 슬로우 군. 다친 덴 없고?!"

"아, 네…… 그럭저럭."

플럼은 다른 사람인 양 다정한 이라를 보며 옆을 지나 소개소의 의자에 앉았다.

가디오는 플럼의 정면에 앉아 심각한 표정을 지었다.

"모험가에게 지하 수로에 수상한 공간이 있다고 들었어. 세오르에서 가져온 자료에 적혀 있던 연구소팀에 관한 기술과의 공통

점도 있었거든. 아까 조사했어."

"그건 조금 전의 일이죠? 그렇게 빨리 찾을 수 있는 건가요?"

"사용되고 있었다면 그렇지도 않았겠지. 하지만 시설은 이미 텅 비어 있었어. 덕분에 방치된 자료와 계기(計器)류도 실컷 조사할 수 있었어. 뭐, 나도 가볍게 탐색했을 뿐이지만."

"혹시 거긴……."

"그래, 불과 얼마 전까지 칠드런이 사용했던 시설일 테지. 상황으로 미루어 짐작건대, 누군가에게 습격받아 방치한 걸 거야."

"어째서……. 저희 말고도 교회와 싸우는 사람들이 있다는 뜻인가요?"

"긍정적인 사고방식이군. 싫지는 않지만, 너도 알다시피 요즈음 왕국의 체제가 크게 변하고 있어. 쿠데타가 일어난 것도 아닌데 말이야."

왕국군이 교회 기사단에 흡수된 정보는 이미 왕도 전체에 퍼졌다.

실질적으로 왕의 주권을 교회에 양도하는 것과 다름없는 어리석은 행동에 왕도는 적잖이 혼란한 상태였다.

"아까 그 리셸이라는 교회 기사도 그것과 관계가 있을까요?"

"거리를 돌아다니는 병사들도 모두 교회 기사단으로 바뀌고 있어. 갑자기 일반인을 습격해도 문제없을 정도로는 마음껏 날뛸 수 있는 토양이 마련됐다고 말할 수 있지."

플럼은 입술을 깨물었다.

아까 그 리셸이라는 소녀── 어마어마한 힘을 가진 사람이었다.

오늘은 쉽사리 물러가 줬지만, 진심으로 목숨을 겨룬다면 고전할 게 틀림없었다.

"교회 기사단의 간부는 카발리에 아츠(기사 검술)나 제노사이드 아츠(학살 규칙)과 닮은 듯 다른 검기인 저스티스 아츠(정의 집행)를 사용해. 만약 거리에서 표적이 되면 일단 상대의 힘을 확인하는 게 좋아. 그건 우리가 쓰는 검기보다도 훨씬 말이 안 되거든."

"저스티스 아츠…… 정의를 다루는 자가 갑자기 일반인을 습격하는군요."

"놈들이 믿는 정의는 어차피 오리진교의 정의에 지나지 않으니까."

가디오는 비아냥거리듯 말했다.

"교회의 정세가 변한 건 이해했어요. 만약 칠드런의 시설이 습격당한 것도 그것과 관계가 있다면 네크로맨시가 괴멸된 지금, 남은 팀은 '키마이라'뿐이겠네요."

"키마이라가 정식으로 채택된 게 확실하다면 다른 것은 필요 없어지지."

"……그럼 설마 칠드런을 습격한 건!"

"교회 기사, 혹은 키마이라── 라고 나는 생각하고 있어."

플럼은 양손을 꽉 쥐고 분노했다.

넥트와는 불과 얼마 전에 악수를 나눈 참인데.

"기껏 넥트와 이야기를 할 수 있었는데…… 아군마저 쉽게 짓뭉개다니!"

"내가 걱정인 건 도망친 칠드런의 행방이야. 자포자기한 그들이 무슨 짓을 할지 몰라."

"적어도 넥트라면 말귀를 알아들을 거예요."
"그건 알고 있어. 하지만 가장 큰 문제는――."
"마더, 지요?"
플럼은 딱 한 번 만난 적이 있지만, 심상치 않게 음산한 남자였다.
"저기, 가디오 씨. 실은 저희 집에 이런 게 도착했는데요."
여기서 그녀는 그 편지를 가디오에게 내밀었다.
그는 그것을 펼치더니 미간을 찌푸리고 글자를 노려보았다.
"앞으로 나흘……? 이게 뭐야?"
"저도 모르겠어요. 하지만 시설 파괴에, 교회 기사의 습격…… 무언가가 움직이기 시작한 것 같아요."
"마음 놓을 새가 없군. 가능하면 플럼을 더 단련시켜두고 싶은데."
"그건 싸움이 잠잠해진 뒤에 해요. 선수를 빼앗기고 싶지 않거든요."
"그래, 우선은 넥트를 찾는 게 먼저겠지. 왕도에 있으면 좋겠는데."
가디오가 일어섰다.
그러자 플럼은 박수를 짝 치며 어느 사실을 떠올렸다.
"아, 그러고 보니 오늘 아침에 라이너스 씨가 가디오 씨를 만나러 왔다고 이라가 말했어요."
"그 녀석이? 그렇군……. 알았어. 염두에 둘게."
라이너스는 탐색 능력이 뛰어난 영웅이다. 그가 있으면 넥트를 찾는 일도 순조로울 것이 분명했다.
그 뒤, 두 사람은 길드를 나서 각각 왕도 탐색을 시작했다.

◇ ◇ ◇

"유~감이네요!"

"치잇! 커넥션(접속하라)!"

넥트는 전이하여 리셸이 휘두른 도끼를 회피했다.

칼날은 지면을 때려 부쉈고 서구의 어두컴컴한 골목에 쿠웅! 하고 요란한 소음이 울렸다.

"아까워라. 잘하면 두 사람을 만날 수 있었는데! 내게는 행운이지만!"

리셸이 넥트와 조우한 것은 완벽한 우연이었다.

길드 근처에서 상황을 살피듯 몸을 숨기고 있던 넥트를 지나가다가 발견한 것이다.

"시끄러운 여자로군. 딱히 나는 플럼 언니를 만날 생각은 없었는데!"

넥트는 펼쳤던 손을 쥐고 힘을 발동했다.

양옆에 있던 민가의 벽이 리셸에게 쓰러지듯 다가왔다.

그녀는 거대한 도끼를 들고 있다고는 생각할 수 없는 속도로 그것을 베며 뛰어올랐다.

"솔직하지 못하네. 그것도 매력 포인트인 건가?!"

재차 넥트의 머리 위에서 은색 날붙이가 떨어졌다.

그녀는 다시 접속의 힘을 발동시켜 후퇴했지만――.

"예상한 좌표로 날아가지 않았어? 어떻게 된 일이지?!"

보이지 않는 벽에 막혀 골목에서 탈출하는 데 실패했다.

골목 너머에는 방패를 든 남성의 모습이 어렴풋이 보였다.

"저스티스 아츠, 아이언 메이든(봉사(封邪)의 방벽)!"

"잘하네, 새로운 부단장 아저씨!"

"아저씨 아니야. 버트 카론이다! 너보다 선배이니 똑똑히 외워 둬!"

"오리진 코어의 능력에까지 간섭하는 벽이라고? 한낱 기사 주제에 성가시군!"

전이를 한 번 저지한 것이 리셸의 다음 공격을 확실한 것으로 바꾸었다.

"미안해. 필요 없어진 못된 아이는 확실히 저세상으로 보내라는 단장의 명령이 있었거든."

"크윽…… 커넥션!"

될 대로 되라며 넥트는 주위에 나뒹구는 통과 병을 모조리 리셸에게 날렸다.

"이 정도의 방해라면 통째로!"

리셸은 도끼를 든 채 한 번 빙글 돌아, 선언했던 대로 날아오는 물건을 날붙이로 생성한 기류에 끌어들이며 부서진 파편과 함께 넥트에게 던졌다.

"받아라아아아아아아앗!"

이제 끝인가── 하고 넥트는 눈을 꾹 감았다.

하지만 참격은 그녀를 덮치지 않고 그 머리 위를 스쳐 옆에 있는 벽에 박혔다.

"끄으응…… 아파라……. 이놈이고 저놈이고 좋은 때에 난입을 해대고."

리셸의 팔에 제노사이드 아츠, 앙귀스(혈사교)가 명중하여 궤도가 어긋난 것이다.

"좋은 때니까 난입하는 겁니다. 그게 더 멋있지 않나요?"

오틸리에는 군복을 펄럭이며 지붕 위에서 뛰어내려 넥트의 옆에 섰다.

"너는 왕국군……. 왜 나를 돕지?"

"그보다 지금이 탈출할 기회예요."

"윽…… 커넥션!"

넥트는 오틸리에와 함께 전이하여 골목에서 탈출했다.

남겨진 리셸은 "체엣" 하고 입술을 삐죽 내밀었다.

한편 방패를 든 버트는 몸을 바들바들 떨었다.

"실패했군……. 휴그 단장에게 뭐라고 보고하면 좋지……? 죽는 건 아닐까……?"

"괜찮아, 괜찮아. 조우한 건 우연이고, 뭐가 필요하고 불필요한지 구분할 줄 아는 단장이니까."

"벌은 없다고?"

"아저씨는 아직 필요해. 그러니까 부하가 죽는 걸로 끝날 테니 겁낼 것 없어."

파랗게 질린 버트를 앞에 두고 리셸은 낄낄 웃었다.

연속 전이로 기사에게서 도망친 넥트와 오틸리에는 인기척이 없는 창고로 도망쳤다.

“그래서 왜 나를 구한 건데?”

넥트가 단도직입적으로 묻자 오틸리에도 숨기지 않고 대답했다.

“내 고용주가 당신을 데려오라고 명령했거든요.”

“며칠 전까지는 군인이었고 지금은 용병이라니 전향이 너무 빠른 거 아니야?”

“플럼의 손을 잡은 당신에게 듣고 싶지는 않네요.”

“윽…… 아픈 곳을 찌르는군. 그래서 고용주가 누군데?”

넥트는 아이처럼 토라지며 물었다.

“사투키 님이요.”

그리고 그 대답에 빰이 굳었다.

“잠깐 기다려. 교회 관계자잖아! 나는 교회에서 도망쳤어! 그런데 왜 내 발로 추기경에게 가야 하는데! 미안하지만 따라갈 생각은 없어.”

“기다리세요. 그 사람은 사자 몸속의 벌레 같은 존재예요. 안쪽부터 좀먹으려던 것뿐이죠.”

“추기경급쯤 되면 반드시 오리진(파파)의 ‘세례’를 받을 거야. 평범한 인간이 그걸 견딜 수 있을 리가 없어! 사투키도 예외 없이 파파의 꼭두각시야!”

“그 세례에 저항할 수단이 있다고 한다면요?”

“그런 게 있을 리가――.”

오틸리에는 호주머니에서 하얀 수정구를 꺼냈다.

그것을 본 순간, 오리진의 힘이 깃든 넥트는 금세 이해했다.

"반전된 오리진 코어……. 아니, 하지만 재질이 달라. 반대 특성을 가진 수정인가?"

"반나선 물질, 리버설 코어. 닥터 차타니가 만들어낸 저희의 비장의 카드예요."

뻔뻔하게 웃는 오틸리에를 앞에 두고 넥트는 식은땀을 흘리며 꿀꺽 목을 울렸다.

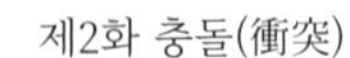

03 혼미(混迷)

라이너스는 서구에서 가장 높은 탑 위에 서서 거리를 내려다보았다.

서구의 껄렁한 패거리도, 동구의 거만한 상인도, 벌레떼처럼 북적이는 중앙구를 걷는 사람들의 얼굴도 그의 눈이라면 이 거리에서 판별할 수 있었다.

"자, 키릴은 어디로 갔을까?"

병사들의 이야기를 듣자 하니 그녀는 충격을 받은 나머지 성에서 뛰쳐나간 모양이다.

어디로 갔는지 알까 싶어 마리아의 방에도 가봤지만, 그쪽은 부재중이었다.

"그나저나…… 참 불쾌한 바람이 부는군. 이게 뭐지?"

하늘은 잿빛이고, 뺨을 때리는 공기의 흐름은 무겁고 습했다.

하지만 그뿐만이 아니었다. 바람에— 익숙하고도 불쾌한 냄새가 섞여 있었다.

"피는 피인데 인간뿐만이 아니야. 짐승 냄새야."

게다가 그 '농도'로 미루어 짐작건대 숫자는 한두 마리 정도가 아니었다.

즉, 볕이 들지 않는 '그늘'에서 대량의 피가 흐르고 있다.

괴물의 변사체가 발견되고 사투키 주변이 수상쩍은 등 최근의 왕도는 형세가 의심스럽다.

그는 탑에서 뛰어내려 소리도 없이 착지했다.

"솔직히 나로서는 마리아에게 집중하고 성가신 일에는 참견하고 싶지 않지만."

그렇게 말하면서도 평온과는 동떨어진 어둠 속에 제 발로 들어갔다.

라이너스는 특히 냄새가 진한 곳을 찾아 그쪽을 향해 걸어갔다.

"들었어? 우리 부단장이 칠드런을 놓친 모양이야."

"그건 위험했어. 우리가 이 녀석을 발견하지 못했다면 단장 손에 죽었을지도 몰라."

골목에 서서 쓰러진 여성을 내려다보며 대화하는 두 교회 기사.

"너희 뭐 하는 거야?"

충만한 피비린내.

찾던 짐승 냄새와는 다르지만, 이 두 사람 또한 왕도에 꿈틀거리는 어둠의 일부가 틀림없다.

"이봐, 이 녀석은 설마——."

"라이너스 레디언츠인가?! 맙소사, 왜 영웅이 이런 곳에 있지!"

기사들은 당황하여 검을 뽑았지만, 그것을 본 순간에 라이너스는 활을 쥐고 화살을 쏘았다.

눈에 보이지도 않는 빠른 발사—— 칼날이 칼집에서 나오는 속도보다 빠른 그 동작은 그를 영웅답게 만드는 기술이었다.

기사들은 정확히 팔을 꿰뚫려 신음하며 괴로워했다.

"당장 꺼져. 3초 이내에 꺼지면 목숨은 살려주지."

머뭇거렸지만 라이너스의 본심을 감지한 두 사람은 등을 지고 한심하게 도망쳤다.

라이너스는 활을 내리고 웅크린 여성에게 다가갔다.

"괜찮아요, 마담?"

여성이라면 모두가 푹 빠질 달콤한 목소리였다. 그는 손을 뻗었다.

옷은 여성복, 게다가 배도 불룩해서 완전히 여성으로 보고 말을 걸었지만,

'크고 우락부락해. 게다가 이 골격과 냄새…… 정말 여자 맞나?'

막상 다가가 실물을 보니 위화감이 느껴졌다.

"가, 감사합니다. 하지만 괜찮아요. 혼자 걸을 수 있어요."

그 수상한 여성의 목소리는 아무리 생각해도 가성이었다.

그렇다면 배에 옷이라도 넣은 것인가 싶었지만, 라이너스의 눈에는 틀림없이 진짜.

'……외모나 목소리로 성별을 판단하는 건 실례지. 더 이상의 탐색은 그만두자.'

그의 신사도가 자신을 그렇게 나무랐다.

여성은 벽을 잡고 일어나 기사와는 반대 방향으로 걸어갔다.

라이너스는 잠시 그녀를 배웅한 뒤 문제없이 걸을 수 있는 것을 확인하고 등을 돌렸다.

그때, 여성이 여전히 가성으로 그에게 말을 걸었다.

"찾는 물건은 성의 지하 감옥 근처에 있지 않을까요?"

"……찾는 물건?"

의아한 표정으로 뒤돌자 이미 그곳에 여성은 없었고── 하늘에 초록색 머리카락의 연약해 보이는 소년에게 안겨 날아오르는

모습이 보였다.

“이, 이봐, 기다려! 당신 누구야?!”

라이너스는 즉시 두 사람을 쫓았지만, 도약해서 둘러봐도 이미 그 모습은 없었다.

착지한 그는 “에휴” 하고 크게 한숨을 쉬었다.

“정말 뭐야. 혹시 그 여자는 구하지 않는 게 좋았을까……?”

하지만 그것은 라이너스의 마음가짐에 반한다.

어떠한 상황이라도 공격받는 여성을 보면 구할 수밖에 없을 것이다.

“수상쩍기 그지없지만, 왕성의 지하 감옥에 가볼까? 그런데 성에 그런 게 있었던가?”

일단 그녀의 말을 믿고 성으로 돌아가기로 했다.

한편, 성에서 뛰쳐나온 키릴은 정처 없이 왕도를 헤매고 있었다.

인적이 없는 길을 골라 로브에 달린 모자를 깊게 눌러쓰고 얼굴을 가린 채 걸었다.

‘플럼은 나 때문에 노예가 됐어. 이제 용사라고 할 자격은 없어. 게다가 진은 그 모양이고, 마리아는 괴물이고, 파티에 돌아가려 해도……. 그럼 노예가 된 플럼을 구할까……. 아아, 하지만 어떤 표정으로 만나면 좋지? 게다가 라이너스가 알고 있었다는 건 플럼은 지금 무사하다는 거고, 그러니 내가 구하러 가지 않아도……. 그

럼 고향으로 돌아가서……. 아니, 그것도 안 돼. 내가 용사가 됐다고 기뻐하던 모두의 기대를 배반하게 돼…….'

아무리 찾아도 갈 곳은 없었다.

지금의 그녀가 안심할 수 있는 곳은 골목이 뒤얽힌 곳에 있는 어둡고 습한 일각 정도다.

냄새는 심하고, 가슴속의 답답함은 사라지지 않지만, 아무도 만나지 않는 것만으로 좋았다.

무릎을 안고 눈을 감았다.

'어디에 갈까?' 하고 생각함으로써 '아무것도 하고 있지 않다'는 의식이 자아내는 죄책감에 알리바이를 만든다.

하지만 그래봤자 변명에 지나지 않는다.

실제로 죄책감이 가슴을 채웠고 그곳에서 눈을 돌리듯 '아무 생각도 하지 마'라며 스스로에게 되뇌었다.

그리고 몸이 피곤하기 때문인지 기분 좋은 졸음이 의식을 반쯤 지배했을 때, 저벅, 하고 누군가의 발소리가 들렸다.

용사로서 발달된 감각이 육체를 반강제적으로 각성시켰다.

키릴이 얼굴을 들자 로브를 입고 자신과 비슷하게 얼굴을 가린 어린 소녀가 서 있었다.

틈새로 보이는 머리카락과 피부는 하얗고, 그 양손에는 지저분한 사람 모양의 인형이 안겨 있었다.

풍경에서 잘라낸 듯 그녀의 존재는 눈에 띄었다.

멀쩡한 인간이 아니다──. 키릴의 직감이 그렇게 고했다.

그러자 소녀는 천천히 키릴 쪽으로 다가와 앉아 있는 바닥을 가리키며 말했다.

"여기, 내, 자리."

"저기…… 여길 사용했다는 소리야?"

소녀는 고개를 끄덕였다.

"옆을 쓰면 안 될까?"

그렇게 말하자 서서히 소녀의 뺨이 부풀며 기분이 나빠지기 시작했기에 황급히 자리를 양보했다.

소녀는 즉각 양보된 그곳에 앉아 무릎을 안고 안도한 표정을 지었다.

'정해진 자리'가 어지간히 중요한 모양이다.

수상한 아이지만, 추적자도 아니고 적의도 느껴지지 않았다.

앉은 뒤로 소녀는 한마디도 하지 않았다.

인형이 찌그러질 정도로 세게 안으며 멍하니 바닥을 바라볼 뿐이었다.

말을 걸까 싶었지만, 할 말이 없어서 키릴도 입을 다물었다.

"……당신."

한동안 침묵이 이어졌고 소녀가 먼저 말을 걸었다.

"왜, 여기 있어? 갈 곳, 없어?"

소녀의 질문은 냅다 핵심을 찔렀다.

"왜 그렇게 생각했어?"

어린 소녀에게 간파당해 부끄러웠기 때문인지 키릴은 조금 의젓하게 낮은 목소리로 말했다.

"나랑 닮았어."

"……너도 갈 곳이 없어?"

키릴이 그렇게 되묻자 소녀는 고개를 끄덕였다.

"그렇구나. 나와 똑같이 아무에게도 들키지 않도록 도망치는 거구나?"

키릴은 동료를 발견해서 안도했지만, 소녀는 고개를 가로저었다.

"그건, 아니야. 나는, 도망치기 위해서가 아니야."

"그럼…… 뭣 때문인데?"

소녀의 눈동자는 키릴와 달리 죽지 않았다. 강한 의지의 불꽃이 깃들어 있었다.

가만히 보고 있으면 빨려들 정도로, 순수하고 아름답고 힘이 넘친다.

"마더, 은혜를 갚을 거야. 사라질 생각, 없어. 살아 있다는 증표를, 이곳에, 새길래."

엄마에게 은혜를 갚는다——. 키릴은 소녀의 말을 그렇게 받아들였다.

이토록 어린 소녀가 긍정적으로 살아 있는데 왜 용사라 불렸던 자신은 거리 구석의 지저분한 곳에서 우물쭈물 무릎을 안고 있을까?

보은도 속죄도 하지 않고 도망칠 생각만 하고 있을까?

자문하고 자책하며 다시 스스로를 몰아넣는 악순환.

그것을 필사적으로 떨쳐내도 이번에는 괴물이 된 마리아의 징그러운 살점의 소용돌이가 다시 생각난다.

손바닥에 땀이 배고 호흡이 빨라졌다.

소녀의 결심은 굉장하다고 생각하고, 칭찬할 만하다. 키릴도 그래야 한다.

하지만── 지금의 그녀는 노력을 하면서까지 그 경지에 다다르고 싶다고는 생각하지 않았다.

계속 도망치고 싶다. 고통이 없는 세계에 가고 싶다.

차라리 자신이 사라져도 좋다. 오히려 그것이 최선일지도 모르겠다.

그러면 아무에게도 피해를 주지 않고 자신도 편해질 수 있다.

"당신, 없어?"

소녀의 솔직한 질문에 키릴은 입술을 깨물었다.

그 반응에 의아한 듯 고개를 갸웃거리며 결정타를 날리듯 소녀는 말했다.

"없을 리, 없어. 혼자, 살기는, 무리야. 은혜, 증오, 보답, 뭐라도, 있어."

"있지만…… 잘못한 건 나니까. 그러니까 무언가를 하고 싶다고 생각하지 않아."

"자신을 나무라는 건, 피곤해. 소용없어. 그만큼, 소중한 사람에게 노력하는 게, 옳아."

그런 건 알고 있다.

그렇다고 해서 실천할 수 있느냐는 별개의 문제다.

"키릴 스위치카."

갑자기 이름이 불려 키릴의 심장이 쿵쾅 뛰었다.

가르쳐주지 않았을 텐데 어째서.

"당신, 사라진다. 기뻐할 사람, 곤란할 사람, 분명 많이 있어."

"어떻게 내 이름을 알아?"

"용사, 아주 유명해. 모를 리가 없어."

"……그것도 그런가?"

이런 아이에게조차 알려졌다. 역시 이 왕도에는 도망칠 곳이 없다고 깨달았다.

"목적은, 나의 가치를 보이기, 더 많은 인간……."

소녀는 키릴에게 들리지 않을 정도로 작게, 자신에게 되뇌듯 조용히 중얼거렸다.

그리고 "후우" 하고 가볍게 숨을 내뱉었다.

"볼래?"

뭘── 하고 키릴은 물으려 했지만, 소녀가 서서히 일어났기에 기회를 놓쳤다.

소녀는 흔들리지 않는 눈동자로 그녀를 내려다보았다.

"우리, 살아 있는 증표, 새길 곳."

아무래도 그녀는 키릴에게 "따라와"라고 말하는 것인 모양이다.

왜 방금 만난 자신에게 그렇게까지 해주지?

모르겠지만── 아무튼 지금은 뭐든 좋으니 길잡이를 원했다.

키릴은 한심한 마음에 이를 꽉 깨물면서도 고개를 끄덕였다.

그러자 소녀는 미소 지은 듯 보였다.

"난, 뮤트야."

"아아, 이름……. 잘 부탁해, 뮤트."

"응. 잠시, 잘 부탁해, 키릴."

그렇게 말하며 두 사람은 악수를 나누었다.

손바닥이 맞닿은 순간, 키릴은 오싹한 한기를 느꼈다.

뭔가 평범하지 않은 힘이 뮤트의 안을 순환하는 듯한 느낌이 들었다.

하지만 '괜한 생각이야'라고 스스로에게 되뇌며 키릴은 그녀와 함께 골목을 나섰다.

◇◇◇

왕국에는 무수한 유적이 존재한다.

왕도 북구에 존재하는 왕성의 지하에도 그런 유적을 이용한 공간이 존재했다.

몇 개의 '감방'이 즐비한 지하 감옥이 그중 하나였다.

"우리는 언제까지 여기서 감시해야 할까?"

"에키드나 님이 부르러 올 때까지겠지."

그곳은 법으로는 판가름할 수 없는, 왕국이나 교회에 해가 되는 인물을 붙잡아두기 위한 감옥으로 사용되고 있었다.

감옥 앞에 서서 창을 든 두 병사는 불만스레 대화를 나누었다.

"에휴…… 저런 '전 성녀'는 당장 처분하면 될 텐데."

"뭔가 생각이 있겠지. 재사용할 생각이라거나. 에키드나 님이라면 가능한 일이야."

그렇게 말하며 병사는 철창 너머를 힐끔 보았다.

시선 끝에는 바닥에 누워 몸을 경련하는 마리아의 모습이 있었다.

그 얼굴은 완전히 괴물이었고, 전체적으로 퍼진 붉은 살이 소용돌이치며 산발적으로 피를 뿜고 있었다.

"우웨엑……."

"뭘 인제 와서 불쾌해하고 난리야? 몇 번 봤잖아?"

"봤지만, 본래 예쁜 얼굴이었으니 충격이 커. 그보다 감시할 필요가 있나?"

에키드나의 함정에 걸린 마리아는 붙잡혀서 이곳에 투옥되었다.

그녀는 키마이라용이자 인간에게는 맞지 않는 코어를 사용하는 바람에 제대로 몸을 움직일 수조차 없는 추한 살덩어리가 되고 말았다.

실제로 오직 에키드나의 지적 호기심을 충족시키기 위한 실험에 이용되어 죽을 터——였지만.

'나는…… 또…….'

하지만 그녀는 다른 인간과는 달랐다.

교황이나 국왕처럼 어렸을 때부터 신의 계시를 받아 세뇌된 것도 아니고, 코어가 삽입되어 후천적으로 신의 계시를 듣는 능력을 얻은 것도 아니다.

오리진에게 그 소질을 인정받아 사도로서 뽑힌 몇 안 되는 존재.

그런 그녀를 **그들**이 쉽게 놓아줄 리 없었다.

'또…… 인간에게 속았군요……. 아아, 정말 멍청하다니까…….'

인간의 의사를 잃은 듯 보이는 것은 다만 연기였다.

몬스터용으로 개조된 코어에 육체가 적응할 때까지 시간은 걸렸지만, 오리진의 조력도 있어 이미 움직일 수 있는 정도까지 회복되었다.

'모든 목숨을 근절할 때까지는 죽을 수 없는데.'

마리아의 증오는 오리진과 동조한다.

이 세상에 목숨 따위는 필요 없다.

인간도 마족도, 자신을 배반하고 희롱하는 악의 덩어리는 모두 멸해야 한다.

'오리진 님…… 아아, 그렇군요. 다음은 그렇게……. 그렇다면 저도…….'

신의 계시를 받아 마리아는 움직이기 시작했다.

병사들에게 들키지 않도록 천천히 일어나 손바닥에 소용돌이치는 빛을 띄웠다.

그대로 빛의 입자를 흩뿌리면 감방과 벽을 통과하여 병사는 죽을 터였다.

하지만——.

"네, 네가 어떻게 여기에 있어?!"

"그만해. 여기 있는 건……끄아아앗!"

마리아가 할 것까지도 없이 두 병사는 누군가에게 당해 그 자리에 쓰러졌다.

멍하니 그 모습을 보는 그녀의 앞에, 마음 어디선가 기다리던 **그**가 나타났다.

"왕자님이 멋지게 등장! 이건 마리아도 틀림없이 심쿵했을 거야!"

라이너스는 손가락을 딱 울리며 의기양양하게 웃었다.

"라이너스……씨…… 어째서…… 아. 아, 안 돼애애애애애애

애애애앳!”

마리아는 즉각 자신의 얼굴이 어떤 상태인지 떠올리고 얼굴을 가리며 몸을 웅크렸다.

이렇게 추한 모습을 라이너스에게만은 절대로, 결단코 보여주고 싶지 않았다.

“……이런, 심쿵 운운할 때가 아니었구나. 금방 열 테니 기다려, 마리아!”

라이너스는 호주머니에서 철사 같은 것을 몇 개 꺼내어 열쇠 구멍에 넣었다.

“그만두세요! 아까 그 추한 모습을 봤잖아요! 이제 제 의사로는 본래대로 돌아갈 수도 없어요. 이런 저를 구해 봤자!”

“바람의 흐름을 더듬다 보니 지하에 감옥이 있지 뭐야. 영차, 이 정도의 잠금장치라면 누워서 떡 먹기지.”

라이너스는 마리아의 말을 듣지 않고 마침내 문을 열더니 감옥 안으로 들어왔다.

“자, 도망치자. 이렇게 짜증 나는 곳은 마리아 같은 미인에겐 어울리지 않아.”

그리고 아무렇지도 않게 소용돌이치는 얼굴 따위는 개의치 않고 손을 내밀었다.

마리아는 웅크린 채 “으, 으으으” 하고 목소리를 떨었다.

라이너스는 그런 그녀의 어깨에 손을 얹고 다정하게 말했다.

“울지 말고 내게 마리아의 예쁜 얼굴을 보여줘.”

“싫어요……. 절대로, 안 돼요…….”

"나는 무슨 일이 있어도 마리아를 좋아해. 그것만은 영원히 변하지 않는다고 단언할 수 있어."

너무나도 기쁜데 손가락 사이로 흘러 떨어지는 것은 더러운 혈액뿐이었다.

절대로 보여주고 싶지 않다. 그게 세상에서 제일 싫다.

하지만── 영원히 숨기기는 불가능하다는 건 마리아도 잘 알고 있었다.

이제 끝이라고 절망하며 얼굴을 감춘 손을 천천히 떼고 그를 바라보았다.

"이렇게 추한데요? 이런 저라도 당신은 좋아한다고 말해주실 건가요?"

오리진에게 몸을 바치고 모든 것을 포기해도── 라이너스의 앞에서는 그 나이 또래의 모습이 나오고 만다.

사랑이란 그런 것이다. 억누른다고 되는 게 아니다.

그렇기에, 멀쩡한 자신으로 돌아가 버리기에 절망도 컸다.

이번에야말로 라이너스의 마음은 멀어질 것이다. 그렇게 되면 즉시 도망치자──. 마리아는 그렇게 결심했다.

그리고 인간으로서의 자신을 완전히 버려 오리진의 사도로서의 역할을 다하자고.

하지만 그는 그녀가 기대한 대로는 움직이지 않았다.

아무 말도 없이── 그 얼굴에 손을 뻗어 뺨이 있었던 곳을 만졌다.

질퍽, 하고 끈적끈적한 액체가 라이너스의 손을 더럽혔다.

"……어?"

어안이 벙벙한 마리아에게 라이너스는 미안한 듯 말했다.

"아…… 마음대로 만져서 미안해. 역시 이건 아파?"

왜 무서워하지 않지? 왜 매도하지 않지? 이렇게 괴물 같은 모습을 앞에 두고——

"이렇게 피가 나고 훤히 드러나 있으니까."

——평소와 똑같은 모습으로 말을 걸 수 있다.

"저, 저기, 어째서……."

"뭐가 '어째서'야?"

"그만하세요. 만지면…… 라이너스 씨의 손이 더러워져요."

"하핫, 그게 뭐야. 마리아를 만지는 것보다 중요한 일이 있다는 거야?"

그는 웃었다.

예상을 뒤집어, 뛰어넘어, 모든 것을 버리려 했던 마리아의 결심을 부수었다.

"유감이네. 나는 이 정도로는 마리아를 싫어하지 않아."

"……이상, 해요."

"그럴지도 모르지. 이상하리만큼 좋아진 모양이야. 하지만 여행 중에 나를 그렇게 만든 건 다름 아닌 마리아야. 나만의 책임으로 취급하면 곤란해."

어깨를 움츠리며 라이너스가 말하자 마리아도 무심결에 웃었다.

"그런데 어떻게 하죠? 이런 얼굴로는 자유롭게 밖을 돌아다니지조차 못할 거예요."

"이목은…… 물론 신경 쓰이지. 그럼 일이 잠잠해지면 시골에서 은거할까?"

"네……? 그랬다가는 라이너스 씨는 지위도 명예도 버리게 되는 건데요?!"

"그러니까 말이야. 돈이라면 지금까지 번 걸로 놀아도 평생 먹고 살 수 있어. 앞으로는 밭을 일구고 가끔 사냥이라도 하며 평화롭게 사는 건 어떨까? 마리아에게는 너무 지루한 일인가?"

농담도 상상도 아니라 라이너스에게는 진심으로 그것을 실행할 각오가 있었다.

이미 머릿속으로는 계획을 세우기 시작했다.

익숙지 않은 시골에서의 불편한 생활은 적응할 때까지 힘들겠지만, 그녀와 함께라면 분명 고생도 즐거울 것이다. ──그렇게 믿어 의심치 않았다.

"아니요……. 결코 그렇지 않아요. 하지만…… 아아, 이런 꿈만 같은 일이……."

"꿈이라. 마리아가 그렇게까지 말해주니 기쁘네. 남자로 태어난 기쁨을 느껴. 그럼 서로 마음이 통했으니 결정이네. 괜찮아. 반드시 행복한 나날이 될 거야. 내가 보증할게."

마리아도 마리아 나름대로 이 몸으로 아이를 낳을 수 있을지 등 설레는 생각을 하기 시작했다.

안 된다. 이런 건 안 된다. 희망에── 심하게 빠졌다.

"하지만 굉장히 곤란한 일이 딱 하나 있어."

"왜 그러시죠?"

라이너스는 머리를 긁적이고 쓴웃음 지으며 말했다.

"이 경우엔 어디에 키스하면 좋지?"

"……그, 그건…… 저도 몰라요."

평범한 얼굴이었다면 마리아의 얼굴은 분명 잘 익은 과일처럼 새빨개졌을 것이다.

하지만 보이지 않아도 말만으로 그것이 전해졌는지 라이너스는 흐뭇해졌다.

결국 그는 고민한 끝에 마리아의 손을 잡더니—— 그 손등에 맹세를 담아 키스했다.

"그럼 갈까, 공주님?"

간지러운 대사에 마리아의 가슴은 크게 뛰었고, 현기증이 날 정도로 '좋아하는' 감정이 부풀었다.

그리고 마리아는 열기로 들뜬 채 그의 손을 잡고 물거품 같은 꿈에 몸을 맡겼다.

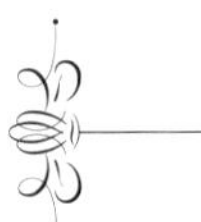

04 개연(開演)

책상에 즐비한 서류와 마주한 사투키는 방에 울려 퍼지는 노크 소리와 동시에 손을 멈추었다.

그리고 의자에 앉은 채 빙글 돌아 "들어와"라고 말했다.

열린 문 너머에서 오틸리에와 넥트가 나타났다.

"사투키 님, 지시하신 대로 넥트를 데려왔습니다."

넥트는 호주머니에 손을 넣은 채 "흠……" 하고 언짢은 듯 외면하고 있었다.

"자네와는 처음 보는군. 마더와는 몇 번인가 대면한 적이 있지만."

"그야 그렇겠지. 칠드런에게 당신은 적이니까."

"의외로군. 나는 다른 추기경처럼 연구에 관여하지 않아. 아직 **신입**이거든."

"그 신입이 설마 대성당의 지하에 이런 비밀 기지를 만들다니. 입구를 대성당 밖에 만들어 놓고 지금까지 용케 들키지 않았네. 등잔 밑이 어둡군."

"막상 권력을 쥐어 보면 의외로 자유롭게 움직일 수 있어. 특히 교회처럼 위가 단단한 조직일수록 말이야."

이곳은 사투키가 개인적으로 소유한 지하 시설이었다.

하지만 그곳을 조성하는 데 추기경으로서의 권력이 크게 이용되었다는 점은 상상하기 어렵지 않았다.

"저는 그만 돌아가겠습니다. 바빠서요."

"그래, 수고했네. 나중에 추가 보수를 지급하도록 하지."

"그건 모든 게 끝난 뒤에라도 괜찮습니다. 저는 언니를 위해 싸울 뿐이니까요."

오틸리에는 그렇게 말하고 방을 떠났다.

"돈에 집착하지 않는 용병은 다루기 어렵군."

"저 사람은 아저씨가 군에서 뽑았어?"

넥트는 멋대로 방에 있는 소파에 앉아 거만하게 책상 위에 발을 얹었다.

적의를 감추지도 않는 그녀에게 사투키는 쓴웃음을 지었다.

"그렇게 대단한 일은 하지 않았어. 앙리에트가 군이 해체되기 직전에 오틸리에만을 대피시켰지. 그리고 의지할 곳이 없어진 그녀를 내가 거뒀어. 물론 앙리에트도 처음부터 그렇게 될 것을 예상하고 그녀를 대피시킨 모양이지만."

"도망치듯 군을 빠져나간 시점에 교회 기사가 놓칠 리 없지. 그럼 아저씨에게 보호받는 편이 안전하다는 건가? 뭐, 그 언니 얘기는 납득됐다 치고── 왜 내가 이곳에 끌려 왔는지, 그리고 '리버설 코어'라는 것에 대해서도 가르쳐주겠어?"

"물론이야. 그러려고 불렀으니까."

사투키는 일어서서 종이 한 장을 들고 넥트의 정면에 앉았다.

그녀는 그가 내민 그 서류를 손에 들더니 가볍게 훑어보았다.

"오리진과 반대인 에너지를 가진 코어…… 키마이라에 대적할 비장의 카드……라. 추기경이 될 때 받은 '세례'도 이 코어로 막았군. 그래서 광신도랑 이야기하는 느낌이 들지 않는구나."

"이해가 빨라서 다행이야. 총명한 자네에게 속이려 할 필요는 없겠지. 툭 터놓고 말할게. 자네들이 이 리버설 코어의 실험체가 되어 줬으면 해."

사투키의 말에 넥트는 "핫" 하고 코웃음으로 대답했다.

"싫어. 이득이 없잖아."

"물론 보상은 있어. 실험이 성공하면 자네들을 평범한 인간으로 되돌리기로 약속하지."

"그건……."

"플럼 애프리코트와 약속했지? 하지만 지금 그녀에게 그럴 여유는 없어. 아마 장래에도 그럴 테지. 우리가 그걸 대행한다는 소리야. 나쁜 조건은 아닐 거야."

넥트는 어금니를 꽉 깨물고 괴로운 표정으로 생각에 잠겼다.

확실히 그것은 지금의 넥트가 바라는 바다.

잉크처럼 평범한 아이로서 행복한 일상을 보낼 수 있다면 바랄 나위가 없다.

하지만 진짜 목적은——.

"공교롭게도 다른 칠드런이 어디 있는지 나는 몰라."

"알고 있어. 찾아서 데려오는 것도 포함된다면 수지가 맞지 않나?"

"부탁하지 않아도 찾을 생각이었어. 교회 기사가 어슬렁거려서 그럴 상황이 아니었지만."

넥트가 길드 근처에 있던 것은 플럼에게 조력을 부탁하기 위해서였으리라.

하지만 한편으로는 그렇게까지 기대도 될까—— 하는 고뇌도

틀림없이 있었다.

“하지만 만약 찾는다고 해도 그 녀석들이 인간으로 돌아가기를 바랄지는 몰라. 교회에도 버림받아 갈 곳을 잃은 그 녀석들이 자포자기해서 무슨 짓을 할지…… 나도 상상이 되지 않아.”

“그렇기에 더욱, 그들에겐 한시라도 빨리 ‘마더에 대한 의존’ 이외의 구원이 필요해. 안 그래?”

이 남자는 그 온갖 악귀가 꿈틀거리는 오리진교에서 추기경에 오른 괴물이다.

믿을 가치는 없다.

하지만 기대고 싶을 만큼의 힘을 가진 것도 사실이다.

“설마 칠드런 수색을 내게만 떠맡길 생각은 아니겠지?”

“물론 협력은 아끼지 않을게. 오틸리에든 병사든 마음대로 써.”

“그 언니는 아까 바쁘다고 했는데……. 알았어. 그렇다면 나도 아저씨의 이야기에 응할게. 단, 실험을 받을지 말지는 그 녀석들의 의사에 맡길 건데 괜찮겠어?”

“그래, 강요하지는 않을게. 그 조건도 괜찮지? 닥터 차타니.”

사투키는 방의 벽을 향해 그렇게 불렀다.

넥트는 그와 같은 벽을 바라보며 고개를 갸웃거렸다.

아까 오틸리에도 같은 이름을 말했는데, 리버설 코어라는 걸 만든 닥터 차타니는 대체 어떤 인물일까?

‘코어의 특성으로 보건대 플럼 언니와 관련이 있다고도 생각할 수 있는데……. 하지만 왜 벽에?’

넥트의 의문에 답하듯 벽에서 반투명한 남자의 머리가 불쑥 나타났다.

"뭐……? 투명해? 인간이 아니야?!"

놀란 그녀와는 대조적으로 벽에서 나타난 흑발에 지저분하게 수염을 기른 남자는 나른한 듯 벽을 빠져나와 흰 가운의 호주머니에 손을 찔러넣은 채 사투키에게 다가갔다.

"소개하지. 이쪽이 닥터 차타니야. 일찍이 구문명이 멸망하기 전에 존재한 차타니라는 남자가 만들어낸 **복제 인간**이지."

"……반가워요. 서력 2198년에서 찾아온 고대인 차타니예요. 잘 부탁해요."

그의 자기소개까지 겹쳐, 계속되는 이해하기 힘든 일들에 넥트는 저도 모르게 머리를 감쌌다.

대성당의 바로 뒤편에는 교회 기사단의 대기소가 있다.

기사단장인 휴그의 방에는 불과 얼마 전에 벤 목이 두 개 나뒹굴었다.

넥트 및 마더의 포획 실패 보고를 듣고 숙청이 이루어진 것이다.

그것을 본 리셸은 "늘 있는 일이야"라며 낄낄 웃었고, 버트는 몸을 바들바들 떨었다.

"아저씨. 그렇게 쫄 필요 없다니깐. 이 녀석들은 본래 왕국군 사람이니 신경 쓰지 않아도 돼."

"리셸이 옳지만 벌을 받지 않으면 곤란해. 앞으로는 기사단 인

간을 제물로 삼을까.”

검집에 검을 넣으며 휴그는 태연히 잘라 말했다.

그에게 인간의 목숨 따위는 별 가치가 없는 것이었다.

“게다가 앙리에트의 개나 영웅이 간섭했다면 어쩔 수 없어. 부유 도시를 기동할 준비도 진행하고 있어. 앞으로 우리는 그쪽에 전념할 거야.”

“하지만 칠드런이 폭주하지 않을까요?! 왕도 사람들이 희생될 가능성이 있어요!”

“문제 있어?”

가볍게 고개를 갸웃거리며 눈도 깜빡이지 않고 버트를 응시하는 휴그.

버트는 살기도 노기도 아닌 정체 모를 한기를 느껴 말을 잃었다.

“우리는 군이 아니라 오리진 님의 기사야. 오리진 님을 위해 살고 오리진 님을 위해 죽는다. 오히려 왕도의 백성이 절멸한다면 기뻐해야지――. 버트, 너는 어떻게 생각해?”

“……윽, 아, 네. 저, 저, 저도 그렇게 생각합니다!”

시선을 헤매며 말을 더듬는 버트를 보고도 휴그는 딱히 반응을 보이지 않았다.

하지만 죽이지 않은 것은 그 대답에 만족했다는 뜻이리라.

“단장, 그러고 보니 **그놈들**은 어떻게 할래? 세례를 받은 데다 눈앞에서 부하가 몇 명이나 살해돼서 죽을상―― 아니, 마음이 완전 죽었던데.”

“앙리에트와 헤르만 말인가……. 폐인은 내버려 둬도 돼. 조만간 쓸 때가 올 거야."

"으~응. 베르나라는 놈은 그냥 둬도 괜찮아? 에키드나가 데려왔지?"

"그자는 **처음부터** 에키드나의 충견이잖아. 그쪽도 내버려 둬. 우리가 생각해야 할 건 어떻게 마족을 모조리 죽이고 오리진 님을 해방하느냐—— 그것뿐이야."

휴그는 자리에서 일어나 리셀을 데리고 방을 나섰다.

버트는 목의 단면에서 계속 피가 흐르는 시체와 함께 홀로 남겨졌다.

긴장의 끈이 끊어진 그는 무릎에 힘이 풀려 주저앉았다.

"이 나라는…… 어떻게 되는 거야? 이럴 줄 알았으면 부단장이 되지 않았을 거야!"

제 목숨이 아까운 그는 휴그를 거역할 수 없다.

하지만 이 조직이 광기에 지배되었다는 것은 알고 있었다.

플럼과 가디오의 칠드런 수색 첫날은 헛수고로 끝났다.

왕도의 곳곳에서 전투의 흔적으로 보이는 것은 발견했지만, 발자취를 따라가도 앞으로 이어지지 않았다.

많은 사람 속에 섞인 아이를 찾기란 대단히 힘든 작업이다.

밤이 깊어지자 플럼과 가디오는 서구의 길드에 모여 정보를 교환한 뒤 그대로 해산했다.

다음 날 아침, 플럼은 밀키트보다 먼저 일어나 가장 먼저 밖에 나갔다.

그리고 우편함을 열자── 그곳에는 이미 봉투가 들어 있었다.

“이틀 연속 장난일 리도 없겠지?”

그 자리에서 봉투를 열어 안에 든 종이를 확인하자 그곳에는 역시── ‘앞으로 사흘’이라고 적혀 있었다.

하지만 이번에는 그것 말고도 문장이 더 있었다.

“우리는 하나의 표지를 향해 똑바로 걷는다, 가지를 잘라내는 일에 갈등은 없다……?”

“그게 뭐야?”

그것을 읽는 플럼의 뒤에서 남성이 불쑥 얼굴을 내밀었다.

“으아앗?!”

그녀는 저도 모르게 앞으로 쓰러질 뻔하여 편지를 땅바닥에 떨어뜨렸다.

그는 그것을 주워들더니 문장을 빤히 응시했다.

“라이너스 씨!”

“놀라게 해서 미안해. 엄청 집중하길래 궁금하지 뭐야.”

“오랜만이에요. 그런데 이렇게 이른 아침에 웬일이세요?”

“확인만 끝낼 셈이었어. 그런데 우연히 맞닥뜨린 거지. 그나저나 이렇게 훌륭한 집까지 얻고 협박 같은 편지까지 받다니, 우리와 헤어진 뒤로 무슨 일이 있었던 거야?”

“서서 이야기하기도 좀 그러니 일단 안으로 들어갈까요?”

그렇게 말하며 플럼은 현관문에 손을 댔다.

"그럼 실례할게……. 참, 그 전에."

하지만 그는 그 자리에서 발을 멈추더니── 천천히 바닥에 무릎을 꿇었다.

그뿐만이 아니라 양손도, 나아가 이마까지도 돌바닥에 댔다.

"자, 잠깐만요. 갑자기 왜 그러세요?!"

"정말로 미안해!"

라이너스는 자신의 어리석음을 부끄러워하고 분노하며 진심으로 엎드려 빌었다.

"노예로 팔려간 일이라면 딱히 라이너스 씨가 사과할 게 아니에요."

"진에게만 책임을 떠넘길 수는 없어. 나도…… 네게 차갑게 대하기는 했어. 돌아가는 게 그 아이를 위한 일이라고 교활하게도 착한 척 변명까지 해가며."

얼굴을 맞대고 듣자 다소 충격이기는 했지만── 그 당시 저주 장비도 없이 완전히 스테이터스가 0이었을 무렵의 플럼은 틀림없이 성가셨을 것이 사실이다.

"그런 생각은 태도에 드러나는 법이잖아? 그래서 나도 플럼을 몰아세웠어. 자각하지 못했다는 게 더 저질이지. 그걸 사죄하기 전엔 집에 들어갈 수 없어."

플럼은 라이너스를 용서하느니 마느니 하는 생각은 해본 적도 없었다.

물론 진은 원망하지만, 그것은 그가 명확하게 플럼에게 위해를 가했기 때문이다.

“저는 고향에서도 라이너스 씨 정도의 나이대는 알고 지내는 사람이 없었어요.”

“……응? 아, 응, 그랬지.”

“가디오 씨 정도로 연상이면 거리감도 가늠하기 쉽지만, 라이너스 씨나 진…… 씨…….”

“씨 자도 붙이지 말고 그냥 부르거나 ‘그 개자식’이라고 해도 돼.”

“그 개자식 정도의 나이 차이면 제대로 의사소통을 할 수가 없어서요.”

플럼 자신도 놀랄 정도로 자연스럽게 술술 그런 말이 나왔다.

그건 그렇다 치고, 그녀가 라이너스에게 품은 불편한 마음은 그 정도인 것이다.

“남자고 키가 크고 나이 차이도 미묘하고…… 하는 느낌이라서요. 그러니까 사과한다거나 용서한다는 차원조차 아니에요. 차갑게 대했다고 말씀하셨지만, 전혀 알아채지 못했고요.”

“……그럼 내가 이렇게 엎드려 비는 건 그냥 자기만족이로군. 난감하게 해서 미안해.”

“아니에요. 미안하다고 생각해주신 건 솔직히 기뻐요. 자, 얼른 들어가요.”

플럼이 부르자 주인들이 거실에 모였다.

밀키트는 플럼이 말을 걸 것까지도 없이 이미 깨어 있었지만,

평소라면 아직 잘 시간인 에타나와 잉크는 잠옷 차림으로 졸린 듯 눈을 비볐다.

"아, 안녕, 오랜만이네."

그는 너무나도 얼빠진 에타나의 모습에 당황하면서도 말을 걸었다.

"응, 오랜만이야……."

그녀는 멍한 목소리로 대답했다.

하지만 라이너스의 당혹감은 에타나에 대한 것뿐만이 아니었다.

얼굴을 붕대로 덮은 메이드에 눈을 봉합한 소녀── 그 강렬한 개성에 압도된 것이다.

"플럼, 이건 무슨 조합이야?"

라이너스는 저도 모르게 그렇게 물었지만, 플럼도 대답하기 곤란했다.

"밀키트는 제 파트너예요. 노예 상인에게 팔려갔을 때 만났죠."

플럼에게 소개받자 옆에 앉은 밀키트는 정중하게 머리를 숙였다.

"결국 그 아이도 노예라는 말인가? 붕대 밑은…… 묻지 않는 게 좋겠지?"

"본래는 독 때문에 문드러졌지만, 주인님의 도움으로 완치됐어요."

"뭐? 그럼 풀면 되잖아?"

"제 맨얼굴을 봐도 되는 사람은 저를 구해준 주인님뿐이에요."

부끄러워하면서도 자랑스러워하는 밀키트의 모습에 라이너스는 눈을 가늘게 뜨고 플럼 쪽을 보았다.

"이봐…… 너와 이 아이는 무슨 관계야?"

"오늘까지 서로를 지탱하며 살아온 관계인데 무슨 문제라도 있나요?"

"아니, 문제는 없지만…… 뭐, 짝이라는 소리로군."

라이너스는 좀처럼 이해가 되지 않았지만, 깊게는 생각하지 않기로 했다.

"그래서 거기 있는 아가씨는 누구고?"

"잉크는 내 환자고 지금은 내 친구야. 그래서 같이 살고 있지."

플럼이 설명하기 전에 에타나가 그렇게 잘라 말했다.

잉크는 아직 졸린 모양인지 의자에 앉은 상태로 눈을 감고 고개를 꾸벅거렸다.

"요컨대 이쪽도 이쪽 나름대로 다양한 사정이 있다는 뜻이로군."

"그 말은 자기들에게도 무슨 일이 있었단 걸 에둘러 어필하는 거네."

"그러니까 여길 왔지. 실은 키릴이 행방불명이야."

"그럴 수가, 왜죠?! 아니, 그렇구나……. 키릴은……."

처음에는 놀랐지만, 플럼에게는 반쯤 바라고 있던 짚이는 구석이 있었다.

"제 사정이 키릴에게 전해진 건가요?"

당시라면 모르겠지만—— 지금의 플럼은 그녀가 고뇌하고 고민했다는 것을 이해할 수 있다.

플럼과 둘이서 놀던 때의 키릴은 지극히 평범한 열여섯 살의 소녀였다.

평범한 소녀의 마음은 용사의 힘과 주위의 기대, 그리고 그 중책을 견딜 수 없었다.

무너져가는 마음, 금이 간 그 틈을 파고드는 진의 속삭임.

타인을 내려다보는 우월감이 임시방편으로 키릴의 마음을 편하게 해주었던 거겠지.

하지만 그것은 극약이라 반드시 부작용이 발생한다.

그것이 플럼이 파티에서 이탈한 뒤 서서히 키릴을 몰아세웠다.

그리고 플럼이 노예가 되었다는 사실을 들었을 때, 마침내 무너진 것이다.

"모자란 내 행동 때문이야. 언젠가는 전할 생각이었지만, 설마 진과 언쟁하는 걸 들었을 줄이야. 거듭 사과할게. 한심할 따름이야."

"제일 나쁜 건 진이니까 라이너스 씨는 잘못이 없어요. 하지만 언쟁을 했다는 건――."

"응, 당사자는 전혀 반성하지 않아. 그 나르시시스트는 천지가 개벽해도 자기가 옳다고 주장할 모양이야. 머리는 좋을지 모르지만, 속은 어린애야."

"조금이라도 멀쩡한 감각이 있다면 주인님께 그런 짓은 하지 않았을 테지요."

"그러게. 그러니 그 녀석에게는 사과를 끌어내지 못할 것 같아."

"기대도 안 하니까 괜찮아요. 그보다 키릴이 걱정이에요. 지금은 왕도가 뒤숭숭하니 사건에 휘말리지 않은 거면 좋겠는데……."

지금도 괴로워하고 있을 키릴을 생각하며 플럼은 슬픈 표정을 지었다.

키릴이 플럼의 지탱을 받았듯 반대의 경우도 가능하다.

지금도 플럼의 마음속에 키릴의 존재는 크게 자리하고 있다.

"역시 뒤숭숭하구나. 플럼, 괜찮다면 무슨 일이 일어나고 있는지 내게 가르쳐줄래? 최소한의 정보 수집은 했다고 생각하지만, 아무래도 핵심에서 멀리 떨어져 있는 기분이 들어."

라이너스가 교회를 상대로 하는 싸움에 가세해준다면 이보다 더 든든할 수는 없을 것이다.

플럼은 흔쾌히 오늘까지 있었던 싸움에 대해 중요한 부분을 추려 그에게 말했다.

"플럼…… 내가 생각한 것보다 더 심한 아수라장을 겪었구나."

그는 동정하듯 말했다.

"용케 살아 있구나 싶어요."

플럼은 쓴웃음 지으며 그렇게 대답했다.

"하지만 배후가 교회였을 줄이야. 게다가 왕국 그 자체가 교회에 먹혔다니. 마왕 토벌 운운할 때가 아니네."

"오히려 마왕은 아군일 가능성마저 있지."

"네이거스라는 사람이 세라── 저희의 친구를 도와줬을 정도예요."

"네이거스라면 3마장 중 한 명이지? 그 녀석들이 인간을 돕기도 해……? 우리는 혹시 엄청 의미 없는 싸움을 하는 거 아니야?"

"교회에는 의미가 있었지."

"나 참, 속은 기분이야. 교회 놈들은 하나부터 열까지 변변치 못하네. 아…… 그러고 보니 어제 일 말인데, 아까 말한 칠드런

같은 아이를 발견했어."

"어디서요?!"

플럼은 몸을 앞으로 기울이며 이야기에 덤벼들었다.

라이너스는 그 엄청난 기세에 놀라 살며시 몸을 뒤로 젖혔다.

"서, 서구의 골목에서. 아주 덩치가 큰 여자…… 같은 녀석이 교회 기사의 습격을 받고 있었어. 그걸 구해주니 갑자기 초록색 머리카락의 조금 통통한 아이가 나타났지……."

"통통…… 프위스지?"

플럼이 말하자 잉크는 고개를 위아래로 끄덕였다.

"주인님, 덩치가 큰 여자는 혹시 마더가 아닐까요?"

"그 녀석도 교회 관계자야?"

"칠드런 연구를 총괄하는 인간. 참고로 남자예요."

"진짜냐……? 알았으면 그 자리에서 붙잡았을 텐데."

라이너스는 분개했지만, 그때는 오리진 코어의 존재조차 몰랐으니 어쩔 수 없다.

"왕도에 아직 있다는 걸 안 것만으로도 수확이에요. 감사합니다, 라이너스 씨."

"그렇게 말해주니 고맙네. 기사놈들도 그렇지만, 왕도에서 당당히 목숨을 빼앗는 걸 보고도 못 본 척할 수는 없지."

라이너스의 눈동자에 뜨거운 결의가 깃들었다.

겉모습은 경박해 보이지만, 이래 봬도 할 때는 하는 남자다.

"플럼, 나도 그 '칠드런'이나 '나선 괴물'과 싸울게. 여자애가 목숨을 걸었는데 왕도가 앞마당인 내가 베팅조차 하지 않다니 너무

한심하잖아."

"라이너스 씨가 아군이 되어준다면 든든하죠!"

플럼은 눈을 빛내며 기뻐했다.

하지만 용감한 말과는 정반대로 라이너스의 표정은 어딘가 떨떠름했다.

자기가 뱉은 '나선 괴물'이라는 말.

얼굴에 살점이 소용돌이치는 괴물── 그 말을 듣고 마리아를 떠올리지 않을 수 없었던 것이다.

◇ ◇ ◇

때는 어제로 거슬러 올라간다.

라이너스는 가까이에 있던 천 조각을 로브 대신 마리아에게 씌우고 그대로 왕도를 탈출했다.

지하 감옥에 돌입할 때 많은 병사를 기절시켰기에 밖에 나갈 때까지는 매끄러웠다.

하지만 교회 기사단이 이내 추적자를 보낼 것은 틀림없었다.

우선은 왕도에 몇 곳인가 있는 은신처 중 한 곳에 마리아를 대피시키기로 했다.

"답답한 곳이라 미안해, 마리아."

"굉장해요……. 이런 곳이 몇 곳이나 있나요?"

되도록 얼굴을 가리면서도 마리아는 흥미진진한 모습으로 오두막 안을 둘러보았다.

벽에는 검과 활 몇 개가 걸려 있었고, 선반에는 식재료뿐만 아니라 화살통이나 화약이 즐비했다.

"동료와 공유하고 있어. 최근에는 모험가 일에서 멀어졌으니 쓸 일도 줄어들었지만……. 이 근처였나? 어디 보자…… 그러니까…… 있다!"

라이너스는 방의 구석에 놓인 바구니에 손을 집어넣더니 무언가를 꺼내어 높이 쳐들었다.

"그건 가면……인가요?"

"일단 마리아의 얼굴을 가리려고. 디자인이 별로야?"

"아니요, 감사해요. 그런데 왜 이런 가면을 갖고 계세요?"

마리아는 가면을 받아 얼굴에 대며 라이너스에게 물었다.

"내 동료도 여러 가지 사정이 있어서. 뒷일을 하는 녀석도 있거든."

"라이너스 씨도……."

"나는 하지 않는 사람이야. 그보다 이렇게 이름이 팔렸는데 어둠의 세계에서 어떻게 일하겠어."

"후후후, 확실히 라이너스 씨는 멋있으니 숨어도 금세 발견될 거예요."

"이런. 마리아, 말해두겠는데 나 같은 남자는 치켜세우면 금세 우쭐해진다?"

"마음껏 우쭐하세요. 저는 짓궂은 라이너스 씨가 좋아요."

"이런! 방금 그건 심쿵했어, 마리아……!"

라이너스는 무릎을 꿇고 능청스럽게 쓰러졌다.

마리아는 그 모습을 보고 실로 즐거운 듯 낄낄 웃었다.

그날, 두 사람은 오두막에서 하룻밤을 보냈고 라이너스가 밖으로 나온 지금도 마리아는 그곳에서 대기하고 있다.

◇◇◇

즐거워서 가볍게 장난을 치기는 했다.

하지만 마리아는 한 번도 라이너스에게 오리진 코어나 교회에 관한 이야기를 하려 하지 않았다.

'내게도 아직 말할 수 없는 게 있는 거야, 마리아……?'

그녀와 대화하며 거짓이나 허구는 느끼지 않았다.

아마 그녀는 필사적으로 현실에서 눈을 돌리려는 게 틀림없다.

'하지만 플럼네가 교회와 맞서는 이상, 언젠가는 알 일이야. 그때 마리아는 어떻게 할까? 아니, 나도 그래…….'

입을 다문 라이너스에게 에타나가 물었다.

"라이너스, 교회에 대해 아는 게 있으면 말해줘."

"미안하지만…… 지금은 없어."

"지금은?"

"나중에 '생각해 보니 교회의 짓이었다'라는 결과가 있을지도 모른다는 소리야."

"……라이너스 씨?"

플럼은 작게 그의 이름을 중얼거렸다.

라이너스는 잘 얼버무렸지만, 그녀는 흔들리는 눈동자를 놓치지 않았다.

무언가를 감추는 것 같다……. 하지만 악의가 있어서 얼버무린 것은 아니다.

언젠가 말해줄 것이라며 느긋하게 기다려도 좋을지 모르지만, 상황이 뒤로 미루기를 허용하지 않았다.

일단 플럼은 떠보듯이 라이너스와 교회를 연결할 법한 말을 던졌다.

"라이너스 씨, 마리아 씨는 어떻게 지내나요?"

"마리아? 글쎄, 어딘가에 있지 않을까?"

"만나러 가지 않았나요?"

"키릴을 찾느라 그럴 때가 아니었어. 하지만 네 이야기를 들으니 불안해지네. **지금 만나러 가려고** 해. 물어봤으면 하는 게 있어?"

플럼의 의도를 알아챘는지 라이너스는 **거짓말은 하지 않았다**.

행동과 눈동자의 움직임으로 긴장을 들키지 않고 잘 얼버무린 것이다.

하지만 한편으로, 어디에 있는지 모른다고 했음에도 만날 수 없을지도 모른다는 불안이 느껴지지 않았다.

마치 만날 것을 확신하는 듯한 말투였다.

"……라이너스 씨. 솔직히 말해서 저는 마리아 씨를 수상히 여기고 있어요."

플럼의 말에 라이너스의 눈가 근육이 움찔 굳었다.

작은 움직임이긴 했지만, 아픈 곳을 찔렸다고 느낀 것이 틀림없다.

"여행에 참여한 유일한 교회 관계자니까. 자연스러운 생각이야."

"교회와 싸운다면 언젠가 마리아 씨와 적대할 일도 있을지 몰라요."

"그건 아니야."

"어떻게 단언할 수 있죠?"

"나는 마리아를 믿고 싶어. 아니—— 무슨 일이 있어도 마리아를 믿을 거야. 그 아이가 내게 거짓말을 할 리 없어."

"아무 근거도 없잖아. 마리아가 어마어마한 악녀라면 어떻게 하지?"

"에타나의 말이 맞을지도 몰라. 하지만 나는 이래 봬도 여자 보는 눈은 있어. 마리아는 악녀가 아니야. 그건 분명히 단언할 수 있어."

역시 근거다운 근거는 없다.

그런데도 단언하는 라이너스의 말을 조용히 듣고 있던 밀키트가 입을 열었다.

"……그건 사랑하기 때문인가요?"

갑작스러운 질문에 플럼은 물론이거니와 에타나도 깜짝 놀라 굳었다.

한편 라이너스는 가슴을 펴고 당당히 대답했다.

"그래, 사랑하기 때문이야."

그는 망설임 없이 단언했다.

그러자 밀키트는 "그렇군요"라고 중얼거리더니 무언가를 생각하듯 눈을 내리깔았다.

분명 그녀 나름대로 플럼과 무슨 관계인지 진지하게 생각하는 것이리라.

라이너스의 대답을 듣고 무엇을 생각하는지 플럼은 조금 불안했지만.

“…….”

“납득이 안 돼? 플럼.”

“오리진 때문에 파멸하는 사람을 많이 봤어요. 설령 라이너스 씨는 괜찮다고 해도 마리아 씨의 파멸에 휘말리지 않을지 불안해요.”

“……플럼, 아마 더 이상은 무슨 말을 해도 소용없을 거야. 라이너스의 결심은 굳건해.”

에타나의 말을 듣자 플럼은 납득할 수밖에 없었다.

“게다가 어차피 우리는 마리아를 만날 수 없어.”

“그렇지만…… 라이너스 씨, 만약 대성당에 만나러 간다면 모쪼록 조심하세요. 설령 마리아 씨가 아군일지라도 다른 교회 사람이 무슨 짓을 할지 모르니까요.”

“걱정해줘서 고마워. 도망치는 데는 자신이 있어. 누군가가 나를 노린대도 목숨만은 꼭 지킬게. 그럼 나는 그만 갈게. 아침부터 실례했어.”

라이너스는 자리에서 일어나 집을 나섰다.

발소리가 멀어지며 들리지 않게 되자 마침내 잠에서 깬 잉크가 입을 열었다.

“아까 그 라이너스라는 사람의 말엔 굉장한 자신감이 있었어.”

“사랑은 맹목적이지――. 그러지 않았으면 좋겠는데. 우리에게

도 여유는 없네. 마리아는 그에게 맡기고 칠드런과 키릴을 찾는 데 전념해야 해."

"그러게요……."

칠드런뿐만 아니라 교회 기사도, 키릴도, 라이너스나 마리아도 이곳 왕도에서 활동하고 있다.

수많은 불씨가 연기를 내는 가운데, 묻혀 있는 화약은 언제 폭발할지── 플럼은 불안해서 견딜 수가 없었다.

"당장 찾아오려고 해요. 에타나 씨, 밀키트와 잉크를 부탁할게요."

몸을 움직이지 않으면 쏟아지는 불안에 짓눌릴 것 같았다.

그녀는 밀키트의 머리를 쓰다듬고 세 사람에게 "다녀오겠습니다"라고 말한 뒤 재빨리 집을 나섰다.

집을 지키는 일은 에타나만 있으면 안심할 수 있을 것이다.

집을 나서자마자 플럼은 가디오의 모습을 발견했다.

그는 검은 코트를 펄럭이며 이쪽으로 달려왔다.

"가디오 씨! 라이너스 씨와 만나지 않으셨어요?"

"그 녀석이 왔었어? 엇갈린 모양이군. 한 번은 만나고 싶었지만 지금은 그럴 때가 아니야. 동구에서 '몸이 뒤틀린' 변사체가 발견됐어."

"그건 설마?!"

"스파이럴 칠드런(나선의 아이들) 짓일 테지. 드디어 움직이기 시작한 모양이야."

화약이 터진 건 불안을 품은 직후—— 하지만 아직 크게 불이 퍼진 것은 아니다.

두 사람은 서둘러 동구로 향했다.

◇◇◇

현장은 동구의 인적이 드문 길이었다.

지금도 구경꾼들이 드문드문 보이지만, 이미 사체는 교회 기사가 회수하여 흔적도 없었다.

하지만 벽이나 바닥에 스민 피가 사건이 얼마나 참혹했는지를 말해주었다.

"어떻게 할까요? 생각보다 기사단의 움직임이 빨랐던 것 같은데요."

"나는 구경꾼과 주변 민가에서 이야기를 듣고 올게. 너는 지나가는 사람에게 정보를 모아줄래?"

플럼은 "네!" 하고 힘차게 대답한 뒤 가디오와 떨어져 큰길로 향했다.

하지만 처참한 사건이 있었기 때문인지 구경꾼을 제외하면 지나가는 사람은 적었다.

어쩔 수 없이 조금 걸어간 곳에 있는 공원에서 사람을 찾기로 했다.

부자가 사는 동구의 공원은 놀이기구도 화단도 깔끔하게 정비되었고 분수까지 설치되어 있었다.

벤치에 앉아 놀이기구를 타며 노는 아이를 바라보는 부인도 앉아 있을 뿐인데 기품이 있었다.

낯선 인종에게 조금 긴장하면서도 플럼은 그녀에게 말을 걸었다.

"저기…… 잠시 말씀 좀 여쭈어도 될까요?"

――하지만 대답은 없었다.

그녀는 모성이 넘치는 미소를 지은 채 마치 플럼을 무시하듯 아이를 바라보고 있었다.

"실례합니다, 잠시 말씀 좀 여쭈어도…… 될까요?"

이렇게까지 완벽하게 무시당하다니, 노예를 싫어하는 사람일까?

더 이상은 진척이 없을 테니 다른 사람에게 묻고자 그녀는 여성에게 등을 돌렸다.

그리고 멀어지려던 그때―― 뿌직, 하고 뭉개지는 듯한 소리가 등 뒤에서 들렸다.

"……응?"

돌아선 플럼은 여성이 **직접** 경동맥 부근의 살을 손으로 찢어 피를 철철 흘리는 모습을 보았다.

여성은 아픔도 괴로움도 없이 미소로 아이를 바라본 채 수없이 같은 부분의 살을 찢어발겼다.

이윽고 출혈량이 한계를 넘어서자 살의 색이 창백하게 변했고, 나아가 손을 움직이기조차 힘들어지자 벤치 위에서 경련하며 미소를 지은 채 숨을 거두었다.

"이, 건……."

여성의 아이는 어머니의 죽음을 봐도 그네를 타며 계속 즐거워했지만, 높이 올라간 순간에 손을 놓고 앞으로 내디뎌 두둥실 공중에 떠올랐다.

그대로 방어도 하지 않고 머리부터 딱딱한 바닥에 떨어져 목이 부러지며 죽었다.

다른 공원에 있던 사람들도 저마다 다른 방법을 써서 자살했다.

다른 아이는 자신의 목에 양손을 얽듯이 대고 자신의 완력으로 목을 부러뜨렸다.

그것을 보던 남성은 관자놀이에 엄지 끝을 대고 회전시키며 눌렀다.

그는 "키이이이이잉!" 하고 입으로 소리를 내며 손끝으로 두개골을 꿰뚫어 뇌를 파괴하여 죽었다.

그 밖에도 다양한 방법으로── 잇따라, 무의미하게, 부당하게 인간의 목숨이 농락되어갔다.

범인이 누구인지는 명백했다. 스파이럴 칠드런밖에 없다.

하지만 그 사실을 인식한 플럼조차도 너무나도 잔혹한 이 집단 자살 쇼를 앞에 두고── 말을 잃고 멍하니 서 있을 수밖에 없었다.

05 교착(交錯)

인간은, 정말로 우울할 때는 잠으로도 안녕을 얻을 수 없다.

악의 없는 악몽이 밀려오듯 키릴을 덮쳤다.

"축하해." "이 마을의 자랑이야." "오리진 님께 뽑히다니 굉장하다, 키릴."

그녀는 기쁜 척을 했지만, 누가 그런 걸 원한대?

기대받고 싶지 않다.

왜냐하면 다른 사람보다 우수해도 기대에 부응하지 못하면 냉혹한 평가를 받으니까.

수년 전부터 부모님에게 감자 농사법을 배웠다.

밭 한구석을 받아 최근에는 팔 수 있을 정도의 감자를 키울 수 있게 됐다.

오늘은 수확한 작물을 이용해서 과자라도 만들어 부모님께 대접하자.

두 사람은 웃으며 "맛있다"라고 말하고 키릴의 머리를 쓰다듬겠지—— 키릴은 그것만으로 행복했다.

『밭은 신경 쓰지 마. 너는 네 역할을 다하렴.』

아버지가 기쁜 듯 말했고 어머니도 고개를 끄덕였다.

키릴은 두 사람의 기대에 부응하기 위해 억지로 미소를 지으며 대답했다.

그때 울며 "사실은 싫어"라고 호소했다면 무언가가 바뀌었을까?

하지만 막상 말해보니 아무것도 변하지 않았다. ——그런 악몽을 꾸었다.

악몽에서 기어오르면 나쁜 현실이 펼쳐져 있었다.

딱딱하고 차가운 바닥에 누운 키릴은 살며시 눈을 떴다.

그곳은 중앙구의 동쪽에 있는 어느 가게 뒤였다.

이목이 닿지 않는 곳을 찾아 키릴과 뮤트가 다다른 곳이었다.

멍하니 눈앞에 펼쳐진 잿빛 풍경을 바라보는 키릴.

키릴은 살기 위해 필사적으로 먹이를 찾아 기어 다니는 작은 벌레를 관찰하며 "부럽다"라고 중얼거렸다.

"일어났어?"

먼저 일어나 있던 뮤트는 바닥에 앉아 벽에 등을 기대고 있었다.

"……응, 일어났어."

어제 그녀와 만난 뒤 수차례 말을 나누었다.

뮤트는 주장했다.

『인간, 혼자야. 타인, 바라지만, 사실, 이해하기, 무리야.』

그리고 모든 인간의 기대에 부응하는 것 또한 불가능하다.

하지만 그래도── 키릴은 실망하는 눈빛을 받기가 두려웠다.

『다정함, 정의, 분노, 증오, 그 외 전부…… 말, 달라. 의미, 같아. 모두, 자신을 위해.』

이 세계는 모든 사람의 자기만족으로 형성되어 있다.

주는 인간과 받는 인간, 서로의 채널이 우연히 일치되면 '친절'로 성립될 뿐이다.

『타인을 위해, 산다. 언젠가, 자신, 무너져.』

속죄도, 끊임없이 스스로를 나무라는 일도 결국 그저 자기만족이다.
그래 봤자 자신 때문에 상처받은 사람의 마음이 아물지는 않는다.
그러니 자신의 소망을 관철해라. ──뮤트는 그렇게 주장했다.
하지만 키릴이 변하는 일은 없었다.
가라앉은 감정에 죄책감의 사슬이 감겨 물 위로 떠오르기를 허락하지 않았다.
"슬슬, 시작해. 따라와."
그렇게 말한 뮤트는 일어서서 어딘가로 걸어가기 시작했다.
잠에서 깬 키릴은 부은 눈을 비비며 그녀의 작은 뒷모습을 쫓았다.

◇◇◇

무엇을 시작하는 것인지 물어봐도 뮤트는 말하지 않았다.
두 사람은 여전히 지저분한 로브를 입고 후드를 깊게 쓴 채 얼굴을 가리며 걸었다.
동구에 접어들자 유복한 인간이 늘어나기 시작해서 그 행색이 오히려 주위의 주목을 모았다.
키릴이 수상쩍게 시선을 헤매자 뮤트는 20대 정도인 남성에게 달려갔다.
"뮤트?"
키릴은 당황하여 말을 걸었지만 뮤트는 멈추지 않았다.
그대로 발을 멈추고 남성의 어깨를 잡자 당연히 그는 뮤트를 노려보았다.

하지만 그녀는 움직이지 않고── 능력을 발동시켰다.

"심파시(공감)."

키릴은 그때, 남성의 눈에서 의사가 사라지는 것과 뿌직하는 축축한 소리를 들었다.

뮤트는 그에게서 손을 떼고 볼일이 끝났다는 듯 다시 이동했다.

그 뒤에도, 뮤트는 공원으로 들어가 사람을 만지고는 "심파시"라고 중얼거리기를 반복했다.

"저기, 뮤트, 뭐 하는 거야?"

물어봐도 그녀는 대답하지 않았다.

하지만 뮤트와 접촉한 순간 움직이지 않게 된 사람들을 보니 어쩌면 뭔가 무시무시한 일이 일어나는 것은 아닐까 하는 공포가 솟구쳤다.

물론 키릴은 그녀가 누구인지도, 어떤 힘을 가졌는지도 모르지만.

공원 안을 한바탕 돌고 들어온 곳과는 다른 출구로 나갔다.

그리고 공원의 상황을 확인할 수 있는 위치에서 몸을 숨기더니 마침내 뮤트는 키릴을 보았다.

"준비, 다 됐어. 시작해."

그녀가 입은 로브의 목 부분은 어째서인지 검붉게 젖어 있었다.

"준비라니 무슨 소리야?"

"공감. 의식을 잇는다. 동일화시킨다. 의식, 혼탁. 자아, 상실. 오리진, 쏟는다. 나, 지배한다."

"동일화? 오리진? 지배? 미안해. 나도 알아들을 수 있게──."

"본다. 그로써, 안다."

뮤트의 말대로 키릴은 공원 쪽을 보았다.

그러자── 산책하던 남성이 서서히 자신의 주먹을 입에 넣기 시작했다.

입술이 찢어지는데도 억지로 밀어 넣고 목을 변형시키며 팔꿈치까지 삼켰다.

"……응?"

그에게 무슨 일이 일어났는지 키릴은 이해할 수 없었다.

남자는 자신의 팔을 삼키고 잡힌 물고기처럼 괴로워하더니 이윽고 질식하여 움직이지 않게 되었다.

"죽었어……?"

사람의 죽음이라는 비일상── 그것이 아무런 예고도 없이 눈앞에서 일어났다.

너무나도 현실감이 없어서인지 키릴은 이성을 잃지도 않았다.

그러자 죽은 남자의 옆에 있던 여성이 갑자기 딱딱한 바닥에 머리를 부딪치기 시작했다.

이마가 찢어져 피가 나도, 뿌직하고 무언가가 뭉개지는 듯한 소리가 나도 그녀는 멈추지 않았다.

양팔에 힘이 들어가지 않아도 바닥에 필사적으로 머리를 비비는 그 행위는 죽을 때까지 이어졌다.

"아…… 아아……."

근처를 걷던 남자아이가 자신의 팔에 있는 살을 빵처럼 뜯어 먹기 시작했다.

"무, 무슨…… 무슨 일이, 일어나는 거야……!"

남자아이의 옆에 선 어머니는 자신의 눈알을 손가락으로 파내어 던져버렸다.

또한 뻥 뚫린 공간에 억지로 손을 집어넣어 뇌를 휘저으려 했다.

"뮤트…… 설마 저거, 네가 한 짓이야……?"

"그래, 나, 시켰어."

뮤트는 즉각 대답했다.

여기까지 데려온 것은── 그녀가 보여주고 싶다고 말한 것은── 이 광기 어린 광경이었던 것이다.

"하고 싶은 일, 한다. 다른 사람, 관계없어. 살아 있는 증거, 상처, 남긴다."

"그, 그건 안 돼. 그런 건 이상해!"

키릴은 거친 목소리로 외치며 뮤트를 노려보았다.

하지만 그녀의 얼굴은 모자로 가려져 잘 보이지 않았다.

"이상한 거, 아무것도 없어. 옳은 것도, 아무것도 없어. 나는, 나. 소망을, 이룬다."

"사람이 죽는데?! 그렇게 막 나가는 짓이 허용될 리 없어!"

"다른 사람 눈, 관계없어. 막 나가도, 상관없어. 멈출 이유, 없어."

확실히 그녀는 다른 사람을 위해 살지 말라고, 자신의 소망을 관철하라고 말했다.

하지만 키릴은 그러기 위해 다른 사람을 죽이는 짓이 옳다고는 생각할 수 없었다.

"키릴, 멈추길, 바란다. 그렇다면, 나, 죽이면 돼."

"그, 그건……."

"나, 용사, 이길 수 없어. 키릴, 나, 죽일 수 있어. 죽지 않는 한, 나, 멈추지 않아."

뮤트의 말대로 키릴이 검을 뽑으면 된다.

그것만으로 버둥대며 괴로워하는 알지도 못하는 타인 중 몇 명은 살아남을지도 모른다.

용사라면 그래야 할 터였다.

하지만── '뮤트를 죽인다'는 죄를 지금의 키릴은 감당할 수 없다.

뮤트라는 살인(이해)자를 막는다 해도 기다리는 것은 더 큰 중압감에 짓눌리는, 구제되지 않는, 변함없는, 오히려 지금까지보다 더 괴로운 나날일 테니까──.

"으으으…… 으아아아아아아……!"

키릴은 신음하며 오른팔을 떨었지만 그 손에 검을 쥐는 일은 없었다.

죽이지 않으면 죄를 짊어진다. 죽이면 죄를 짊어진다.

어느 쪽을 택한대도── 그곳은 지옥이다.

고민하는 사이에도 희생자는 늘어간다.

희미하게 살이 찢어지고 뼈가 부서지는 소리만이 공원에서 들려왔다.

"죽이다니…… 하지만, 아아, 하지만…… 나는 어떻게 하면 좋지……!"

키릴은 무릎을 꿇고 한탄했다. 진흙 속에서 버둥대며 더욱 깊은 곳으로 빠져갔다.

"정해, 자신. 모두, 자신을 위해."

"하지만 나는 어떻게 하면 좋을지 모르——."

키릴은 매달리듯 뮤트 쪽을 올려다보았다.

그러자 모자로 가린 얼굴이 밑에서는 잘 보였다.

그곳에는 너무나도 의젓하고 멍한 소녀의 얼굴——이 있지 않았다.

푸슉—— 얼굴을 도려내어 그곳에 어떤 살을 채워 넣은 듯한 괴물의 얼굴이 있었다.

살은 펄떡펄떡 맥박치고 나선을 그리며 시계 방향으로 뒤틀렸고 피를 뿜어냈다.

"하……."

숨을 내쉰 뒤로 아무 말도 할 수 없게 된 키릴.

왜 뮤트가—— 그때 마지막으로 본 마리아와 똑같은 모습일까?

그녀는 누구고, 그녀들은 어떤 존재이며, 자신은 대체 무엇에 휘말린 것일까?

"아아……."

마침내 목소리를 되찾았다.

하지만 공포, 혼란, 절망—— 빨간색과 검은색의 혼탁한 감정이 뒤섞여 머리가 제대로 돌아가지 않았다.

한편 괴물로 변한 뮤트는 살점의 소용돌이를 맥동시키며 말없이 키릴 쪽을 빤히 바라보았다.

"으아, 아아, 아아아아아……."

그녀의 소행을 멈추어야 한다. ──그런 정의감은 조금이나마 키릴의 마음에도 있었다.

하지만 압도적인 공포 앞에 그렇게 작은 의분은 무의미했다.

키릴은 고개를 가로젓고 뒤로 물러나며 머리를 감싼 채──,

"아, 아아아아아아아, 아아아아아아아아아아아아아아아악!"

감정을 폭발시키듯 외쳤다.

"아──."

그리고 그 절규는 갑자기 뚝 끊어지며 그녀는 의식을 잃었다.

처참한 광경을 앞에 두고 아연하여 멈춰 선 플럼은 절규에 움찔 반응하고 달려갔다.

공원에는 보기에도 무참한 사체가 잔뜩 나뒹굴었고, 참혹한 유해를 볼 때마다 그녀는 가슴이 아팠다.

그렇게 다리에 달라붙는 느낌을 뿌리치며 공원을 빠져나간 플럼.

소녀는 하얀 머리카락에 검붉은 얼굴이 소용돌이치며 양손으로 사람 형상의 인형을 안고 있었다.

"저건 혹시, 뮤트?"

이내 그렇게 깨달은 플럼은 프라나를 다리에 채우고 가속하여 접근했다.

언제든 영혼 사냥꾼을 뽑을 각오는 되어 있었다.

설령 상대가 아직 어린아이일지라도, 넥트가 도움을 구한대도

이미 이만큼의 참극을 일으켰다면 되돌릴 수는 없다.

아니, 오히려 검으로 잘라 끝내는 것이 자비를 베푸는 일이라고 플럼은 생각했다.

하지만 그 도중에 뮤트의 발치에 쓰러진 소녀의 모자가 바람에 날려 얼굴이 훤히 드러났다.

"키릴?!"

플럼은 저도 모르게 소리쳤다.

행방불명이던 키릴이 왜 뮤트와 함께 있는 것일까?

이유가 궁금했지만, 생각하기 전에 먼저 몸을 움직였다.

"플럼 정도, 나, 지지 않아."

살점의 소용돌이를 꿈틀거리며 뮤트는 공격 태세를 취했다.

플럼도 그녀를 노려보며 영혼 사냥꾼을 뽑았다.

그리고 칼집을 쥔 손에 힘을 주고── 빙글 뒤를 돌아 **등**을 베었다.

반전의 마력과 '왜곡'의 힘이 서로 부딪쳐 파직 스파크가 튀었다.

"우와, 역시 반전은 굉장하네."

뒤에서 일그러진 역장을 쏘며 덤비는 이는 초록색 머리카락의 소년──.

"프위스!"

"뮤트는 못 건드려. 에잇, 디스토션(왜곡)!"

뻗은 손바닥에서 연속하여 '공간의 왜곡'을 탄환처럼 쏘는 프위스.

"리버설(반전하라)!"

플럼은 반전의 마력을 가득 채운 영혼 사냥꾼을 휘둘러 그것을 가뿐히 제거했다.

"에엥, 내 비장의 카드였는데."

"교회에 버려졌다고 해서 무차별적으로 죽이다니 단단히 잘못됐어! 넥트도 바라지 않는다고!"

"설교는 듣고 싶지 않아. 게다가 넥트 같은 건 몰라. 멋대로 사라진 매정한 놈인걸."

"우리, 왕도, 인간, 모두 죽인다."

"뮤트의 말대로야. 구별도 차별도 없이 모두 평등하게 죽일 거야."

"그게 마더를 위한 거야?"

"아니. 그 외에도, 있어."

"물론 마더가 첫 번째지만, 우리는 키마이라와 같은 '병기'로서 태어났어. 사람을 죽이기 위해 나고 자랐지. 그렇다면 실패작으로서 버려진 우리가 이 세계에 살아 있다는 증거를 새길 방법은 하나밖에 없어."

"죽인다."

"그래, 죽인다. 구별도 차별도 없이 평등하게 살육해서 싫어도 잊지 못하게 하는 거지."

플럼은 이를 꽉 깨물고 분노를 억눌렀다.

뮤트와 프위스에게── 아니, 그런 삶밖에 선택할 수 없게 한 마더에 대한 분노였다.

"너희의 동료였던 잉크는 인간으로서 우리와 함께 멀쩡하게 살고 있어!"

"제1세대, 제2세대, 달라. 완성도도, 힘도, 달라. 다른, 생물."

"그렇게 세대에 구애되어 다른 사람을 끌어들이다니, 제2세대가 더 열등하잖아!"

"말이 심하네."

"제1세대, 실패. 하지만, 제1세대, 살아남아."

"병기로서는 실패작일지라도 생명으로서는── 우리보다 강할지도 몰라. 아하하."

프위스는 자학적으로 힘없이 웃었다.

그 표정을 보고 플럼은 그들이 타인의 목숨을 쉽게 빼앗을 수 있는 이유 중 하나를 알았다.

두 사람은 자기 목숨에 조금의 가치도 느끼지 않는 것이다.

자기 목숨이 무가치하다면 타인의 목숨도 무가치── 따라서 쉽게 타인을 죽일 수 있다.

"자, 그럼, 수다 타임은 여기까지 하지. 다른 영웅이 오기 전에 얼른 도망쳐야 하거든."

"놓치지 않아. 키릴만이라도 돌려받겠어!"

키릴을 안으려는 뮤트에게 플럼은 급히 접근했다.

하지만 프위스가 앞을 가로막고 '왜곡'을 두른 손을 플럼에게 뻗었다.

"직접 만지면 반전이라도 막을 수 없을 거야."

"그 정도로 내가 멈출 거라 생각하지 마!"

그녀는 암가드로 프위스의 주먹을 튕겨냈다.

이어서 부츠의 뒤꿈치로 프위스의 배를 걷어차더니 영혼 사냥

끈을 위로 높이 쳐들었다.

"하아아아아아아아아앗!"

가차 없이 방출되는 프라나 셰이커.

프위스는 피하지 못하고 양손을 교차시켜 왜곡을 두르며 막기에 급급했다.

하지만 다가오는 기의 칼날에는 당연히 오리진의 힘을 없애는 반전의 마력이 담겨 있었다.

'왜곡'은 플럼의 힘과 맞부딪쳐 무산되었다.

"아야야야……."

하지만 프라나 셰이커의 위력은 대폭으로 줄어들었고 그의 팔에는 한 줄의 상처가 남을 뿐이었다.

"무서워라. 얼마 전까지는 완전히 송사리였는데. 지금은 아직 죽을 수 없으니 도망쳐야겠어."

그렇게 말하며 씩 웃더니 프위스는 플럼의 앞에서 온 힘을 다해 도망치기 시작했다.

플럼이 쫓아가려 했지만 "으으……" 하는 생존자의 신음이 들려 멈춰섰다.

"크윽…… 이해가 안 돼. 왜 칠드런이 키릴을 납치하는 거지?!"

플럼의 머리는 혼란스러웠지만, 머리카락을 마구 헝클어도 상황이 달라지지는 않는다.

그녀는 살아남은 사람을 구하고자 목소리를 내는 사람을 찾아 공원을 헤맸다.

그러자 소란을 들은 가디오가 달려왔다.

"플럼, 괜찮아!"

"저는 괜찮아요. 저보다 이 주변에 아직 살아 있는 사람이 있을 거예요. 찾아 주실래요?"

두 사람은 협력하여 생존자를 찾아 나섰고, 벤치에 눕혀 응급처치를 했다.

가디오는 찢어진 코트 자락을 잡아 찢어 붕대 대신 사용했다.

"가디오 씨, 그 코트…… 누군가와 싸웠나요?"

"로테이션이라는 힘을 쓰는 소년── 분명 루크랬어. 그 녀석이 습격했지."

"칠드런 전체가 동구에 있었군요. 그리고 이쪽은 키릴이 납치됐어요."

"왜 키릴이 칠드런에게?"

"모르겠어요. 유일하게 안 건 칠드런이 앞으로도 사람을 계속 죽일 것이라는 사실뿐이에요."

바람에 실려 공원에서 피 냄새가 흘러왔다.

그 참극을 시야 끝에 담으며 플럼은 분한 듯 이를 깨물었다.

"목적은 무차별 살인이군. 신출귀몰하게 살해를 이어간다면 말리기는 어렵겠어……."

처치를 마친 가디오는 플럼과 함께 공원을 바라보았다.

하지만 그는 그저 보기만 하는 것이 아니라 사체에 "스캔"을 실시했다.

"이름도 스테이터스도 동일해."

"그건 분명……."

"그래, 데인의 부하와 싸웠을 때와 같은 현상이야."

잉크를 구해내려는 플럼의 앞을 가로막은 약 스무 명의 남자들.

그들은 누군가의 손에 의해 모두 같은 이름, 같은 스테이터스를 가진 존재로 변형되었고 자신의 의사도 잃어버린 상태였다.

"루크가 로테이션, 프위스가 디스토션이니 그게 뮤트의 능력이겠군요."

"성가시군. 무한히 인간을 동일화시킬 수 있다면 왕도는 아주 적합한 곳이야."

대로에서 수많은 사람에게 능력을 걸고 칼을 쥐여주며 날뛰게만 해도 수십 명은 죽일 수 있을 것이다.

"저는 리치 씨에게 이야기를 들어보려고 해요. 뭔가 새로운 정보를 얻을 수 있을지도 몰라요."

"알았어. 네가 동구에 남겠다면 나는 중앙구를 조사할게. 가장 먼 서구는 뒤로 미루자고."

"공원의 시체는 이대로 둬도 될까요?"

최소한 애도라도 하고자 자신이 할 수 있는 일은 없을까── 플럼은 그렇게 생각했다.

"곧 교회 기사가 처리할 테지. 괜히 정리하다 놈들에게 들키면 구속될지도 몰라."

"그렇……겠지요."

"마음에 두지 마. 게다가 이 정도 일을 마음에 두자면 **한도 끝도 없어**."

"읏……."

가디오의 말은 차갑게 들렸지만, 한편으로는 플럼에게 베푸는 따뜻한 마음이기도 했다.

슬퍼서 발을 멈출 바에야 한시라도 빨리 스파이럴 칠드런을 막을 것.

그것이── 지금의 플럼 일행이 할 수 있는 '최선'이었다.

리치의 저택을 찾은 플럼은 이내 객실로 안내받았다.

미리 약속을 잡지 않았는데도 리치는 서둘러 모습을 드러냈다.

그는 소파에 앉아서도 몸을 앞으로 내밀며 플럼에게 물었다.

"공원에서 무슨 일이 있었나요?!"

마치 플럼이 그것을 알고 있다고 확신하는 듯한 질문이었다.

또한 리치는 그녀가 대답하기도 전에 쏜살같이 말했다.

"밖에 나갔던 하인 한 명이 돌아오지 않았습니다. 휘말려서 목숨을 잃은 것 같아요. 기사에게 물어봐도 아무 답도 들을 수가 없어서……. 애초에 그들도 자세히는 모르는 모양이었지만요."

아직 사건이 발생한 뒤 많은 시간은 지나지 않았을 터인데── 과연 뛰어난 정보 수집 능력이다.

"칠드런 중 한 명이 공원에 있던 사람들을 조종해서 자살시켰어요."

"네……? 지금까지 비밀리에 움직였을 텐데 왜 갑자기 그런 짓을 했을까요?!"

"교회에서 버려져 폭주하며 왕도 사람들을 무차별적으로 죽이려 해요……."

"교회가 칠드런을 버려요? 어디서 그 정보를 얻었나요?!"

플럼은 가디오가 칠드런의 거점을 발견한 경위와 내부 상태를 리치에게 설명했다.

그는 양손을 깍지끼며 험악한 표정을 보였다.

"설마 교회가 그렇게까지 대담한 행동에 나설 줄이야. 키마이라의 완성도에 어지간히 자신이 있는 모양이네요."

그렇게 볼 수도 있겠구나── 하고 플럼은 감탄했다.

그녀는 대화에 약간의 공백이 생긴 순간, 그 편지를 리치의 앞에 내밀었다.

"이건?"

"어제부터 오는 편지인데 뭐 아시는 게 있나요?"

리치는 '앞으로 나흘'이라고 적힌 종이를 빤히 바라보았다.

"오늘도 '앞으로 사흘'이라고 적힌 편지가 왔어요."

"잉크도 종이도 품질이 좋아요. 왕도에서도 대성당이나 왕성 정도에서나 쓸 테지요. 게다가 문장과 글씨에서도 악의는 느껴지지 않아요."

"대성당이나 왕성에 저희의 편이……. 왕국군 사람들은 꿈쩍도 못 할 테고, 그 외에는…… 어디 보자, 누가 있었지……? 으으음……."

플럼은 어떻게든 기억을 쥐어 짜내고자 끙끙댔다.

그리고 마지막의 마지막에 아군이라고 말할 수 있을지는 모르겠으나 악의는 없을 법한 인물의 얼굴을 떠올렸다.

"……아, 사투키."

"추기경이요? 교회의 중추에 가까운 인물이잖아요?"

"하지만 왕국군과 단단히 이어진 듯해서 앙리에트 씨의 신뢰도 얻은 모양이었어요."

"확실히 다른 추기경보다는 젊고 신앙 일변도가 아니라 현실주의자의 분위기가 감도는 남자지만…… 기사단과 사이가 좋지 않은 왕국군과 연결되었다는 건 내부에서부터 조직을 바꾸려 했나……? 아아, 하지만 잠깐만요. 이 편지는 필체로 보건대 아마 여성이 썼을 거예요."

"여성……? 그게 사투키의 부하인…… 아니, 확실한 증거가 없어요."

"아아…… 역시 사흘 뒤에 좋지 않은 일이 일어난다는 뜻이겠죠……?"

쿵, 하고 플럼은 테이블에 이마를 얹었다.

"안 그래도 칠드런 때문에 골치가 아픈데 큰일이 더 일어난다니."

"아니면 이것 자체가 칠드런을 가리키는지도 몰라요."

"에휴…… 어느 쪽이든 사흘 이내에 막을 수밖에 없다는 뜻이겠죠?"

플럼은 얼굴을 들고 천장을 향해 크게 한숨을 쉬었다.

"이 차에는 피로가 풀리는 허브가 들어 있다는 모양이에요."

"잘 마시겠습니다."

플럼은 준비된 차를 호로록 마시고 몸에 힘을 뺐다.

"좋았어! 리치 씨, 신세가 많았습니다. 편지의 정체를 알아서 조금 후련하네요."

그녀는 일어나 리치에게 꾸벅 머리를 숙였다.

리치도 함께 일어나 "별말씀을요"라며 겸손해했다.

"이 정도의 사건이니 웰시도 곧 움직일 테지요. 그때는 여러분께 협력하라고 다짐해 둘 테니 마음껏 이용하세요. 물론 저도 협력하겠습니다."

"알겠습니다. 든든하네요."

그런 말을 나누고 플럼은 리치의 저택을 나섰다.

헤어질 때, 리치는 몹시도 섭섭한 표정을 지었다.

함께 이 저택에서 지냈던 하인이 죽었다. 사실은 표정을 훤히 드러내며 슬퍼하고 싶을 것이다.

플럼은 문을 통해 밖으로 나가 잿빛 하늘을 올려다보며 "휴우" 하고 크게 숨을 내쉬었다.

남은 사흘의 카운트다운을 기다릴 것까지도 없이 칠드런은 틀림없이 다음 살육을 일으킬 것이다.

막기 위해서는 계속 움직일 수밖에 없다.

도망친 칠드런, 그리고 키릴의 행방을 찾아 플럼은 동구를 헤맸다.

◇◇◇

한편 그 무렵, 가디오는 중앙구의 대로를 이동하고 있었다.

왕도에서 가장 많은 인간이 오가는 이곳── 노리는 게 학살이라면 가장 효율 좋은 곳이다.

그는 길의 북쪽에서 왕도 남문을 향해 나아갔고, 중간 지점에 접어들었을 무렵──,

"꺄아아아아아아악!"

울려 퍼지는 비명을 들었다.

가디오는 인파를 헤치고 다가갔다.

거기서는 이른바 '카라반'이라고 하는 대형 금속 짐차가 어째서인지 말이 끌지도 않는데 맹렬한 속도로 폭주하며 사람들을 치어 죽이고 있었다.

바퀴에 휘말린 인간의 몸이 산산이 부서지며 날아갔고 피가 튀었다.

대로는 혼란에 휩싸여 앞다투어 도망치려는 사람들이 쓰러지며 도미노가 시작되었다.

"더 이상은 못 한다!"

가디오는 마법으로 땅바닥을 솟아오르게 하여 몸이 들려 올라감과 동시에 드높이 도약── 마차에 올라탔다.

그리고 짊어진 대검을 뽑아 고속으로 회전하는 바퀴에 쑤욱! 하고 칼날을 찔러넣었다.

바퀴는 크게 변형되고 찌그러진 뒤, 회전력을 잃어 바닥에 나뒹굴었다.

짐차를 지탱하는 토대를 하나 잃자 마차의 균형이 무너졌다.

하지만 그런데도 남은 바퀴 세 개의 회전을 이어가 휘청거리며

폭주했다.

단말마가 울려 퍼지고, 혼란이 확산되며 흩어지는 피가 가디오의 몸을 더럽혔다.

지옥 같은 광경 속에서 그는 냉정하고 재빠르게 남은 세 개의 바퀴를 파괴했다.

마차는 땅바닥과 마찰되며 '끽끽끽' 하고 귀가 따가운 소리를 냈고 불꽃을 튀기며 감속했다.

이윽고 멈췄지만── 뒤돌아 지나온 궤적을 보자 그곳에는 짓눌리고 갈기갈기 찢긴 시체들이 난잡하게 즐비한 죽음의 길이 생겨 있었다.

입술을 깨문 가디오는 짐차 위에서 범인을 찾았다.

하지만 이내 또 다른 곳에서 비명과 땅바닥을 깎아내는 바퀴 소리가 들렸다.

명색이 왕도의 대동맥이니 지나가는 마차도 한두 대가 아니었다.

이번에는 소형 마차 여러 대가 동시에 폭주를 시작하여 사람들에게 덤벼들었다.

그때 가디오는 로브를 두르고 로브에 달린 모자를 깊게 눌러쓴 소년이 골목으로 들어가는 모습을 목격했다.

"저 녀석은──."

아마 '회전'의 힘을 가진 루크일 것이다.

가디오와는 두 번째 만남── 곧장 뒤쫓고 싶었지만, 폭주하는 마차를 방치할 수는 없었다.

그는 그 자리에서 높이 날아 고속으로 달리는 마차를 향해 재빨리 여러 번 대검을 휘둘렀다.

그의 착지와 동시에 여러 개의 표적이 부서지며 폭주는 멈추었다.

그 뒤, 즉각 가디오는 골목으로 들어가 루크를 뒤쫓으려 했지만── 궁지에서 구해준 영웅을 알아본 민중이 들끓으며 순식간에 그를 에워쌌다.

길은 막혔고 가디오는 꼼짝달싹도 할 수 없게 되었다.

"……젠장."

분노가 엿보이는 그 말은 소란에 묻혀 아무도 듣지 못했다.

06 유체(幼体)

“다녀왔어, 마리아.”

라이너스는 양손 가득 짐을 안고 마리아가 몸을 숨긴 오두막으로 돌아왔다.

가면으로 얼굴을 가린 마리아는 되도록 얼굴을 그에게 향하지 않도록 하며,

“어서 와요.”

작은 목소리로 라이너스를 맞이했다.

그는 그런 대화에 쑥스러운 듯 “헤헷” 하고 웃으며 그녀의 앞에 짐을 놓았다.

“플럼을 만나고 왔어.”

사 온 점심을 테이블 위에 놓으며 라이너스는 말했다.

“그렇……군요. 그럼 이 얼굴에 대해서도 들었겠네요.”

“오리진 코어라지? 그런 걸 교회에서 연구했을 줄이야.”

“저는 이걸 제 의사로 이용한 거예요. 변명의 여지가 없이 저는 ‘그쪽’ 인간이에요. 플럼 씨에게 이미 들었을지도 모르겠지만요.”

“그래…… 플럼은 마리아에 대한 인상이 별로 좋지 않더라.”

라이너스가 똑똑히 그렇게 말해도 마리아는 딱히 상처받는 모습은 보이지 않았다.

“저기, 라이너스 씨. 지금 당장 어디 멀리 도망가지 않으실래요? 라이너스 씨는 ‘일이 일단락된 뒤에’ 간다고 말씀하셨지만, 지금부터라도 딱히 상관없어요!”

불안해서 흔들리는 목소리로 라이너스에게 매달리듯 그녀는 말했다.

"안 돼, 마리아."

"왜죠? 지금이라면 아무에게도 들키지 않고, 아무에게도 간섭받지 않은 채 멀리——."

"그 생활은 대체 얼마나 버틸 수 있을까?"

교회가 얼마나 마리아에게 집착하는지는 모르겠지만, 일부러 이런 몸으로 바꾼 데다 감옥에 가뒀었다.

추적해 올 테고, 무엇보다 오리진 코어를 방치하면 몸에 무슨 일이 일어날지 모른다.

"두 달…… 아니, 어쩌면 한 달도 버티지 못할지 몰라요. 하지만 저는 그래도 상관없어요. 아주 잠시라도 라이너스 씨와 평범한 연인으로 살 수 있다면!"

"나는 마리아와 오랫동안 함께 있고 싶어. 한 달이라는 시간은 미래가 불안해서 그렇게 생각되는 건지, 아니면 마리아에게 '그 정도밖에 못 버틴다'는 확신이 있는 건지는 몰라. 하지만 내 입장에서는 기껏 염원이 이루어져서 마리아와 연인이 된 거야. 겨우 한 달로는 납득하지 못하는 마음도 이해하지?"

"결심했나요?"

"결심했어. 설령 행복했대도 늘 끝을 두려워하며 생활하기는 싫어."

이런 몸이 되어도 계속 자신을 생각해주는 라이너스이기에—— 마리아는 그 말에 담긴 의지가 흔들리지 않으리라는 걸

이해할 수 있었다.

'라이너스 씨는 나와 달리 아주 강한 사람이야. 아아, 정말 부럽다. 아아, 정말 질투 나. 그래서 사랑을 했고, 그래서——.'

꺾을 수 없다면 마리아가 선택할 수 있는 길은 하나뿐이었다.

"……알겠어요. 하지만 오늘만은 여기서 함께 보내지 않을래요?"

"마리아……."

"겁 많은 여자라고 경멸하세요. 저는 밖에 나가면 이제 두 번 다시 당신의 손을 잡을 수 없을 것 같아요. 이곳 왕도에는 너무나도 악한 공기가 충만해요……."

"알았어."

그것은 라이너스가 할 수 있는 최대한의 양보였다.

그는 마리아의 손에 자신의 손을 포개고 그녀의 얼굴을 정면으로 바라보며 말했다.

"오늘은 계속 함께 있을게. 마리아만 생각할게. 그러면 될까?"

"네…… 감사합니다."

감격해도 지금의 마리아에게 눈물을 글썽일 눈동자는 없다.

눈물 대신 소용돌이 사이에서 흘러나오는 피가 그녀의 목을 적셨다.

동구를 한바탕 돌아봤지만 플럼은 칠드런의 흔적을 찾을 수 없었다.

다음으로 서구에 가기 위해 중앙구를 지나가려던 그녀는 갑자기 교회 앞에서 발을 멈추었다.

"이 부근엔 사람이 전혀 없네……. 교회에서도 별로 인기척이 느껴지지 않고."

아무리 대로에서 떨어져 있다지만, 이렇게까지 한산한 건 보기 드문 일이다.

"중앙구 교회라. 세라는 잘 지낼까? 마족과 함께 있을 텐데……."

고향을 멸망시킨 원한도 있어 세라는 마족을 싫어했다.

그런 상대와 단둘이 있는데 평화로운 여행── 같은 게 가능할 리 없다.

물론 그 네이거스라는 마족은 초면부터 세라가 마음에 든 모양이라 적어도 위험하진 않다고 생각하고 싶었다.

하지만 그런 세라의 행방을 아는 사람은 플럼 일행뿐이었다.

나고 자란 중앙구 교회의 사람들은 지금도 안부조차 모른 채 무사하길 기원하고 있을 것이다.

"……그나저나 이상하지 않아? 교회에 거의 아무도 없는 게 말이 되나?"

빤히 보다 깨달았는데, 그 고요함은 정말 이상했다.

수도녀들이 동원되는 경우는 많은 부상자가 발생했을 때 정도밖에 없다.

플럼이 모르는 곳에서 이미 칠드런이 날뛰고 있다면── 우선은 가장 먼저 그 가능성이 높을 법한 대로로 향하기로 하자 마침 그 방향에서 아는 얼굴이 달려왔다.

"헉, 헉…… 휴우. 드디어 아는 얼굴을 만났네요."

금발 소년── 서구 길드의 사무원인 슬로우는 이마에 땀이 맺힌 채 어깨를 위아래로 들썩이며 말했다.

"슬로우! 혼자야?"

"아까까지 호위인 모험가와 함께 있었는데 대로의 소동에 휘말려 찢어졌어요. 하지만 거기 있으면 위험할 것 같아서 사람이 없는 방향으로 도망친 거예요."

"대로의 소동? 무슨 일이 일어난 거야?"

슬로우는 심각한 듯 플럼에게 마차의 폭주에 대해 말했다.

물론 가디오가 그것을 막은 일도 포함해서.

"마차가 폭주를 했다……? 어쩌면 루크가 저지른 짓일지도 몰라."

머리카락이 뾰족뾰족한 그 소년의 능력 '회전'을 플럼은 잉크 탈환 싸움 때 목격했다.

그의 능력을 응용하면 짐차를 끄는 말이 없어도 여러 마차를 폭주시킬 수 있을 것이다.

"아는 사람인가요? 그런 짓을 할 수 있는 적과 싸우다니 역시 영웅은 대단하네요."

"나는 영웅이 아니야. 진짜 영웅은 가디오 씨나 라이너스 씨처럼 더 굉장하지. 그런데 교회에 아무도 없는 건 역시 그 사람들을 치료하기 위해서인가?"

"아마 그렇지 않을까요? 대로에서 많은 수도녀를 봤어요. 가게도 영업하지 않으니 이래서야 이라 씨에게 부탁받은 심부름은 못 하겠네요……."

이런 상황에 심부름을 부탁하다니── 하고 마음속으로 플럼은 욕을 했다.

하지만 호위를 붙여준 걸 보면 이라 나름대로 걱정은 한 모양이었다.

"혹시 그 녀석이 뭐라고 하면 내가 거들어줄 테니 안심해."

"정말이세요! 감사합니다. 어라? 그렇다는 건 플럼 씨도 지금 길드에 가시나요?"

"응, 그런 소란이 일어나서야 사람을 찾기도 어려울 것 같으니까."

무엇보다 슬로우를 홀로 길드까지 보내기가 걱정되었다.

그가 표적인 것은 아니지만, 리셀이라는 교회 기사에게 죽을 뻔한 경험도 있으니까.

그런 생각을 하는데──

"위험해!"

"으아아아앗?!"

등 뒤에서 살기를 느낀 플럼은 재빨리 슬로우의 몸을 밀쳐냈다.

부웅! 돌멩이가 고속 회전하며 그가 있던 곳을 지나갔다.

"칫, 아깝네. 조금만 늦었어도 머릿속을 휘저어서 죽일 수 있었는데."

오른손에 쥔 돌멩이로 자그락자그락 소리를 내고, 푸슉푸슉하는 나선 얼굴에서 피를 쏟아내는 뾰족 머리 아이── 루크였다.

그는 아무래도 돌멩이를 회전시켜 총탄처럼 쏜 모양이었다.

"으, 으히이익!?! 저 괴물은 뭐죠!"

"하지만 이번에는 놓치지 않아. 둘이 사이좋게 저세상으로 가

버려!"

루크는 손에 든 돌멩이를 모두 던졌다.

"로테이션—— 밀리언 배럿(무한탄)!"

돌멩이는 공중에서 정지하더니 그 자리에서 회전을 시작했다.

그리고 공기 마찰로 깎여 끝이 뾰족해진 다음 플럼을 향해 일제히 발사되었다.

"허세만 든 보여주기식……은 아니겠지?"

플럼은 밀려나 엉덩방아를 찧은 슬로우의 팔을 잡고 억지로 일으켜 세웠다.

다른 한쪽 손에는 소환한 영혼 사냥꾼을 쥐고 한 손으로 재빨리 십자로 휘둘렀다.

하얗게 빛나는 프라나의 날 두 개가 교차되며 공중에 떠올랐고, 그 중앙을 검 끝으로 찌르자 우산이 펴지듯 반투명한 방패가 펼쳐졌다.

"그렇게 얇은 방패로 막을 수 있겠냐!"

"그럴 만큼 튼튼하게 만들었는데!"

탄환이 방패에 충돌. 탁탁 격렬하게 튀며 눈부신 섬광을 쏘았다.

"히이이이이이익!"

휘말린 슬로우는 시종일관 엉거주춤했다.

하지만 플럼이 만들어낸 방패가 보호하여 아무런 상처도 없었다.

"칫, 막았군. 못 본 사이에 제법 강해진 모양이네. 그렇다면 이번에는!"

"슬로우, 지금이야. 도망쳐. 저 녀석은 내가 상대할 테니까!"

"아, 알겠습니다!"

루크는 달려나가는 슬로우로 표적을 바꾸어 그의 등을 향해 주먹을 휘둘렀다.

"로테이션, 에어 배럿(회오리탄)!"

플럼은 즉각 그 궤적에 끼어들어 눈에 보이지 않는 탄환을 영혼 사냥꾼으로 받아냈다.

타다다다다닥! 검신을 깎아내듯 공기가 회전하며 플럼의 팔을 되밀쳤다.

과거에 싸운 괴물 오거, 그것과 몹시 닮은── 아니, 거의 동일한 힘이었다.

한동안 버티자 탄환은 칼날에 담긴 반전의 힘 때문에 사라졌다.

그 사이에 슬로우는 교회 안으로 쏙 들어갔다.

"칫, 도망쳤군. 방해하다니."

루크는 슬로우를 지킨 플럼을 노려보며 욕설을 퍼부었다.

"왜 슬로우를 노리지?"

"누구든 발견하면 죽인다. 그것뿐이야. 물론 너도 마찬가지고── 로테이션!"

긍정하지는 않았지만, 역시 표적은 슬로우가 틀림없는 모양이었다.

플럼은 검을 잡고 발사될 탄환에 대비했다.

하지만 루크가 회전시킨 것은 손끝이 아니라 자신의 **발밑**이었다.

드륵드륵드륵── 회전하는 공기는 바퀴 역할을 하여 고속 이동을 가능케 한다.

"빨라?!"

루크는 뜻밖의 속도로 플럼에게 다가왔다.

접근과 동시에 양팔에 착암기처럼 나선을 만들고 오른쪽 주먹을 내질렀다.

플럼도 영혼 사냥꾼으로 반격했지만, 마치 단단한 광석을 때렸을 때처럼 튕겨 나왔다.

원거리에서 발사된 탄환보다도 직접 때리는 것이 위력은 높은 모양이다.

그리고 무방비해진 플럼의 옆구리에 루크의 왼쪽 훅이 덮쳤다.

"끄아아아아아아아아아악!"

푸욱, 하고 대장 일부가 드러날 정도로 패인 플럼의 옆구리.

루크의 왼팔에 있는 나선에 피와 살이 묻어 붉게 물들었다.

그는 이어서 오른팔을 안면에 뻗었다.

"이 자시이이이이익!"

플럼은 기합을 넣어 통증을 참으며 검으로 주먹을 받았다.

머리 공격이 두 번 이어졌다. 이것은 플럼의 재생 능력 때문에 심장이나 머리를 뭉개서 즉사시키지 않으면 죽지 않는다는 사실을 알고 펼친 작전일 것이다.

하지만 패턴이 하나뿐이다. 이 정도의 움직임이라면 플럼도 읽을 수 있다.

그녀는 대검을 놓고 몸을 비틀어 주먹을 피했다.

"읽힌 건가?!"

"공격이 단조로워!"

플럼은 비틀림을 역으로 이용하여 옆구리의 상처를 갚아주듯 오른쪽 주먹을 루크의 뺨에 내질렀다.

오리진의 힘이 가득 찬 몸에 반전의 마력을 흘리자, 소년은 몸을 크게 뒤로 젖히며 후퇴했다.

밀착 상태를 벗어나면 대검의 시간이었다.

플럼은 때린 기세를 그대로 이용하여 한 번 회전하더니 검은 칼날을 루크의 머리에 휘둘렀다.

비틀대는 그는 신체 능력만으로는 그것을 회피할 수 없다.

"로테이션!"

그는 초조해하면서도 직전에 능력을 행사하여 발바닥의 공기를 고속 회전시키며 이탈하여 무사히 끝냈다.

하지만 플럼의 공세는 여전히 계속되었다.

"놓치지 않는다!"

플럼은 재빨리 십자로 검을 맞부딪치며 프라나 날을 생성했다.

다가오는 칼날을 본 루크는 통상적인 회피는 불가능하다고 판단하여 땅바닥을 박차고 크게 도약했다.

평범한 도약이라면 포물선을 그릴 테지만── 그가 중력에 이끌려 땅바닥에 떨어지는 일은 없었다.

발바닥에서 소용돌이치는 바람이 루크의 몸을 공중에 띄웠기 때문이다.

"어떠냐? 이게 파파의 힘이다. 인간은 미치지 못하겠지?!"

의기양양하게 웃는 루크는 재빨리 주먹을 휘둘러 지상의 플럼을 향해 나선의 힘을 연속으로 쏘아댔다.

그것은 비처럼 쏟아지며 돌바닥을 산산이 부쉈다. 돌파편이 튀었다.

"높은 곳에서 깨작깨작——. 의기양양한 것치고는 하는 짓이 쪼잔하네!"

하지만 사실상 플럼은 뛰어다니며 피하기만 할 뿐 반격할 수 없었다.

물론 그냥 도망치기만 하는 게 아니라 냉정하게 루크의 힘을 분석했지만.

'루크의 최초 공격—— 그건 돌멩이에 회전의 힘을 더해서 높은 관통력을 부여한 것이었어. 관통한다는 의미로는 아까부터 쓰는 공기 회전보다도 효과는 높을 터. 하지만 내 프라나 방패를 꿰뚫지는 못했어.'

사실 그것은 플럼에게도 의외의 일이었다.

아무리 '방어'에 집중하여 프라나도 반전의 마력도 과잉으로 쏟아부었대도 다소는 돌파되어 상처 한두 개 정도는 입을 각오가 되어 있었다.

'하지만 루크의 힘이 다른 칠드런보다 약하다는 느낌은 없어. 결국 이건 **상성**이 아닐까? 루크의 능력은『시계 방향』의 회전. 내게는『반전』을 이미지하기 쉬운 형태지. 그러니까 이런 바람에——.'

플럼은 일부러 발을 멈추고 루크가 쏜 나선 탄환을 기다렸다.

그리고 다가오는 소용돌이와 타이밍을 맞추어 검을 휘둘렀다.

"리버설!"

동시에 다량의 마력을 소비하여 반전의 마법을 행사했다.

그러자 플럼의 생각대로── 나선은 깔끔하게 무산되었다.

"……뭐라고?"

그는 아연실색하면서도 끈질기게 재차 주먹을 내질렀지만──

"리버설(없애라)!"

이번에는 칼날을 개입시킬 필요도 없이 **맨손**으로 묵살했다.

루크가 다섯의 힘을 이용하여 쏜 힘을 플럼은 하나둘 정도의 힘으로 없앨 수 있는 모양이었다.

"내 힘을 없앨 방법을 파악했나? 하지만 내게는 '높이'라는 장점도 있어!"

그러자 플럼은 중력을 반전시키고 바닥을 박차며 도약했다.

'높이'라는 마지막 이점마저 그녀는 무정하게도 루크에게서 앗아갔다.

"말도 안 돼. 날았어?!"

"장점이 사라져서 유감이네."

"우쭐대지 마라아아아아아앗!"

그는 재빨리 나선을 쏘려 했지만 이미 늦었다.

"하아아아아아아앗!"

플럼은 목을 베어 목숨을 빼앗을 생각으로 영혼 사냥꾼을 쳐들었다.

뮤트나 프위스와 마찬가지로 그도── 이미 구하기는 늦었다고 판단했고, 최소한 죄를 거듭하지 않고 편안히 잠들도록 하기 위해.

"우오오오오오오오오오오오옷!"

하지만 궁지에 몰린 루크 역시 필사적이었다.

다가오는 검은 칼날을 앞에 두고 회전의 힘으로 급상승하며 동시에 머리를 감싸듯 오른팔을 앞으로 내밀었다.

그리고 영혼 사냥꾼은 그 오른팔을 베어버렸다.

"끄, 아아아아악!"

팔꿈치 아래를 상실하여 불에 타는 듯한 감각이 루크의 뇌에 쏟아졌다.

상처는 즉각 뒤틀려 출혈도 멎었지만, 극심한 통증은 그대로 계속되었다.

그래서 힘을 제어할 수 없는지 그는 비틀비틀 바닥에 떨어졌다.

플럼도 반전을 해제하고 지상에 내려섰다.

"이 자식…… 그 얼굴은 뭐야……! 흐리멍덩한 눈으로 나를 보지 마!"

루크는 팔을 누르며 거칠게 말했다.

"동정하나? 우리는 그저 서로를 죽이는 관계일뿐이야! 재수 없어!"

"넥트가── 너희를 구하고 싶어 했어."

"핫, 그 자식…… 얼굴이 안 보인다 싶더니 너와 있었군."

"처음에는 나를 유도해서 이용할 셈이었던 모양이야. 하지만 마지막엔 마음을 열었고, 우리도 넥트에게 협력하겠다고 약속했어. 평범한 인간으로 되돌아올 수 있도록."

"잉크처럼 되라고? 우리는 그 녀석과 달라! 이 힘에, 이 몸에, 그리고 마더의 아이라는 사실에 자부심이 있어! 그러니 새겨야

해! 비인간적인 방식으로 이 세계에 우리가 살았다는 증거를!"

"그러고 싶은 게 아니라── 그저 다른 방법을 찾지 못한 거 아니야?"

"그렇다면 더더욱 그래야지. 죽이고, 죽이고, 죽여대는 거야. 우리에겐 그것밖에 없어!"

혹시 플럼 일행에게 도움을 구했더라면── 그런 생각도 했지만, 마더가 존재하는 이상은 쉽지 않았을 것이다.

어차피 이미 길은 잘못 들어섰다.

손을 뻗어 서로를 이해하며 행복하게 끝나는 결말은 더 이상 존재하지 않는다.

플럼은 조용히 검 끝을 그의 가슴에 댔다.

"오리진 코어가 있는 곳을 아는군."

루크는 주머니에 손을 찔러넣고 마더에게 받은 무언가에 손끝을 댔다.

"몸속에 있는 건 어느 정도 알아. 그럼 이제──."

그리고 플럼이 칼자루를 쥔 손에 힘을 실으려던 그 순간.

"윽, 으아아아아아아아아아아앗!"

교회 안에서 슬로우로 생각되는 남성의 절규가 울려 퍼졌다.

플럼의 의식이 살짝 그쪽을 향했을 때, 루크는 즉각 후퇴하여 거리를 벌렸다.

플럼은 이내 그를 쫓으려 했지만,

"괜찮겠어? 그 녀석이 **제3세대**에게 먹힐 텐데."

"크윽……."

루크의 말에 교회 쪽으로 향할 수밖에 없었다.

거짓말일 가능성도 있지만, 플럼은 교회 안에서 인간이 아닌 무언가가 움직이는 불길한 기색을 이미 감지했다.

플럼은 교회로 달려갔다. 그리고 루크는 교회에서 멀어져갔다.

"젠장, 모양 빠지는 도망이로군! 다음에 만나면 반드시——."

루크는 분노하며 주먹을 꽉 쥐었다.

◇◇◇

시간을 거슬러 올라가 몇 분 전——.

무사히 교회로 도망친 슬로우는 예배당의 장의자에 앉아 등받이에 몸을 한껏 기댔다.

밖에서는 플럼과 루크가 싸우는 소리가 들렸다.

"플럼 씨는 괜찮을까……?"

자기보다 어린 소녀에게 보호받다니 남자로서 한심하기 이를 데 없었다.

독학으로 단련한 바람 마법이 마침내 활약할 때가 온 줄 알았는데 현실은 그리 만만하지 않았다.

"그런데 그 괴물…… 나를 노렸지? 요전번의 교회 기사도 그랬어. 나는 아주 평범한 어머니에게서 태어난 아주 평범한 길드의 사무원인데……."

그의 인생에서 특별한 것이라고는 기껏해야 아버지의 얼굴을 모른다는 것뿐이었다.

"……후훗…… 아…… 귀여…… 아……."
그때 슬로우는 아무도 없을 교회 안쪽에서 희미하게 '목소리'가 들리는 것을 알아챘다.
몸을 일으켜 예배당 안쪽으로 이어진 문을 바라보았다.
"누가 있나?"
이토록 전투가 펼쳐지면 이변을 알아채고 나올 법한데.
문에 다가간 슬로우는 "실례합니다"라고 말하며 그곳으로 발을 디뎠다.
그곳은 평소 일반인이 드나드는 곳이 아니다.
식당의 '종업원 전용'이라 적힌 곳에 들어가는 것과 같은 죄책감이 들었다.
"착하지……. 내…… 야……. 으흐흐……흐흐……."
"웃음소리인가?"
문 너머의 복도로 나아가자 여성의 웃음소리가 들렸다.
상황이 상황인 만큼 한층 더 섬뜩했다.
몸을 부르르 떤 슬로우는 목소리가 나는 방으로 더욱 다가가 문에 귀를 댔다.
"내 아이…… 나만의…… 귀여워, 어쩜 이렇게 귀여울까……."
아무래도 방 안에는 갓난아기를 예뻐하는 엄마가 있는 모양이었다.
그렇구나. 태어난 지 얼마 되지 않은 아이가 있다면 교회에 남아 있대도 이상하지 않다.
목소리의 정체가 판명되어 안도한 슬로우는 그 자리에서 멀어져 예배당으로 되돌아갔다.

"어라…… 어떻게…… 어? 엄마랑…… 있…… 야?"

슬로우가 복도를 걷는데── 쿵, 쿵, 하고 거대한 무언가가 움직이듯 나무 바닥이 흔들렸다.

"……돼, 아직…… 어라, 그래…… 나……들, 죽…… 아니네."

그 소리는 조금씩 이쪽으로 다가왔다.

그리고 일단 멈추더니── 쿠웅! 하고 아까까지 귀를 댔던 문을 날려버렸다.

요란한 소리에 움찔 몸을 떤 슬로우가 돌아보자 그곳에는──

"아아아아아아아아아아아아──."

방에서 쑥 내민 갓난아기의 얼굴이 있었다.

단, 그 크기는 폭만도 1미터가 넘을 정도였다.

반쯤 벌린 입에서는 굵은 목소리가 나왔고 투명한 점액이 잔뜩 떨어졌다.

"으, 으아아아아아아아아아아악!"

공포를 참지 못한 슬로우는 다리에 힘이 풀린 채 목이 쉴 정도로 절규했다.

양동(陽動)

갓난아기는 몸을 뒤틀어 방에서 나오려 했지만, 벽에 어깨가 걸려 끽끽 건물이 삐걱거렸다.

하지만 억지로 밀고 지나가려 하자 벽이 눌리며 이윽고 파괴되었다.

그리고 복도를 가득 메울 정도로 거대한 괴물이 슬로우의 눈앞에 나타났다.

왕성한 호기심으로 복도를 관찰하는 그 녀석은 엉덩방아를 찧으며 오줌을 지리는 슬로우를 포착했다.

"아, 아아아…… 오지 마, 오지 말라고오오오!"

그는 뒤집힌 목소리로 외쳤다.

하지만 그것이 갓난아기의 흥미를 더욱 끌었고, 갓난아기는 네 발로 기어 그에게 다가왔다.

그리고 "아아으?" 하고 신기한 듯 슬로우에게 얼굴을 들이대더니 동그란 손으로 그의 다리를 만졌다.

"아햐, 히, 히끅……."

아무것도 모르는 호기심 왕성한 아이가 처음 보는 남성에게 천진난만하게 재롱을 부리는 것처럼도 보였다.

하지만 만지는 데 질린 갓난아기는 이번엔 크게 입을 벌리고 그를 머리부터 입에 머금으려 했다.

입속에는 아까 본 루크의 얼굴과 마찬가지로 붉은 점막이 소용돌이치고 있었다.

"싫어, 싫다고오오오오오오오오오오옷!"

슬로우는 다리에 힘이 풀려 생각처럼 움직일 수 없었다.

이제 글렀다며 포기하려던 그때——

"슬로우, 엎드려!"

플럼의 프라나 스팅(기천창)이 갓난아기의 미간을 노리며 발사되었다.

눈에 보이지 않는 역장이 그것을 막아 튕겨 나왔다.

그래도 충격은 확실히 준 모양이라 갓난아기는 휘청거렸다.

"아아아아아……."

아기는 더욱 애가 타는 듯 중저음을 마구 내며 플럼 쪽을 보았다.

살기가 뿜어졌다. 명확한 의사를 가지고 "방해하지 마"라는 뜻을 훤히 드러내는 살의.

역시 이것도 네크로맨시와 마찬가지로 태어난 지 얼마 되지 않은 아이의 인격이 깃든 게 아니라 어디까지나 오리진이 그릇의 모양에 맞추어 인간의 마음을 농락하고자 그것을 연기하고 있을 뿐이다.

플럼은 슬로우에게 달려가 그의 목덜미를 잡고 예배당까지 끌고 갔다.

"아야야야얏!"

"지금은 참아!"

"아, 알아요! 그런데 저건 뭐죠? 왜 저런 게 교회에 있는 거예요!"

"내가 묻고 싶을 지경이야! 설마 저게 루크가 말했던 **제3세대**라는 거야?"

지금까지 본 칠드런의 피험체와는 분명하게 구별되었다.

저것은 괴물로 태어나 괴물로 성장하는 완전한 비인간이다.

"어머나, 벌써 친구가 생겼네. 과연 내 아이야."

방에서 나온 수도녀는 이 참상을 보고도 뺨에 손을 대고 황홀한 모습이었다.

아무리 봐도 제정신이 아니라 의식이 오염되었을 것이다.

입속의 나선도 그렇고, 몸을 감싼 방벽도 그렇고, 오리진 코어가 사용된 것은 틀림없다.

'코어가 있는 위치는 심장 쪽…… 하지만 머리가 커서 노리기 어려워!'

저것은 형태만 얼굴일 뿐 오리진이 의도한 것은 방패일 것이다.

"그렇다면 우선은 그곳부터 제거하면 되는 거야……. 그렇지!"

목소리를 내자마자 숨을 내쉬고 허리를 낮춘 플럼은 질주했다.

적도 아까 그 일격에 분노하여 맹렬한 속도로 그녀에게 다가왔다.

이번에는 튕겨 나가지 않도록 플럼은 검에 반전의 마력을 싣고— 머리를 노려 수평으로 휘둘렀다.

"하아아아앗!"

직— 오리진의 역장이 칼날의 침입을 거부했다.

하지만 검에 직접 쏟은 반전의 마력이 방어벽을 관통했고 참격은 무방비한 머리에 직격했다.

안구가 묻힌 머리의 윗부분이 포물선을 그리며 공중을 날았다.

"으, 으에에……."

절단면이 철퍼덕 바닥에 부딪히자 뇌와 안구가 튀어나와 비릿

한 냄새가 퍼졌다.

슬로우는 저도 모르게 구역질이 나서 입을 손으로 눌렀다.

내부 구조는 인간과 거의 동일했지만, 그것은 어디까지나 겉보기에 그럴 뿐이었다.

남은 머리의 **아랫부분**—— 그 절단면은 이내 뒤틀려 시계 방향의 나선을 그렸다.

상처가 완전히 소용돌이치고 굳어 칼날이 통하지 않게 되기 전에 코어를 뭉개고자 플럼은 검을 쳐들었다.

하지만 직후, 고오오오오! 하고 갓난아기의 주위에서 공기가 격렬하게 소용돌이치며 그녀의 몸을 날려버렸다.

"꺄아아악!"

아무런 모션도 없이 방출되는 나선의 힘이 직격하여 플럼은 예배당까지 날아갔다.

충돌한 장의자의 파편이 꽂혔지만 즉각 양팔을 짚고 일어났다.

"아…… 아아아아아아아…… 아아아아아아아악!"

갓난아기는 남은 입으로 마치 울부짖듯 소리쳤다.

불쾌한 중저음이 교회 전체를 뒤흔들었고, 엄청난 박력에 슬로우는 후퇴하며 플럼에게 뛰어갔다.

"저, 저기, 어쩐지 상태가 이상한데?!"

"화를 내는 것 같아. 그런 식으로 행동하고 있을 뿐일 테지만."

그러자 갓난아기의 소용돌이가 맥동하며—— 그 속에서 주르륵 무언가가 얼굴을 내밀었다.

"으, 저건…… 머리? 으아, 징그러워……."

그것은 아까 파괴된 머리와 완전히 똑같은 것이었다.

하지만 몸은 붙어 있지 않았고, 목 위의 부분만이 피투성이로 소용돌이치며 나왔다.

"아아아아아아아아악!"

그것은 바닥에 내던져지자 본체와 마찬가지로 울부짖으며 플럼 쪽으로 굴러왔다.

너무나도 끔찍하고 인류를 모독하는 듯한 광경이었다.

플럼은 반사적으로 영혼 사냥꾼을 휘둘러 내린 뒤 반전의 마력을 실은 검기를 방출했다.

구르는 머리는 깔끔하게 절단되어 둘로 쪼개졌지만── 과일을 자른 듯 바닥에 나뒹구는 두 개의 반구, 그 절단면이 즉각 **본체**와 마찬가지로 나선을 형성하기 시작했다.

물론 거기서도 갓난아기의 머리가 나와 총 세 개의 머리가 플럼과 슬로우에게 굴러왔다.

"히이이이익! 이, 이거, 늘어났는데?!"

"증식한다……. 설마 잉크와 같은 힘인가? 그렇다면 저것에 닿으면……!"

다만 느긋하게 머리를 굴리는 것만이 능력일 리 없다.

또한 몸을 지키는 나선의 역장은 아까 싸운 루크와 어딘가 닮았다.

제3세대라 불리는 만큼 제2세대까지의 능력은 대충 다룰 수 있는 건가?

"플럼 씨. 복도 안쪽에서 뭔가가 움직이고 있는데?!"

슬로우가 본 것은 플럼이 날려버렸을 머리 윗부분이었다.

그것은 마치 달팽이처럼 이동하여 갓난아기의 몸을 기더니 본래 있던 곳으로 돌아갔다.

그리고 절단면끼리 얽혀 질퍽질퍽 불결하게 엉켰다.

“아아으.”

갓난아기는 조금 기쁜 듯 울더니 완전히 복원된 머리를 만족스레 좌우로 흔들었다.

“접속…… 넥트가 가진 능력이야.”

“상처까지 치료하다니 이제 글렀어……. 저런 걸 이길 수 있을리 없어……!”

“너무 비관적일 필요는 없어.”

하지만 플럼은 그것을 큰 위협으로는 생각하지 않았다.

자기 의사로 움직이고, 어리기는 하지만 머리를 쓸 수 있는 제2세대와 달리 제3세대의 사고능력은 인간 유아 수준이고, 지금은 다만 적의를 향한 상대에게 생각 없이 공격을 퍼붓는 데 지나지 않는다.

무엇보다 다룰 수 있는 능력 각각의 성능은 특화된 제2세대 칠드런에게 뒤진다.

“스읍…….”

플럼은 폐에 산소를 채우고 그것을 단숨에 내뱉으며 복근에 힘을 주었다.

허리를 낮추고 낮은 자세를 유지한 채 이쪽으로 굴러오는 머리에 활공하듯 접근했다.

재빨리 검을 휘둘렀다. 증식한 머리를 둘로 쪼갰다.

절단면은 소용돌이쳤고 그곳에서 새로운 머리가 생겨났지만, 그것을 무시하며 다시 앞으로.

진행을 저해하는 머리를 베고 전진, 베고 또 전진을 반복하는 사이에 이윽고 본체에 이르렀다.

"아아아아아아——."

눈앞에 다가온 플럼을 보고 갓난아기가 초조한 듯 신음했다.

그러자 갑자기 쿵! 하는 커다란 소리가 들리는가 싶더니 그녀의 발밑이 비스듬히 기울었다.

하지만 실제로는 발밑뿐만 아니라—— 방관하던 슬로우에게는 건물 전체가 **뒤틀리고** 예배당이 평형감각을 잃은 듯 트릭 아트 같은 풍경으로 변해가는 모습이 보였다.

"아직 최후의 수단을 감추고 있었군."

아무리 벽과 바닥이 일그러져도 도약하여 공중에 뜨면 상관없다.

제 쪽으로 날아오는 그녀를 보고 갓난아기는 입을 벌렸다.

그리고 입속의 나선에서 공기를 회전시켜 발사했지만——

"루크보다 못한 공격이야!"

플럼이 왼손을 휘두르자 맥없이 사라졌다.

그대로 그녀는 대검을 오른손에 쥐고 이마를 향해 때렸다.

"받아라아아아아아아앗!"

이번에는 세로로 절단된 갓난아기의 머리.

잘린 상처는 즉시 뒤틀렸고, 나선은 새로운 머리를 생성하려 했다.

"안 돼, 플럼 씨. 또 그게 나와!"

"그럼 나오기 전에 뿌리를 뽑아버리면 돼!"

플럼은 후퇴하기는커녕 상처 안쪽에 몸소 발을 디뎠다.

목표는 목 너머에 있을 오리진 코어.

자신의 팔까지 몸속에 잠길 정도의 기세로 칼끝을 찔렀다.

코어의 감촉이 느껴지지 않자—— 플럼은 칼자루를 기울이고 돌려 살을 헤집으며 그것을 찾았다.

"플럼 씨, 늦었어! 물러나아아앗!"

슬로우가 외친 직후, 플럼의 손은 '달칵' 하고 단단한 무언가에 칼이 닿은 느낌을 받았다.

그녀는 입가에 미소를 짓더니 즉각 마법을 발동시켰다.

"리버설!"

파직—— 갓난아기의 몸속에서 검은 수정이 깨졌다. 그 눈동자에서 빛이 사라졌다.

몸을 지탱하던 양쪽 손과 발에서도 힘이 빠져 나무 바닥을 부수며 거대한 몸은 잠기듯 무너져내렸다.

증식한 머리는 본체가 활동을 정지하자 움직임이 딱 멎었다.

완전히 숨통이 끊어진 것을 확인한 플럼은 검을 뽑아 그곳에 묻은 피를 재빨리 털었다.

눈을 가늘게 뜨고 살짝 비틀자 영혼 사냥꾼은 사라졌고, 그녀의 손등에 문장이 떠올랐다.

"굉……굉장해. 쓰러뜨린 건가요……?"

"역시 동력원이 망가지면 부활은 불가능할 거야."

“동력? 심장이 아니라요?”
“저건 그런 생물── 아니, **병기**야. 교회가 만들어낸 것.”
두 사람이 말을 나누는데 **아이**를 잃은 수도녀가 복도 맞은편에서 힘을 잃고 쓰러졌다.
슬로우는 달려가려 했지만, 플럼은 그의 어깨에 손을 얹고 고개를 가로저었다.
“저 사람…… 구하러 가야 해요! 그 아기와 같은 방에 있었고 모습이 이상했어요!”
“그래? 역시 같이 있었구나. 그럼 이제 틀렸어.”
“그렇지 않아요. 눈도 뜨고 있잖아요!”
슬로우에게는 이해할 수 없는 감각이기는 했지만── 플럼은 눈을 보자 그녀가 어떤 상태인지 알 수 있었다.
“몸은 살아 있을지도 모르지만 마음이…….”
아마 뮤트와 비슷한 힘으로 저 수도녀의 마음에 들어가 바꿔놓은 것이리라.
실제로 수도녀는 플럼 일행의 존재를 알아채지도 못하고 반쯤 벌린 입에서 침을 흘리고 있었다.
“그럴 수가…… 저런 괴물 때문에 오늘 죽을 줄은 상상도 하지 못했을 텐데…….”
누구나 그렇다. 내일도 당연한 나날이 계속되리라고 믿는다.
하지만 죽음은 언제나 갑작스레 찾아온다.
물론 오리진은 그중에서도 단연 부당하고 악의로 가득하지만.
사고나 우연이라면 운이 나빴다는 등의 가벼운 말로 끝낼 수 있는 사람도 있을지 모른다.

하지만 오리진에게만은 그것이 허용되어서는 안 된다.

그것은 '어쩔 수 없는' 것이 아니라 인류가 피해야 할, 증오해 마땅한 존재다.

전투를 끝낸 플럼과 슬로우는 교회 밖에서 쉬기로 했다.

빨리 길드로 돌아가고 싶었지만, 연속된 전투로 플럼의 소모가 컸다.

게다가 이 참상을 아무에게도 설명하지 않고 방치한 채 떠날 수도 없을 것이다.

솔직히 말하자면 너덜너덜한 플럼의 옷이나 오줌을 지린 슬로우의 바지를 먼저 해결하고 싶었지만.

"에휴우우……."

슬로우는 바닥에 주저앉아 교회 벽에 힘없이 몸을 기댔다.

플럼은 옆에 선 채 바지에 눈길을 보내지 않도록 어색하게 하늘을 올려다보며 벽에 기댔다.

집단 자살을 목격하고, 뮤트와 프위스에게서 도망치고, 슬로우와 만나 루크에게 습격받아 전투를 벌이고, 직후에 괴물 같은 갓난아기를 격파── 아무리 그래도 사건이 너무 심하게 몰아쳤다.

하지만 슬로우도 남자라서 플럼이 싸우는 모습을 보고 솟구치는 것이 있었던 모양이라──

"플럼 씨. 그 검을 휘두르면 멀리 있는 적이 베인 것도 마법인가요?"

흥분한 듯 그렇게 물었다.

"그건 검술이야. 카발리에 아츠라는 거지."

"그럼 저도 훈련하면 습득할 수 있을까요?"

"슬로우는 모험가가 되고 싶었어?"

"재능이 있었으면 됐을 거예요. 하지만 어머니께 걱정을 끼칠 테니까요."

"그래서 길드 사무원이 됐구나. 그게 좋아. 모험가는 변변치 않은 일이거든."

"하지만 플럼 씨는 지금 모험가고, 그 전에는 마왕을 쓰러뜨리기 위해 여행했죠?"

"좋아서 고른 길이 아니야. 마왕 토벌 여행도, 모험가의 삶도."

플럼은 그렇게 말하며 뺨을 만졌다.

주위에 좋은 사람만 있어서 깜빡 잊을 뻔했지만, 노예의 인은 아직 그곳에 있었다.

다행히 슬로우는 별로 신경 쓰지 않는 모양이지만.

"좋아서 고른 게 아닌데 그렇게까지 각오하고 싸울 수 있군요……."

그는 그 뒤 오로지 "굉장하다", "장난 아니야"라고 중얼거렸다.

몇 명의 수도녀가 대로에서 돌아온 것은 마침 그때였다.

플럼은 그 속에서 세라를 걱정했던 수도녀 에른의 모습을 찾았다.

그녀 또한 플럼을 발견한 뒤 그 모습을 보며 수상쩍은 표정으

로 다가왔다.

"플럼 씨? 왜 그렇게 꼴이 말이 아닌 거야?"

"오랜만입니다, 에른 씨. 대로는 난리가 난 모양이네요."

"응, 부상자 치료도 끝나서 지금은 상당히 정리됐지만── 그보다 당신 말이야. 다치지는 않은 모양이지만 피범벅이잖아. 거기 있는 사람은, 그……."

슬로우는 지적받고도 모르는 척 눈을 돌렸다.

"질문에 대답하기 전에 묻고 싶은 게 있어요."

플럼은 무거운 목소리로 에른에게 물었다.

갓난아기가 죽었는데도 아무렇지 않게 살아 있는 걸 보니 지금 있는 수도녀들은 **정상적인** 존재일 것이다.

"방금 저희는 거대한 갓난아기의 습격을 받았어요. 지금은 그걸 쓰러뜨리고 쉬던 중이에요."

"거대한…… 갓난아기? 무슨 소리야?"

"예배당 안쪽 깊숙한 곳에 있는 방에 수도녀와 함께 있던 아이요. 짐작 가는 게 없으세요?"

플럼의 말에 에른과 주위의 수도녀들이 술렁였다.

"분명 나레이라는 시스터가 어제 아침에 보호한 아이를 돌보고 있었어. 하지만 좀 이상해서……. 오늘 아침부터 우리를 방에 들이지 않았지."

"그래서 별수 없이 내버려 뒀군요?"

"그래. 그런데 습격을 받았다니 무슨 소리야?"

"말 그대로예요."

습격받고 싸우고 죽였다. 그 이상도 이하도 아니다.

"어제 아침에 보호했다니 무슨 상황이었나요?"

"문 앞에 버려져 있어서 부모를 찾을 때까지는 교회에서 돌봐주기로 했어. 그 아이를 가장 먼저 발견해서 안은 사람이 나레이였지. 아이도 그녀를 잘 따랐어."

그래서 자연스레 나레이가 돌보게 되었을 것이다.

인격 조작은 아이를 안은 시점에 이미 시작되었을지도 모른다.

"질문에 대답했으니 자세히 들려줘. 여기서 무슨 일이 있었지?"

"안을 보며 설명할게요. 단, 충격적인 광경이니 마음 단단히 잡수세요."

그 뒤, 플럼을 선두로 수도녀들은 예배당에 들어갔다.

그리고 안에서 울려 퍼지는 찢어질 듯 선명한 절규.

엉망진창으로 파괴된 예배당에 머리가 두 동강 난 거대 갓난아기와 증식한 머리, 산 채로 죽은 나레이의 구슬픈 말로.

미리 주의를 줬지만 역시 자극이 너무 강했는지 몇 명이 실신했다.

"어떻게 하지? 뒷정리는 교회 기사단에 맡기는 게 좋을까……?"

고민하는 에른에게 플럼은 조언했다.

"은폐될걸요."

에른은 숨을 삼켰다.

세라와 에드와 조니── 이미 그녀의 아이나 다름없는 세 사람을 교회가 없앴다.

그녀의 마음에 부푸는 교회에 대한 불신은 이제 한계를 넘었을

터였다.

“길드와…… 맨캐시 상점에 부탁하죠. 교회에 물들지 않은 저희 편이에요.”

교회에 대한 배신이기는 했지만, 애초에 교회 자체가 이미 에른 쪽을 배신했다.

플럼의 제안은 매끄럽게 받아들여졌다.

◇ ◇ ◇

중앙구 교회에 모험가들이 모이기 시작하자 교회 기사 역시 이변을 감지했다.

하지만 혈기왕성한 젊은 모험가들이 벽이 되어 그들의 출입을 허락하지 않았다.

그 무렵, 예배당에서는 제3세대의 시체를 운반하는 작업이 시작되었다.

“우웩, 끔찍해라……. 이걸 우리가 옮겨?”

“맨캐시 상점이 보수는 지급한다는 모양이야.”

“하지만 만졌다가 병에 걸리지 않을까? 손이 아니라 더 나은 운반법이 있을 거 아냐.”

가로로 잘린 갓난아기의 머리를 둘러싸고 모험가들이 얼굴을 찌푸렸다.

그곳에 검고 긴 머리카락을 흔들며 로브를 걸친 남자가 다가왔다.

“그럼 내가 마법으로 옮기지. 안심해. 보수를 독점할 생각은 없어."

"유후, 과연 크로스웰 씨야! 사람이 됐다니까!"

플럼은 처음 보는 얼굴이지만, 아마 솜씨 좋은 S랭크 모험가일 것이다.

"리치 씨, 저걸 옮겨서 어디로 가져가나요?"

플럼으로서는 먼저 처분한 뒤에 교회에서 내보내는 게 좋았지만.

그녀의 정면에 선 리치는 어딘가 힘없는 미소를 지으며 말했다.

"맨캐시 상점이 가진 시설로 옮겨서 조사해 보려고 합니다. 오리진 코어를 이용한 괴물의 약점을 알면 플럼 씨 쪽의 싸움에 도움이 될 수 있을 테니까요."

"대단한 시설을 갖고 있구나. 역시 왕국 제일의 상회야."

벽에 기대어 팔짱을 낀 가디오가 말했다.

"그렇게 대단한 건 아니야. 어차피 거기지? 상품 개발에 이용하는 곳."

웰시는 리치의 뒤에서 다가오더니 그의 뺨에 검지를 마구 찔렀다.

"남들 앞에서 하지 마. 그러니까 항상 어린애 소리를 듣는 거야. 취재는 다 했어?"

"쓸데없는 참견이시네요. 취재는 부하에게 맡겼어. 이래 봬도 편집장이기도 하거든. 엣헴!"

가슴을 편 웰시에게 리치는 크게 한숨을 쉬었다.

뭐, 부하에게 맡겼다는 건 자신은 이미 충분히 취재를 만끽했다는 뜻이리라.

아까까지 그녀는 투사 마법인 번프로젝션으로 현장을 마구 촬

영하여 수도녀나 찾아온 모험가, 그리고 교회 기사까지 취재했으니까.

"아하하…… 정말로 웰시 씨는 체력이 대단하시네요."

"네, 어렸을 때부터 계속 이래서 상대하기 벅찬 동생이었어요."

"오빠는 너무 집돌이야. 그만큼 내가 활동적으로 움직이는 거지."

리치는 재차 한숨을 쉬었다.

하지만 플럼에게는 그것이 사이좋은 남매의 대화로만 보였다.

그때, 밖에서 새로운 마차가 다가오는 소리가 들렸다.

아까부터 잇따라 모험가나 맨캐시 상점의 직원이 오고 있어서 플럼은 딱히 신경 쓰지 않았지만── 예배당 문이 벌컥 열리며 그 방문자는 그녀에게 태클을 걸듯 안겼다.

"어이쿠……!"

두둥실 춤추는 은색 머리카락에 달콤하게 피어오르는 향기.

"밀키트?! 어떻게 여기에 왔어?"

플럼이 그렇게 묻자 밀키트는 얼굴을 들고 눈을 올려 뜬 채 눈동자를 글썽이며 주장했다.

"왕도에서 사람이 많이 죽었다고 들었어요. 그래서 도저히 참을 수가 없어서……."

"그렇구나……. 걱정했구나. 고마워, 밀키트."

플럼은 눈물을 닦듯 그 뺨에 손을 대고 온기를 느꼈다.

주인의 따뜻한 손바닥의 온기에 밀키트는 기분 좋은 듯 가슴에 얼굴을 묻고 눈을 가늘게 떴다.

행복한 한때에 플럼의 황폐했던 마음이 거짓말처럼 치유되었다.

바지를 갈아입은 슬로우는 그런 두 사람의 모습을 조금 떨어진 곳에서 수상쩍게 바라보았다.

어째서인지 모험가를 따라온 이라도 그와 나란히 서서 비슷한 표정을 짓고 있었다.

“저 두 사람은 무슨 관계죠……?”

“신경 써 봤자 소용없어.”

단호하게 잘라 말하자 슬로우는 “네에……” 하고 곤혹스러워할 수밖에 없었다.

한편, 두 사람의 세계에 빠진 플럼과 밀키트는 의외로 가까운 거리에서 눈총을 받고 있었다.

하지만 그 거리에서도 알아채지 못하는 그녀들을 기다리다 못해 마침내 에타나는 중얼거렸다.

“우선은 데려온 내게 감사할 필요가 있을 텐데.”

“네?! 감사합니다, 에타나 씨! 맞아요, 밀키트 혼자서는 어려운 일이지요!”

“나도 있어!”

에타나와 손을 잡은 잉크는 씩씩하게 말을 걸었다.

“뭐, 플럼과 밀키트의 그건 어제오늘 일도 아니니까.”

“우리의 명물이지.”

“에타나 씨, 잉크 씨, 기자인 제게 자세한 이야기를 들려줄래요!”

“에타나 씨와 잉크도 비슷하잖아요!”

플럼의 주장에 에타나와 잉크는 “저 사람은 무슨 소리를 하는 거야?”라는 표정으로 상대하지 않았다.

자각하지 못하는 이 두 사람도 참으로 죄가 깊은지도 모르겠다.

"그런데 주인님, 옷이 찢어진 걸 보니…… 역시 습격받으셨군요?"

밀키트는 플럼이 입은 옷의 가슴 부분에 뚫린 구멍에 손가락을 넣으며 물었다.

간지러운 감촉에 플럼의 뺨이 살며시 빨개졌다.

"으, 응. 루크와 거대한 갓난아기에게. 가디오 씨는 어땠나요? 중앙구를 보러 갔었으니 대로의 소동에 휘말리지 않았나요?"

"응, 폭주하는 마차를 말렸어. 거기서 루크를 발견했지만 놓치고 말았지."

"대로에서 폭주한 뒤 제 앞에 나타난 건가요?"

"하지만 플럼을 만나러 갔다고는 생각하기 어려워. 아마 그 제3세대라 불린 존재를 확인하기 위해 교회로 갔을 거야."

"제3세대라. 듣자 하니 제1세대인 나나 제2세대 아이들과는 전혀 다르다지?"

"병기로서의 성능을 중시했다는 인상을 받았어. 하지만 루크가 이곳을 찾아왔다는 건 완전하지 않고 불확실한 요소가 남은 미완성품일 테지."

"마더는 교회 기사에게 시설을 습격받아 더 이상의 연구를 진행하지 못했을 거예요. 저희가 네크로맨시의 시설에 있던 시점에 이미 여기까지는 완성했을 테지요."

그렇기에 마더는 넥트를 비롯한 제2세대에게 관심을 잃어 갔다.

그럼에도 뮤트나 프위스, 루크는 아마 마더에게 충성을 바치고 있다.

"최소한 앞으로 며칠만이라도 유예가 있다면……."

"내 말이. 교회도 참 치사하다니까. 감쪽같이 당한 것 같아."

"맞아……. 앗, 그 목소리는 혹시……?!"

플럼은 황급히 돌아보았다.

"안녕, 플럼 언니."

"넥트?! 왜 늘 갑자기 나타나는 걸까!"

그곳에는 건방진 미소를 짓는 소년—— 아니, 소녀가 서 있었다.

플럼은 깜짝 놀라면서도 어쩐지 기쁜 듯했다.

"넥트…… 그럼 이 아이가 칠드런 중 한 명인가요?!"

리치가 외치자 주위의 모험가들이 단숨에 살기를 띠었다.

이곳에 모인 사람들에게는 교회에 관한 사정은 어느 정도나마 설명해 두었다.

물론 칠드런이라는 소년 소녀가 사태를 일으키고 있다는 것도.

"저, 저기, 기다리세요! 확실히 이 아이는 칠드런이지만, 우리 편이에요!"

"나도 보증하지. 이 아이는 적이 아니야. 적어도 지금은."

가디오가 말하자 과연 그들도 따르지 않을 수 없었다.

의심은 품으면서도 떨떠름하게 검을 거두는 모험가들.

"죄, 죄송합니다. 저도 모르게 이성을 잃었네요."

리치는 머리를 숙였다.

웰시가 화를 내듯 "경솔한 오빠!"라고 외치며 그런 그의 정강이를 퍽 찼다.

"언니들을 놀라게 해서 미안해. 하지만 교회 기사단에게 발각

될 테니 정면으로 들어올 수도 없어서. 이번만 용서해 줘."

"나는 아무렇지도 않아. 하지만 밀키트에게는 머리를 숙여."

"……아, 아니에요. 저는 문제 없어요. 정말 괜찮아요."

밀키트는 그렇게 말하며 플럼의 뒤에 숨은 채 떨었다.

믿을 수 있는 상대인 걸 머리로는 알면서도 몸이 트라우마를 떨치지 못한 모양이었다.

"아…… 그 일은 정말 미안해."

"주인님과 서로 아는 분이니 저도, 그러니까, 노력해서 익숙해질게요."

"그나저나 넥트가 순순히 사과를 하다니 별일이네. 으흐흐, 조금 변한 거 아니야?"

"잉크에게만은 듣고 싶지 않아. 잡담은 이 정도로 하고 본론으로 들어가자——."

넥트는 마음을 다잡고 진지한 표정을 지었다.

그런 그에게 가디오가 끼어들 듯 물었다.

"아까 대로의 소동 속에서 인파에 섞인 너와 오틸리에를 봤어."

"오틸리에 씨?!"

"아아, 그걸 봤구나. 얼굴은 잘 가렸을 텐데?"

"잘 아는 상대라면 동작이나 기척으로 알아챌 수도 있지. 뭘 하고 있었던 거야?"

"그건 루크를 말리려 했을 뿐이야. 하지만 늦었어. 정보를 받고 나서 움직이면 늦어."

넥트는 슬픈 듯 말했다.

마찬가지로 잉크도 고개를 숙이자 에타나는 그녀의 머리를 가볍게 쓰다듬었다.

"잠깐 기다려. 왜 오틸리에 씨가 같이 있어? 분명——."

"교회 기사단에 흡수되기 직전에 군을 빠져나갔지. 그 뒤, 교회와 적대하는 조직에 스카우트되었다——는 건가? 지금의 너는 그곳에 몸을 두고 있구나."

"아저씨, 정답이야."

넥트는 순순히 감탄했지만, 아저씨라 불린 가디오는 역시 복잡한 표정이었다.

"우힛! 비밀 조직인가요! 신문기자로서의 피가 들끓는군요! 그 조직의 리더는 누구죠? 가르쳐주세요! 가르쳐줄 수 없다면 미행을 허락해주세요!"

웰시는 갑자기 발작하듯 흥분했다.

평소라면 그런 그녀를 말릴 리치였지만—— 그는 턱에 손을 대고 넥트에게 물었다.

"추기경 사투키가 아닌가요?"

"하하하, 그건 말 못 하지. 말하면 비밀이 아니잖아?"

넥트는 익살을 부렸지만 정곡을 찔렸고, 딱히 그것을 감출 생각도 없는 듯했다.

"그래서 이번에야말로 본론인데. 내게 그 괴물의 사체를 조금이라도 좋으니 나눠주지 않겠어?"

"무리야."

에타나가 즉답하자 넥트는 풀썩 주저앉았다.

"여전히 다루기 힘든 **할망구**라니까."

"되도록 잔혹하게 죽여주마."

"진정해, 에타나! 그리고 넥트도 도발하지 마!"

"아하하하하, 반응이 재미있어서 그만. 나쁜 이야기는 아닐 거야. 우리는 교회에 적대하는 집단이야. 오틸리에가 있는 시점에서 알 수 있을 테지만, 너희의 편이기도 해."

"추기경 사투키는 믿을 수 없는데."

"아저씨 말엔 나도 동의해. 하지만 칠드런의 폭주를 막고 싶은 건 진심인 모양이야."

플럼도 에타나나 가디오와 마찬가지로 사투키는 별로 믿을 수 없다.

그때 생각한 두통도 포함해서 아무래도 손바닥 위에서 놀아나는 기분이 든다.

하지만 넥트를 믿고 싶은 것 또한 진심이기에── 플럼은 밀키트를 안은 힘을 살짝 더하며 "으~음" 하고 골똘히 생각했다.

"……알았어. 가져가도 돼, 넥트."

"플럼, 진심이야?"

"진심이에요, 에타나 씨. 이걸 해석하는 일이라면 사투키의 기술이 더 나을 테니까요."

"그건 그렇지만……."

"고마워, 언니. 그럼 소용돌이치는 살점과 코어 파편을 몇 개 가져갈게."

필요 최소한의 부분만을 모은 넥트는 재빨리 '접속'으로 예배당에서 떠나려 했다.

그런 그에게 플럼은 아직 묻고 싶은 게 더 있었다.

“넥트, 거기 있는 슬로우라는 사람 말인데, 뭐 아는 거 없어?”

그녀의 질문은 모르는 사람에게는 무슨 소리인지 전혀 알 수 없는 것이었지만—— 넥트에게는 짐작 가는 것이 있는지 슬로우의 얼굴을 보자마자 “아아” 하고 소리쳤다.

“일단 늘 감시자는 붙였다고 말했던가?”

“뭐?”

“진짜로 위험해지면 구하러 온다고. 이번에는 플럼 언니가 적임자였으니 손을 대지 않은 걸 거야. 아마 조만간 데리러 오기라도 할 테지. 필요하니까. 간다.”

“기다려! 그게 무슨——.”

“지금은 대답할 수 없어.”

“알았어. 그럼 칠드런 말인데!”

“……그 녀석들이 왜?”

“무슨 속셈이야? 그렇게 사람을 죽이면, 설령 사람의 몸으로 돌아간다 해도…….”

넥트는 무표정하게 감정을 죽이고 이렇게 대답했다.

“무슨 일이 있어도 구할게.”

“하지만 그건!”

“커넥션!”

“아, 넥트!”

플럼에게서 도망치듯 넥트는 사라졌다.

고개를 숙였던 플럼은 이내 고개를 저으며 가슴속의 답답함을 떨쳐내고 슬로우 쪽을 보았다.

"루크가 가장 먼저 노린 건 역시 내가 아니라 슬로우였구나……."

"교회 기사인 리셸도 길드가 아닌 슬로우의 목숨을 노린 거로군."

"슬로우, 당신 정체가 뭐야?"

이라가 물어도 슬로우 자신 역시 전혀 알지 못했다.

그가 고개를 가로젓자 점점 더 깊은 의문을 느껴 몇 명인가가 "으~음" 하고 동시에 끙끙댔다.

◇◇◇

결국 슬로우의 출신은 웰시가 알아보기로 했고, 플럼 일행은 집으로 돌아가기로 했다.

일단 집에 도착할 때까지는, 이라며 가디오도 서구로 동행한다.

"키릴은 여전히 납치된 상태구나……."

저무는 저녁 해를 올려다보며 플럼은 분한 듯 중얼거렸다.

"이야기는 들었어요. 아깝네요, 주인님. 하지만 다음엔 분명 구할 수 있을 거예요!"

"뭐, 애초에 칠드런이 키릴을 납치할 이유를 모르겠지만. 잉크는 알겠어?"

"아니, 전혀. 용사와 우리는 관련이 없을 텐데."

"인질로라도 이용할 셈인지, 아니면 칠드런의 연구와 접점이 있는지——."

가디오는 한숨 섞어 그렇게 말했다.

플럼의 표정이 더욱 어두워져서, 밀키트는 손에 힘을 꽉 주며 그녀를 격려했다.

“키릴도 그렇지만, 라이너스도 오늘은 모습을 보이지 않았어. 한 번 정도는 보고 싶었는데.”

“사투키의 조직도 그렇고, 왕도에서 암약하는 인간이 너무 많아서 곤란해.”

“네, 마음을 놓을 수가 없네요. 키릴은 지금쯤 어떻게 지낼는지…….”

불안한 듯 키릴을 걱정하는 플럼을 밀키트는 흔들리는 눈동자로 불안하게 바라보았다.

플럼의 자택 앞에서 일행은 해산했다.

플럼 일행은 집에 돌아오자 일단 한숨 돌렸다.

이라는 가디오가 집까지 바래다주기로 했다.

그 뒤, 슬로우의 집까지 그의 어머니를 맞이하러 가서 두 사람은 가디오의 집에 묵을 예정인 모양이었다.

그것을 들은 이라가 어쩐지 눈을 빛냈지만, 그녀가 얼마나 뻔뻔한 부탁을 했는지── 집에서 쉬는 플럼에게는 진심으로 상관없는 일이었다.

저녁은 집에 있는 재료로 간단히.

모두 분담하여 음식을 만들고, 후딱 먹고, 씻고, 내일을 위해 일찍 자리에 누웠다.

"불 끈다."

"네, 끄세요."

같은 이불을 덮는 플럼과 밀키트는 서로의 체온을 느끼며 마음의 평온을 얻었다.

이미 눈을 감은 플럼은 그런 어둠 속에서 문득 시선을 느꼈다.

눈을 뜨자 밀키트가 제 쪽을 빤히 바라보고 있었다.

"저기……."

시선이 마주치자 그녀는 머뭇머뭇 입을 열었다.

"왜 그래?"

플럼은 어머니가 아이를 타이르듯 다정하게 미소를 지으며 물었다.

"키릴 씨는…… 주인님과 무슨 사이인가요?"

갈등을 반복한 끝에 밀키트는 가슴에 소용돌이치는 어두운 의심을 그대로 말로 뱉었다.

그것은 그녀에게 묻기조차 꺼려지는, 품기조차 기피되는 감정이었다.

하지만 그렇다고 없던 일로 칠 수 있을 정도로 어수룩한 것도 아니었다.

그러는 한편 플럼에게는 "뭐야, 그거였어?"라며 웃을 정도로 사소한 질문이었다.

"친구야."

키릴과의 관계를 나타내는 말로 달리 어울리는 것을 플럼은 알지 못했다.

"친구……."

밀키트는 앵무새처럼 반추했다.

"마침 고향이 비슷한 시골이고, 갑자기 영웅 취급받아 당황스러운 점도 똑 닮았고, 좋아하는 음식이 달콤한 케이크인 점도 똑같아서 금세 의기투합했지."

"지금도 그렇게 생각하세요?"

"물론이야. 응어리를 녹여 없애고 다시 케이크를 먹으러 갈 수 있으면 좋겠어."

밝게 말하는 플럼의 미소는 밀키트에게 너무 눈부셨다.

그녀는 잡념을 품지 않고 자신을 괴롭힌 적도 있는 친구를 이토록 똑바로 마주하는데── 자신은.

자기혐오를 했다. 그런데도 역시 생겨났다.

잘못되었다는 걸 알면서도 솟구치는 것은 어쩔 수 없다.

"……저는 친구가 아닌 거죠?"

"으~음, 친구는 아니려나?"

"그 차이는 뭘까요?"

밀키트는 플럼의 총애를 받는 것만으로 충분하고도 남을 정도로 행복했다.

그 이유를 묻다니 배가 불렀다.

하지만 그런 욕심을 부릴 정도로 플럼은 밀키트에게 달콤함을 선사하고 허우적대게 했다.

한편 그런 자각이 없는 플럼은 왜 밀키트가 그런 질문을 하는지 생각했다.

주인의 친구인 키릴이 궁금한 건 알겠다.

하지만 그녀가 묻는 방식은 키릴과의 관계보다는 키릴과 자신을 대하는 차이에 대해 의문을—— 혹은 불안이나 불만 같은 감정을 품은 것 같았다.

그녀의 바람을 충족하려면 어떻게 대답해야 정답일까?

"예를 들어 나는 키릴과 같은 침대에서 잔 적은 없고, 끌어안은 적도 없고, 이렇게 손을 잡고 걸은 적도 없어."

그렇게 말하며 플럼은 이불 속에서 밀키트의 손을 잡았다.

플럼은 밀키트와 함께라면 당연하게 했던 일이 평범하지 않다는 자각을 하고 있었다.

키릴은커녕 인생에서 누구에게도 품은 적이 없는 감정을 밀키트에게 보내고 있는 것이다.

"정말로 저뿐인가요?"

"응. 내가 이렇게까지 만지는 사람은 밀키트뿐이야. 그러니까 뭐랄까…… 순위를 매길 수는 없겠지만, 가깝기로 말하자면 밀키트가 앞선다고 생각해."

밀키트의 손가락이 움찔했다.

그리고 플럼은 그녀가 '밀키트가 앞선다'는 말에 반응했다는 것을 알아챘다.

'혹시 밀키트는…… 키릴에게 질투하나?'

그것을 깨닫자마자 플럼의 가슴이 거세게 죄어들었다.

'조금 이야기를 했을 뿐인데 질투하다니 나를 얼마나 좋아하는 거야? 아, 정말, 밀키트는 어쩜 이렇게 귀여울까……? 미치겠네!'

그리고 솟구치는 흥분에 냉정함을 잃으려 했다.

"저는 무서워요. 주인님은 무척 매력적이고, 강하고, 많은 사람에게 사랑받아요."

하지만 밀키트는 대단히 진지했다.

일반인에게는 당연하지만 노예에게 그 감정은 금기니까.

"물론 주인님이 저를 특별하게 대한다는 건 알고 있고 믿어요. 하지만…… 주위에 사람이 많은 주인님과 달리 제게는 주인님밖에 없으니까요."

"음~ 난감하네. 그 불안을 없애려면 내가 뭘 하면 될까?"

"난감하게 해드려서 죄송해요."

"아니야, 괜찮아. 요컨대 밀키트는 나를 똑바로 보고 있는데 나는 정신이 여러 방향으로 쏠렸다는 거지? 으으~으……음……."

천장을 올려다보고 고개를 메트로놈처럼 좌우로 움직이며 플럼은 신음했다.

그 움직임이 다섯 번 정도 왕복했을 때, 그녀는 고개를 기울인 채 딱 멈추었다.

그리고 무언가가 생각났는지 밀키트의 눈을 똑바로 바라보며 말했다.

"좋아해."

직접적인 말에 가슴이 울려 어둠 속에서도 투명한 눈동자가 번쩍 뜨였다.

"지금의 나는 더 이상 적당한 말이 생각나지 않아. 나머지는 행동으로 보여줄 수밖에 없겠지."

"……아, 아니요. 충분해요. 충분히…… 마음은, 전해졌어요. 죄송합니다, 주인님. 이상한 소리를 해서요."

"아니야. 그런 걸 묻게 된 게 솔직히 기쁘거든."

그렇게 말하며 플럼은 잡은 손을 일단 놓고 이번에는 깍지를 꼈다.

갑자기 태연하게 그런 짓을 하자 밀키트의 가슴은 멎을 듯 격렬하게 뛰었다.

이런 짓을 해도 주인님은 분명 아무렇지도 않겠지—— 하고 생각하며 그녀가 플럼 쪽을 보자,

"……윽."

쑥스러운 표정의 주인님과 눈이 마주쳤다.

플럼은 부끄러운 모양인지 얼버무리듯 시선을 피했다.

태연한 표정을 상상했으니 그것 또한 불의의 습격이었다.

태연하지 않았다.

밀키트의 불안을 해소하고자 플럼 나름대로 모험을 한 것이다.

그 간지러움에 밀키트도 공연히 부끄러워져서 시선을 피했다.

서로 외면하면서도 손은 절대로 놓지 않았다.

에타나의 방에 있는 침대에 누운 잉크.

방의 주인은 희미한 불빛이 등잔 밑을 비추는 가운데 독서 중이었다.

"저기, 에타나."

"잉크, 아직 안 자?"

당연히 자는 줄 알았던 잉크가 갑자기 부르자 조금 놀란 모습으로 침대를 보는 에타나.

잉크는 천장에 얼굴을 향한 채 멍하니 중얼거렸다.

"플럼과 밀키트는 무슨 관계일까?"

아무래도 그녀에게는 두 사람의 방에서 이루어지는 대화가 들렸던 모양이다.

에타나는 어렴풋이 그것을 감지했는지 눈을 가늘게 뜨고 진저리치는 표정으로 책에 시선을 되돌리며 대답했다.

"글쎄, 나도 모르겠어."

대화는 거기서 끊어졌고, 고요한 밤은 깊어갔다.

우자(愚者)

넥트는 중앙구 교회에서 제3세대 칠드런의 일부를 회수하여 사투키의 부하에게 넘겼다.

그리고 그는 수 시간 동안 유리 너머로 자신의 '남매'라고도 부를 수 있는 존재의 파편이 연구자들에게 둘러싸여 해석되는 모습을 빤히 바라보았다.

"저런 괴물이라도 역시 느껴지는 바가 있는 거겠죠."

밖에서 임무를 마치고 돌아온 오틸리에가 그에게 말을 걸었다.

"어서 와. 딱히 당신이 생각하는 그런 게 아니야. 다만 우리가 목표로 하는 곳에 태어난 존재가 저렇게 의지조차 없는 그저 살덩어리라고 생각하면 우리가 마더에게 애정을 갈구하는 건 아주 부질없고 소용없는 짓이 아닐까. 그렇게 생각했을 뿐이야."

그럼에도 아이는 부모의 애정을 갈구하지 않을 수 없다.

사람은 기본적으로 그런 생물이며, 사람과 사람 사이의 관계는 축복임과 동시에 저주이기도 했다.

"사랑은 보답을 바라는 게 아니에요. 하지만 보답이 없는 사랑만큼 비극적인 건 없죠."

"통렬하네."

"제 사랑에는 보답이 있어요. 그렇기에 그 슬픔을 이해할 수 있어요."

"앙리에트가 당신을 사랑한다고?"

"그렇지 않았다면 저는 지금 여기에 없었어요."

여전히 앙리에트에 대해 맹신적인 오틸리에가 넥트는 부러웠다.

"나도 당신만큼 마더를 믿을 수 있었다면 조금 더 편해질 수 있었을까?"

"글쎄. 목숨을 걸고 관철한 사람의 마음은 의외로 강한 법이야."

넥트의 바로 옆에 있는 벽에서 지저분하게 수염이 난 남자의 얼굴이 스윽 나왔다.

"으앗, 차타니?! 갑자기 벽에서 나오지 마!"

"늘 전이해서 사람을 놀래키는 네가 할 소리냐?"

"그럼 평범하게 걸어서 다가오는 게 어떨까요?"

"벽을 빠져나오는 게 더 편리해. 대본 있는 예능도 아니고, 내가 왜 그래야 하는데?"

"예능? 여전히 알 수 없는 말을 하는 남자야."

"아…… 그렇구나. 예능이라는 개념이 없구나. 평범하게 말이 통하니 똑같다고 생각하고 말하게 돼. 아직도 믿을 수가 없어. 이 판타지 세계가 전 일본이라니."

차타니는 넥트의 옆에 나란히 서더니 호주머니에서 담배를 꺼내어 물었다.

물론 그에게는 실체가 없기에 그저 그런 식으로 보였을 뿐이지만.

"이전에도 그렇게 말씀하셨죠? 저도 도저히 믿을 수가 없어요."

"학습 장치라는 게 남아 있어서 말이 같다고 했나? 상자 속에 들어 있던 AI(의인 인격)? 그거랑 대화해서 말을 습득할 수 있는 장치 맞지? 그게 실존해?"

"나도 의무 교육을 받았을 무렵엔 학습 장치는 잘 썼어. 사토의

말로는 오리진교 이전에 퍼진 종교가 남아 있던 그걸 바닷속에 빠뜨렸다는 모양이지만."

그들이 믿는 신의 신비성을 높이기 위해 '문자'라는 문명을 이 세계에 부여한 증거를 말소하고 신의 위업이라고 주장하고 싶었던 모양이지만—— 그 종교도 인간 사이에 벌어진 전쟁 속에서 멸망하고 말았다.

"그래도 그건 내 본체나 오리진과 마찬가지로 '시간을 멈추는 금속'으로 만들어졌어. 학교에서 사용하기 위해 다른 장치보다 튼튼하고. 바닷속에서 인양하면 지금도 문제없이 작동할 거야."

오틸리에도 넥트도 그 이야기는 이미 한 번 들었지만, 아직 반도 이해하지 못했다.

하지만 그런 장치의 존재를 차타니 자신이 증명하고 있으니 믿을 수밖에 없었다.

"전쟁이 끝나면 사토는 인양 계획을 실행에 옮길 모양이야."

"그 사토라는 호칭 좀 어떻게 안 될까요?"

오틸리에의 항의에 차타니는 짓궂게 웃으며 말했다.

"그야 사투키라는 이름의 유래는 분명 사토일 거란 말이야. 일본에서 가장 많은 성씨지."

"일본이라는 나라도 모르는데, 사투키 님은 용케 화내지 않으시네요."

"이유는 모르겠지만, 사토는 내게 감사하는 모양이거든. 대개의 일은 용서해 줘."

오히려 감사해야 할 사람은 사투키가 유적에서 발굴해준 차타니 쪽일 텐데.

"……어이쿠, 해석팀이 나를 부르는 모양이네."

차타니는 유리 너머에서 손짓하는 연구자들을 보며 말했다.

그리고 그대로 벽을 빠져나가 실내로 이동했다.

"솔직히 나는 사투키를 포함해서 저 사람들을 아직 믿을 수 없어."

넥트는 차타니의 뒷모습을 바라보며 그렇게 중얼거렸다.

"이해할 수 없는 게 너무 많아. 칠드런만 생각하고 싶은데."

"저런 수상쩍은 놈들을 믿으라는 게 이상한 얘기죠. 그 남자의 본체인 금속 상자—— 유기 컴퓨터가 플럼의 고향 근처에 묻혀 있었다니 우연이라기엔 너무 지나친걸요."

"응……. 언니의 말대로 우연 같은 게 아닐지도 몰라."

넥트는 눈을 내리깔고 사투키가 보여준 어느 물건을 떠올렸다.

◇◇◇

사투키는 그것을 말할 때, 마치 꿈을 품은 소년처럼 눈을 빛냈다.

『리버설 코어는 어느 소녀의 존귀한 희생으로 탄생한 산물이지.』

그가 차타니에게 느끼는 '감사'는 그 꿈을 상기시켜준 것일지도 모른다.

『오리진에 지배된 세계를 인간의 손으로 돌려놓고 싶다. 마력을 가지지 않는 태고의 인류도, 그리고 기나긴 시간을 지나 재탄생한 현재의 인류도, 같은 바람을 품고 있어. 낭만적이지 않아?』

하지만 넥트는 그의 말보다도 유리 케이스에서 잠든 **뒤틀린 시**

체가 신경 쓰여서 참을 수 없었다.

『그녀는 그런 바람을 품고 자신의 의사로 '반전하는 힘'을 얻었어. 그래, 오리진의 정반대── 음의 에너지를 자아내는 반시계 방향의 힘을 체득하여 이러한 모습으로 목숨을 잃은 거야.』

사투키는 케이스 앞에 서더니 실로 자랑스러운 듯 그 시체의 이름을 고했다.

『목숨을 걸고 세계를 구하려 한 그 영웅의 이름은── '플럼'이야.』

◇◇◇

넥트는 천장을 올려다보며 크게 한숨을 쉬었다.

그 모습을 보고 오틸리에는 넥트가 무엇을 떠올렸는지 짐작했다.

"그 시체가 정말로 플럼이라고 생각하지요?"

"관계는 있다고 생각해. 사람의 생각과 집념이 기적을 일으킨다. ──플럼 언니를 보고 있으면 그런 걸 믿고 싶어져. 정말 성가신 사람이라니까. 꿈 같은 건 품지 않는 게 더 편한데."

이미 넥트 이외의 칠드런들은 잘못을 저질렀다.

하지만 그녀가 포기하지 않는 것은 플럼을 만났기 때문이니 얄궂은 일이다.

넥트가 홀로 쓴웃음을 지으며 "휴우" 하고 한숨을 쉬자 근처의 문이 열렸다.

"이런 곳에 있었군. 찾았잖아, 오틸리에."

사투키는 오틸리에에게 다가가 종이 한 장을 건넸다.

"새로운 일이야. 포이에 맨캐시를 확보했으면 해."

"리치 맨캐시의 아내 말씀이시죠? 이번 일과는 관계없다고 생각했는데요……."

서류를 보는 사이에 그녀의 표정은 험악해졌다.

하지만 아무래도 넥트와는 관계없는 이야기인 모양이었다.

남을 이유도 없어서 그녀는 대화하는 두 사람의 옆을 지나 자기 방으로 돌아갔다.

◇ ◇ ◇

어둠에 에워싸인 밤이 끝나고 일출이 가까운 가운데, 아직 '오늘의 편지'는 도착하지 않았다.

플럼은 보낸 사람의 정체를 밝히기 위해 집의 현관에서 대기했다.

싸우느라 피곤하기도 해서인지 자연스레 하품이 나왔다.

온몸을 감싼 나른한 졸음에 플럼은 눈꺼풀 위로 눈을 비비며 참으려 했다.

"고생 많네."

그런 그녀의 얼굴을 엿보며 에타나가 격려했다.

"어라, 일어나기에는 아직 이른데요."

자정이 지나고 한동안은 에타나가 감시했다.

그 뒤로 아직 두 시간 정도밖에 지나지 않았을 터였다.

"그런 시간에는 자려야 잘 수가 없지. 게다가 플럼은 체력을 소

모했고 나는 여유만만해. 그러니까 교대하자."

본래 에타나는 그 역할을 모두 자신이 받아들일 생각이었다.

하지만 키릴을 구하지 못한 책임을 느낀 플럼이 허락하지 않았다.

결국 지난 두 시간은 에타나가 할 수 있는 최대한의 양보였다.

여기서부터는 아무리 플럼이 거부해도 억지로 교대하겠다고 마음속으로 결심했다.

"저만 쉴 수는……. 가디오 씨도 자지 않고 슬로우 쪽을 지킬 텐데요."

"그 인간은 체력 괴물이야. 비교하면 안 되지. 게다가 너는 우리의 비장의 무기이니 쉬는 것도 임무야."

실제로 플럼 자신도 피로를 느끼고 있기는 했다.

지금부터 늘 일어나는 시간까지 푹 잔다고 해서 완전히 그게 풀리지는 않을 것이다.

"아니면 잠이 안 와?"

"맞아요. 죽은 얼굴을 많이 봤으니까요. 익숙해졌다지만 괴로운 건 괴롭네요."

"기분 전환이 부족한지도 몰라."

"이런 상황엔 그것도 힘들죠. 언제 어디에서 습격이 올지 모르니까요."

"그럼 시간당 밀도를 높일 수밖에 없네."

"어떻게 하면 좋을까요?"

플럼이 그렇게 되묻자 에타나는 자기가 말을 꺼내놓고 고민하는 모습을 보였다.

아무 생각도 하지 않은 모양이다.

"음…… 밀키트와 더 사이좋아진다거나?"

그리고 끄집어낸 대답이 그것이었다.

플럼은 어깨를 풀썩 늘어뜨렸다.

그리고 쓴웃음을 지으며 자신만만하게 말했다.

"그런 건 그냥 둬도 조만간 그렇게 될 거예요. 그 아이와 저라면요."

이번에는 에타나가 진저리 칠 차례였다.

"그래…… 단언하는 걸 보니 그렇네. 하지만 잘 모르겠어. 두 사람은 연인 사이는 아닌 것 같아."

"아하하, 둘 다 여자니까요. 물론 계속 함께 있고 싶다는 생각은 하지만요."

"……흠."

"납득한 듯한 그 반응은 뭐죠?"

"신경 쓰지 않고 내버려 둬도 되겠구나 싶어서."

두 사람의 관계는 멀리서 지켜보는 정도로 딱 좋다고 에타나는 새삼스레 인식했다.

"기분 전환에 관한 건 당분간 생각해 보기로 하고, 쉬는 게 좋은 건 사실이야. 교대할 테니 얼른 자."

"그러……게요. 알겠어요. 그럼 부탁드립니다."

에타나는 "맡겨줘"라며 엄지를 척 들었다.

플럼은 2층으로 올라가 침실로 들어간 뒤 크게 숨을 토해냈다.

이러니저러니 해도 플럼은 '또 잘 수 있다'며 기뻐했다.

침대에 다가간 플럼은 아직 잠든 밀키트의 얼굴을 엿보았다.
잠이 든 깜찍한 얼굴을 보자 표정이 느슨해졌다.
빨리 옆에 눕고 싶을 정도로 인형처럼 정돈된 얼굴이었다.
이렇게 관찰하며 새삼 생각했다. 그녀는 더 행복해져야 할 인간이라고.
“내게는 아까울 정도로.”
그렇게 말하며 뺨에 닿은 머리카락을 부드럽게 치워주었다.
손가락에 닿은 살갗의 감촉은 비단처럼 부드러워서 계속 만지고 싶을 정도였다.
그러자 밀키트는 “음……” 하고 소리를 내며 살며시 눈을 떴다.
“아, 미안해. 깨웠어?”
“아니요……. 얕게 잠들어서 몇 번이나 깼어요. 역시 주인님이 안 계시면 안 되나 봐요.”
그녀는 졸린 눈으로 플럼의 옷 소매에 손을 뻗어 싱긋 웃으며 말했다.
평소와는 달리 느슨한 미소도 나름대로 귀여웠다.
내 파트너는 이렇게 귀엽다! 그렇게 외치며 온 거리를 돌고 싶은 기분이었다.
“그럼 옆에 누울게.”
플럼이 그녀의 옆으로 파고들었다.
침대 위는 이미 밀키트의 체온으로 따뜻했다.
주인이 옆으로 오자 그녀는 이내 그 팔에 매달리고 다리를 얽었다.

"주인님……."

어리광을 부리는 고양이처럼 어깨에 뺨을 대더니 그대로 바로 잠들었다.

깼다기보다 꿈이라도 꾸는 상태였을지도 모르겠다.

"아, 내일 아침에는 잊어버릴 것 같네……. 기억해서 부끄러워하는 모습도 보고 싶은데."

그나저나 에타나의 말이 맞았다.

단지 이것뿐인 대화로 싫은 기억은 어딘가로 날아가 버렸다.

하지만 육체의 피로는 아직 남았는지 5분도 지나지 않아 플럼은 곯아떨어졌다.

해가 떠올라 왕도를 밝게 비추었다.

아직 편지는 오지 않은 채 그대로 아침이 밝았다.

지켜보는 걸 알고 피했는지도 모른다——고 생각하기 시작했을 때, 에타나는 현관으로 다가오는 발소리를 들었다.

땅바닥을 두드리는 발소리는 가벼웠다. 체격은 그리 크지 않은 모양이었다.

그 녀석은 우편함을 열더니 안에 무언가를 넣고 이내 떠나가려 했다.

에타나는 현관에서 뛰쳐나갔다.

소년은 누군가가 나올 줄은 몰랐는지 놀란 모습으로 발을 멈추

었다.

"……묻고 싶은 게 있어."

에타나가 어깨를 잡고 위압하자 소년은 명백하게 겁먹은 표정으로 그녀를 올려다보았다.

"뭐, 뭐야? 나는 아무 짓도 안 했어."

"우편함에 넣은 편지, 그건 네가 쓴 거야?"

"아니야! 어제 여자애에게 부탁받았어. 우편함에 넣기만 하면 된다고."

소년은 눈에 눈물을 글썽이며 그렇게 말했다.

에타나는 시험 삼아 스캔도 해봤지만, 스테이터스에 이상이 발생하지도 않았다.

정말로 그냥 지나가던 남자애인 모양이었다.

"알았어. 믿을게. 그만 돌아가도 돼."

해방된 소년은 전속력으로 뛰어갔다.

"여자애…… 교회가 아이를 이용했을 가능성도 생각할 수 있지만, 가장 유력한 건……."

에타나는 일단 편지를 펼쳐 내용을 읽기로 했다.

"남은 건 이틀. 뿌려진 씨앗은 모두 세 개, 남은 그들도 아름다운 꽃을 피울 수 있겠지. 하지만 그것에 홀려서는 안 돼. 진정으로 바라는 것은 아직 땅속 깊이 묻혀 있어……. 여전히 시 같네."

그녀는 진저리치듯 그렇게 말하고 편지를 접어 다시 봉투에 넣은 뒤 집으로 들어갔다.

◇◇◇

기상 후, 플럼을 비롯한 네 명 모두는 길드로 향했다.

지금의 왕도는 어디고 위험한 상태다. 그렇다면 모험가 길드가 안전하리라고 판단했다.

'편지를 건넨 사람은 여자애…….'

걸어가며 플럼은 아까 에타나에게 들은 말을 떠올렸다.

만약 편지를 보낸 사람이 플럼이 상상한 인물이라면 혼돈은 더욱 심해질 것이다.

'프위스나 뮤트는 왕도 사람을 살육하는 게 목적이라고 말했어. 하지만 정말로 그뿐일까? 목적을 파헤치는 건 중요하지만, 그게 **하나뿐**이라고 생각하면 반대로 진실에서 멀어질 것 같아……. 왜냐하면 칠드런은 그냥 병기가 아니라 사람처럼 고민하고 괴로워하는 살아 있는 아이이기도 하니까.'

플럼이 선두에 서서 길드로 들어갔다.

"안녕?"

플럼은 가볍게 손을 들어 카운터에서 나른하게 턱을 괸 이라에게 인사했다.

그녀도 익숙한 모습으로 "안녕?" 하고 대충 대답했다.

별로 면식이 없는 밀키트와 다른 친구들은 가볍게 눈인사를 하는 정도였다.

"슬로우는?"

"있어. 안쪽에서 서류 정리 중."

"그래? 어제는 가디오 씨네 집에서 잤어?"

"응, 슬로우는 어머니와 함께 잔 모양이야."

"아아, 역시 그랬구나. 아하하, 그거 다행이다."

"뭐가 다행이라는 거야! 뭐, 딱히 나는 같이 자고 싶었던 게 아니거든?!"

"그렇게 필사적으로 부정하지 않아도 되는데. 가디오 씨와 함께 있는 게 더 안심되잖아."

"큭, 어째 악의가 느껴지네. 언젠가 갚아주마……."

이라는 분한 듯 엄지를 깨물었다.

그녀와 플럼의 대화가 끝날 때를 가늠하여 에타나가 소개소를 보며 말했다.

"이렇게 아침 일찍부터 모험가가 쓸데없이 많네."

플럼도 그쪽으로 시선을 보냈다.

아래로는 10대부터 위로는 40대까지 야무지게 장비를 장착한 모험가가 열 명 정도 앉아 있었다.

아침부터 북적이는 광경을 보자 데인이 있던 무렵이 떠올랐다.

"마스터가 모았어. 길드가 표적이 되었을 때를 대비한 호위로. 물론 보수는 길드가 부담하지."

"가디오 씨는 안 그래도 바쁠 텐데 그런 것까지 준비했구나."

저만큼의 인원이 있으면 무슨 일이 생겨도 슬로우를 피난시키는 정도는 가능할 것이다.

"그런데 집합시킨 장본인은 어디 갔어?"

"나가고 없어. 또 사체가 발견되었다나. 금방 올 거야."

밖이 어둡고 사람이 적을 때는 얌전했지만, 아침이 되자 이내 움직이기 시작한 모양이다.

"호랑이도 제 말 하면 온다더니 온 모양이네."

몇 명의 모험가와 함께 가디오가 길드로 돌아왔다.

플럼이 달려가자 그는 퍼뜩 표정을 풀었다.

"안녕하세요? 현장은 어땠나요?"

가디오는 고개를 저었다.

그와 함께한 모험가들은 모두 하나같이 안색이 좋지 않았다.

"심각했어. 몇 명의 시체가 흩어져 있는지도 알 수 없을 정도였지."

"어제 그런 일이 있었는데 잘도 돌아다니네."

이라의 말은 영혼이 없는 것 같기도 했지만, 플럼 일행도 적잖이 그렇게 생각했다.

"현장 부근에는 군 시설이 있어. 지금은 교회 기사단이 쓰고 있지만, 무슨 일이 일어나면 즉시 지켜줄 것——이라고 생각했겠지. 실제로는 시신 수습조차 하지 않았지만."

"그렇게 온 거리를 돌아다니는데 왜 아무것도 하지 않는 걸까요……?"

밀키트가 당혹스러워하자 이라는 여전한 모습으로 이렇게 대답했다.

"아무것도 하고 싶지 않으니까 그런 거 아니겠어?"

"아마 그 말이 맞을 거야. 교회 기사단은 왕국을 지키기 위한 존재가 아니라고 생각하거든."

"하지만 왕도를 지키기 위해 모험가를 배치하려 해도 교회 기사단이 방해해…….”

플럼은 오른손을 꽉 쥐고 분노를 훤히 드러냈다.

가디오가 집합시킨 모험가들도 마찬가지였다.

현재 이곳에 있는 사람은 서구 길드에 소속된 거친 사람뿐만은 아니지만, 그런 그들조차도 자신의 앞마당인 왕도가 마구 헤집어진 분노를 감출 수 없었다.

“뮤트 일행을 끌어내기 위한 방법이 있으면 좋겠지만…… 생각나질 않네.”

“현 상황에서 그러기 위한 최선의 방법은 더 많은 사람을 한곳에 모으는 거야.”

“에타나 씨, 하지만 그건…….”

“알아, 플럼. 아무리 길드가 협력한대도 리스크가 너무 커.”

만약 모험가들이 모인 곳에 뮤트가 능력을 쓰면── 그들의 스테이터스는 모인 사람 중 가장 높은 수치로 통일되어 무차별적으로 사람들을 죽이는 살육 병기 무리가 완성될 것이다.

무거운 분위기가 감도는 가운데, 그것을 날려버리듯 문이 벌컥 열렸다.

“안녕하세요! 어라, 다 모이셨네요.”

웰시가 손을 들고 씩씩하게 길드로 들어왔다.

그녀는 소개소에서 대기하는 모험가를 포함하여 빙글 둘러보더니 “그런데” 하고 고개를 갸웃거렸다.

“혹시 이곳에는 정보가 돌지 않게 장치됐나요?”

“웰시, 정보라니 무슨 소리야?”

“어제 사건의 범인으로 추정되는 네 명을 왕국이 수배해서 광장에 몽타주와 함께 게시했어요. 거액의 현상금을 걸어서 왕도 주민도 모였고 슬슬 모험가도 냄새를 맡고…… 아, 역시 그 얼굴을 보아하니 길드에 전해지지 않도록 정보 통제가 된 모양이네요.”

웰시도 현장을 봤을 때 ‘모험가의 수가 적다’라는 위화감을 느끼기는 했다.

이런 화제에 가장 먼저 덤벼드는 것은 본래 그들일 터인데.

그 이야기를 듣고 가디오, 플럼, 에타나는 말도 하지 않고 즉시 길드를 나섰다.

그러자 밖으로 나가자마자 세 사람의 머리 위에서 사람 머리만 한 물체가 후둑후둑 떨어졌다.

아니── 그것은 말 그대로 잘린 사람의 머리였다.

“……크켁?”

전방의 건물, 그 지붕 위에 선 괴물은 그 역할을 마치고 즉각 모습을 감추었다.

“스캔!”

플럼은 동요했지만, 상대가 도망치기 전에 재빨리 적의 정보를 수집했다.

Chimaira-Werewolf

속성 : 흙

근력 : 6,519

마력 : 6,163
체력 : 6,121
민첩 : 6,784
감각 : 6,511

늑대인간의 몸에 새의 머리, 곰의 팔── 뒤죽박죽 이어 붙인 몸을 가진 교회의 병기.

"저게 완성된 키마이라……!"

플럼은 그 높은 능력에 전율했다.

한편, 가디오는 떨어진 세 사람의 목을 분한 듯 바라보았다.

"가디오, 그 사람들은……."

"정보 수집을 부탁했던 오랜 친구야. 베테랑 모험가였는데."

모두가 공포로 일그러진 얼굴을 하고 죽어 있었다.

그들이 살아 있었다면 광장의 정보는 더 빨리 길드에 전해졌을 것이다.

"키마이라…… 내가 반드시……!"

가디오는 피가 떨어질 정도로 거세게 주먹을 쥐었다.

"가디오 씨, 저 녀석을 쫓을까요?"

"……아니, 지금은 광장으로 가는 게 먼저야."

만약 여기서 키마이라를 쫓으면 교회의 의도대로 된다.

분노를 억누르고 길드에 남은 모험가에게 시체의 애도를 부탁한 뒤 세 사람은 달려갔다.

선두에 선 가디오는 다른 두 사람을 배려하지 않고 전속력으로 뛰었다.

플럼은 필사적으로 전진하며 그 뒤에 따라붙었다.

에타나는 마법으로 개 모양의 운송 수단을 만들어 그 등에 올라타고 가디오와 나란히 달렸다.

도중에 쿵── 하고 커다란 폭발음이 왕도 전체에 울려 퍼졌다.

이미 새로운 참극은 막을 올렸다.

플럼은 연기가 피어오르는 북쪽 하늘을 분한 듯 노려보았다.

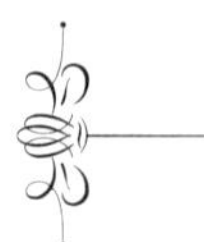

09 격발(激発)

아무도 없는 곳에서 어디에도 머무를 곳이 없다며 무릎을 안고 울고 있었다.

그런 키릴에게 발소리가 다가왔다.

얼굴을 들었다. 그곳에 선 것은 적일까, 아군일까?

그녀는 그 답을 알고 있지만 적이라고 불러야 할 존재는 그녀를 적으로 대하지 않았다.

어제 기절한 뒤 정신을 차린 키릴은 인기척이 없는 오두막 안에 있었다.

딱히 묶이지도 않았고 옆에는 뮤트가 앉아 있었다.

명백히 겁먹은 모습의 키릴에게 그녀는 드문드문 말했다.

칠드런에 대해. 오리진에 대해. 그리고 자신들이 어쩐 존재인지를.

그 순간 키릴은 애초부터 그 여행의 진짜 목적이 마왕 토벌이 아니었다는 걸 깨달았다.

처음부터 끝까지 그녀는 오리진에 조종당하는 어릿광대에 지나지 않았던 것이다.

정체를 알고 그 살점의 소용돌이에 대한 공포는 조금이나마 엷어졌지만, 그래도 가차 없이 사람을 죽이는 뮤트에게 품는 감정은 변함없었다.

그녀도 그것을 알지만 키릴에게 아무 짓도 하려 하지 않았다.

날이 밝자 뮤트는,

"이게 마지막이야. 가장 큰 일. 다녀올게."

그렇게 말하고 오두막을 나섰다.

왜——. 키릴은 뮤트에게 그렇게 묻기가 두려웠다.

키릴은 어설프고 아프지만, 무너지지는 않는 경계선 위에 있으니까.

파멸이냐, 재생이냐—— 차라리 어느 한쪽으로 기울 수 있는 힘을 원했다.

키릴은 어느 한쪽을 택할 수도 없었다.

그래서 괴물이니 힘이니, 그런 것과 관계없이 그저 두려워하고 있는 것이다.

완전히 선을 긋고 다만 자신이 믿은 길만을 똑바로 나아가는 뮤트를.

"하지만…… 그럼 왜 뮤트는 내게 손을 뻗었을까……."

오리진에게 그런 명령을 받았으니까? 아니, 뮤트 일행은 자기 의사로 움직이고 있다.

그렇다면 그녀는 키릴에게 무엇을 바라고 무엇을 기대한 것일까——?

의문의 답은 나오지 않은 채 목적을 이룬 뮤트는 오두막에 돌아왔다.

"키릴, 같이 도망치자."

그녀는 키릴에게 손을 내밀었다.

키릴은 망설이는 눈동자로 이유도 사고도 내려놓고 그 손을 잡았다.

거절해도 분명 뮤트는 그녀가 움직일 때까지 기다릴 테니까.

이유는 모르지만, 그럴 것이라는 근거 없는 자신감만은 있었다.

일어나서 밖으로 나가 둘이서 달리기 시작했다.

"어디 가?"

그녀는 대답하지 않았다.

어딘가 쓸쓸한 표정을 지으며 계속 달릴 뿐이었다.

등 뒤—— 왕성 앞 광장에서는 노성과 비명이 들려왔다.

"언제까지 해?"

공연히 무서워져서 키릴은 아까보다 큰 소리로 물었다.

역시 그녀는 대답하지 않았다.

혼란이 가득한 소음이 멀어지며 작아져 갔다.

아니면 사망자가 늘어 단순히 인원이 줄어들며 음량이 작아진 것일까?

"왜 이렇게까지 해?"

세 번 묻자 마침내 뮤트는 발을 멈추었다.

"……키릴."

그리고 돌아보지 않은 채 대답했다.

"나, 왜 키릴, 데려왔는지, 알아?"

"아무것도 몰라. 배신당했으니 분하고 이제 있을 곳이 없으니 각인시키고자 상처를 새긴다. 그건 이해하지 못할 것도 없어. 하지만…… 이렇게 사람을 죽이다니 미친 짓이야."

그건 뮤트와는 너무나도 먼 가치관이었지만, 그녀는 만족스레 고개를 끄덕였다.

"그래, 그러니까."

"그러니까?"

"나, 죽어. 마더를 위해, 죽어. 내 증표를 위해, 죽어. 하지만, 남은 건, 괴물인 나. 인간인 나, 어디에도 없어. 기억해주는 누군가, 원해. 괴물, 바라지 않아. 하지만 원해. 인간 같은, 감정."

"……그런 일로 휘말리는 건 싫어."

"미안. 하지만, 키릴, 도망치지 않아. 다정하고, 강해. 그래서, 다행이야."

도망치지 않은 것은 달리 갈 곳이 없었기 때문이다.

그런 비겁한 면모를 다정하다고 평가해줘도 솔직히 달갑지 않다.

하지만 키릴이 어떻게 생각하는지는 사소한 문제다.

결과적으로 그녀는 뮤트를 끝까지 따라왔고 '구원'을 줬으니까.

"보답, 아무것도, 없어. 나, 빈털터리. 하지만, 뭔가, 주고 싶어. 그래서, 보여줬어."

그렇게 말하는 뮤트의 모습에 키릴은 이를 꽉 깨물었다.

살길을 제시하기 위해 그런 살인을 보여줬다고 해도 전혀 기쁘지 않다.

"그런 건 그저 변명이야!"

"우리, 그것밖에, 할 수 없어. 인간이 아니야, 인간을 죽이기 위해 태어났어, 그게, 우리."

"아무리 그래도!"

"마더, 감사, 해. 우리, 힘 있어. 목소리, 들려. 하지만…… 세계, 너무, 좁아."

스파이럴 칠드런은 계속 지하의 모형 정원에서 살아왔다.

다섯 명의 아이들은 고립된 세계 속에서 정해진 레일 위만을 걸어온 것이다.

하지만 뮤트에게 그 몸에 깃든 인간을 초월한 힘은 자부심이기도 했다.

그렇기에 제1세대인 잉크를 실패작이라며 언니로 대하지 않았던 것인데── 그녀가 평범한 인간으로서 생활하게 되며 상황은 변했다.

강한 힘이 있다. 그것은 즉, 그녀들이 되돌아갈 수 없다는 뜻이다.

제2세대는 완성형은 아니다. 이윽고 제3세대 이후에 교체되는 존재.

마더도 언젠가 그쪽으로 관심이 옮겨가 제2세대를 버릴 것이다.

그렇게 되었을 때, 그녀들에게 보금자리는 없다. ──잉크와 달리.

또한 교회에서도 버림받아 교회 기사가 목숨을 노렸다.

그들은 속삭인다. "극본대로 죽어라, 그것이 역할이다"라고.

파파(오리진)의 아이들로서의 역할을 생각하면 얌전히 죽는 것이 옳을 것이다.

하지만── 인간으로서의 의사가 남은 뮤트 일행은 어중간하게 인간을 버릴 수 없었다.

자신들을 키워준 마더에게 은혜를 갚기를 바랐다.

누군가가 어떤 형태로든 좋으니 자신들의 존재를 기억하길 바랐다.

병기로서, 인간으로서, 어느 한쪽이 아니라 양쪽 모두의 의미로.

"키릴, 달라. 여러 가지, 할 수 있어. 구할 수 있어, 지킬 수 있어, 다른 것도 많이."

"그런 건 과대평가야. 나는 용사가 아니야. 나 따위는 아무것도 할 수 있을 리가——."

뮤트는 키릴의 손을 두 손으로 감싸고 자신의 가슴에 대더니 다정하게 웃었다.

"살아 있어. 심장, 맥박, 뛰어. 그것만으로, 가능성, 있어."

그곳에—— 생명의 고동을 새기는 심장은 존재하지 않는다.

하지만 키릴은 상대의 얼굴을 처음으로 똑똑히 보았고 마침내 이해했다.

괴물과 인간이니 가치관이 달라 통할 수 없다는 건 키릴의 생각에 지나지 않았다.

똑같이 고민하고, 똑같이 괴로워하고, 그렇다면 둘의 차이는——

"그런데, 왜, 자신, 하고 싶은 것, 하지 않아?"

——미래가 있고 없고 정도다.

"나, 이제, 끝. 하지만, 키릴, 달라."

처음으로 뮤트의 말이 키릴에게 스며들었다.

뮤트는—— 막다른 골목을 헤매는 자로서 아직 길을 고를 수 있는 키릴을 바로잡으려던 것이다.

확실히 배부른 짓이다.

주위에 휩쓸려 기대에 부응할 수 없어서, 단지 그 이유만으로 모두 내팽개치다니.

눈앞에는 그 선택조차 더는 할 수 없는 여덟 살의 소녀가 있는데.

"나는——."

누군가 괴로운 인생을 보냈다고 해서 그것이 꼭 다른 이의 마음을 움직이지만은 않는다.

편한 길을 고른 인간이 있다고 해서 비난받아야 하는 건 아니다.

그럼에도 키릴은 그녀 나름대로 한 가지 답을 도출하려 했다.

하지만 그때——.

"위험해!"

키릴은 멀리서 다가오는 살기를 감지하고 즉각 뮤트의 몸을 밀어 쓰러뜨렸다.

두 사람의 머리 위로 피유웅! 하고 **바람을 두른 화살**이 통과했다.

"윽…… 키릴, 방금 그건."

"라이너스야……. 도망치자!"

"아니, 나, 싸울래."

"하지만!"

"알고 있었어. 소동, 커. 나, 도망칠 수 없어. 그러니까, 이게, 마지막."

"그럴 수가—— 처음부터 그럴 생각으로?!"

이만큼의 소동을 일으키면 뮤트의 존재를 잊을 수 없을 것이다.

키릴에게 전할 것도 전했다.

그렇다면—— 죽음을 두려워할 필요는 더 이상 없다.

뮤트는 호주머니에 손을 넣더니 그곳에 있는 딱딱하고 차가운 구체를 손끝으로 확인했다.

"키릴, 물러나!"

어느샌가 바로 위까지 접근한 라이너스가 그렇게 말하며 여러 발의 화살을 쏘았다.

키릴은 뮤트의 몸을 안더니 그곳에서 물러나 공격을 회피했다.

"키릴, 떨어져. 그건, 안 돼. 나, 살인자, 적, 괴물. 키릴의 길, 나, 방해."

"하지만 나는, 나는……!"

알고 있다. 뮤트가 죄인이고 살인자라는 것 정도는.

마음이 조금 동요했다고 해서 감싸며 동료와 대립하다니 말도 안 된다.

말도 안 되지만── 이제 와서 자기 마음을 흔들어놓고 "구하지 마"라니 너무 이기적이다.

"괴물이어도, 그것 말고 길이 없더라도, 개죽음당하는 꼴을 보고 있을 수만은 없어!"

"이봐, 기다려, 키릴. 왜 그 녀석을 감싸는 거야!"

당황한 라이너스는 추적에 더욱 박차를 가했다.

아무리 용사라지만 같은 조건이라면 속도에 특화된 라이너스에게는 비할 수 없다.

폭이 좁은 골목에서는 도망칠 길도 없어서 서서히 간격은 좁혀졌다.

검을 뽑을지 말지 망설이는 키릴에게,

"됐어. 이제, 끝이야. 나, 충분."

뮤트는 키릴의 손을 잡고 필사적으로 말을 걸며 말리려 했다.

하지만, 하지만 어딘가에 마침 딱 좋은 방법이 있지 않을까 하여 키릴은 그녀를 포기하지 않는다.

"저지먼트."

그런 두 사람의 앞으로 거대한 빛의 검이 다가왔다.

어두컴컴한 길을 밝게 비추는 그 마법은 가차 없이 키릴의 눈앞에 다가왔고── 몸을 기울여 회피했지만 어깨를 스치며 가벼운 화상을 입혔다.

통증 때문에 팔에서 힘이 빠졌다.

그 틈을 보고 뮤트는 자기 의사로 키릴을 밀쳐낸 뒤 바닥을 굴렀다.

"세이크리드 랜스."

전방에 대기하고 있던 '가면을 쓴 여성'이 손을 들자 천공에 빛의 창이 떠올랐다.

그녀가 손을 휘둘러 내리자 창은 지상을 기는 뮤트를 향해 고속으로 쏟아졌다.

"뮤트!"

"아……윽……!"

마법은 다리에 직격하여 그녀의 다리를 태웠다.

하지만 화상을 입은 부분은 이내 뒤틀렸고── 훤히 드러난 근육이 나선을 그렸다.

"마리아, 아무리 그래도 방금 건 위험했어. 키릴까지 휩쓸리잖아!"

"이렇게라도 안 하면 막을 수 없을 거라 생각했어요."

"그야 그렇지만……."

아무래도 가면녀는 마리아인 모양이었다.

마리아의 소망은 '하루만 둘이서 보내는 것'.

약속을 이룬 오늘은 은신처에서 나와 키릴과 칠드런을 수색하기 시작했다.

왕성 앞 광장에 사람이 모인 것을 알아챈 건 바로 그때였다.

광장으로 향한 두 사람은 민중과 모험가를 **만지며** 달렸고, 로브 차림의 아이를 발견하고 그녀가 만진 자의 모습이 이상한 것을 깨달았다.

그리고 뮤트가 소동의 원흉이라고 판단한 라이너스가 화살을 쏜 것이다.

"마리아! 당신은……!"

가면녀의 정체를 안 키릴은 주저 없이 검을 뽑아 그녀를 노려보았다.

적의를 드러낸 키릴의 모습에 라이너스는 당혹감을 감추지 못했다.

"이, 이봐, 키릴, 기다려! 우리는 적이 아니잖아?!"

"이 사람은…… 내게 코어를 주고 이용하려 했어! 나를 조종하려 했어!"

"무슨 소리야? 설마 거기 있는 뮤트라는 녀석에게 무슨 짓을 당했어……?"

"아니에요, 라이너스 씨."

마리아는 침착한 모습으로 말했다.

"사실이에요. 저는 제 소망을 이루기 위해 키릴 씨를 괴물로 바꾸려 했어요.”

“……그럴 수가, 말도 안 돼. 왜 그렇게 중요한 일을 말해주지 않았어!”

“그야…… 저의 더러운 면을 보면 라이너스 씨가 싫어할 테니까요.”

라이너스는 허술했던 자신의 행태에 탄식했다.

마리아는 자신을 믿는다고 생각했는데.

‘『사랑해』는 무슨 얼어 죽을. 나는 아직 마리아의 마음에 조금도 닿지 않았어……!’

입을 다문 마리아에게 붙어 있으면 반드시 자신을 믿어주리라고 생각했다.

그것이 지금의 그녀에게 필요한 다정함과 따스함이라고.

“키릴 씨만은 아니에요. 진 씨에게도 같은 목적으로 코어를 줬어요.”

“그래서 진 녀석이 그렇게까지…….”

마리아를 욕하던 진의 모습을 떠올렸다.

바로 그것이 그가 분노한 이유였다.

“그래도 잠깐만. 그렇다고 키릴이 그 아이를 감쌀 필요는 없잖아?!”

그 정도는 키릴도 알고 있다.

뮤트는 죽어도 할 말이 없을 정도의 죄를 거듭했다는 것을 그녀 자신도 알고 있었다.

“하지만——.”

그렇다고 해서 마리아에게 뮤트의 죄를 심판할 권리가 있을까?

"역시 당신만은 믿을 수 없어! 하아아아아아아아앗!"

키릴은 마리아에게 돌진했다.

마리아는── 표정은 보이지 않았지만, 침착한 모습으로 작은 빛의 검을 무수히 만들어내어 명백한 살의를 갖고 그녀에게 쏘려 했다.

그 냉정함은 마치 **처음부터** 이렇게 될 줄 예상한 모양이었다.

"키릴……."

뮤트는 괴로움에 입술을 깨물고 뛰어갔다.

그리고 검끼리 불꽃을 튀기는 두 사람의 옆을 빠져나가 도망치려 했다.

"뭐가 어떻게 된 거야…… 젠장!"

마리아도 키릴도, 그리고 저 뮤트라는 소녀도 라이너스에게는 전혀 이해되지 않았다.

하지만 분명한 것이 있었다.

여기서── 뮤트를 놓칠 수는 없다는 것이다.

고뇌한 끝에 라이너스는 뮤트의 행방을 뒤쫓기로 했다.

"마리아도 키릴도 나중에 돌아오면 다 말해줘야 해!"

그의 목소리는 검과 마법이 맞부딪치는 소리에 묻혀 사라졌다.

플럼 일행은 드디어 광장에 도착하여 그 지옥 같은 광경을 앞

에 두고 멈춰 섰다.

광장에는 발 디딜 틈도 없을 정도로 대량의 사체가 나뒹굴었고, 숨이 콱 막힐 정도의 피비린내가 진동했다.

그 사체 위에서 도망치고자 우왕좌왕하는 사람들을 죽여대는 무표정한 인간들의 모습이 있었다.

날뛰는 그들의 나이와 성별, 장비는 제각각이라 모험가답게 무기를 들고 싸우는 자도 있는가 하면, 평범한 복장을 한 채 맨주먹으로 죄 없는 사람의 머리를 때려 부수는 자도 있었다.

"너무해……."

이 참상에는 플럼뿐만 아니라 에타나도 얼굴을 찌푸렸다.

"모험가와 일반 시민이 뒤섞였어. 얼핏 제각각으로 보이지만──."

그렇게 말하며 그녀는 스캔을 발동했다.

오지스 크리아데

속성 : 빛

근력 : 4,871

마력 : 4,219

체력 : 5,783

민첩 : 5,236

감각 : 4,091

한 명.

오지스 크리아데

속성 : 빛

두 명.

오지스 크리아데

세 명――.

네 명, 다섯 명, 여섯 명째도 모두 같은 이름, 같은 속성에 같은 스테이터스였다.

"늦었어……. 이미 뮤트의 능력이 발동됐어!"

굳이 말하지 않아도 명백했지만, 플럼은 탄식하지 않을 수 없었다.

이곳에 선 수십 명은 모두 S랭크 모험가급 능력을 갖고 있으니까.

한 명이 S랭크급 능력을 가지면 이어진 모두가 같은 스테이터스를 갖는다.

근력이 강한 모험가와 마력이 강한 모험가를 이으면 그 양쪽을 갖춘 인간이 탄생한다.

모험가도 일반인도 남녀노소를 가리지 않고, 예외 없이, 모두가 S랭크가 되는 것이다.

"교회 기사는 없는 모양이군."

가디오가 주위를 둘러보니 교회 관계자로서는 지위가 낮은 수도녀나 신부가 드문드문 있을 뿐이었다.

지금쯤 어딘가 높은 곳에서 한 손에 와인이라도 들고 국민이 죽어가는 광경을 바라보고 있을까?

"플럼, 놈들이 우리를 알아챘어."

"네…… 알아요. 아주 잘."

용기 내 봤지만, 밀려드는 해일 같은 살기에 플럼은 심장을 움켜쥐인 듯한 기분이 들었다.

등에 식은땀이 났다. 영혼 사냥꾼을 쥔 손바닥이 습기를 띠며 미끄러졌다.

막아서는 수십 명 전체가 자신보다도 훨씬 높은 스테이터스를 지니고 있다.

승패를 생각하기 전에 '살아서 돌아갈 수 있을까?'라는 의문이 뇌리를 스쳤다.

입속이 바싹바싹 말랐다. 호흡이 거칠어졌다.

아무리 발버둥 쳐도 당해낼 수 없는 위협을 앞에 두고 그녀는 두려웠다.

"아직 생존자는 있어. 그들이 도망칠 시간을 벌자."

가디오는 그렇게 말하며 등에 진 검을 뽑아 적에게 돌진했다.

하지만 그도 '이긴다'고는 말하지 않았다.

에타나도 의식을 집중하여 마법을 발동할 준비를 시작했다.

그 표정은 전에 없이 긴장되어 있었다.

한편, 플럼은── 이럴 때 생각나는 건 언제나 밀키트다.

공포를 억누르려면 오로지 돌아갈 곳을 생각하는 수밖에 없다.

다시 한번 영혼 사냥꾼을 고쳐 쥐고, 그리고──

"……네!"

떨리는 목소리로 그렇게 대답한 뒤 최대한 용기를 쥐어 짜내어 한 발 내디뎠다.

10 멸사(滅私)

뮤트의 능력은 '심파시'.

체격, 성별, 나이── 모든 것을 무시하고 이어진 인간의 인격과 스테이터스를 뒤섞는다.

따라서 플럼 일행의 앞을 가로막은 인간들은 모두 진정한 S랭크급의 힘을 가진 인간들이다.

그중 열 명 정도가 플럼 쪽으로 향하더니 거의 동시에 손을 하늘로 들고 마법을 발동시켰다.

무수한 빛의 검이 떠올라 주위를 하얗게 비추었다.

마리아도 자주 사용하는 '저지먼트'였다.

성녀급의 위력을 숨긴 빛의 칼날이── 손을 앞으로 내밀자마자 일제히 발사되었다.

"아이시클 블레이드!"

"읏, 리버설!"

"오오오오오오오오오오오옷!"

누군가가 누군가를 지킬 여유는 없었다.

에타나는 저지먼트와 같은 크기의 얼음 검을 다섯 자루 띄워 빛의 검을 맞받아 쳤다.

플럼은 자신에게 다가오는 마법을 하나 반사하는 게 고작이었다.

그리고 가디오는 굳이 앞으로 파고들어 밑으로 빠져나가며 마법 술사에게 다가갔다.

에타나의 얼음 검은 빛의 검과 충돌하여 상쇄되었다.

그때 생겨난 수증기 때문에 주위는 하얀 안개에 에워싸였다.

플럼이 반사한 빛의 검은 적 중 한 명에게 명중하여 팔을 태우며 움직임을 둔화시켰다.

그리고 아무에게도 명중하지 않은 나머지는 지면에 떨어져—— 지면을 크게 도려냈다.

"흥!"

가디오가 휘두른 일격을 30대쯤 되어 보이는 앞치마 차림의 여성이 가뿐히 피했다.

겉모습에 어울리지 않는 재빠른 동작에 그는 당황했지만, 즉각 추격했다.

그러자 양옆에서 다른 사람—— 수염을 기른 중년 남성과 분홍색 치마를 펄럭이는 열 살도 안 된 아이가 그를 덮쳤다.

"치잇!"

남성의 주먹을 아슬아슬하게 피하자 그 풍압에 가디오의 뺨에 상처가 새겨졌다.

여자애의 공격은 대검으로 막았고——.

쿠우웅! 하는 강렬한 무게에 가디오의 거대한 몸이 밀려 후퇴했다.

다리로 버티며 쓰러지지는 않았지만, 즉각 등 뒤에서 다른 남성이 가디오에게 다가왔다.

"가디오 씨가 평범한 여자애에게 밀린다고……?!"

그 경이로운 힘을 앞에 두고 플럼은 아연실색했다.

"플럼, 그쪽으로 갔어!"

"알겠습니다!"

플럼의 전방에서도 가벼운 복장이기는 하지만 모험가로 보이는 남성이 접근했다.

단검의 날카로운 공격이 펼쳐졌다.

몸을 비틀어 피하며 그 손목을 잡고자 팔을 뻗었지만, 상대의 움직임이 더 빨랐다.

이내 그는 손을 당겨 다음 공격을 펼쳤다.

정확히 급소를 노리는 상대에게 플럼은 대검이 아니라 건틀렛으로 뿌리치며 대응했다.

"윽, 크, 헉, 아……!"

지금은 어떻게든 버티고 있지만, 이 거리에서는 상태의 페이스가 이어질 뿐이다.

플럼은 옆구리를 향해 대충 날아온 공격을 일부러 받았다.

꽂히는 칼날, 둔탁한 통증에 그녀는 얼굴을 찌푸렸다.

하지만 단검이 살을 파고들어 상대의 동작은 둔해졌다.

거기서 상대의 배를 발등으로 걷어차—— 휘청거리며 후퇴한 상대를 앞에 두고 재빨리 영혼 사냥꾼을 뽑았다.

악력을 강화하고 한 손으로 쳐든 순간, 그녀는 **등 뒤**에서 강한 충격을 느꼈다.

"아, 아아아아아아악!"

무언가가 꽂히며 관통했다.

저도 모르게 비명을 지를 정도로 '열기'가 뇌로 흘러들어 살이 타는 불쾌한 냄새가 코를 찔렀다.

다른 적이 플럼의 뒤로 돌아 들어가 빛의 검을 쏜 것이다.

다행히 왼팔에 꽂혔지만, 그녀는 전방으로 비틀거렸다.

딱 알맞은 높이의 그 안면에 남자의 무릎이 박혔다.

"크, 헉……!"

코피를 쏟으며 몸을 뒤로 젖힌 플럼. 그 턱밑을 노리고 내지른 단검.

그녀는 자신의 움직임을 거스르지 않고 뒤로 젖힌 자세를 이용하여 뒤돌기를 시도했다.

은빛 칼날은 플럼의 급소를 포착하지 못하고 흉부 위를 스쳐 지나며 허공을 갈랐다.

그녀의 양팔이 사체와 피로 젖은 지면에 닿았다.

빛의 검이 꽂힌 왼쪽 어깨에 생각처럼 힘이 들어가지 않았다.

하지만 등 뒤에서는 아까 그 빛의 검을 쏜 노파가 재빠른 동작으로 다가왔다.

"으아아아아아앗! 리버설!"

그렇게 외쳐 기합을 넣으며 팔에 힘을 주었고, 동시에 중력을 반전시켰다.

플럼의 몸은 반전된 중력에 의해 두둥실 공중에 떠올랐다.

불안정하고 무방비한 그녀를 노린 노파의 구타는 아까까지 그녀가 있던 곳에 헛손질했다.

그 머리 위를 지나 등 뒤에 착지한 플럼은,

"미안합니다!"

재차 영혼 사냥꾼을 쥐고 수평으로 휘둘러 죄 없는 노파의 목을 노렸다.

그녀는 그것을 뒤돌아보지 않고 회전하며 날아 피했다.

하지만 검 끝은 그 경동맥을 도려내었고, 좌악! 하고 튀는 살점의 파편. 솟구치는 피.

그 정도의 출혈량이라면 오래는 버티지 못할 것이다――라고 판단하여 단검을 쥔 남성 쪽에 의식을 집중한 플럼.

하지만 노파가 자신의 손바닥을 상처에 대자 엷은 빛의 입자가 상처를 봉합했다.

“회복 마술까지 쓰는 거야?!”

확실히 빛 속성 마법이지만―― 결국 일격에 치명상을 입히지 않으면 적은 줄어들지 않는다는 뜻이다.

부활한 노파는 단검을 쥔 남자와 함께 재차 플럼을 공격했다.

한편, 에타나는 얼음으로 만든 늑대―― ‘펜리르’를 타고 되도록 적과 거리를 두며 마법 공격을 반복했다.

“아쿠아 프레셔.”

뻗은 손바닥의 주위에서 지름 약 2미터의 물 덩어리가 나타나 접근하는 적을 되밀쳤다.

이런 숫자의 적을 앞에 두고 ‘승리’는 불가능하다는 것을 그녀도 알고 있었다.

우선은 이 혼란 속에서 멀쩡한 인간이 도망칠 시간을 버는 것이 가장 큰 목적이었다.

“아쿠아 골렘, 고.”

또한 에타나는 약 5미터의 물 거인을 만들어내 상대에게 덤벼

들게 했다.

골렘의 내구성은 높아서 시간을 벌기에는 충분한 역할을 할 수 있을 것이다.

하지만 다른 모험가와 싸우던 적이 갑자기 손을 멈추고 일제히 골렘을 향해 광구를 쏘았다.

물로 만든 몸은 고열에 허무하게 증발했다.

"이놈이고 저놈이고 장난이 아니네."

에타나는 불평하면서도 움직임을 멈추지 않고 도망 다녔다.

그런 그녀의 전방에서 여성이 다가왔다.

여성은 주먹을 내질렀지만, 펜리르가 변하여 시소처럼 에타나를 높이 던졌다.

게다가 펜리르는 부서지더니 여성의 입과 코에 달라붙어 얼며 호흡을 막았다.

"일단 한 명, 꼴 좋다."

에타나는 질식사를 확인하고 입가에 희미한 미소를 지었다.

하지만 공중을 나는 그녀의 팔뚝에 어디선가 날아온 빛의 검이 스쳤다.

"으윽……."

그녀가 입은 수영복 같은 타이츠에 피가 배었다.

또한 다른 방향에서도 이번에는 무수한 빛의 기뢰(機雷)가 발사되어 공중에서 움직일 수 없게 되었다.

"페어리 온 아이스."

에타나는 공중에서 손을 흔들어 폭 약 1미터의 얼음 레일을 만들어냈다.

동시에 발바닥에는 날을 생성하여 레일 위를 미끄러지며 화려하게 마법을 회피했다.

레일이 끊어지면 다른 레일을 만들어내어 그쪽으로 옮겨갔다.

도중에 스핀도 섞어가며 적을 농락하고, 나아가 틈을 보며 날카롭고 뾰족한 물의 창을 등장시켰다.

그녀의 그 모습은 마치 요정이 춤추는 것 같았다.

그때, 참다못한 묘령의 여성이 지옥 위에 만들어진 무대에서 춤추는 그녀에게 직접 위해를 가하고자 뛰어들었다.

“연기자 말고는 출입금지야.”

에타나가 딱 하고 손가락을 울리자── 갑자기 얼음 레일이 부서졌다.

그리고 날카로운 파편이 그녀에게 뛰어드는 수상한 자를 향해 쇄도했다.

상대는 황급히 빛의 막을 쳐서 막으려 했지만, 그 정도로 ‘영원한 마녀’의 얼음은 막을 수 없었다.

실드를 관통한 얼음 조각이 그녀의 몸에 잔뜩 박히자 그녀는 힘을 잃고 바닥으로 떨어졌다.

“이걸로 둘──.”

에타나는 그 죽음을 확인하고 입가를 올렸다.

하지만 직후, 지상의 몇 명이 하늘로 손을 들자 빛의 입자가 추락하는 여성에게 모여 상처를 봉합했다.

그녀는 지상에 내려가 재차 펜리르를 만들어냈고, 그 등에 타고 이동하기 시작했다.

에타나의 시선 끝에는 다섯 명의 적에게 에워싸이며 싸우는 가디오의 모습이 있었다.

"타이탄(암인)—— 블레에에에에에에이드(추봉참)!"

전사의 포효가 공기를 뒤흔들었다.

그는 온 힘을 다해 프라나를 생성했고, 이층집보다 거대한 '바위 검'을 손에 쥔 채 휘둘렀다.

크오오오오오옷! ——닿기만 해도 고깃덩이가 될 필살의 일격.

그를 에워싼 적 중 두 명이 피하지 못하고 날아갔다.

하지만 남은 세 명은 높이 뛰어올라 피해서 무사했다.

그중 한 명의 남자가 자신의 무기—— 양손도끼를 들고 크게 빈틈이 생긴 가디오에게 덤벼들었다.

심파시(공진)로 인해 억지로 S랭크급의 스테이터스가 주어진 인간은 본래의 육체가 약하면 약할수록 온 힘을 낼 때마다 뼈가 부러지거나 근육이 파열되어 몸이 망가진다.

또한 적당한 무기가 없어 맨손으로 싸우는 자도 많았다.

뮤트의 힘으로 이어진 모험가 중에 권법술사가 있었기에 그럼에도 충분한 전투력을 발휘할 수 있었지만, 역시 최대의 위협은 높은 스테이터스의 **원천**이 된 S랭크 모험가였다.

플럼이 상대하는 단검남, 그리고 가디오가 맞선 도끼남.

장비에 따른 스테이터스 상승도 있을 테지만, 그 집단 속에서도 움직임이 명백히 날카로웠다.

그들을 쓰러뜨릴 수 있다면 세 명만큼의 전력은 깎을 수 있을 텐데——.

가디오는 칼자루를 쥐고 칼날의 옆면을 손목으로 받치며 휘두른 도끼를 받아냈다.

체중이 실린 그 일격은 근력 차이가 있다고는 하지만 완전히 막기는 힘들었다.

지직…… 뒤로 밀려나는 가디오의 솔레렛(쇠구두)이 지면을 도려냈다.

남자의 공격을 막는 동안에도 다른 적의 공격이 멈추지는 않았다.

발사된 빛의 검이 갑옷에 직격——했지만, 그가 착용한 칠흑 갑옷은 레전드 품질이기는 하나 소재는 일급품이다. 그 정도에 파괴되지는 않는다.

"흥!"

양팔에 프라나를 채워 도끼를 되밀쳤다.

가디오는 휘청거리는 상대를 노리고 추격을 펼쳤다.

칠흑의 칼날이 지면을 때리자 그의 전방 공간에 존재하는 물체가 부채꼴로 날아갔다.

하지만 상대는 그것을 읽은 듯 옆으로 날아 피했고, 착지와 동시에 다시 날아들었다.

"역시 빨라——!"

저렇게 큰 도끼를 사용한다. 그도 근력에 특화된 파워 파이터였으리라.

하지만 심파시에 의해 다른 모험가의 민첩성을 얻었다.

그 가뿐한 몸놀림을 막을 수 있는 것은 가디오의 역량으로도 쉬운 일은 아니었다.

도끼를 검으로 받아내는 사이에 어느샌가 늘어난 주위의 적이 공격했다. ──의지가 없는 인형답지 않은 팀플레이에 서서히 그도 궁지에 몰렸다.

심파시에 휘말리지 않고 민중을 피난시키기 위해 맞서던 모험가들도 한 명씩 쓰러져 플럼 일행의 부담은 커질 따름이었다.

"윽, 핫, 아아앗!"

플럼은 어느샌가 늘어난 한 명을 포함하여 동시에 세 명을 상대했다.

단검에 베인 상처가 무수히 새겨졌고 셔츠는 이미 너덜너덜했다.

치명상만 막으면 죽지는 않는다. ──그것을 이용하여 플럼은 철저히 시간을 벌었다.

하지만 그것도 한계가 가까웠다.

"크, 헉──."

노파의 주먹이 플럼의 배에 꽂혔고 입에서 투명한 비말이 튀었다.

힘을 다해 박아넣은 타격은 그녀의 몸을 들어 올리며 날려버렸다.

또한 중년 남성이 공중에 뜬 그녀를 쫓듯 도약하더니 높은 곳에서 그 배를 손바닥으로 때렸다.

"푸, 허……억!"

플럼의 육체는 땅바닥에 메다 꽂혀 튀어 올랐다.

내장이 파괴되었는지 입에서 붉은 선혈이 쏟아졌다.

이내 치료되었지만, 머리의 충격과 통증에 한순간 의식이 흐려졌다.

뿌연 시야에는 세 사람이 만들어낸 무수한 빛의 화살이 보였다.
도망쳐야 한다—— 그렇게 생각하여 플럼은 몸을 움직였지만,
"아……아……앗."
어두운 곳에 웅크리고 숨어 겁에 질린 여자애를 발견했다.
못 본 척할 수는 없었다. 플럼은 일어나서 펼쳐진 화살비와 맞섰다.
이런 양을 다 막을 수 있을 리가 없다. 하지만 망설일 여유는 없었다.
재빨리 검을 십자로 휘둘러 프라나 방패를 펼쳤다.
"우오오오오오오오오오오오옷!"
처음 몇 발 정도라면 견딜 수 있었다.
하지만 점점 방패는 형태를 잃었고 관통한 화살이 플럼의 뺨을 스쳤다.
또다시 방패를 생성하기는 불가능한 상황—— 즉각 그녀는 겁에 질린 소녀를 안고 감쌌다.
"크…… 으, 아아아아아……!"
끊임없이 쏟아지는 살의의 비가 꽂히고 관통하며 활활 태웠다.
다 셀 수도 없을 정도의 빛의 화살이 플럼의 등에 명중했고, 내장마저 태우며 참기 힘든 고통을 주었다.
장비 덕분에 통증이 경감되지 않았다면 진즉에 의식을 잃었을 것이다.
"앗…… 아, 하, 히…… 크, 흑……."
산소를 제대로 마실 수 없었다. 숨을 들이마시고 또 들이마셔

도 괴로웠다. 꽉 깨문 입술에 피가 배었다.

플럼의 품속에서 겁먹은 소녀는 눈을 크게 뜨고 자신을 지키는 그녀의 모습을 응시했다.

그리고 화살이 잠잠해진 순간――

"도망쳐!"

플럼은 소녀를 놓아주었고 그녀는 쏜살같이 달려갔다.

플럼은 즉각 뒤로 돌아 코앞까지 다가온 세 사람과 마주했다.

하지만 받아치려 해도 힘이 들어가지 않으며 팔다리가 떨렸다.

영혼 사냥꾼을 바닥에 꽂아 지팡이 삼지 않고서는 제대로 서 있을 수도 없었다.

이대로라면 세 사람의 혼신의 일격을 받아 머리도 심장도 날아갈 것이다.

그녀는 포기한 듯 눈을 감고 주먹과 단검이 급소를 찌르기 직전―― 탁, 하고 발끝으로 바닥을 튕겼다.

"……리버설."

덜컹! 바닥에서 발밑을 뒤흔드는 소리가 울리며 적 세 명의 몸이 휘청 기울었다.

플럼의 마력은 전방 약 5미터, 깊이 약 2미터의 바닥에 뿌리를 내리듯 채워졌다.

그리고 범위 안에 있는 땅―― 그 **안팎**을 확 바꾸었다.

굉음과 함께 움직이기 시작한 그것의 위에서 좌우의 두 사람은 아슬아슬하게 물러났다.

하지만 중앙에 있던 단검을 쥔 남자는 늦었다.

휘말리며 깔렸고 콰직! 하는 소리만 남긴 채 땅속에서 압사되었다.

플럼은 바닥에서 검을 뽑아 쥐었다.

그 이마에는 땀이 배었고 어깨는 바삐 위아래로 들썩였다.

아까 그 공격을 피한 두 사람에 또 다른 세 사람이 이쪽으로 향했다.

"아직 멀었다!"

스스로에게 되뇌듯 외치며 플럼은 전진했다.

"헉, 헉, 헉."

골목을 뛰어간 뮤트.

하지만 그녀의 도피행은 그리 길게 유지되지 않았다.

라이너스가 움직임을 예측하고 쏜 정확한 한 발── 그것은 뮤트의 종아리를 꿰뚫었다.

소녀는 "아윽!" 하고 비통한 소리를 지르며 균형을 잃고 넘어졌다.

상처는 이내 소용돌이쳤고 화살은 배출되듯 떨어졌다.

통증도 함께 사라졌는지 뮤트는 다시 일어나더니 뛰기 시작했다.

접근하는 라이너스는 에픽 장비인 활을 넣고 양 허리에 찬 단검 중 하나를 오른손에 쥐었다.

그리고 달리던 지붕 위에서 내려가 뮤트의 앞을 막고 섰다.

"술래잡기는 여기까지야, 아가씨."

"나, 아직, 죽지 않아."

"네가 다른 사람을 죽이지 않았다면 그 바람도 받아들일 수 있었겠지만 말이야."

라이너스는 전진하여 뮤트에게 접근했다.

그녀는 상대에게 '심파시'를 발동하고자 손을 뻗었다.

하지만 순간적으로 그는 눈앞에서 모습을 감추고 등 뒤에 나타나 재빨리 목에 단검을 꽂았다 뺐다.

"아……."

손상된 동맥에서 대량의 혈액을 쏟는 뮤트.

그녀는 상처를 누르더니 휘청거리면서도 라이너스에게서 도망치고자 앞으로 나아갔다.

"그 몸 참 성가시군."

뮤트의 상처는 이미 아물었다.

"목을 그어도 안 되는 거냐? 편히 보내주려고 했는데."

"싫어……. 죽음, 싫어……!"

"원망할 거면 너를 그런 몸으로 만든 마더라는 놈을 원망해. 평범한 인생을 빼앗은 건 그놈이야."

"아니, 야……. 마더, 엄, 마…… 은혜, 갚는다."

"……미안, 그야 그렇겠지. 태어난 뒤로 늘 함께 있었잖아. 정도 들었을 테지."

라이너스는 뮤트의 인간적인 면모를 부정하지는 않았다.

플럼에게 칠드런이 일종의 피해자라는 이야기도 들었으니까.

하지만 여기서 산 채로 놓칠 정도로── 허술한 남자도 아니었다.

"이번에는 코어인지 뭔지를 꿰뚫지. 원망하지 마라."
"나…… 나……."
라이너스는 단검을 쥐었다.
그러자 뮤트는 호주머니에 손을 넣어 검은 수정을 꺼냈다.
"그건 오리진 코어……? 뭘 할 셈이지?"
"죽음, 싫어. 살고 싶어, 하지만……."
뮤트는 그것을 가슴에 가까이 대고 머뭇거렸다.
"나, 소원, 이룰 거야."
말과 함께 결심을 굳혔다.
그리고 수정을 이번에야말로 가슴에 대자── 스르륵 몸속으로 들어갔다.
직후, 뮤트의 몸이 경련하며 이변이 일어났다.
"아, 아악, 크, 크윽……!"
몸을 뒤로 젖히고 눈을 까뒤집으며 입가에서 침을 흘렸다.
눈동자에서 끊임없이 피눈물이 흘렀고, 그녀의 안색은 점점 검붉게 변했다.
"이, 이봐!"
"잘, 있어…… 모두, 들!"
손발 끝에서 차례로 손톱이 떨어지고, 피부가 벗겨지고, 피가 쏟아지고, 마지막으로 몸 전체가 뒤틀리기 시작했다.
붉은 섬유를 뭉친 근육질이 훤히 드러나 뮤트는 괴물의 모습으로 변모했다.
"뭐야…… 뭘 한 거야!"

"마더…… 프위스…… 루크…… 넥트…… 잉, 크……."

위험을 감지한 라이너스는 서둘러 활을 잡고 바람의 마력을 실어 쏘았다.

"게일 샷!"

주위의 대기가 소용돌이치며 굉음이 울릴 정도로 강렬한 공격.

하지만 그것을 그녀는 한 손으로 받아냈다.

"그렇게 간단히 막는 거냐?!"

바람의 칼날이 그 팔을 베려 해도 상처 하나 생기지 않았다.

이윽고 온몸의 뒤틀림은 머리에까지 미쳤고 마지막에 그녀는――

"키, 릴……."

눈물을 흘리며 친구가 될 수 있었을지도 모르는 소녀의 이름을 부르더니 의식을 놓았다.

안면의 가죽이 벗겨지며 그 밑에서―― 역시 손발과 마찬가지로 붉은 섬유질의 살이 드러났다.

그리고 온몸을 뒤튼 **그것**에 감싸인 그녀는 완전히 인간 이외의 존재가 되었다.

그 대가로 왕도에 상처를 새기기에는 충분하고도 남는 엄청난 '힘'을 얻고서.

"오…… 오오오오…… 오오오오오오오오오오――!"

뮤트였던 존재에 입이라 불리는 기관은 없었다.

그것은 어디선가 '목소리'를 내어 퍼뜨렸다.

그 새된 포효는 자신의 탄생을 기뻐하는 것처럼 들렸다.

11 규기(빼근)

괴물이 된 뮤트는 울부짖었다.

새된 그 소리를 듣자 라이너스의 시야가 확 일그러졌다.

『접속을』『하나로』『당신은 나, 나는 당신』『저항하지 마』『네놈의 죄는 생명이다』

『바쳐라』『바쳐라』『바쳐라』

『있어야 할 곳에——』

의식이 **느슨해진** 순간, 귀에 거슬리는 소음이 뇌를 메우듯 흘러들었다.

"크윽…… 아아아아아아악!"

라이너스는 머리를 누르며 무릎을 꿇더니 괴로워하며 소리쳤다.

'큰일이야……. 이게 뭐지? **내가** 끌려가겠어!'

자신이 자신 아닌 무언가의 일부가 되어 끌려간다.

그것은 틀림없이 눈앞에서 소리를 내는 **그것**의 힘이었다.

저항했다. 아니—— '저항하라'고 자신에게 되뇌며 라이너스는 버텼다.

하지만 라이너스 정도의 강인한 의지로도 괴물의 의사가 더 우세했다.

"마리아……!"

가장 사랑하는 사람을 떠올렸다.

그러자 이내 뇌 속을 메우듯 의식을 지우려는 잡음이 약해졌다.

"크, 오…… 오오오오오오오오오오옷!"

허리춤에서 단검을 뽑은 라이너스는 뮤트에게 덤벼들었다.

거리가 가까워질수록 그녀가 내뿜는 힘은 강해졌다.

하지만 적어도 마리아를 생각하는 동안에는 그의 의사가 뒤집일은 없었다.

"으라아아아아아아아아아아앗차!"

라이너스는 자신의 존재를 과시하듯 맹렬히 뮤트에게 검을 내질렀다.

쿵── 하지만 그 끝은 일그러진 붉은 줄기에 잠기지 않고 그 표면에서 멎었다.

라이너스가 든 단검은 레전드 품질에 재질도 귀중한 금속을 사용한 일급품이다.

그의 기량과 어우러지면 몬스터의 두꺼운 비늘을 버터처럼 절단할 수 있을 정도로 날카롭다.

뮤트의 피부는 그것을 쉽사리 막았다.

손바닥에 전해지는 감촉은 부드럽지만, 어쩐지 더 이상 앞으로 나아가질 않았다.

그러나 공격이 명중한 순간, 뮤트의 비명은 멈추고 뇌의 침식도 멎었다.

얼굴로 보이는 부위가 라이너스 쪽을 향했다.

"오오……오?"

그녀는 고개를 갸웃거리는 동작을 보였다. 마치 처음으로 그의 존재를 알아챈 듯했다.

그리고 뮤트가 손을 내밀자── 무언가가 햇빛을 차단하여, 안

그래도 어두운 골목이 그림자로 가득 찼다.

즉각 위를 본 라이너스는 그곳에 떠오른 거대한 바윗덩어리를 보았다.

"이봐, 이봐…… 제정신이냐? 마을 한가운데라고?!"

라이너스는 뮤트에게 등을 지고 온 힘을 다해 거리를 벌렸다.

"돌았어……! 저런 걸 막을 수 있을 리가 없잖아!"

"오오오……."

뮤트는 재차 불가사의한 목소리를 냈다.

그러자 그녀와 라이너스의 딱 중간 부분에서 바람이 소용돌이쳤다.

그것은 차츰 힘을 더했고 마치 그를 끌어들이듯 맞바람이 세게 불었다.

라이너스는 팔로 얼굴을 덮으면서도 그 자리에서 버티고 섰다.

하지만 서서히 뒤꿈치가 땅바닥을 비비며 가까워졌다.

이러쿵저러쿵 하는 사이에도 공중에 떠오른 바위는 떨어져 지상에 다가오고 있었다.

"바람 마법까지 동시에…… 희소 속성인가?! 젠장, 그렇다면 나도── 소닉 레이드!"

라이너스는 온몸에 바람을 두르고 하늘을 가르며 전진했다.

레이드(기습)라는 이름처럼 본래는 급가속하여 상대와의 거리를 좁히기 위해 사용하는 마법이다.

그것을 회피에 쓰는 건 굴욕적이었지만, 살려면 어쩔 수 없었다.

쿠우우우우우웅── 떨어진 바위가 길 양쪽에 있는 민가를 뭉갰다.

그 바로 밑에 그의 모습은 없었지만, 무수한 파편이 등 뒤에서 다가왔다.

말이 파편이지 인간이 맞으면 치명상을 입을 정도의 크기였다.

라이너스는 높이 도약하여 다른 지붕 위에 올라 마무리했다.

그는 높은 곳에서 뭉개진 건물들을 보며 "휴우…… 처참한 꼴이로군" 하고 중얼거렸다.

하지만 이 정도로 피해가 크다면 뮤트도 휘말렸을 것이다.

물론 그것이 자멸하리라고는 생각할 수 없지만, 주위를 둘러봐도 그 괴물은 보이지 않았다.

라이너스가 의식을 집중해도 그 기척은 느껴지지 않았다.

"오——."

그때, 라이너스의 고막을 그 목소리가 간질였다.

온몸에 오싹하게 소름이 돋았다. 목소리가 너무나도 가까웠다.

목을 살며시 기울이자 시야 끝에 꿈틀거리는 붉은색 소용돌이가 보였다.

"우오오오오오옷!"

소리치며 돌아보는 동시에 단검을 휘둘렀다.

설령 S랭크 모험가였대도 들키지 않고 라이너스에게 접근하기는 어렵다.

그런데—— 이 괴물은 완전히 기척을 죽이고 그의 등 뒤에 딱 붙었다.

"……오?"

돌아보며 가한 혼신의 일격을 뮤트는 뒤틀린 팔로 가뿐히 막았다.

……막았다기보단 우연히 손에 닿은 것이지만, 전혀 통하지 않는 모습이었다.

라이너스는 소용없다는 걸 깨달으면서도 또 하나의 단검도 뽑아 세찬 연격을 가했다.

"훗, 하아아앗!"

3,000이 넘는 근력과 8,000이 넘는 압도적인 민첩성이 가한 날카롭고 재빠른 공격은 평범한 인간이라면—— 아니, 강력한 몬스터조차 이미 잘게 썰렸을 정도의 위력이었다.

그것이 눈앞의 적에게는 전혀 통하지 않았다.

자신감을 잃은 라이너스의 공격이 조금 느슨해졌다.

그 순간, 뮤트는 그의 가슴에 손을 뻗어 살짝 밀었다.

"크, 헉——."

마치 거대한 수소가 몸통 박치기를 한 듯한 충격이 라이너스를 덮쳤다.

그리고 그의 몸은 산산이 흩어질 정도의 속도로 날아갔다.

바람 마법으로 감속하지도 못한 채 하염없이 일직선으로 날아가 민가의 벽에 부딪혔다.

그 몸은 민가의 벽을 뚫고서도 멈추지 않고 또 한 번 관통하여 길에 내던져졌다.

격돌하기 직전에 몽롱한 의식 속에서 공기 쿠션으로 몸을 감쌌기에 치명상은 면했다.

하지만 온몸이, 특히 가슴이 아팠다. ——아마 갈비뼈가 부러졌을 것이다.

숨을 쉴 수 있으니 폐에 구멍이 뚫린 건 아닌 모양이었다.

하지만 그의 움직임을 둔화시키고도 남을 고통이었다.

"읏……기지 마. 뭐냐, 그거……?"

역전의 용사인 그가 그렇게 투덜댈 수밖에 없을 정도로 압도적인 힘이었다.

라이너스는 양팔로 몸을 일으키고 무릎을 부들부들 떨며 일어섰다.

그리고 주위의 이상한 광경을 목격했다.

"사람이 죽었…… 아니, 기절인가?"

몇십 명이나 되는 사람들이 눈을 뜬 채 쓰러져 있었다.

가슴은 위아래로 들썩였으니 살아는 있지만── 길에 존재하는 인간은 모두 같은 상태로 의식을 잃고 있었다.

"뭐야, 저 녀석은 무슨 짓을 한 거야!"

격앙된 라이너스는 뮤트를 찾아 양손에 단검을 쥐고 시선을 헤맸다.

휘잉── 그때, 라이너스는 발밑에 서늘한 바람을 느꼈다.

탁, 하고 거세게 땅바닥을 박차고 그 자리에서 뒤로 물러났다.

그러자 직후, 그가 서 있던 곳이 얼어붙었다.

공중에서 그 모습을 내려다보며 "칫" 하고 혀를 찼다.

그리고 착지. 숨을 내뱉었다. 하지만 마음을 놓을 여유는 없었다.

후두두두두둑── 이번에는 상공에서 무수한 불 구슬이 쏟아졌다.

그중 몇 개를 단검으로 쳐서 떨어뜨리고 옆으로 뛰어들듯 굴러 나머지를 피했다.

유탄에 맞아 쓰러진 몇 명의 몸이 불탔지만, 마치 시체처럼 반응이 없었다.

라이너스는 일어서서 멈추지 않고 질주했다.

아직 뮤트의 모습은 보이지 않았지만, 공격은 정확히 그를 노리고 있었다.

어디선가 보고 있을 터였다.

재차 발밑이 얼어붙었다.

마찬가지로 뒤로 물러나자 이번에는 착지한 곳이 흐물흐물 일그러지며 검은 늪에 발이 빠졌다.

"어둠 속성 마법이라고?!"

살갗을 좀먹고 불태우는 듯한 감촉에── 즉각 바람으로 몸을 띄워 올리는 라이너스.

이어서 그곳에 그의 몸만 한 바위 탄환이 기습했다.

"크, 악……!"

단검을 십자로 교차시켜 방어했다. 직격은 면했지만, 충격까지는 죽일 수 없었다.

라이너스는 날아갔고, 그곳에는── 땅바닥에서 솟아난 날카로운 바위의 창이 기다리고 있었다.

이대로라면 찔려서 즉사할 것이다.

"우오오오오오오오오오옷!"

공중에서 필사적으로 몸을 뒤틀어 단검을 투척했다.

충격과 동시에 거기에 깃든 마법이 발동하여 공기가 터졌다.

또한 나머지 하나도 던져 바위를 완전히 파괴했다.

어떻게든 무사히 바닥에 발을 내디디자 이번에는 전방에서 불꽃의 창이 다가왔다.

피하고자 뒤를 돌아보니 그쪽에는 빛의 검이 즐비했다.

그리고 상공에는 거대한 바위, 나아가 발목은 무수히 많은 검은 손이 잡고 있었다.

"6속성을 전부 쓰다니…… 진 녀석을 능가하잖아……!"

진이 들으면 버럭댈 만한 말이었다.

하지만 실제로 4속성을 다루는 그보다 더 뮤트는 마법을 잘 소화했다.

두 번째 코어 덕분에 얻은 힘일까, 아니면 다른 이유로 얻은 능력일까?

그 이유를 생각할 시간은 지금의 라이너스에게는 없는 모양이었다.

좌우는 건물로 막혔고, 상하와 전후는 마법으로 메워졌다.

이번에야말로 도망칠 곳은 없다. ──그렇게 생각했지만,

"내 끈기를 얕보면 곤란하지."

아직 입가에 미소를 지을 정도의 여유는 있는 모양이었다.

아니, 여유라기보다는 허세라고 해야 할까?

"소닉── 레이드!"

그리고 그는 앞에서 다가오는 불꽃의 창을 바라보며 제 발로 그 속에 돌진했다.

라이너스가 바람을 두르자 발을 잡고 있던 검은 손이 날아갔다.

가속하기 시작한 그의 몸은 평범한 인간은 제어할 수 없는 속도로 활공했다.

달린다기보다 발사되었다고 말하는 편이 옳을 것이다.

그런데도 라이너스는 인간의 한계를 뛰어넘은 속도 속에서 날듯이 불꽃 사이를 빠져나갔다.

뚝, 하고 다리의 무언가가 끊어지는 듯한 느낌이 들었지만, 지금은 뇌 내 마약으로 통증을 느끼지 못했다.

불꽃의 창을 돌파한 그는 도약했다. 지붕 위로 날아가 등 뒤에서 다가오는 빛의 검도 회피했다.

직후, 하늘에서 떨어진 바위가 바닥을 때려 부쉈다.

물론 그것은 이미 라이너스와는 상관없는 이야기였다.

그리고 예상대로 지붕 위로 옮겨간 그의 머리 위에서도 마법이 쏟아졌다.

"이번에는 얼음 비냐!"

활을 불러내 쥐고 재빨리 화살을 쏘았다.

발사된 그것은 도중에 부서져 파편이 낙하하는 얼음 하나하나와 정면충돌했다.

정확히 모든 공격이 상쇄되자 얼음 조각이 환상적으로 빛나며 눈처럼 떨어졌다.

"헉, 헉…… 이 정도로 나를 쓰러뜨릴 수 있다고 생각하지 마!"

라이너스는 그렇게 말하며 자신의 힘을 북돋웠다.

그러자 그런 그의 앞에 뮤트가 모습을 드러냈다.

20미터 정도 떨어진 곳에서 발을 멈춘 그녀를 앞에 두고 라이너스는 두 발째 화살을 장전했다.

한편 뮤트는 하늘로 손을 뻗었다.

"그렇게 아낌없이 대규모 마법을 연발해도 괜찮겠어? 이래서야 조만간 마력이 동날 거야. 그러면 내 승리는 떼어놓은 당상이지. 안 그래?"

대규모 마법을 연속으로 사용하면 언젠가 마력이 동나는 것은 사실이다.

최대한 열심히 피하고 피해서, 연료가 동나면 천천히 최후의 일격을 가할 방법을 생각하면 된다.

그때까지는 다만 버틴다. ――라이너스는 그렇게 생각했지만.

"오오오오오오오……."

라이너스의 경고 따위는 무시하듯 뮤트는 마법을 행사했다.

하늘에 떠오른 거대한 물의 구체.

이어서 그 옆에 불꽃의 구체가 떠올랐다.

나아가 옆에 바윗덩어리가 형성되었다.

계속해서 소용돌이치는 바람이, 번쩍이는 빛이, 깊은 어둠이―― 오직 라이너스 한 사람을 죽이기 위해 생성되었다.

"……농담, 이지?"

아무리 그라도 이것에는 아연실색할 수밖에 없었다.

마력 고갈 따위는 상관없다는 듯 거한 대마법 한 상.

뮤트는 서서히 손을 내려 손가락 끝을 라이너스에게 향했다.

여섯 개의 위성이 움직이기 시작했다――.

"빌어먹을. 나는 절대로 죽지 않는다아아아아아아앗!"

육박하는 압도적 폭력을 앞에 두고 그는 소용없는 줄 알면서도 활시위를 당겼다.

키릴의 검과 마리아의 빛의 검이 불꽃을 일으켰다.

격렬한 승부를 벌이며 키릴은 상대의 가면을 노려보았다.

"저 같은 거랑 싸우고 있어도 되나요?"

"당신은 내 적이야."

"맞는 말이에요. 하지만 뮤트 씨를 그냥 두면 희생자는 계속 늘어날 거예요. 용사로서――."

"그런 건 상관없어!"

키릴은 있는 힘껏 마리아를 밀어내고 크게 검을 휘둘렀다.

마리아는 빛의 검을 **쥐고** 맞섰다.

하지만 아무리 오리진 코어로 강화되었다지만 그녀는 검술 초보자다.

허무하게 검이 떨어졌고 키릴의 두 번째 공격이 그녀의 가슴을 베었다.

마리아는 휘청거리면서도 상처에 손을 대고 마법으로 치유했다.

지체 없이 펼쳐진 참격을 하얀 로브를 펄럭이며 백스텝으로 회피했다.

거기서 마리아가 손을 뻗자 키릴의 눈앞에서 눈 부신 빛이 터졌다.

눈을 뜨지 못하고 비틀거리는 그녀에게 마리아는 다시 빛의 검을 들이댔다.

애초부터 죽일 마음은 없었다.

그래서 치명상은 피해 어느 부위를 노릴지 신경 썼지만── 그 마법이 키릴을 관통하는 일은 없었다.

빛 속에서 그녀가 입은 하얀 갑옷이 마법을 튕겨낸 것이다.

그것은 왕국에 현존하는 최상위 에픽 장비였다.

마왕을 토벌하기 위해 키릴에게 주어진 그 방어구는 평범한 공격으론 흠집 하나 낼 수 없다.

"상관없다면서 용사인 당신에게 주어진 장비에 의지하는 거 아닌가요?"

"궤변은 됐어. 괴물이 될 걸 알고 있었는데 왜 내게 코어를 준 거지!"

재차 두 사람은 검을 맞댔다.

역시 접근전만으로는 불리하다고 판단했는지 마리아는 빛 마법에 의한 원거리 공격을 섞어가며 키릴의 무기를 받아넘겼다.

"그야 뻔하죠. 당신을 저와 같은 괴물로 만들기 위해서예요."

"뭣 때문에?!"

마리아는 화를 참지 못하고 휘두른 검을 몸을 기울여 피했다.

그리고 뻔뻔하게 웃으며 말했다.

"오리진 님과 함께 이 세계에 존재하는 살아 있는 것들은 죄다 죽이기 위해서지요."

"뭐……? 왜 그런 짓을……."

뜻밖의 대답에 키릴은 당황했다.

검에도 망설임이 생겨나 더욱 격렬해진 마리아의 공세에 밀렸다.

"아니, 애초에 어떻게 그런 짓을!"

"어차피 조만간 알게 될 테니 가르쳐주지요."

마리아는 마치 그녀의 미래를 알고 있는 듯한 말투였다.

키릴은 탐탁지 않았지만, 의문을 풀기 위해 마리아의 말에 귀를 기울였다.

"오리진 님께서는 마왕이 사는 성의 지하에 봉인되어 계십니다."

"봉인…… 신인데?"

"오리진 님께서는 평화를 바라십니다. 이 세계에서 자신을 제외한 전체를 없애서 말이죠. 싸울 상대가 없으면 세계는 평화로워지니까요. 그래서 과거의 인간들에게 봉인되셨답니다."

'과거의 인간들'이라는 말은 몹시 애매했지만 알기 쉽기도 했다.

실제로는 별의 의사에 따라 생겨난 오리진에게 내성을 가진 인간과 마족이지만―― 그렇게까지 자세히 설명해봤자 쓸데없이 복잡해질 뿐이리라.

"그럼 나는 그런 걸 풀기 위해 용사가 되었다는 거야?"

"그런 셈이지요."

마리아는 단호하게 잘라 말했고, 키릴은 실망했다.

무엇 때문에 오늘날까지 괴로워한 것일까? 무엇 때문에 오늘날까지 짊어졌던 것일까?

느닷없이 떠맡은 '용사'라는 중책을 그녀는 한 번도 환영한 적이 없었다.

시골에서 평화롭게 살고 싶다. ――다만 그것만 이룰 수 있다면 충분했는데.

그런데 구하기는커녕 세계를 멸망시키기 위한 도움을 주고 있었다니.

"그런……그런 이유라니……!"

"하지만 누구 씨 때문에 플럼 씨가 이탈. 파티는 붕괴. 계획은 좌초되었지요."

그렇게 말하며 마리아는 한숨을 쉬었다.

그 '누구 씨'는 두말할 나위 없이 진이었다.

"설마 그런데도 억지로 나를 봉인까지 데려가기 위해 그 코어를 줬다는 거야……?"

"맞아요."

그때는 아직 오리진은 제1플랜을 실행할 생각이었다.

인원이 줄어도 코어만 쓸 수 있다면 마왕을 타도할 수 있다고 계산한 것이다.

하지만 실제로는 그리 매끄럽게 진행되지 않아 키릴은 코어를 쓰지 않았고 마리아는 에키드나의 모략에 빠졌으며 라이너스도 그녀를 좇아 이번에야말로 완전히 계획은 깨지고 말았다.

"마리아 넌 왜 그런 짓을 하지!"

"결국 다시 이 얘기인가요."

마리아는 조금 질렸다는 듯이 말했다.

그녀의 바람이 오리진을 제외한 생물을 멸망시키는 것이라면

이미 이유 따위는 아무래도 좋다.

하지만 그것은 마리아의 논리였다.

자신들을 죽이려는데 이유조차 말하려 하지 않는다.

휘말린 입장의 키릴이 그런 것을 간과할 수 있을 리 없었다.

물론 들어봤자 납득할 리가 없다. ──그렇게 이해하기 때문에 마리아는 말하려 하지 않은 것이지만…… 그렇게까지 듣고 싶다면 말할 수밖에 없을 것이다.

"제 고향은 마족의 습격을 받아 전멸했어요."

그녀는 그것을── 어느 날 갑자기 파란 피부를 가진 그들이 습격한 모습을 똑똑히 기억한다.

그날이 오기 전까지 세계는 행복한 곳이었고, 반짝반짝 빛나 보였다.

다정한 가족과 친구, 마을 사람에게 둘러싸여 부족함은 있을지언정 불만을 품은 적은 없었다.

하지만 마족은 그런 마리아네를 덮쳤고 무차별적으로 학살하기 시작했다.

"가족은 한 명도 남김없이 살해됐어요. 마족의 마법에 질식했고, 녹았고, 나아가 하늘에서 쏟아지는 돌에 짓뭉개졌어요. 저는 가족이 다만 고깃덩이가 되는 그 모습을 눈앞에서 목격했어요."

그것은 그녀가 마족에게 증오를 품기에는 충분하고도 남는 일이었다.

"**기적적으로** 살아남은 저는 교회가 거둬주고 재능을 발굴해줘서 성녀로서 자라났어요."

적어도 구출된 시점에 생존자는 마리아 한 명이었던 모양이다.

그것이 쓸데없이 그녀에게 신비감을 높여 성녀로서의 가치를 향상시켰다.

"그럼 마족은 그렇다 쳐도 인간을 죽일 필요는 없을 텐데!"

"맞아요. 저는 생명의 은인인 교회에 감사했고, 그 가르침을 존중하여 성녀로서 인간을 사랑하며 진심으로 위했어요……."

마리아는 부드럽고 따뜻한 목소리로 말했지만, 그 분위기가 급격하게 변했다.

"2년 전까지는."

갑자기 말에서 감정이 사라졌다.

그 변모에 키릴은 한없는 공포를 느꼈다.

"저는 교회가 마족과 이어져 있다는 걸 알게 됐어요. 그리고 제 고향을 마족이 습격하도록 명령한 것은 저를 기른 교회였다는 것도요."

입을 여는 마리아의 마음에 어두운 불꽃이 깃들었다.

가족을 빼앗긴 분노에 자신을 속였다는 증오, 소중한 사람에게 배신당한 슬픔.

그 밖에도 무수한 감정이 포개지며 어떤 빛도 비출 수 없이 캄캄한 어둠을 자아냈다.

키릴은 압도되어 더욱 뒤로 물러났다.

"국민의 반마족 감정을 부추겨 이교도를 배제하고, 재능 있는 아이를 데려가고 연구 재료가 될 인간을 납치한다. 그것은 교회에 있어 실행하는 것 이외의 선택지가 없을 정도로 이점뿐인 작

전이었어요.”

세라의 고향이 멸망한 것도 똑같은 이유 때문이었다.

“구해준 장본인도, 키워준 사람도, 다정하게 대해준 교황도, 모두 그것을 알고 있었어요. 알면서도, 저희 가족을 죽여놓고 마치 진짜 가족인 것처럼 대했어요.”

진실을 안 순간, 교회에서 보낸 마리아의 즐거운 기억은 모두 가치를 잃었다.

빨간색과 검은색으로 덧칠되어 그것이 새로운 그녀를 구성하는 요소로 바뀌었다.

“아아, 구역질이 나요. 이렇게 역할 수가. 미워요, 미워, 미워! 이런 게, 이렇게 징그러운 생물이 이 세계에 존재해도 되는 건가요!”

“마리아…….”

“저는 인정할 수 없어요. 그들의 손에 자란 저를 포함해서 마족도 인간도 모두 이 세계에서 사라져야 해요!”

과거의 즐거운 추억도, 현재의 성녀로서 보낸 나날도, 미래를 그린 꿈도, 모두 더럽혀졌다.

발판이 무너져내려 바닥이 없는 깊고 깊은 진흙탕 속으로 잠겨갔다.

떨어지면 더는 아무도── 그녀를 구해낼 수 없는 곳으로.

“그래서…… 멸망시키려고?”

“후, 후후후…… 이해하셨나요? 생각하기에 따라 저와 키릴 씨는 닮았는지도 모르겠네요. 꼭두각시라는 의미에서.”

“그럴지도 모르지.”

“하지만 이 기회에 분명히 말해둘게요. 저는──.”

괴로운 표정을 짓는 키릴에게 마리아는 감정이 깃들지 않은 목소리로 말했다.

“당신이 정말 싫어요.”

그것은 그녀답지 않은── 하지만 틀림없는 그녀의 본심이었다.

“진 씨가 부추겼다지만 플럼 씨를 배신하고 다치게 한 모습은 지독하게 추했어요.”

소중한 사람에게 배신당하는 아픔을 아는 그녀는 그 모습을 보기만 해도 가슴이 아팠다.

플럼에게 손을 뻗을 수 없는 입장이었지만, 그래도 구하고 싶다고 수없이 생각했다.

“그, 그런 건…… 말하지 않아도 알아.”

“네, 자각은 할 테지요. 괴롭기도 할 테고요. 하지만 당신은 결국 아무것도 하지 않았어요. 마치 피해자인 양 굴며 한심하게 도망칠 뿐이죠. 하려고 마음만 먹으면 노예가 된 플럼 씨가 어디 있는지 찾아내는 정도는 할 수 있었을 텐데요!”

“그런 건 말하지 않아도 안다고!”

키릴은 그렇게 반복하며 화를 참지 못하고 검을 휘둘렀다.

마리아가 쥐고 있던 빛의 검은 떨어져 사라졌지만, 이내 새로운 검을 만들어냈다.

다른 사람에게 지적받은 잘못은 때때로 누구보다도 본인이 제일 잘 아는 법이다.

그렇기에 안 그래도 괴로운 일을 반복해서 지적받으면 인간은

분노한다.

"그래서 뭐? 그래서 어쨌다는 건데! 지금 그런 건 상관없어!"

키릴은 감정이 가는 대로 떠들어댔다.

"애초에 피해자인 척하는 건 그쪽이야. 배신당했다, 괴로웠다. 그놈들이 밉다! 그건 잘 알겠어. 하지만 그렇다고 인간과 마족을 멸망시키거나 멋대로 주위를 끌어들이지 마! 복수하고 싶다면 다른 사람에게 피해 주지 말고 가족끼리 처리하라고!"

"플럼 씨를 다치게 한 당신이, 개인적인 감상으로 살인귀를 감싼 당신이 입만 살았군요!"

"내가 어떻든 마리아를 규탄할 권리가 없어지는 건 아니야! 애초에 그렇게 신의 봉인을 푼다느니 인간을 멸망시킨다고 하는데, 그럼 왜 라이너스 씨와 함께 행동하지! 어중간한 각오로 쉽게 인간을 죽이겠다고 말하지 마아아아아앗!"

"그건──."

마리아의 말문이 막혔다.

그 틈에 키릴은 발을 앞으로 내디디고 날카롭게 검을 내질렀다.

어깨부터 비스듬히 깊게 베인 마리아는 괴로운 듯 신음했다.

이내 회복 마법으로 상처는 치유했지만, 키릴의 공세는 계속되었다.

"저도 그 사람과 더 빨리 만났으면 했어요!"

"그걸 어중간하다고 말하는 거야아아아앗!"

그것은 아까의 키릴과 마찬가지로 '말하지 않아도' 마리아 역시 자각하고 있었다.

어중간하다. 오리진의 봉인을 푸는 일과 라이너스와 해로하는 일은 양립할 수 없는데.

그래서 정곡을 찔렀기에 마리아는 분노했다.

"책임 회피만 하는 당신에게 각오를 이야기할 자격은 없습니다!"

반론할 말을 찾지 못해서 결국은 상대의 결점을 지적할 수밖에 없었다.

그런 식으로 서로 감정론을 부딪치니 납득이 가는 답이 나올 리도 없었다.

분명한 사실은 키릴에게 마리아는 적이라는 것뿐이었다.

결국, 검을 맞부딪쳐 누군가가 쓰러지는 것 말고는 결판을 낼 방법이 없었다.

그때—— 쿠우우우우우우우웅! 하고 왕도에 요란한 폭발음이 울렸다.

두 사람은 동시에 손을 멈추고 눈부신 섬광을 내뿜는 그쪽을 바라보았다.

"라이너스 씨?!"

키릴의 옆을 빠져나가 마리아가 달려갔다.

"아뿔싸——."

키릴이 황급히 반응했지만, 이미 그녀의 뒷모습은 멀어진 뒤였다.

쫓으려면 그럴 수 있었을 것이다.

하지만 추한 복수자가 아닌, 라이너스를 생각하며 달려가는 여자를 말릴 마음은 들지 않았다.

그 뒷모습을 바라보며 손바닥을 보고 중얼거렸다.

"뮤트……."

키릴은 그 죄를 알고 있었다.

그렇다면 싸울 힘을 가진 자로서 그녀를 말리기 위해 키릴도 참전해야 할지도 모른다.

하지만—— 마리아와 협력하여 싸우고 뮤트를 다치게 하고——그런 짓을 할 수 있을까?

아무것도 하지 못한 채 갈 곳도 없이.

또 홀로 키릴은 그곳에 멈춰 설 수밖에 없었다.

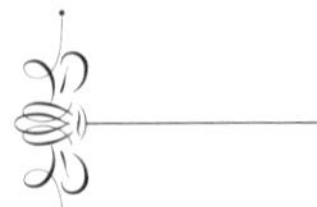

12 속죄(贖罪)

광장의 중앙에서 서로에게 뒤를 맡기고 괴로운 표정을 짓는 가디오, 에타나, 그리고 플럼.

일반인의 피난은 완료했다. 남은 생존자는 이제 세 명뿐.

한편 공진한 괴물들은 죽 늘어서서 플럼 일행을 에워쌌다.

아직 격파 수는 두 자릿수에 미치지 못했고, 체력은 소진되어 서서히 궁지에 몰리고 있었다.

하지만 피난이 완료되어 이렇게 똘똘 뭉쳐 싸울 수 있게 되니 생존율은 올랐다고 말할 수 있다.

쿵, 퍼어엉── 바닥이 흔들리며 어디선가 폭발음이 울려 퍼졌다.

"……어라, 혹시 라이너스 씨일까요?"

"그런 거면 좋겠는데."

다른 칠드런의 실력이 넥트와 비슷한 정도라면 반드시 이길 수 있다.

가디오는 그렇게 확신하고 내린 판단이었다.

"하지만 고전하고 있어."

"다른 사람을 이어서 생각대로 조종하는 게 능력이라고 생각했는데 저 폭발은……."

자신들을 에워싼 적보다도 더 강력한 힘이 폭발했다.

하지만 그를 구하러 갈 수 있을 정도로 세 사람에게 여유가 있을 리 없었다.

"정신 바짝 차려. 또 올 거야!"
에워싼 적이 일제히 손을 하늘로 쳐들었다.
무수한 빛이 떠올라 하늘을 메웠다.
그리고 캐노피가 낙하하듯 그것은 세 사람을 향해 쏟아졌다.
"플럼, 맞추자."
"네!"
에타나는 플럼의 영혼 사냥꾼에 손을 뻗어 그 날에 얼음을 둘렀다.
점점 무거워지는 그것을 플럼은 프라나로 가득한 양팔로 지탱했다.
한편 가디오는 흙 마법으로 만들어낸 바위로 대검을 덮었다.
"타이탄(암인)——."
"요툰(빙인)——."
거인의 검을 잡은 전사가 둘.
그 둘은 다가오는 빛의 비를 앞에 두고 자신의 한계를 초월하여 맞섰다.
""그랑셰이커어어어어어어어(굉기참)!""
저음과 고음의 포효가 화음을 이루었다.
고오오오오오—— 쿠우우우우웅!
검풍과 방출된 프라나에 의해 광장에 폭풍이 일었다.
하늘을 메웠던 마법은 충격파를 받아 그 자리에서 폭발했다.
지표면에서는 시체와 돌바닥이 휘감겨 올라갔고, 바닥에 내던져지며 부서진 칼날도 휘말려 그것들이 흉기가 되어 적을 덮쳤다.

가디오는 “휴우” 하고 살며시 숨을 내쉬었다.

하지만 플럼의 양팔은 과도한 부하를 견디지 못하고 근육이 파열되는 격통을 느꼈다.

“크……윽…….”

“플럼, 괜찮아?”

“아직…… 할 수, 있어요!”

찢어졌을 뿐이라면 그냥 둬도 치유된다.

마음만 꺾이지 않는다면 패배는 아직 멀었다.

하지만 아까 가한 공격은 틀림없이 그녀가 낼 수 있는 최대 출력이었다.

그것을 맞고도 아직 멀쩡한 날에는――.

시야가 점차 환해졌다.

그 앞에 사지가 멀쩡한 적이 서 있는지 확인하고자 플럼은 전방을 응시했다.

그러자 치솟는 모래 먼지를 가르며 갑자기 눈앞에 남자가 나타났다.

그는 플럼의 정수리를 향해 주먹을 휘둘렀다.

너무 갑자기 벌어진 일이라 그녀는 양손으로 얼굴을 감싸는 정도밖에 할 수 없었다.

“아이스 실드!”

직격하기 직전, 에타나의 목소리가 울려 퍼졌다.

얼음 방패가 플럼의 앞에 생성되어 공격을 막았다.

하지만 날아든 남자의 주먹은 방패에 꽂혔고 일격에 부서졌다.

"자신감이 떨어지네."

에타나는 침울해졌지만, 플럼을 지킨다는 목적은 달성했다.

얼음 파편이 흩어지는 가운데, 가디오는 플럼의 등 뒤에서 남자에게 프라나 스팅을 날렸다.

날카롭고 가는 프라나 화살은 확실히 심장을 노리고 날아갔다.

그는 그것을 꽉 쥐어 부쉈다.

물론 손은 엉망진창으로 파괴되었지만, 망가진 것은 한쪽 팔뿐이었다.

그리고 이내 다른 동료가 마법으로 치유하여 팔은 원래대로 돌아갔다.

"그렇게는 안 된다!"

그 재생이 완전히 끝나기 전에── 플럼은 치유 중인 몸에 채찍질을 하여 영혼 사냥꾼으로 남자의 심장을 꿰뚫었다.

쭉 당겨 뽑자 남자는 얼굴부터 바닥에 떨어졌다.

직후, 모래 먼지 너머에서 발사된 광선이 그녀의 어깨를 태웠다.

화상 정도라면 거의 통증을 느낄 일이 없다.

하지만 거기에 반응하여 주의 깊게 시선을 보내자 더 많은 사람이 다음 마법 발동 준비를 마친 모습이 보였다.

"아무리 그래도 너무 무한하잖아……. 이렇게 한도 끝도 없다니……!"

이를 가는 플럼을 비웃듯── 팟, 하고 왕도의 하늘이 눈 부신 빛에 하얗게 물들었다.

그리고 한발 늦게 쿠우우우우우우우웅! 하고 고막을 부술 정도의 폭발음이 울려 퍼졌다.

"저쪽은, 설마 뮤트가?!"

지금까지 들었던 소리와는 비교도 되지 않는 굉음이었다.

그런 것을 맞았다가는 아무리 라이너스라고 한들 잠시도 버티지 못할 터였다.

에타나와 가디오가 눈빛을 교환하고 서로에게 고개를 끄덕였다.

그리고 그녀는 얼음 마법으로 거대한 늑대를 만들어내어 플럼의 옷깃을 물고 훌쩍 등에 태웠다.

"으아앗?!"

플럼이 소리를 지르는 동안에도 대기하고 있던 적은 여러 발의 광선을 쏘았지만,

"아이스 실드."

앞뒤를 뒤바꾼 얼음 방패로 막았다.

방패 전체는 마치 거울처럼 주위의 풍경을 반사했다.

즉, 그곳에 빛이 닿으면—— 확산되고 튕긴다.

돌아온 광선에 상대가 겁먹은 사이에 에타나는 플럼을 전선에서 이탈시켰다.

"라이너스가 위험해. 도와줘."

"하지만 에타나 씨와 가디오 씨가!"

전투를 이어가는 두 사람에게 손을 뻗은 플럼.

하지만 그녀의 의사와는 반대로 그 몸은 점점 멀어졌다.

"걱정하지 마. 네가 뮤트를 쓰러뜨리면 될 일이야."

공진을 사용한 본인을 쓰러뜨리면 광장의 사람들도 활동을 정

지……할지도 모른다.

어차피 정공법으로 광장의 적을 전멸하기는 어려운 이야기다.

플럼은 입술을 깨물고 두 사람에게 등을 졌다.

"기다리세요. 반드시 해낼 테니까요……."

◇◇◇

건물 잔해에 깔린 라이너스는 어떻게든 밖으로 기어 나와 눈 앞에 펼쳐진 광경을 보고 아연실색했다.

왕국 최대의 인구를 자랑하는 도시의 한복판에 백 미터 규모의 싱크홀이 생겼다.

그곳에 있었던 민가는 흔적도 없이 사라졌다.

몇백 명이 희생되었는지 생각만 해도 끔찍할 지경이었다.

그렇게 상식을 벗어난 마법에서 그가 벗어난 것은 행운이라고밖에는 표현할 길이 없었다.

경위는 잘 기억나지 않는다.

아무튼 한눈팔지 않고 힘을 쥐어 짜내어 달려 나왔을 뿐이다.

그래서 겨우 아슬아슬하게 도망칠 수 있었다.

라이너스는 손을 폈다가 쥐었다.

재차 펴고 그 위에서 마법으로 바람을 일으켰다.

"몸의 기능은 문제없어……. 뼈는 몇 개 부러졌지만 움직일 수 있다면 아직 싸울 수 있어."

물론── 싸울 수 있다 한들 그 괴물을 어떻게 상대해야 좋을지는 전혀 생각나지 않지만.

"오…… 오…… 오……."

어디선가 뮤트의 **울음소리**가 들려왔다.

아직 거리는 있지만, 라이너스는 즉각 소리가 나는 방향의 반대로 뛰어갔다.

단검 공격이 통하지 않으면 역시 활로 처리할 수밖에 없다.

그것도 보통 정도가 아니라 최대한의 위력을 실은 한 발로.

목소리가 들리지 않을 때까지 이동한 라이너스는 높은 탑 위에서서 활에 세 자루의 화살을 메겼다.

그리고 눈을 크게 떠 지상을 걷고 있을 뮤트를 찾았다.

활시위를 당기는 팔에 힘이 실리며 혈관이 떠올랐다.

휘이잉── 마력이 담긴 화살촉 주위로 바람이 돌았다.

"와라…… 와……!"

라이너스는 기도하듯 중얼거렸다.

그러자 당장이라도 무너질 듯한 민가 뒤에서 나선의 괴물이 모습을 드러냈다.

"지금이야!"

찰나, 그의 오른손이 활시위를 놓았고 세 자루의 화살이 발사되었다.

궤도는 흔들림 없이 한 자루의 화살처럼 나란히 맞물리며 뮤트를 향해 일직선으로 뻗었다.

"오……."

길 한복판, 뮤트는 그 존재를 알아챘다.

손을 들어 정면으로 쳐서 박살 내려는 듯 날카로운 빛의 검을 쏘아 받아쳤다.

타닥타닥타닥타다닥!

불꽃을 일으키며 라이너스의 화살과 뮤트의 마법이 충돌했다.

그는 다시 활을 당겨 결정적인 두 번째 화살을 쏘았다.

"흡!"

"오오오오——."

한편 뮤트는 가만히 그것을 올려다보았다.

타닥—— 후속 화살이 합류하자 상쇄되던 두 개의 힘에 이변이 일어났다.

라이너스가 밀기 시작한 것이다.

"아직 멀었다!"

다시 다섯 발째, 여섯 발째의 화살을 쏘자 완전히 그의 힘이 앞섰다.

빛은 공중에서 사라져 지상에 있는 뮤트의 미간에 떨어졌다.

"가라아아아아아아앗!"

제발 효과가 있어라. ——그런 소망을 실어 라이너스는 외쳤다.

뮤트는 이마 근처에서 흔들리는 화살을 손바닥으로 잡았다.

소용돌이치는 바람의 힘, 그리고 강렬한 화살의 위력에 그녀의 팔이 떨리기 시작했다.

한편 화살도 시간이 경과되며 한 발씩 파괴되어 힘겨루기의 양상을 보였다.

뚝—— 훤히 드러난 힘줄 중 몇 개가 끊어졌다.

라이너스의 공격이 그녀의 몸에 처음으로 상처를 입혔다.

"오…… 오오……."

기분 탓인지 그 목소리는 당황한 것처럼 들렸다.

상처는 더욱 퍼지며 뚜두둑 힘줄이 끊어졌고—— 마침내 마지막 남은 한 발이 손을 떠났다.

"오오오오오오오오오옷!"

머리는 관통하지 못했지만, 대미지는 입혔을 것이다.

손목에서 붉은 피가 솟구치자 뮤트는 몸을 뒤로 젖히고 아주 높은 소리를 냈다.

"좋았어! 봤냐? 이게 내 힘이다!"

라이너스는 승리 포즈를 취하면서까지 기뻐했다.

"오오오오오, 오오오오오오오……!"

하지만 뮤트의 상처는 순식간에 나았다.

그리고 전신의 근섬유가 더욱 뒤틀리며 몸이 더 붉어졌다.

그것을 본 라이너스는 직감적으로 깨달았다.

"화를 돋운…… 건가?"

중얼거린 직후, 콰앙! 하고 지면을 흔들며 뮤트가 라이너스를 향해 도약했다.

그 속도는 그가 쏜 화살보다 빨랐다.

뮤트는 단숨에 거리를 좁히고 주먹을 쳐들었다.

"오오오오오오오오오옷!"

"우악!"

라이너스는 탑에서 뛰어내렸다.

뮤트의 펀치를 받은 그 건물은 산산이 부서졌다.

그는 낙하하며 간담이 서늘해지는 걸 느꼈다.

하지만 라이너스가 착지하기 전에 뮤트는 그 바로 옆으로 이동하여 오른팔에 손등을 먹였다.

"하──."

말 그대로 눈에도 보이지 않는 동작.

피할 새조차 없었다.

퍼억!

주먹을 쥔 손등이 직격한 팔은 **소멸**했고 육체는 남은 충격에 지표면을 향해 날아갔다.

방어조차 하지 못한 채 라이너스는 바닥에 떨어져 튕기고 굴렀다.

온몸이 갈기갈기 찢어질 것 같은 통증이 내달렸다.

실제로 바닥에 충돌했을 때 오른쪽 다리가 찌부러져 말도 안 되는 방향으로 휘었다.

"아…… 하, 하…… 오……."

의식이 몽롱했고, 반쯤 열린 입이 의미 없이 말을 뱉었다.

얼른 도망쳐, 얼른 도망쳐, 얼른 도망쳐── 라이너스는 스스로에게 그렇게 되뇌었지만 몸은 움직이지 않았다.

'나는…… 그렇구나, 죽는구나…….'

뮤트가 최후의 일격을 가하든, 이대로 내버려 두든 상관없이.

가령 누군가의 도움을 받아 한 번 목숨을 건진대도 어차피 뮤트의 손에 죽을 것이다.

'제법 강해졌다고 생각했는데. 너무하잖아. 저딴 게 있다니.'

아무리 위로 올라간대도 넘을 수 없는 상대는 존재한다.

거기엔 재능이라든가, 인간으로서의 벽이라든가, 노력이나 시간만으로는 어쩔 수 없는 요인이 얽혀 있다.

그렇다면 이제 포기할 수밖에 없다고—— 그렇게 결론짓고 라이너스는 의식을 놓으려 했다.

"라이너스 씨, 지금 당장 구할게요……. 풀 리커버!"

성녀가 나타나 손에서 빛을 발사했다. 그 빛이 그의 몸을 감쌌다.

일단은 지혈이 끝났고, 시간은 걸리지만 이윽고 팔과 다리도 재생될 것이다.

통증이 줄어들며 라이너스의 의식이 조금 현세로 돌아왔다.

"마리아……."

"다행이에요. 아직 의식은 있군요."

"안, 돼…… 도, 망……."

"네?"

그에게는 보였다.

그 뒤에서 다가오는 뮤트의 모습이.

"오오오오오오오——."

새된 목소리가 울려 뒤돌아본 마리아.

그녀는 즉각 손을 뻗어 빛 마법으로 받아치려 했지만—— 늦었다.

이대로라면 그녀는 물론이거니와 다친 라이너스도 죽고 말 것이다.

최소한 마리아만이라도 구하고자 그는 그 몸을 날리기 위한 바람 마법을 발동하려 했다.

하지만 그때, 어디선가 소녀의 목소리가 울려 퍼졌다——.

"요툰, 그랑디재스터어어어어어(굉기람)!"

소녀가 타고 온 얼음 늑대가 칼날로 변하여 영혼 사냥꾼을 감쌌다.

그것이 바닥에 내리찍히자 프라나의 폭풍과 함께 부서진 얼음 조각이 뮤트를 덮쳤다.

그 정도로는 그녀의 몸에 상처를 낼 수 없었지만, 발목을 잡을 수는 있었다.

"오오오오!"

언짢은 듯 외치며 뮤트는 갑자기 나타난 플럼에게 적의를 드러냈다.

"일단 덤벼봤는데…… 저게 뮤트예요? 게다가 가면을 쓴 건 혹시 마리아 씨? 이게 무슨 상황이죠?"

폐허가 된 마을을 포함하여 상황이 이해되지 않는 플럼은 당황했다.

하지만 마리아의 가면을 적신 피눈물과 그 안쪽에서 꿈틀거리는 무언가—— 그것은 낯이 익었다.

"**지금은** 적대할 생각이 없어요."

플럼의 시선을 알아챘는지 그녀는 선수를 쳐서 그렇게 말했다.

"……알겠어요."

플럼도 지금은 그럴 때가 아니었다.

마리아에게 그럴 의사가 없다면 협력하여 뮤트와 맞설 뿐이다.

"오오오오오오오오오오!"

지면을 짓밟고 건물 잔해를 부수며 뮤트는 양손을 아무렇게나 뻗은 채 뛰었다.

영혼 사냥꾼을 들고 기다리는 플럼은 그 거리가 가까워지자 허리를 낮추었고――

"어라?"

갑자기 뮤트가 시야에서 모습을 감추었다.

"뒤예요!"

플럼은 마리아의 목소리를 듣고 앞으로 몸을 날렸다.

"윽, 아앗……!"

하지만 스치기만 한 손끝에 그녀의 등은 뼈째로 패였다.

이어서 휘잉! 하고 풍압이 대지를 뒤흔들자 플럼의 몸은 지면 위를 나뒹굴었다.

"세이크리드 랜스 스파이럴!"

마리아는 뮤트를 향해 빛의 창을 날렸다.

그것은 오리진의 힘에 의해 드릴처럼 회전하기 시작했고 뮤트를 꿰뚫으려 했다.

"오――."

위험을 감지한 뮤트는 처음으로 그것을 자신의 의사로 **피했다**.

그녀는 마리아를 표적으로 정하고 접근하고자 몸을 앞으로 기울였다.

재생하여 일어난 플럼이 그런 뮤트에게 카발리에 아츠를 펼쳤다.

"받아라아아아앗!"

이미 전투를 하며 체력을 소모했기에 그녀에게 여유는 별로 없었다.

따라서 펼치는 것은 소모가 적은 프라나 셰이커에 다량의 마력을 실은 기술.

거기에 '반전의 힘이라면 대미지를 줄 수 있을지도 모른다'는 희미한 기대를 실어 검을 휘두른다.

뮤트는 '피할 것까지도 없다'고 판단했는지 프라나의 칼날을 쉽사리 받아냈고—— 슈욱, 하고 플럼의 참격은 그 가슴에 상처를 새겼다.

"오……오오……?"

피가 흐르는 그곳을 만지며 뮤트는 고개를 갸웃거렸다.

"효과가…… 있었나?"

"지금 그녀의 육체는 대부분이 오리진에게 지배되고 있어요."

"몸속에 코어의 기척이 두 개 있어……. 그래서 내 반전의 마력이 평소보다 잘 듣는 건가?"

"승산은 있어요. 해봐요, 플럼 씨."

"응!"

플럼은 재차 검을 쳐들었다.

마리아는 마법으로 엄호 사격을 하기 위해 그 뒤에 진을 쳤다.

"오오오……오오오오오오옷!"

뮤트는 통증에 당황하고 분노하여 머리 위에 거대한 불 구슬을 만들어냈다.

"아직 내 마력은 남아 있어. ——그렇다면!"

"플럼 씨, 파고드는 건 무모한 짓이에요!"

당황한 마리아를 개의치 않고 플럼은 제 발로 다가오는 불꽃을 향했다.

그리고 붉은 구체를 앞에 두고 뛰어올라 양팔로 검을 휘둘렀다.

"리버설(튕겨라)!"

검은 칼날이 붉은 불꽃의 동그라미를 일그러뜨렸다. 타닥! 하는 소리와 함께 불 구슬은 방향을 바꾸었다.

플럼의 힘만큼 그것은 속도를 더하여 뮤트에게 다가갔다.

반사될 줄은 예상하지 못했는지 방어조차 하지 못한 채 그녀는 정면에서 직격을 받았다.

쿠우우우우우우우웅! ——그리고 작렬.

폭염과 검은 연기는 하늘 높이까지 올라가 뮤트와 함께 그 주변을 불태웠다.

"반전…… 이렇게까지 성장하다니."

장비에 따른 것이라지만 마리아에게도 그것은 예상 밖이었다.

하지만 전투는 아직 끝나지 않았다.

이 정도로 뮤트가 쓰러질 리 없다.

"오오—— 오오오오오옷!"

한바탕 커다란 목소리가 들리는가 싶더니 쿠웅! 하고 불꽃 속에서 그녀는 모습을 드러냈다.

그리고 그대로 일직선으로 플럼에게 접근했다.

"아까 그걸 맞고도 멀쩡하다고?!"

역시 반전 마력을 실은 공격이 아니면 제대로 부상을 입힐 수 없는 모양이다.

플럼은 상대가 내지른 주먹을 칼날의 옆면으로 받아냈다.

하지만 라이너스조차 막지 못했을 정도다. 플럼의 근력으로 억누를 수 있을 리 없었고――

"꺄아아아악!"

날아가,

"윽, 크……흐, 윽……."

땅바닥에 내동댕이쳐지고 수차례 튀어 올라,

"큭, 헉…… 헉…… 아으……."

벽에 부딪히고서야 마침내 멈추었다.

머리에 받은 충격으로 의식이 흐려져 풀썩 쓰러진 플럼은 좀처럼 일어나지 못했다.

뮤트는 그곳에 얼음과 돌창으로 재차 타격을 가하려 했다.

"그렇게는 안 됩니다, 저지먼트!"

마리아가 그곳에 빛의 창을 날려 마법을 모두 파괴했다.

"오오오……!"

뮤트는 짜증스러운 목소리를 냈다.

"세이크리드 체인!"

그런 그녀에게 고열을 내는 빛의 사슬이 감겼다.

"저지먼트!"

또한 상공에서 쏟아지는 빛의 검이 에워싸 감금하듯 퇴로를 막았다.

"세이크리드 랜스 스파이럴!"

그리고 움직임을 봉쇄한 마리아는, 나선의 창으로 최후의 일격에 나섰다.

"오오오오오오오오옷!"

뮤트는 답답한 듯 몸을 뒤틀더니 하늘을 올려다보며 외쳤다.

그러자 몸의 안쪽에서 어둠이 쏟아져── 마리아가 쏜 빛 마법을 삼키며 사라졌다.

제지를 뚫고 나온 뮤트는 땅을 박차고 단 한걸음에 주먹이 닿는 거리까지 육박했다.

오른쪽 스트레이트가 마리아의 안면을 노렸다.

"그렇게는, 안 되지!"

팔만은 재생한 라이너스는 활로 **마리아의** 발밑을 노렸다.

착탄점에서 화살이 폭발하여 바람을 일으켰고 그녀의 몸을 날려버렸다.

허공을 가른 뮤트의 주먹은 그 풍압만으로 지형을 바꿀 정도의 위력이었다.

제대로 맞았더라면 마리아의 육체는 사라졌을 것이다.

"으…… 방금 그건 라이너스 씨가……?"

일어난 마리아에게 즉각 뮤트의 다음 공격이 다가왔다.

뮤트는 보복할 생각인지 이번에는 빛의 사슬로 마리아의 몸을 옭아매고── 주먹을 쳐들었다.

"이번에는 내 차례다, 받아라아아아앗!"

이번엔 일어난 플럼이 반전의 마력을 쏟아부은 프라나 스팅으로 방해했다.

그것은 오리진의 피막을 돌파하여 쥐고 있던 주먹을 꿰뚫었다.

하지만 뮤트의 팔은 아직 멈추지 않았다.

약하게나마 마리아의 뺨을 때렸다.

"아아아아아악!"

그녀의 몸은 붕 떠 날아가더니 멀리 벽에 격돌했다.

"마리아 씨!"

플럼이 이름을 불렀지만, 뮤트는 그런 그녀에게 접근했다.

그리고 코앞에서 날아오르더니 피한대도 죽일 수 있도록 주먹으로 땅바닥을 때려댔다.

지면에 큰 구멍이 뚫렸고 건물 잔해를 휘감아 올린 폭풍이 일었다.

플럼은 영혼 사냥꾼을 방패 삼아 온몸을 깎아내는 돌 파편으로부터 심장과 머리를 보호했다.

하지만 그 외의 부분에는 구멍이 뻥뻥 뚫렸다. 제대로 설 수조차 없어서 무릎을 꿇었다.

뮤트는 즉각 마법을 발동했다.

떠오른 것은 불, 물, 흙, 바람, 빛, 어둠―― 6속성의 결정체였다.

모두가 날카롭고 뾰족했으며, 키릴의 갑옷조차 관통할 수 있을 정도의 위력을 숨기고 있었다.

"오, 오, 오오……."

그녀는 기쁜 듯 소리 내며 손을 앞으로 내밀었다.

그것을 신호로 결정들은 플럼에게 쏟아졌다.

어찌할 도리 없이 올려다본 그녀는――

"브레에에에에이브!"

그런 친구의 목소리를 들었다.

그것은 용사만 쓸 수 있는 마법이었다. '용기'가 없으면 효과를 발휘하지 않는 특별한 힘.

브레이브로 신체 능력을 상승시킨 그녀는 플럼에게 뛰어들더니—— 덮어 감쌌다.

"아으, 윽……!"

반복하지만 뮤트의 마법은 키릴의 갑옷마저 관통한다.

쏟아진 결정 중에서 투명하게 맑은 물 속성이 복부를 뚫었다.

그것이 점점 흘러나온 피로 붉게 물드는데도—— 키릴은 웃고 있었다.

"늦지…… 않, 았어……."

보자마자 몸이 움직였다.

친구가 서로를 죽이는 슬픈 광경은 보고 싶지 않았으니까.

그래서 아프지만, 괴롭지만, 자연스레 키릴의 표정에는 미소가 떠올랐다.

드디어 '자신이 해야 할 일'을 발견한 행복에.

"키릴……?"

울컥 피를 토한 친구를 앞에 두고 플럼은 휘둥그레진 눈으로 경악했다.

"오…… 오오오……오오오오오오오오오오옷!"

그리고 뮤트 또한 미친 듯이 통곡했다.

13 구제(救濟)

마리아는 라이너스를 쫓아 키릴의 앞에서 모습을 감추었다.

홀로 남겨진 키릴은 마치 어둠 속에 떨어진 듯한 기분이었다.

멀리서 누군가가 싸우는 소리가 들렸다.

그것에 뒤섞여 비명과 괴로워하는 목소리도—— 분명 몇 명의 인간이 목숨을 잃었을 것이다.

무서웠다.

인간이 죽는 것은 정말 무섭다. 자신이 다치는 것도 정말 무섭다.

무섭다, 무섭다, 무섭다.

그것은 아마 모두가 당연히 품는 지극히 평범한 감정일 것이다.

키릴은 특별하지 않다.

마왕을 쓰러뜨리거나 세계를 구하기 위해 사명감으로 나설 수 있는 영웅이 아니다.

지극히 평범한, 너무나도 무거운 '용사'라는 힘과 역할을 떠맡았을 뿐인 작은 소녀.

"나는 무엇을 할 수 있을까?"

아무것도 할 수 없다고 단정하기는 쉽다. 변명도 된다.

그래서 그녀는 그것을 선택했다.

자신은 아무것도 할 수 없다. 그래서 아무것도 하지 않는다. 그것은 별수 없는 일이니까.

몇 번이든 반복했다.

왜냐하면 무서우니까.

시골에서 밭을 일굴 뿐인 일상―― 그 외부에 있는 세계의 모든 것이 무서웠다.

"나, 는……."

평범 이상은 불가능하다. 세계를 구하다니 당치도 않다. 주변의 일만으로도 벅차다.

하지만 여기서 멈춰 선다면 그것조차 충족하지 못한다.

"……뮤트를, 어떻게든, 해야 해."

그녀를 말리려는 라이너스와 마리아의 행동은 옳다.

키릴도 그것은 알고 있었다.

하지만 그녀가 죽는 것은 바라지 않는다.

속죄에도 다른 방법이…… 있나? 아니, 없을지도 모른다.

아니, 분명 없다.

없지만―― 이 답답한 마음을 그냥 둘 수는 없다.

키릴은 소리가 나는 쪽으로 걸어갔다.

가까워질수록 땅바닥이 더욱 크게 흔들렸고, 건물의 피해가 심각해졌다.

불길한 예감이 들었다.

자연히 키릴은 뛰기 시작했다. 표정에는 초조한 기색이 떠올랐다.

그리고―― 풍경이 펼쳐졌다.

키릴이 본 것은 가죽을 벗겨낸 듯한 괴물과 그것에 맞서는 플럼의 모습이었다.

건물 잔해 위에서 대치하는 친구의 손에는 자기 키만 한 검이 들려 있었다.

"플럼……."

싸울 힘이 없을 그녀가, 노예로서 팔려갔던 그녀가 어째서──.

키릴은 곤혹스러웠지만, 그보다는 플럼을 덮친 괴물의 정체가 짐작되어 등줄기가 얼어붙었다.

쓰러진 라이너스와 마리아. 파괴된 마을. 그리고 모습이 보이지 않는 뮤트.

"저건…… 저, 괴물은……!"

괴물은 붉은 주먹으로 땅바닥을 때렸다.

그 풍압으로 날아간 건물 잔해가 몸을 꿰뚫어 플럼이 무릎을 꿇었다.

그런 그녀에게 최후의 일격을 날리고자 마법으로 만들어낸 칼날이 괴물의── 아니, 뮤트의 주위에 떠올랐다.

"……나는…… 나는!"

정신을 차리고 보니 키릴은 달리고 있었다.

어려운 건 모른다.

이 상황도 지금까지의 여행도, 누가 악이고 선인지도, 아무것도, 아무것도.

마왕 토벌 여행도 거짓이었다. 교회는 악당이었다. 플럼은 살아 있었다.

거짓과 진실이 뒤섞였다. 절망과 희망이 혼탁했다.

아마 처음부터 생각하려던 것 자체가 잘못이었을 것이다.

멋대로 움직이는 몸이 모든 것의 답이었다.

특별하지 않은 키릴이 해야 할 일은, 하고 싶은 일은, 세계를 지키는 게 아니었다.

다만── 소중한 친구를 지키고 싶다.

단지 그것뿐인 간단한 답이었던 것이다.

'이래서야 늦어. 그렇다면!'

닿지 않는다니, 멈출 수 없다니, 그런 건 잘못됐다.

친구와 친구가 서로를 죽이다니, 그런 건 싫다. 보고 싶지 않다.

동기가 제멋대로다. 용사답지 않다.

하지만 용사의 힘에 필요한 것은 사명감도 의무감도 아니다.

자신이 바라는 것을 관철하는 '용기의 힘'이다──.

"브레에에에에에이브!"

키릴의 몸에서 **압력**이 방출되며 주위의 건물 잔해를 날려버렸다.

지금까지는 자신이 없어서, 용기가 부족해서 생각처럼 쓸 수 없었다.

하지만 지금의 그녀라면 쓸 수 있다.

세계를 위해서가 아니라 친구를 구하기 위해 달리는 그녀라면.

키릴 스위치카

속성 : 용사

근력 : 15,760

마력 : 16,512

체력 : 16,924

민첩 : 18,263

감각 : 13,092

브레이브(용기)가 키릴을 강하게 한다. ――그것은 말 그대로의 의미였다.

그 마법을 사용한 순간 그녀의 스테이터스는 정신 상태에 반응하여 최대 세 배까지 치솟는다.

그것이 바로 용사가 용사인 이유다.

방출된 마법이 플럼에게 다가갔다.

그 광경이 지금의 키릴에게는 슬로모션으로 보였다.

그녀는 자신의 몸을 돌보지 않고 뛰어들어 플럼을 뒤덮었다.

쿵―― 하고 등에 둔탁한 감촉이 내달렸다.

그것은 키릴의 몸을 파괴하며 체내에 묻혔고, 이내 관통해 끝부분이 복부로 튀어나왔다.

두말할 나위 없는 치명상이었다.

몸 전체가 통증마저 초월하여 타는 듯이 뜨거웠다.

숨결에 피 냄새가 섞였고 무언가가 솟구쳤다.

하지만 구했다――며 키릴은 안도했다.

"늦지…… 않, 았어……."

"키릴……?"

그녀의 목소리는 떨렸다.

자신이 다쳐서 슬퍼하는 것일까?

"오……오오오…… 오오오오오오오오오오오옷!"

뮤트도 슬픈 듯 통곡했다.

키릴은 그 목소리를 듣고 틀림없이 뮤트의 의사가 남아 있다는 걸 알아챘다.

동시에 그렇기 때문에 끝내야 한다――고 굳게 결심했다.

칼에 찔려 당장이라도 쓰러질 것 같은 몸.

그것을 정신력만으로 지탱하고, 두 발을 내디디며, 소환한 검을 오른손으로 쥐었다.

'될지 말지는 생각하지 않겠어.'

뮤트에게 은혜를 갚는다고 생각하면 더더욱 제자리에 머무를 수는 없었다.

'할 수밖에 없어. 결과가 어떻든 아무것도 하지 않으면 남는 건 후회뿐이야.'

오른손을 통해 마력을 검에 보냈다. 은백색 칼날이 번쩍이는 빛을 내뿜었다.

'아아, 분명 뮤트도 그러길 바라서 나를――!'

뒤돌아보며 참격을 뿜어냈다.

"블레이드으으으으으읏!"

치솟는 피와 함께 포효하는 키릴.

광휘는 호를 그리고 하늘을 찢어발기며 뮤트에게 다가갔다.

"오――."

마법을 쏜 직후다. 뮤트 역시 빈틈투성이.

아무리 오리진 코어의 힘으로 육체 그 자체가 강철 갑옷보다 단단해졌다지만 용사가 온 힘을 다한 일격을 막을 수는 없다.

슈우우우욱—— 키릴의 참격은 괴물의 육체를 비스듬히 베었고, 벌어진 상처에서 피가 콸콸 쏟아졌다.

플럼은 키릴에게 묻고 싶은 것도 하고 싶은 말도 산더미처럼 많았다.

하지만 지금은 상처 속에 보인 칠흑의 수정을 부수는 생각만 했다.

"오오오오오오오오옷!"

확실한 끝장을——. 그 강한 의사가 그녀를 앞으로, 앞으로 이끌었다.

나선이 상처를 막기 전에 플럼은 까맣고 무거운 대검을 그 코어에 때려박는다.

"오오오오오오……."

그러자 뮤트는 오른팔로 그것을 막아 참격의 궤도를 돌렸다.

하지만 대가로 팔이 날아갔다.

이어서 플럼은 코어를 노려 찌르기를 시도했다.

하지만 이번에는 뮤트가 빨랐다. —— 남은 왼팔로 주먹을 쥐고 안면을 향해 때렸다.

플럼은 영혼 사냥꾼을 없애고 가뿐해진 몸으로 백스텝, 뮤트의 주먹은 눈앞에서 허공을 갈랐다.

휘이이잉! 거칠게 분 바람이 가볍게 플럼의 자세를 흔들었다.

즉각 뮤트는 앞으로 나서 난폭하게 팔을 휘둘렀다.

피하기는 쉬웠다. 하지만 플럼은 그러지 않았다.

아까 뮤트가 그랬듯 직접 왼손을 앞으로 내밀고 희생할 각오로

공격의 방향을 돌렸다.

휘두른 팔에 닿은 순간, 플럼의 왼손은 퍼억! 하고 살이 터지며 휘어졌다.

"흐, 으으윽!"

하지만 그저 고통이라면 이를 꽉 깨물면 그만이다. 희생은 없는 것과 마찬가지다.

"우와아아아아아아아아아앗!"

남은 오른팔로 영혼 사냥꾼을 쥐고 아물기 직전의 상처에 찔러 넣었다.

그리고 코어에 정확히 닿았다면, 마력을 흘려보내기만 하면 된다.

"리버설!"

발동 선언과 동시에 검에 반전의 마력이 가득 찼고—— 파직, 하고 육체의 코어가 하나 파괴되었다.

아직 하나가 남았기 때문인지 그것만으로 목숨이 끊어지지는 않았다.

"오오오오오옷, 오오오오오오오오오옷!"

하지만 고통은 느껴지는지 뮤트는 왼손으로 얼굴을 덮고 몸을 떨며 외쳤다.

온몸의 힘줄이 하나하나 살아 있는 듯 꿈틀꿈틀 요동쳤다.

심장과 비슷하게 작용하는 물체를 절반 잃었으니 괴롭지 않을 리 없다.

그리고 플럼은 검을 휘둘렀다.

이번에야말로 완전히 숨통을 끊기 위해.

"기다려, 플럼!"

키릴은 남은 힘을 쥐어 짜내어 소리쳤다.

"일어나면 안 돼요, 키릴 씨!"

마리아는 그녀에게 달려가 몸통에 뚫린 구멍에 치유 마법을 걸었다.

상처는 점점 아물기 시작했지만, 금세 완치될 상처는 아니었다.

특히 뭉개진 내장은 아직 회복되기까지 시간이 걸릴 테지만――키릴은 입에서 피를 흘리면서도 천천히 발을 앞으로 움직여 플럼에게 다가갔다.

"키릴, 어째서……."

"함께 있었어. 단지 그뿐, 이지만…… 뮤트는, 갈 곳이 없는 내게…… 으, 윽……."

괴로움에 가슴을 누르는 키릴을 플럼은 황급히 부축했다.

"많은, 사람을 죽이고, 몸도 이렇게 돼서, 이제, 어쩔 수 없을지도, 모르지만…… 하지만, 아직…… 뭔가 방법이 있을 것, 같아서……."

"키릴…… 하지만 이런 상태로 살아남는대도 그게 더……."

"알아. 이건 단지, 내 고집이야. 하지만, 이대로 죽고 끝난다니, 나는 싫어. 그렇게 하고 싶다고, 생각했으니, 까……."

그때, 괴로워하던 뮤트의 신음이 딱 멎었다.

"뮤트?"

키릴이 불안한 듯 말을 걸자 그녀는 작게,

"키, 릴……."

그 이름을 불렀다.

뮤트의 얼굴은 반만 인간 상태로 되돌아왔다.

"다행이야……. 본래대로…… 돌아왔, 네."

키릴은 눈에 눈물을 글썽이며 부드럽게 미소 지었다.

플럼은 복잡한 심경으로, 하지만 끼어들지 않으며 그녀를 계속 부축했다.

"뮤트는, 분명…… 나라면 너를 멈출 수 있다는 걸, 알고 있었을 거야."

웅크린 키릴은 누운 뮤트의 얼굴을 엿보았다.

플럼은 그녀를 막을 수 없었다.

분명 입장이 바뀌었더라면 자신도 그랬을 테니까.

"아니, 알기만 한 게 아니라 사실은…… 살해되기를 바랐는지도 몰라. 하지만, 나는……."

"……어……져……."

"응?"

"떨어……져."

그 손이 빛에 감싸였다.

그곳에 깃든 열량은 인간의 육체를 증발시키기에 충분하고도 남을 정도였다.

그리고 그것이, 폭주하는 오리진의 의사가 키릴에게로 향했다.

"키릴!"

이번에는 플럼이 감쌀 차례였다.

설령 그것을 대신 맞는대도 아마 맞는 순간 목숨을 잃을 것이다.

하지만 그녀는 주저하지 않았다.

그리고 빛이 플럼의 등에 닿으려던 순간――

"커넥션!"

뮤트의 팔이 땅바닥에 이끌려 조준이 빗나갔다.

빛은 엉뚱한 방향으로 발사되어 하늘 저편으로 사라졌다.

"휴우…… 고마워, 넥트."

궁지에서 구해준 그녀에게 플럼은 순순히 감사했다.

"아니, 오히려 너무 늦었어. 뮤트가 저렇게 됐는데 도착하고 보니 이미 싸움이 끝났다니. 아아, 정말이지 짜증 나 죽겠어."

슬픈 듯 파란 머리카락을 쓸어올리는 넥트.

플럼은 그의 옷이 조금 찢어진 것을 알아챘다.

방해를 받았으리라. 그리고 넥트의 표정으로 미루어 짐작건대 상대는――.

"넥……트……."

뮤트는 공허한 눈동자로 조금 기쁜 듯 가족의 이름을 불렀다.

"미안, 해……."

"내 말이. 제어하지 못하는 힘을 쓰면 어떡해."

그녀의 말은 아까보다 또렷했다.

공격이 막혀서 일시적으로 오리진의 영향이 약해진 걸까?

"키릴, 도…… 미안, 해."

"오리진이라는 놈 때문이니 뮤트는 사과하지 않아도 돼."

"그걸…… 고른, 건…… 나야. 부탁이야. 나…… 얼른, 죽여……줘…….”

“뮤트…… 그래서 나와 함께 있었던 거야?”

뮤트는 조용히 고개를 끄덕였다.

그것은 모순된 부탁이었다.

인간을 초월하는 힘은 뮤트에게 자랑인 한편——‘평범’과 단절된 상징이기도 했다.

증오까지는 아니더라도 ‘이것만 없으면’ 하고 생각한 적도 있었을 것이다.

그래서 살육을 통해 자신의 존재 가치를 보임과 동시에 누군가가 멈춰주길 바라기도 했다.

“싫어. 나는 친구를 구하고 싶을 뿐이지 죽이고 싶지는 않아.

“내, 가…… 친구?”

“그래, 뮤트는 내 친구야. 그러니까 막기는 할 테지만 죽이지는 않아.”

아무리 지독한 광경을 보게 된대도 그것이 키릴이 이른 결론이었다.

한편 뮤트는 기뻐해야 할지 슬퍼해야 할지 모른 채 있었다.

선택 끝에 키릴이 자신을 죽여주길 바란 것은 사실이었다.

하지만 그런 짓을 한 자신을 친구라고 불러준 게 기뻤다.

“이제 뮤트도 알았겠지? 이 세계에는 생각보다 좋은 녀석들이 살아 있다는 걸.”

넥트는 미소 짓는 뮤트의 곁에서 히죽히죽 웃으며 웅크려 앉았다.

“보금자리라면 있어. 그리고 우리가 도울 방법도.”

"넥트…… 아니, 됐어. 나, 필요, 없어. 여기서, 끝낼래."

뮤트는 망설이면서도 그렇게 대답했지만 키릴은 넥트의 말을 듣고 눈동자에 희망이 깃들었다.

"뮤트를 구할 방법이 있어?"

"그래서 내가 맞이하러 온 거야."

"넥트, 그게 정말이야? 뮤트의 몸은 코어를 동시 사용해서 이런 상태인데……."

"플럼 언니, 그 정도는 나도 알아. 하지만 구할 방법은 있어."

그 대화를 듣고 뮤트는 느리게 살며시 고개를 가로저었다.

"불가능해. 나, 죽어야 해."

"죽게 둘 수 없어."

"그래야만, 해. 나, 살아, 있을 수 없어. 그런, 짓을, 했어."

이것은 뮤트의 성대한 자살이다.

그것도 되돌릴 수 없도록 철저하게 자신을 궁지에 몰아넣어 실행한 용의주도한 자살.

그것을 알기에 플럼은 그녀를 죽이려 하고, 넥트는 그녀를 구하고 싶어 한다.

"지금이라면, 나, 나로서, 죽을 수 있어."

눈을 감고 양손을 내던진 뮤트.

"모두가, 지켜봐 줘. 플럼 애프리코트, 부탁이야. 내게, 는, 그게——."

그녀가 다음 말을 하려던 순간,

"그런 게 행복할 리 없잖아!"

넥트는 감정을 훤히 드러내며 거칠게 말했다.

인정할 수 있을 리가 없다.

같은 '제2세대'로 살아온 자로서 그런 행복만은.

"잉크는 플럼 언니네와 함께 웃었어. 행복한 듯, 평범한 사람처럼 살고 있었어! 그렇다면 우리도 그런 행복을 가져도 되잖아!"

그것은 본래 모두가 가진 권리다.

길이 살짝 어긋나기만 해도 잃고 마는 허무한 것이기는 하지만.

"나는 뮤트가 살길 원해. 뮤트는 완전히 납득해서 이런 마지막을 선택한 게 아니야. 궁지에 몰려서, 어쩔 수 없어서 그럴 수밖에 없게 되었을 뿐이지. 살아만 있으면 정말로 자기가 하고 싶은 일을 찾을 수 있을 거야."

이어서 키릴도 뮤트를 설득했다.

더욱 다그치듯 넥트는 아주 강하게 생각을 담아 말했다.

"애초에 우리가 보는 앞에서 죽고, 그걸로 행복해진다니 웃기는 소리야. 그걸 누가 납득하겠어! 혼자만 만족하고 남겨진 사람은 어떻든 상관없다는 거야?"

"그건……."

넥트는 무릎을 꿇더니 뮤트에게 얼굴을 들이대고 눈에 눈물을 글썽이며 말했다.

"나는 싫어. 죽어서 행복해지다니 인정할 수 없어. 아직 되돌릴 수 있어. 도움을 받아도 돼. 안 그러면 괴롭잖아? 뮤트의 미래는 내 미래이기도 해. 혼자만의 문제라고 생각하지 마!"

분명 뮤트도 자신의 죽음으로 슬퍼할 사람이 있다는 정도는 알고 있었다.

하지만 루크나 프위스와 함께 '마음대로 죽을 각오'를 했기에 행동했다.

사실은 그대로 아무와도 이야기하지 않고 감정에 맡긴 채 돌진할 터였는데.

흔들렸다.

흔들려서는 안 되는데 충돌하는 감정 앞에 마음이 움직였다.

"뮤트. 다 던져버리기에는 아직 일러. 이렇게 걱정해주는 사람도 있잖아."

"제발 내 손을 잡아줘. 드디어 우리는 아무에게도 얽매이지 않고 우리의 의사로 살 수 있는 방법을 찾았어. 그런데 나만 남으면 의미가 없잖아……!"

넥트는 그녀답지 않게 약한 모습을 드러내며 그만큼 진심이라는 뜻을 내보였다.

난감한 뮤트는 마치 도움을 구하듯 플럼에게 시선을 보냈다.

아마 넥트도 살아남은 끝에 기다리는 것이 고난의 나날이라는 것은 알고 있으리라.

하지만 구하고 싶은지, 끝내고 싶은지가 '가족'과 '남'의 차이일 것이다.

나눈 약속과 입장이 다르며—— 플럼은 뮤트와 제대로 이야기도 나누지 않았다.

하지만 중앙 광장 쪽에서도 싸우는 소리가 울리지 않는 걸 보니 이미 뮤트의 심파시는 효과가 사라졌다.

죽이지 않아도 싸움은 이미 끝났고, 플럼은 해야 할 역할을 다 했다.

그렇다면 여기서 선택해야 할 것은 넥트와 키릴 쪽이다.

플럼은 검을 거두고 천천히 고개를 가로저었다.

이제 뮤트는 죽기 위한 수단을 잃어버렸다.

"……그래도, 난."

아직도 죽기를 포기하지 못한 뮤트.

넥트는 크게 한숨을 쉬더니 억지로 그 손을 잡았다.

"윽…… 그래도, 데려갈 거야. 나는 이미, 그렇게 결심했으니까."

넥트의 의사 역시 단호했고── 그녀는 뮤트의 손을 잡더니 마지막으로 플럼과 키릴을 힐긋 보고 재빨리 "커넥션"이라며 사라졌다.

"아…… 갔네. 하지만 뮤트는…… 어라?"

두 사람이 사라져 긴장의 끈이 끊어졌는지 키릴은 균형을 잃고 비틀거렸다.

플럼은 그녀를 안듯이 지탱했다.

"고마워. 미안해. 머리가 어지러워서……."

"어쩔 수 없지. 그만큼 피를 흘렸으니까."

"응…… 그게, 플럼…… 뮤트는. 그 아이가 도와주겠지?"

키릴은 플럼에게 그렇게 물었지만, 그녀의 표정은 여전히 어두웠다.

마리아나 라이너스는 복잡하게 얽힌 사정을 짐작했는지 조용히 그 모습을 방관했다.

"오리진은 끝을 모르고 인간의 목숨을 농락해. 끝을 모르고—— 인간의 존엄성을 짓밟아."

플럼은 지금까지 지겨우리만큼 오리진 코어에 놀아난 사람들의 말로를 봐왔다.

오거나 연구소에서 희생된 사람들.

잉크나 데인의 부하, 데인 본인도 그랬다.

"도움을 구하는 인간에게 거짓된 희망을 주고 그것을 나락의 끝까지 떨어뜨려."

두말할 나위 없이 되살아난 사망자들도 포함되어 있고, 다피즈는 그 피해자의 필두였다.

"미안해, 키릴. 나는 단언할 수 없어. 넥트가 어떤 방법을 쓴대도 되돌릴 수 없을 정도로 오리진에 침식된 인간을 구하려면 방법은 하나밖에……."

그렇게 말하고 싶지는 않았다.

하지만 현실이 그것 이외의 선택지를 지워버렸다.

"하지만, 가능성은, 있어……. 절망적이라도, 기적은……. 왜냐하면, 플럼은, 나를……."

플럼의 말을 듣는 동안 키릴의 눈이 공허해져 갔다.

"지금도, 미워하지 않고…… 있어……주……."

작은 희망에 잠긴 채 그녀는 그대로 눈을 감고 축 늘어져 움직이지 않았다.

"키릴……?"

불러도 반응은 없었다. 기절한 모양이었다.

"그토록 상처를 입었어요. 마법으로 치유해도 체력 소모까지는 회복할 수 없어요."

마리아가 그렇게 설명했다.

또한 마침내 손발을 회복한 라이너스는 비틀거리며 이쪽으로 다가왔다.

그도 마찬가지로 상처는 치료했지만 체력 소모는 회복하지 못했을 것이다.

"어……라……?"

그리고── 플럼 또한 그 한계를 넘어선 사람 중 한 명이었다.

뮤트와 결판을 낼 때까지 상당한 무리를 거듭했다.

광장에서 전투를 벌이면서는 여러 번 손발을 잃었고, 장기가 손상되었으며, 카발리에 아츠라는 대기술도 몇 차례나 연발했다.

더구나 마력도 잃었으니 오히려 지금까지 용케 버틴 셈이다.

"……아."

완전히 몸에서 힘이 빠져 키릴과 함께 바닥에 쓰러졌다.

황급히 마리아와 라이너스가 달려가 말을 걸었지만, 의식을 되찾는 일은 없었다.

광장에서 날뛰던 인간들도 뮤트가 패배에 따라 활동을 정지했고── 어떻게든 살아남은 에타나는 그곳에서 지쳐서 주저앉았다.

아직 걸을 여유가 있는 가디오가 그녀에게 다가갔다.

그가 건틀렛을 벗고 손을 내밀자 에타나는 그 손을 잡고 일어나 가볍게 하이파이브를 했다.

짝, 하고 경쾌한 소리가 광장에 울려 퍼졌다.

싸움은 일단 끝난 모양이었다.

모든 것이 해결되지는 않았지만── 부디 지금만은 영웅들이 한숨 돌릴 수 있기를.

14 별리(別離)

처치실에서 나온 넥트는 어두운 표정으로 크게 한숨을 쉬었다.

"설득에는 실패한 모양이로군."

방 앞에 서 있던 사투키가 그녀에게 말했다.

"……억지로 데려왔으니까."

"하지만 자네가 말했잖아. 수술을 받을지 말지는 그들의 뜻에 맡기겠다고."

"알아! 그래도 이대로 죽게 둘 생각은 없어."

오리진 코어의 동시 사용에 의한 반동은 뮤트의 몸을 지금도 좀먹고 있었다.

리버설 코어 덕분에 겉모습만은 거의 본래대로 돌아왔지만, 그녀를 살리고 싶다면 본래부터 체내에 있던 코어도 적출하여 인간의 심장을 이식하는 것 말고는 선택지가 없었다.

"다시 한번 설득해볼게."

"혹시 괜찮다면——."

사투키가 처치실로 돌아가려는 넥트를 불러세웠다.

"내가 설득해봐도 될까?"

얼토당토않은 그 제안에 넥트는 코웃음 쳤다.

"핫, 면식도 없는 당신이 어떻게 뮤트를 설득하겠다는 거야?"

"쓸데없이 유대가 단단하기 때문에 서로에게 냉정해지지 못하는 걸지도 몰라."

"그건…… 아니, 라고는 말할 수 없지만."

뮤트는 죽을 타이밍을 빼앗아 이곳에 데려온 넥트에게 적잖이 화가 난 모양이었다.

일단 다른 사람에게 설득을 맡겨보는 것도 좋을지 모르지만── 그 상대가 사투키여도 될까?

하지만 오틸리에는 나가서 없고, 달리 맡길 수 있는 사람이 없어 보였다.

"……그럼 한 번만 부탁할게. 믿지는 않지만."

"그래, 기대하지 말고 기다리고 있어."

넥트는 그곳에 놓인 의자에 털썩 앉아 처치실로 들어가는 그의 뒷모습을 바라보았다.

그 뒤로 5분── 그녀가 초조하게 머리카락을 만지작거리는데 사투키가 돌아왔다.

평소보다 더 수상쩍은 미소를 얼굴에 띠며.

"설득은──."

그는 거들먹거리며 한 박자 쉬더니 어쩐지 만족스레 말했다.

"성공했어."

"뭐……?"

넥트는 할 말을 잃었다.

그녀가 그토록 시간을 들여 설득해도 전혀 진전이 없었는데.

그것을 5분 만에 끝내다니── 넥트가 가장 먼저 떠올린 말은 '믿을 수 없다'였다.

넥트는 사투키의 옆을 빠져나가 처치실에 있는 뮤트에게 향했다.

그러자 그녀는 어째서인지 온화한 표정으로 넥트를 맞이했다.

"뮤트! 왜 갑자기 변한 거야? 사투키에게 무슨 말을 들었길래——."

"나, 자신의 의사. 살고 싶다, 그렇게 생각했어."

뮤트의 눈동자에는 아까까지와 달리 확실히 희망의 빛이 깃들어 있었다.

한시라도 빨리 처치가 필요해서 넥트는 방을 나서게 되었는데—— 방에서 나가자마자 밖에서 기다리던 사투키에게 다가가 까치발을 들고 그 멱살을 잡았다.

"당신, 뮤트에게 무슨 말을 한 거야?"

"설득했어. 목숨이 얼마나 존귀한지 설명했지."

"……윽!"

"왜 짜증을 내지? 자네가 바라는 건 이루어졌어. 수술이 성공하면 그녀는 평범한 인간으로 되돌아갈 거야."

"그건 그렇지만……."

그렇다. 넥트에게 좋지 않은 점은 하나도 없었다.

오히려 설득해준 사투키에게 감사해야 할 정도였지만—— 그렇게 하지 못하는 건 역시 이 남자를 믿을 수 없기 때문이었다.

"오리진 코어에 인생을 농락당한 자네들이 행복한 제2의 인생을 걸어갈 수 있기를 바라."

그는 흐트러진 옷깃을 정리하며 복도 저편으로 사라졌다.

처치실 문, 그 위에 달린 붉은 램프가 켜진 것은 그 직후였다.

넥트는 불안하게 불빛을 올려다보며 의자에 앉아 기도하듯 양손을 잡았다.

◇◇◇

"음…… 으음……."

플럼의 눈꺼풀이 떨리며 천천히 눈을 떴다.

"주인님!"

그것은 플럼에게 지금── 아니, 언제나 제일 먼저 보고 싶은 얼굴이었다.

"밀키트…… 여긴……?"

"길드 의무실이에요. 키릴 씨와 함께 라이너스 씨가 옮겨줬어요."

"라이너스 씨…… 아아, 그렇구나. 나는……."

점차 의식과 기억이 또렷해졌다.

뮤트와 싸움을 끝내고 그대로 기절한 모양이었다.

"에타나 씨와 가디오 씨는 무사해?"

"네, 지금은 다른 분들과 함께 이야기를 나누고 계세요."

플럼은 "그렇구나" 하고 안도한 뒤 한숨을 내쉬었다.

"아아……정말로…… 정말로, 정신이 들어서 다행이에요……."

밀키트는 주인의 배에 안겨 얼굴을 묻었다.

그 체온을 피부로 느끼며 플럼이 살아 있다고 실감했다.

"이대로 두 번 다시 깨어나지 못하면…… 어쩌나…… 걱정돼서, 걱정이 돼서……!"

"미안해. 늘 걱정만 끼치네."

플럼은 그녀의 머리에 손을 얹고 부드러운 머리카락의 감촉을 즐기듯 쓰다듬었다.

램프가 방안을 비추었지만 어둡게 느껴졌다.

아무래도 바깥은 진즉에 밤이 된 모양인 걸 보니 꽤 오랜 시간 잠들었나 보다.

밀키트는 그사이 계속 여기서 손을 잡고 눈을 뜨기를 기다렸으리라.

"고마워, 밀키트."

"감사 인사를 들을 일은, 아무것도……저는, 정말로, 아무것도……."

"그래도 고마워."

플럼은 밀키트에게 한없이 다정하다.

그것을 느낄 때마다 밀키트의 가슴은 거세게 죄어들며 몸이 뜨거워진다.

말만으로도 큰일인데 안겨서 달콤한 향기를 맡으면 더는 멈출 수 없게 된다.

머릿속이 플럼으로 가득 차고 행복감에 에워싸여 아무튼 함께 있고 싶다, 어떤 때라도 떨어지고 싶지 않다—— 그런 마음이 부풀었다.

"그러고 보니 키릴은?"

뜨거운 밀키트의 사고회로가 문득 냉정함을 되찾았다.

어리광을 부릴 때가 아니었다. 전해야 할 것이 많으니까.

"맞은편 커튼 너머에서 자고 있어요. 싸우느라 체력을 소모했고 지금까지 쌓인 피로와, 그리고…… 브레이브? 그 마법의 반동 때문에 의식을 잃었지만, 상처는 아물었으니 조만간 깨어날 거래요."

"그래? 다행이다……."

완전히 멀쩡하다고는 말할 수 없었지만, 플럼은 일단 안심했다.

깨어나면 이야기를 나누어 앙금을 풀고—— 괜찮다. 분명 금세 원래대로 돌아갈 수 있을 것이다.

하지만 아직 싸움은 끝나지 않았다.

루크와 프위스, 그리고 마더가 남아 있다.

몸은 무겁지만, 계속 혼자만 누워 있을 수는 없다.

플럼이 침대에서 내려가려 하자 밀키트는 손을 내밀어 그 몸을 부축했다.

그리고 두 사람은 나란히 의무실을 나섰다.

길드에는 모험가들 이외에 가디오, 에타나, 잉크, 이라, 슬로우가 있었다.

"드디어 눈을 떴구나. 그대로 훌쩍 가버릴까 봐 걱정했어."

가장 먼저 이라가 말을 걸었다.

빈말이 아니라 표정부터 걱정한 티가 나서——

"의외로 걱정했구나."

플럼은 저도 모르게 그런 말을 내뱉었다.

"뭐어? 모처럼 마음 좀 써줬는데 반응이 왜 그 모양이야!"

그리고 이라는 이내 여느 때처럼 화를 냈다.

이게 더 그녀다워서 안심이 된다……고 말하면 또 버럭 할 것이다.

"미안, 미안. 너무 낯선 표정이라 나도 모르게 그만. 고마워, 이라."

그녀는 "흥" 하고 팔짱을 끼더니 고개를 돌렸다.

두 사람의 대화가 끊어지자 이어서 에타나와 가디오가 말을 걸었다.

"안녕, 플럼."

"생각보다 일찍 눈을 떴네."

"그런가요? 꽤 잔 것 같은데요."

"그렇게 큰 기술을 연발했으니 피로도 상당했을 거야."

"가디오 같은 체력 괴물과 비교하면 안 되지."

에나타는 자연스레 독설을 퍼부었다.

가디오는 턱에 손을 대고 "괴물……?" 하고 미묘하게 신경 쓰는 모습이었다.

하지만 역시 자신보다 더 날뛴 가디오가 팔팔한 모습을 보자 플럼은 한심함을 느끼지 않을 수 없었다.

오리진과 싸우기에는 아직 힘이 부족하다고 다시 한번 통감했다.

이어서 플럼은 에타나의 옆에 앉은 잉크에게 시선을 보냈다.

"잉크, 뮤트 말인데……."

"나는 살아 있으면 좋겠다는 정도밖에 말 못 해. 경솔할지도 모르지만."

"……아니야. 가족이라면 역시 그렇게 생각하겠지."

넥트에게 맡긴 자신의 선택은 틀리지 않았다. ――일단은 그렇게 생각할 수밖에 없는 모양이었다.

"어라, 그러고 보니 라이너스 씨는……."

길드를 둘러봐도 함께 싸웠을 터인 그의 모습이 보이지 않는다——고 생각하자마자 소개소의 구석에서 고개를 숙이고 있는 모습을 발견했다.

"마리아가 메모를 남기고 사라졌어."

에타나가 그렇게 설명했다.

"그래요……? 그래서 라이너스 씨는 저렇게 침울한 거군요."

마리아는 라이너스와 플럼 일행을 길드로 옮기고 치료와 처치를 마친 뒤 모습을 감추었다.

라이너스에게조차 아무 말도 하지 않고 한 장의 편지만 남기고서.

그곳에는 자신을 믿고 구해준 그에 대한 감사와 사죄, 그리고—— 플럼의 말을 듣고 자신도 되돌릴 수 없는 곳에 있다는 사실을 떠올렸다고 적혀 있었다.

얼굴을 든 라이너스는 플럼 쪽을 보며 말했다.

"어쩐지 이렇게 될 줄은 알고 있었어."

마음이 통한 것 같지만 아직 가장 깊은 곳까지 들여 보내주지 않는—— 그런 답답함이 두 사람을 가로막은 벽으로 내내 서 있었다.

"중요한 건 아무것도 말해주지 않았어. 내가 진심으로 마리아만을 우선하고 왕도에서 데려왔으면 좋았을지도 모르지만…… 아아, 결국은 내 불찰이겠지."

라이너스는 모든 것을 받아들일 각오를 했다고 생각했다.

하지만 그의 각오는 아직 마리아가 모든 것을 맡길 수 있는 안심감을 주기에는 부족했다.

"의미심장한 소리를 하지만, 마리아가 왜 사라졌는지 우리는

몰라.”

“라이너스 씨, 에타나 씨에게는 그 말을 하지 않았나요?”

“……아직 아무것도. 플럼이 말한다면 나는 딱히 상관없어.”

“알겠어요……. 그럼 제가 할게요.”

본래대로라면 자신이 해야 할 말이라는 걸 라이너스도 알고 있었다.

하지만 가슴이 답답해서 생각처럼 말이 나오지 않았다.

억지로 설명하려 해도 분명 쓸데없는 잡소리를 더해 이야기를 복잡하게 만들 것이다.

“사실 마리아 씨는 체내에 오리진 코어를 삽입한 모양이에요.”

“마리아가…….”

“그래서 얼굴이 소용돌이 상태가 됐고 그걸 가면으로 가리고 있었어요.”

플럼은 가면 너머를 똑똑히 본 건 아니지만 짐작은 갔다.

이미 수도 없이 그 징그러운 모습과 대면해 왔으니까.

그 말을 들은 가디오는 놀랐다기보다 뭔가 납득한 듯 “흠” 하고 맞장구를 쳤다.

“생각해 보면 당연한 일일지도 몰라. 그녀는 성녀라 불릴 정도로 교회와는 관계가 깊은 사람이었어. 여행에 동행한 것도 키릴이나 플럼을 감시하기 위해서였을지도 모르지.”

“그리고 뮤트와 싸웠다는 건 지금도 교회와 이어져 있어서?”

“자세한 건 나도 몰라. 다만…… 마리아는 지하 감옥에 갇혀 있었어. 그러니 지금의 교회와 이어져 있는 건 아니야. 하지만 키릴이나 진에게도 코어를 줘서 동료로 포섭하려 했던 모양이야. 하지만 키릴은 그런 모습이 된 마리아를 보고 무서워서 코어를 쓰기 전에 도망쳤어."

"그래서 키릴은 왕도를 돌아다닌 거구나……."

그 이야기를 듣던 밀키트가 무언가 생각난 듯 입을 열었다.

"결국 마리아 씨의 얼굴이 소용돌이 상태가 된 건 예상 밖이었다는 뜻인가요?"

"그런 게 되겠지."

"남에게 줄 정도로 코어의 제어에 자신이 있어서 자신에게도 쓴 거다. 하지만…… 마리아 자신도 배신당해서 괴물이 되었다?"

"우리의 여행은 좌초됐어. 그와 동시에 마리아도 처분되어 칠드런처럼 버려진 건가?"

하지만 라이너스는 불안한 표정으로 양손을 맞잡고 마리아의 무사를 기원했다.

"마리아도 잘못한 건 틀림없어. 그래서 분위기를 파악하지 못한다는 것도 알아. 하지만…… 나는 어떻게든 그녀를 구하고 싶어."

그 말을 들은 인간은 모두 입을 닫았다.

코어가 얼마나 무서운지는 잘 알고 있다. 그것을 이용한 인간은 거의 살아남지 못한다.

하지만 한편으로 라이너스의 기분도 잘 안다.

그가 마리아에게 빠졌다는 건 파티에 있던 모두가 아는 사실이었다.

침묵을 깬 사람은 가디오였다.

"앞으로 우리가 싸울 상대는 칠드런이야. 마리아와 적대하는 게 아니야. 그녀가 오리진과 관련된 인간인 이상, 언젠가는 그렇게 될 가능성은 있지만—— 시간은 아직 있어."

"……고마워."

라이너스는 쥐어 짜낸 듯한 목소리로 감사 인사를 했다.

그리고 입술을 깨물어 무언가를 생각하듯 재차 고개를 떨구었다.

마리아의 일은 라이너스에게 맡길 수밖에 없다.

플럼 일행의 앞에도 대처해야 할 문제는 산더미처럼 쌓여 있으니까.

"안녕하세요! 웰시 맨캐시, 무사히 돌아왔습니다!"

오늘 아침과 마찬가지로 기세 좋게 문을 열고 길드에 들어온 웰시.

그녀의 밝은 목소리는 무겁게 처진 분위기를 전환하기에 안성맞춤이었다.

"모두 크게 놀라 왕도에서 도망쳐대서 여기까지 오는 것도 힘들었어."

"웰시 씨!"

"어머, 플럼 깨어났구나?"

"계속 잘 수는 없으니까요. 그런데 도망치다니 무슨 소리죠?"

"그런 일이 생긴 직후니까. 앞다투어 왕도에서 나가려고 문 근처는 북새통이야. 게다가 교회 기사단이 문을 봉쇄하기 시작해서 소동은 더 커졌지."

"놈들은 왕도 사람을 전멸시킬 셈인가? 지금은 어떻게 됐어?"

"그게 말이죠, 교회 기사단 중에 배신자가 생겨서 봉쇄하는 기사들을 가차 없이 베고 갔다는 모양이에요. 마지막엔 부단장 전체와 휴그 단장까지 나와 제압된 모양인데, 그래서 폐쇄는 해제되었다지요."

부단장이 총출동한 데다 단장까지 나섰으니 그건 소동을 넘어 대사건이다.

"내가 잠든 사이에 그런 일이……."

"그때처럼 정보가 통제돼서 아마 세간에는 나돌지 않는 이야기일 거예요."

"그 배신자는 누구였나요?"

밀키트가 묻자 웰시는 어쩐지 뻔뻔하게 "후후후" 하고 웃더니 가까이에 있던 하얀 종이를 양손으로 잡고 번프로젝션으로 배신자의 얼굴을 그렸다.

"이 얼굴은……."

"앙리에트 바센하임과 헤르만 자브뉴."

"왕국군 출신인 두 사람이!"

가디오는 보기 드물게 기쁜 듯 말했다.

"기사단의 고문으로 폐인과 다름없는 상태라는 소문을 들었는데, 아무래도 그건 연기고 오늘 같은 날이 오기를 호시탐탐 노렸던 모양이에요."

폐인이 된대도 이상할 게 없는 처사를 당한 것은 사실이다.

그런데도 그 두 사람은 마음이 꺾이지 않고 군인으로서의 역할을 다할 순간을 기다렸다.

문 봉쇄를 포기할 수밖에 없었다면 기사단은 상당한 손해를 입었을 것이다.

"오틸리에 씨가 울며 기뻐할 이야기네."

"하지만 그 사람이라면 우는 것만으로 끝날 것 같지 않네요……."

"듣고 보니……."

플럼이 떠올린 것은 앙리에트가 사용한 시트의 냄새를 받으며 황홀해하던 모습이었다.

거기서부터 역산하면 온몸에서 다양한 액체를 뿜으며 몸부림치다 기절할 것 같았다.

"하지만 걱정도 돼. 그렇게까지 완벽하게 배신하면 기사단도 두 사람을 더욱 괴롭힐 테니까."

"알고 한 행동이었겠지요."

"그 덕분에 도망칠 수 있는 사람이 늘었으니 굉장하네."

잉크는 발을 대롱대롱 흔들며 솔직한 감상을 말했다.

"뭐, 그런 혼란 속에 있어도 내 일은 확실히 해냈지만."

"슬로우의 부친을 알았어?"

"네, 교회의 표적이라는 점에서 몇 가지 가능성을 고려해서 역산하고 우리 회사의 자료를 뒤졌더니── 세상에는 발표할 수 없는 이렇게 멋진 기사가 나오지 뭐예요."

웰시는 낡은 신문을 팔랑팔랑 보여주었다.

"그래서 제 아버지는 누구시던가요?"

"바시아스 카를로스."

웰시는 툭 내뱉었다.

"네? 그건……."

그것은 밀키트조차 놀랄 정도로 거물의 이름이었다.

당사자인 슬로우는 손을 떨면서 크게 외쳤다.

"서, 서, 선대왕이잖아요?!"

그런 한편, 가디오와 라이너스는 그다지 놀라지 않은 모양이었다.

왕도에서 활동하던 두 사람은 그 '일화'를 들은 적이 있을 것이다.

"그 사람은 아들에게 왕위를 넘긴 뒤 은거했는데, 방탕하기로 유명해. 남몰래 술집에 가서 여자에게 집적거렸다는 모양이야."

"나도 들은 적이 있어. 집적댄 여자가 한둘이 아니야."

라이너스의 말에 플럼의 뺨이 굳었다.

"왕족인데 그래도 되나요……?"

"아이가 생기지 않도록 조심하기는 했을 테지만…… 뭐, 사고는 일어나는 법이지."

"저는 사고로 태어난 건가요?"

"그야 엄청난 사고지."

가차 없는 웰시에게 "사고라니……"라고 반복하며 슬로우는 어깨를 축 늘어뜨렸다.

"베테랑 기자에게 물어보니 당시의 증거도 확실히 남아 있었어."

"세간에는 발표할 수 없었다는 건……."

"그야 물론 압력이지."

"그럼 저는 정말로…… 왕족인 건가요?"

"서자인 데다 인지하지도 못한 모양이니 증명하기는 어렵겠지만. 하지만 너희 어머니께서 돈 정도는 받지 않으셨을까?"

"돈…… 설마 그 아저씨가……."

"아저씨라니?"

플럼이 묻자 슬로우는 과거를 떠올리며 말했다.

"어렸을 때부터 제게 선물을 보내주는 아저씨가 있었어요. 얼굴은 본 적이 없지만, 딱 한 번 모습을 본 적이 있죠. 코트를 입고 모자를 푹 눌러썼는데 엄청 멋있었어요……."

"십중팔구 그게 왕족 관계자겠지."

입막음용 돈이거나 그것으로 책임을 지려 했을까?

선대왕은 이미 죽었기에 확인할 길은 없다.

"서자라지만 왕위 계승권을 가진 **멀쩡한 인간**이 왕도에 존재해……. 교회로서는 가장 먼저 없애고 싶을 테지."

"하지만 가디오 씨, 칠드런이 슬로우를 노린 이유가 뭘까요?"

"오늘 일도 그렇고, 교회는 우리와 칠드런을 맞붙이려는 경향이 있어."

"우리도 방해가 되니 서로를 짓밟게 하려는 심산인 거지."

"결국…… 거짓 정보에 속았다는 건가요? 하지만 교회도 그렇게까지 해서 슬로우의 존재를 경계할 필요가 있을까요? 갑자기 슬로우가 왕이 되겠다고 해봤자 아무도 납득하지 않을 텐데요."

그건 사실이지만, 더 배려 좀 해주지── 하고 괜히 마음에 상처를 입은 슬로우.

"확실히 나도 그건 의문이긴 해. 목숨을 걸고 쟁탈전을 펼칠 정도인가 하고 말이야. 하지만 넥트의 말을 믿는다면 사투키는 슬로우에게서 이용 가치를 본 모양이야."

"영웅이라 불리는 우리와 면식이 있는 것도 유리할지 모르지."

"에타나 씨, 무슨 뜻이죠?"

"왕도를 습격하는 비극. 절망 속에 홀쩍 나타나 칠드런을 쓰러뜨린 영웅들. 그들은 새로운 왕과 함께 교회에 지배된 나라를 되찾는다. 그러자 민중의 지지는 단숨에 모인다. 간단한 얘기지."

에타나가 조금 불만스레 말했다.

"그건 저희가 사투키에게 협력하는 게 전제인 이야기지요?"

"이미 넥트의 목을 잡혔어. 전력적으로도 협력하지 않을 수 없게 됐지."

"으음…… 어쩐지 석연치 않지만, 현재는 마음 든든한 아군이기는 해요. 그렇다면 저희에게 맡겨두지 않고 슬로우를 자기 근처에 두는 게 더 안심할 수 있을 것도 같은데요."

사투키는 기본적으로 플럼 일행에게도 협력적인 모양이다.

하지만 그 행동을 하나씩 짚어 가면 동기가 명확하지 않은 부분이 많다.

생각하면 생각할수록 잇따라 의문이 생겨난다.

"루크나 프위스를 끌어들이기 위해…… 그랬다거나."

"네? 저는 미끼인가요?"

"잉크도 참, 설마 그렇겠어? 그런 건…… 으~음…… 있을 법하네……."

"있을 법한가요?!"

어떤 의미로 그것은 칠드런의 행방을 찾는 플럼 일행을 위해서이기는 하지만.

진심으로 사투키가 그렇게 생각한다면 역시 진심 어린 신뢰는 하지 못할 것 같았다.

"내일 이후에 놈들의 동향은 읽을 수 없지만, 어쨌든 이 거리가 위험한 건 틀림없어."

"왕도에 사는 사람들이 집을 버리고 도망칠 정도니까요. 저 같은 기자나 모험가, 그리고 목숨이 아까운 줄 모르는 사람밖에 남지 않았어요."

교회의 진의를 모르는 일반 시민조차 정신없이 도망치는 이 상황.

아무리 길드의 전력을 결집한 대도 그곳조차도 안전하다고는 말할 수 없을 것이다.

"그래서 플럼이 눈을 뜨기 전에 이야기를 나눴는데── 밀키트와 잉크, 켈레이나, 하롬, 이렇게 네 사람을 왕도에서 탈출시키려고 해."

"네? 밀키트를요……?"

생각해 보면 그것은 자연스러운 일인데 플럼은 당혹감을 감추지 못했다.

함께 있는 것이 너무나도 당연해서 왕도 밖으로 보낸다는 발상 자체를 하지 못했다.

하지만 교회가 밀키트를 인질로 잡으면 플럼은 완전히 꼼짝달싹도 못 하게 된다.

그렇다면 위험한 왕도에 두기보다 외부의 안전한 곳이 훨씬 안심할 수 있을 것이다.

알고 있다. 알고 있지만── 공연히 섭섭해서 참을 수가 없었다.

플럼은 불안한 듯 밀키트를 바라보았다.

그러자 그녀는 온화하게 미소 지으며 주인의 손을 잡았다.

밀키트도 섭섭한 건 마찬가지였다.

하지만 이미 "어쩔 수 없는 일이니까요"라며 그것을 받아들인 모양이었다.

그래도 함께 있고 싶어── 플럼은 그렇게 말하고 싶은 마음을 꾹 참았다.

"갑작스러운 이야기지만, 오늘 밤에 보낼 셈이야. 문 봉쇄가 일시적으로 해제된 이야기는 웰시에게 아까 들었지만, 내일이라도 다시 재개되지 않는다는 보장은 없으니까."

"……교회에 들키지 않으면 좋겠는데요."

"이미 많은 사람이 왕도에서 피난했어. 그 혼란한 틈을 타면 적어도 밖으로 나갈 때까지는 들키지 않을 수 있을 거야."

"참고로 탈출 준비는 오빠에게 부탁했으니 걱정하지 마."

웰시는 의기양양하게 말했다.

"확실히 리치 씨라면…… 괜찮겠지요."

이미 상황은 정리되었다.

어차피 플럼이 무슨 말을 하든 막을 수는 없을 듯했다.

머지않아 마차가 도착했다.

배웅하고자 밖으로 나가자 탈출을 준비한 리치가 마차에서 내

렸다.

"급히 부탁해서 미안해."

가디오는 그렇게 말하며 그에게 머리를 숙였다.

"아닙니다. 별일 아니니 고개를 드세요. 싸움에는 전혀 도움이 되지 못하니 이렇게라도 조력할 수 있어서 오히려 기쁠 지경입니다."

리치는 웃으며 그렇게 말했지만, 플럼은 그 표정에 위화감을 느꼈다.

"저기, 리치 씨."

"네, 왜 그러시죠, 플럼 씨?"

"……안색이 안 좋은데요?"

"그럴지도, 모르겠네요. 저도 시체에는 별로 익숙지 않거든요."

"아아, 그렇구나……. 그렇겠지요."

다 셀 수도 없을 정도로 많은 사람이 죽었다.

건물 잔해 밑에 아직 묻혀 있는 시체도 있다.

그런 상황에 기운찬 게 더 이상할 정도다.

플럼은 한숨을 쉬고는 마차에 탈 준비를 하는 밀키트 쪽을 보았다.

그녀가 든 짐을 마부가 받아 짐칸에 실었다.

그것이 끝나자 갑자기 그녀는 플럼 쪽을 보았다.

두 사람의 시선이 얽혔다.

그러자 밀키트는 주인의 곁으로 달려와 양손으로 그 손을 감쌌다.

겨우 며칠을 헤어지는데 아쉬워서 좀처럼 손이 떨어지지 않았다.

한편, 잉크와 에타나도 어깨를 나란히 하고 어두운 표정으로 드문드문 말을 나누었다.

"괜찮을까?"

걱정거리를 헤아리자면 한이 없었다.

에타나를 빼고 왕도를 빠져나가는 것도.

이곳에서 일어날 싸움에서 그녀가 무사히 살아남을 수 있을지도.

그리고…… 넥트와 루크, 프위스가 남은 이 거리에서 자신만 나가는 것도.

"걱정할 것 없어. 나는 죽지 않을 거고 칠드런들도…… 상응하는 결판을 지을 거야."

보기 드물게 진지한 표정을 지은 에타나는 잉크의 머리를 쓰다듬었다.

"응, 믿을게."

"좋았어. 믿음을 줬어. 그나저나……."

하지만 그녀의 심각한 모습은 오래 가지 않았다.

입가에 미소를 씩 지으며,

"잉크가 섭섭해해서 기뻐. 사랑받고 있구나."

하고 놀리듯 말했다.

잉크는 더듬더듬 에타나의 뺨에 손을 대고 있는 힘껏 잡았다.

"히이익."

"세심하지 못한 에타나 잘못이야."

"진지한 건 도무지 성미에 안 맞아. 슬퍼하며 헤어지기보단."

"웃으며 헤어지는 게 좋지만. 나로서는 조금쯤 에타나도 섭섭해하길 바랐어."

그런 솔직한 말에 에타나는 조금 놀란 모습이었다.

허세를 부릴 수 없을 정도로 잉크는 침울해했다.

줄곧 홀로 은거해온 에타나에게는 이렇게까지 누군가가 따른 게 처음 경험하는 일이라—— 전에 없이 자신의 마음이 고양된 것을 알았다.

그녀는 "나도 플럼과 밀키트에게 뭐라고 할 처지가 아니네"라고 작게 중얼거리고 다시 잉크에게 미소 지었다.

"알았어. 그럼 나도 섭섭해."

"그럼 섭섭하다니……. 하여튼 이렇다니까!"

"이건 진심이야. 금방 다시 만날 수 있도록 필사적으로 노력할게."

그 목소리에 담긴 마음이 잉크의 마음속에까지 스며들었다.

아까까지 화를 냈을 터인데 갑자기 온순해지며 말문이 막혔다.

기습은 비겁하다. 무슨 말을 하면 좋을지 알 수 없게 된다.

"나는 이럴 때 거짓말을 하지 않아. 적어도 잉크에게는."

"……응."

잉크는 그렇게 말하고 고개를 끄덕일 수밖에 없었다.

그리고 에타나의 손에 끌려 마차에 올라탔다.

그때 마침 가디오는 이미 안에 있던 켈레이나와 하롬과 대화하고 있었다.

"가디오……."

"걱정하지 마. 아직 죽을 생각은 없어."

그 말에 켈레이나는 더 큰 불안을 느꼈다.

정말로 죽을 생각이 없다면 '아직'이라는 말은 쓰지 않을 터였다.

"아빠."

하롬도 첫 여행이 역시 불안한 모양이었다.

그런 그녀의 마음을 이해했는지 가디오는 그 호칭을 거절하지 않았다.

다정하게 미소 지으며 마치 친아버지처럼 커다란 손으로 머리를 쓰다듬었다.

그러자 하롬은 기분 좋은 듯 눈을 가늘게 뜨고 안도했다.

"잠깐 이리 와볼래?"

"왜 그래?"

가디오는 순순히 켈레이나에게 다가갔다.

그러자 그녀는 그의 멱살을 잡고 얼굴을 들이댔다.

두 사람의 입술이 살며시 맞닿았다.

"뭐──."

"죽지 않는다고 했지만…… 보고 있자니 불안해졌어. 내 입술을 빼앗았으니 쉽게 죽으면 용서하지 않을 거야."

"억지로 빼앗고서 말은 잘한다."

"잔말 말고!"

켈레이나의 얼굴은 새빨개졌다.

그리고 두 사람은 웃으며 헤어졌다.

그런 모습을 보던 하롬은 얼굴을 빨갛게 물들인 채 "오" 하고 감탄한 모습이었다.

출발 시간이 다가오는 가운데── 줄곧 손을 잡고 있던 플럼은 밀키트의 몸을 끌어안았다.

"주인님도 참……. 며칠만 지나면 다시 볼 수 있을 거예요."

"밀키트가 그렇게 잘라 말하는 게 어쩐지 싫어."

"그야 방해하고 싶지 않으니까요."

플럼은 수도 없이 "밀키트가 방해된다고 생각한 적은 없어"라고 말했다.

지키고 싶은 사람이 있기에 이곳에서 싸울 수 있었으니까.

하지만 이번에는 지금까지와는 달리 왕도에는 안전지대가 없다.

이기적으로 굴어서 밀키트를 위험에 노출시킬 수는 없었다.

"여러분, 준비가 끝난 모양이에요."

"싫어. 아직 밀키트가 부족하단 말이야."

"저도…… 주인님이 너무 부족해요. 하지만 그러고 있을 수도 없어요."

두 사람은 몸을 떼고 아쉬운 듯 거리를 두더니 이윽고 잡고 있던 손을 놓았다.

몸에 남은 온기가 섭섭한 마음을 더욱 키웠다.

밀키트는 플럼에게 등을 지고 마차로 향했다.

그녀는 짐칸에 발을 대고――

"……주인님!"

그 자리에서 돌아보더니 플럼에게 뛰어와 안기고는 뺨에 입술을 댔다.

"아……앗."

별안간 벌어진 일에 머리가 잘 돌아가지 않았다.

얼굴을 새빨갛게 물들인 밀키트는 후다닥 플럼에게서 떨어지더니 이번에야말로 마차에 올라탔다.

"다, 닫아주세요!"

마부가 그 말에 따라 짐칸의 문을 닫았다.

밀키트는 왜 자신이 그런 행동을 하고 싶었는지 잘 알지 못했다.

그 행위의 의미는 알고 있지만, 왜 플럼에게――.

잠시 시간을 두고 무슨 일이 일어났는지 이해한 플럼의 얼굴이 점점 빨개졌다.

지금까지도 끌어안거나 함께 자기는 했지만, 그것과는 의미가 다른 것 같아서.

그리고 네 사람이 탄 마차가 달리기 시작했다.

멀어져 보이지 않게 될 때까지 플럼 일행은 그 자리에 서서 작아져가는 그 모습을 바라보았다.

◇ ◇ ◇

길드로 돌아온 플럼은 크게 심호흡을 했다.

'평정심을 찾자, 플럼. 그게 무슨 뜻인지는…… 돌아왔을 때 물어보면 되니까.'

그렇게 되뇌자 열기에 들뜬 머리가 조금 냉정함을 되찾았다.

그리고 에타나가 놀리기 전에 가디오에게 궁금하던 걸 물었다.

"가디오 씨, 슬로우는 피난시키지 않아도 되나요?"

"아무래도 그건 사투키가 용납하지 않을 테지."

"그럼 저는 이대로 왕이 되는 건가요!"

"슬로우가 왕…… 결혼…… 신분 상승……."

슬로우뿐만 아니라 남은 이라의 모습도 어쩐지 이상했다.

아무도 지적하지 않았지만, 애초에 이라는 이곳에 남을 필요가 있는지 의문이었다.

"새로운 왕과 왕비가 탄생하겠군요. 그때는 꼭 독점 인터뷰를 하고 싶네요."

"웰시 씨도 남아도 괜찮으세요?"

"이렇게 큰 특종이 기대되는 때에 도망치는 기자가 어디 있어. 오빠도 새언니도 왕도에서 떠났으니 지금의 나를 막을 사람은 아무도 없다 이거야!"

웰시가 말하기를, 같은 신문사의 기자들도 꽤 많이 왕도에 남았다는 모양이다.

또한 '왕도를 지킨다'며 기세가 대단한 모험가들도 상당한 인원이 피난을 거부한 모양이었다.

"포에 씨도 피난 갔죠?"

"오빠는 과잉보호하는 사람이거든. 내가 모르는 사이에 저택의 하인도 함께 도망친 모양이야."

"현명한 판단이야. 목숨부터 부지하고 봐야지. 웰시도 도망쳐야 했어."

"아하하, 에타나 씨의 말이 맞기는 하지만. 뭐, 도망치는 데는 자신이 있으니까요."

여차하면 혼자 도망치겠다고 말하고 싶은 모양이다.

하지만 그 '여차'한 순간은 과연 도망칠 수 있을 법한 상황일까?

"남은 사람은 어쩔 수 없어. 우리는 일단 내일의 작전을 세워야 해."

"내일…… 그 편지에 따르면 드디어 마지막 날이네요. 그러고 보니 오늘 내용은 뭐였을까요?"

"플럼이 깨어나기 전에 에타나가 말했어. 분명 씨앗이 세 개니 뭐니 하는 거였지?"

라이너스가 말한 세 개의 씨앗── 그것은 칠드런들이 아닐까 하고 플럼은 생각했다.

하지만 **움튼 씨앗**이라는 표현이 자꾸만 신경 쓰였다.

그 편지를 쓴 사람이 '그녀'라면 과연 그렇게 작성할까?

"씨앗…… 식물…… 더 넓은 의미로는 성장하는 것……."

"플럼이 싸웠던 거대한 갓난아기는 아닐까?"

"확실히 그거라면 아침에는 작은 아이였던 모양이니 씨앗 같네요!"

"씨앗은 세 개── 결국 이미 왕도에 제3세대 셋이 흩뿌려졌다는 뜻인가? 아니, 그 문장을 보자면 플럼이 쓰러뜨린 몫을 포함해서 총 셋이라고 생각해야 하겠지."

"으에에, 그런 게 두 개 더 있다고요?"

실제로 움직이는 모습을 목격한 슬로우는 노골적으로 싫은 표정을 지었다.

플럼도 속으로는 그와 같은 기분이었다.

게다가 이번에는 이전에 싸웠을 때보다 경과한 시간이 길다.

아마 더 크게 성장했을 터였다.

"하지만 그건 보낸 사람이 적은 내용을 믿는다는 게 전제잖아? 믿을 수 있어?"

"저는…… 믿어도 되지 않을까 싶어요."

"결국 플럼은 그 편지를 보낸 사람이 짐작 간다?"

"리치 씨에게 그 편지를 보여줬을 때, 종이나 잉크의 재질은 대성당이나 왕성이 아니면 얻을 수 없는 것이랬어요. 그리고 그 문체는 여성의 것이라고도요."

"나는 에키드나나 앙리에트 정도밖에 떠오르지 않아."

"앙리에트 전 각하는 기사단의 감시하에 있으니 편지를 보내기는 어렵지 않을까요?"

"저는 편지를 보낸 사람이…… 뮤트가 아닐까 해요."

그 말을 들은 에타나를 비롯한 나머지 사람들은 의외라는 표정을 지었다.

"왜 사건의 장본인이 그런 짓을 해?"

"그래, 플럼. 우리에게 알리는 장점이 없어."

"**병기로서**는 그럴지도 몰라요. 하지만 그 아이들은 오리진 코어가 깃든 병기임과 동시에 그 나이 또래의 아이이기도 했어요. 그러니 마더에게 은혜를 갚으려 하는 한편, 자신들이 하는 짓이 잘못된 것도 마음속 어딘가에선 알고 있을 거예요."

그것은 같은 환경에서 자란 넥트에게서도 느낄 수 있는 것이다.

"결국 인간으로서의 뮤트는 우리가 막아주길 바랐다?"

"그것도 그녀의 일면이겠지요. 키릴 일도 그래요. 저희는 뮤트가 키릴을 납치했다고 생각했어요. 하지만 실제로 키릴은 뮤트를

막으려 한 동시에 구하려고도 했어요……."

그것은 플럼 일행이 모르는 사이에 키릴과 뮤트 사이에 마음의 교류가 있었다는 증거다.

인간의 마음을 갖지 못한 괴물이라면 그러한 대화는 불가능할 터였다.

"인간은 그런 생물이잖아요? 반드시 하나의 얼굴만 가진 건 아니에요. 크기는 다르지만, 선과 악이 공존하죠. 죽음을 목전에 두고 그렇게 자신의 다양한 면을 드러내며 그 아이들은…… 이 세계에 살았던 증거를 남기려 하는 거예요."

"그래서 그 편지는 믿을 수 있다고── 플럼은 그렇게 말하고 싶은 거구나?"

플럼은 입술을 깨물며 고개를 끄덕였다.

"뭐, 솔직히 나는 오리진도 칠드런도 알게 된 지 얼마 안 된 초보자야. 플럼이 믿을 수 있다면 그 편지를 전제로 작전을 세우는 것도 좋지 않을까?"

에타나는 라이너스의 의견에 고개를 끄덕이고 내일 할 구체적인 행동에 대해 제안하기 시작했다.

플럼 일행이 쓰러뜨려야 할 상대는 루크, 프위스, 제3세대의 갓난아기 둘과 마더까지 다섯.

그에 반해 이쪽의 전력은 플럼, 에타나, 가디오, 라이너스까지 넷.

마더를 제외하면 일대일 상황은 만들 수 있지만──

"루크와 프위스가 코어를 동시 사용하면 혼자 상대하기는 힘들어."

뮤트를 쓰러뜨리는 데도 그 정도의 전력을 투입하여 겨우 해냈다.

"제3세대는 어때? 우리도 혼자 할 수 있을 것 같아, 플럼?"

"저는 코어를 파괴할 수 있으니 쓰러뜨릴 수 있었지만…… 제2세대보다는 개별적인 전투 능력이나 지능은 뒤진다고 생각해요. 특히 함정이나 기습에 약한 것 같아요."

"그럼 나와 라이너스가 싸우는 게 좋겠어."

"그래. 그럼 나와 에타나는 왕도에서 제3세대를 찾아서 치는 걸로 하자."

그 역할을 맡게 된 라이너스는 어쩐지 기분 좋아 보였다.

"남은 건 나와 플럼이군……. 누구 하나가 길드에 남는 게 좋겠는데."

"가디오 씨, 그거라면 제가 남을게요."

"슬로우를 노리고 칠드런이 습격할 가능성이 커."

"그러니까 더더욱 그래야죠. 제3세대와 교전하기 전에 루크와 싸웠다고 말했잖아요? 그때 저는 루크를 격퇴했는데── 물러갈 때 굉장히 분한 모습이더라고요."

교회로 달리며 돌아봤을 때 플럼을 노려보고 뭔가 강한 말을 뱉는 것도 봤다.

"인간으로서의 바람…… 미련인가?"

"네, 그걸 이루기 위해 루크는 저를 노리는 게 아닐까 싶어요."

"그러니까 어차피 노려질 길드에 남겠다는 거로군. 알았어. 그럼 나는 남은 프위스와 마더를 수색하는 데 온 힘을 쏟을게."

역할 분배가 끝난 뒤엔 적이 움직일 시간까지 쉬기로 했다.

“그나저나 이렇게나 일하는데 보수가 없다니 섭섭하네. 길드에서 뭐 좀 안 나와?”

“마음만 먹으면 왕을 섬기는 기사도 될 수 있잖아?”

“사투키 밑에 들어가게 되는 거잖아? 웃기지 마.”

라이너스와 가디오는 소개소의 테이블 앞에 앉아 가볍게 식사를 할 모양이었다.

“제3세대를 배치할 곳…… 칠드런들의 목적을 생각하면…….”

에타나는 그들과 조금 떨어진 곳에 앉아 세세한 작전을 짰다.

플럼도 어딘가에 섞일까 했지만, 아직 조금 몸이 무거웠다.

오랜 시간 잠들었다지만 완전히 회복한 것은 아닌 모양이었다.

“쉬는 것도 중요해.”

그렇게 되뇌며 아까까지 잤던 곳에서 눈을 붙이기로 했다.

의무실에 있는 침대는 세 개.

그중 하나는 현재 키릴이 사용 중이었다.

플럼은 눈을 붙이기 전에 그녀의 얼굴을 들여다보고 편안하게 자는 표정을 확인한 뒤 문득 뺨이 느슨해졌다.

브레이브의 반동으로 잠든 키릴은 아직 한동안 깨어날 것 같지 않았다.

“잘 자, 키릴.”

물론 대답은 없지만, 플럼은 만족스레 옆 침대에 누웠다.
최근에는 계속 밀키트와 함께 자서 혼자 침대를 쓰는 건 오랜만이었다.
넓고 차갑고—— 공연히 쓸쓸한 느낌이었다.
지금쯤 밀키트는 근교의 마을에서 쉬고 있을까?
창문으로 보이는 밤하늘을 똑같이 올려다보고 있을까?
"잘 자, 밀키트."
하늘을 향해 그렇게 말한 플럼은 자신의 소심한 면모에 저도 모르게 웃고 말았다.
노예로 팔려간 뒤로 오늘날까지 '밀키트를 지키기 위해서'라고 자신에게 되뇌며 싸워왔다.
그녀가 없었다면 플럼은 평범한 소녀이며, 지금까지 살아남지 못했을 것이다.
실제로 그 근간의 연약함은 키릴과 크게 다르지 않다.
누구와 만나고, 누구와 함께 걷는가.
그 차이만으로 명암은 분명하게 나뉜다.
밀키트가 없는 지금, 플럼은 자신의 마음이 꺾이지는 않을지 너무나도 불안했다.
그래서 플럼은 새삼 내일 이후의 '싸울 이유'를 설정했다.
얼른 이 싸움을 끝내면 그만큼 빨리 밀키트와 다시 만날 수 있다.
그것을 동기로 삼아 꺾이려는 마음을 지탱하기로 했다.
"……으~음. 하지만 그건 좀, 내가 밀키트를 너무 좋아하는 거 아닌가? 하지만 그 아이도 아까는 내 뺨에…… 키스……를……."

갑자기 그 감촉이 떠올라 플럼의 얼굴이 단숨에 빨개졌다.

그대로 공연히 부끄러워져서 침대에 얼굴을 폭 묻었다.

“후아아아아아앗! 이게 뭐야! 생각만 했을 뿐인데 심장이 두근거려!”

또한 플럼은 발을 버둥대며 어둠 속에서 홀로 요란법석을 떨었다.

하지만 옆에서 키릴이 자고 있다는 걸 떠올리고는 움직임을 딱 멈추었다.

“진정해. 들떠 있을 때가 아니야. 키스한 이유는 밀키트에게 물어보면 알 수 있어. 내 마음도 분명 그때. 그러기 위해 싸우고, 이기고, 살아남아야 해……. 그래, 힘내자.”

그렇게 말해봐도 날뛰는 고동은 잦아들지 않았다.

하지만 플럼은 조금이라도 체력을 회복하고자 다시 천장을 올려다보고는 눈을 감았다.

밀키트 일행을 태운 마차는 마침내 문을 빠져나가 왕도 탈출에 성공했다.

마을에서 사는 수만 명이 단숨에 이동하고 있다. 하늘이 어두워진 이 순간에도 아직 문 주변은 북적였고, 밖으로 나가는 데 시간이 걸렸다.

막상 나와도 가도는 마차와 걸어서 이웃 마을로 가는 사람들로 복잡했다.

그런 소란이 싫어서인지 어느샌가 밀키트 일행의 마차는 가도를 벗어나 있었다.

"오오……오오오……! 이 마차 엄청 흔들리네."

몸이 가볍게 덜컹 떠오를 정도로 흔들리자 잉크는 재미있는 듯 웃었다.

"엄마……."

하롬은 어머니—— 켈레이나의 옷에 불안한 듯 매달렸다.

"무서워할 것 없단다. 우리는 안전한 곳으로 가고 있으니까. 그렇죠, 리치 씨?"

"물론입니다. 실은 요 앞에서 제 지인과 만나기로 했어요."

그렇게 말한 리치는 마부의 옆에 앉아 있었다.

밀키트는 그런 그의 뒷모습을 수상쩍게 바라보았다.

리치를 의심하는 사람은 밀키트뿐만이 아니라 켈레이나도 있었다.

그녀는 밀키트의 귀에 얼굴을 들이대고 리치에게 들리지 않도록 속삭였다.

"저 남자 정말로 괜찮을까? 나도 리치 맨캐시는 믿을 수 있는 남자라고 들었지만, 아무리 봐도 오늘 저 녀석의 모습은 이상해."

"저도 똑같이 생각했어요. 지인과 합류한다 해도 과연 이런 곳을 지정할까요?"

마차는 더욱 거세게 흔들렸고, 마침내 스쳐 지나는 사람의 모습조차 보이지 않게 되었다.

밀키트 일행의 불안이 정점에 달했을 때—— 마부가 고삐를 당겨 말이 멈추었다.

리치는 그녀들 쪽을 돌아보더니 패기 없는 미소를 지으며 말했다.

"여러분, 내리시겠습니까? 여기가 목적지예요."

죄책감이 가득한 그 표정을 보고── 혹은 목소리를 듣고 그의 지시에 따를 사람은 없을 것이다.

하지만 이곳에 온 시점에 이미 선택의 여지는 없었다.

리치의 어깨너머로 마차의 정면에 선 흰 갑옷 집단이 보였기 때문이다.

"당신, 배신한 거야?!"

"리치 씨, 왜죠!"

"저도 어쩔 수 없었어요……. 포예를 죽이겠다는 말을 들었는데 거역할 수 있을 리가 없다고요!"

리치의 아내인 포예 맨캐시는 며칠 전부터 교회에 붙잡혀 있었다.

물론 리치도 그것을 막을 수를 썼지만, 숫자와 무력, 그리고 권력 앞에 무릎을 꿇었다.

그에게 아내는 법을 어겨서라도 구하고 싶은 가장 사랑하는 존재다.

자존심을 내던지고 패배자보다 훨씬 한심한 꼴을 당한대도 구하고 싶었으리라.

"그래서 계속 그렇게 목소리가 슬펐군요."

"엄마…… 싫어. 저 사람들 무서워……."

주저앉은 하롬을 켈레이나는 자신의 가슴에 끌어안았다.

"내리세요. 죽이지는 않는댔습니다."

밀키트는 떨리는 눈동자로 켈레이나 쪽을 보았다.

지금은 따를 수밖에 없다. ──그녀가 그렇게 고개를 끄덕이자 밀키트는 일어나 잉크를 데리고 밖으로 나갔다.

마차에 달린 램프만이 밖을 비추고 있었다.

나란한 네 개의 흰 갑옷이 희미하게 불빛을 반사했다.

그 중앙에는 혼자만 나머지 기사와 복장이 다른 남성이 서 있었다.

그는 원피스처럼 위아래가 이어진 헐렁한 옷을 입고 있었다.

옷은 허리에 감긴 띠로 흘러내리지 않도록 고정된 모양이었다.

머리카락은 검고 길었으며, 그것을 뒤통수 부근에서 하나로 묶었다.

수염도 제법 길어서 오른손으로 턱수염을 자꾸만 만졌다.

착용한 무장은 하나── 허리에 찬 가늘고 길며 휘어진 검집에 담긴 검뿐이었다.

"나무삼, 지저스, 오 마이 갓…… 이럴 때 옛날 사람은 그런 말을 했다는 모양이야."

남자는 앞으로 발을 내디뎌 밀키트 일행에게 접근했다.

"하지만 지금도 그런 말을 쓰는 녀석은 있어. 거듭된 역사 속에서 말의 변천이 수없이 이루어졌을 텐데. 신기하지 않나?"

"쓸데없는 소리는 집어치워. 우리를 인질로 삼을 거면 얼른 데려가면 되잖아?"

"크하학! 켈레이나 얀도라…… A랭크 모험가 출신이로군. 은퇴했지만 배짱은 건재하다 이건가?"

"그런 당신은 교회 기사단의 부단장 잭 머레이지?"

"맞아."

켈레이나가 자신을 아는 게 기뻤는지 잭은 치아를 보이며 웃었다.

"나는 딱히 너희를 인질로 삼고 싶은 게 아니야. 오히려 방식이 너무 쩨쩨하고 지저분해서 구역질이 나. 하지만 휴그 녀석은 돌다리도 두드려보고 건너야 한다며 비열한 짓을 거듭하려 하고 있어. 오리진 님을 위해서라는 변명을 반복하며. 그냥 자기 취향인 주제에."

"당신이 어떻게 느끼든 결과가 변하지 않는다면 마찬가지잖아?"

"확실히 나도 그 녀석과 내 사이에 불씨를 만들고 싶지는 않거든. 너희가 단념하고 따른다면 이야기가 빨라서 고맙겠는데. 그럼 여성들은 이쪽으로——."

그의 말대로 켈레이나는 잭에게 다가갔다.

그리고 호주머니에 숨긴 단검을 쥐고 그에게 덤비고자 두 다리에 힘을 주었다.

잭은 살기를 느끼고 즉각 반응하여 검집에서 검을 뽑아 땅바닥에 꽂았다.

"저스티스 아츠—— 석포(石抱)."

"크으윽?!"

켈레이나는 보이지 않는 압력에 짓눌려 발을 멈추었다.

"크…… 크하, 학……!"

그녀의 뒤에서 하롬이 동등한 '무게'에 짓눌렸다.

그 어린 몸에는 너무나도 부하가 커서 그녀는 땅바닥에 누운 채 흰자를 드러냈다.
"으, 아아…… 무거워…… 크, 헉……!"
"이건…… 마법……인가……?"
밀키트와 잉크, 뿐만 아니라 리치와 말까지도 마찬가지로 잭이 방출한 힘에 서 있을 수조차 없어서 무너져내린 채 괴로운 표정을 지었다.
"하……롬……! 이 자시이이이이이이익!"
"역시 A랭크로군. 내 저스티스 아츠를 맞고도 꺾이지 않다니."
잭의 뒤에서는 교회 기사들에게도 불똥이 튀어 갑옷 차림으로 입에서 거품을 물고 있었다.
"애초에 네가 저항하지 않고 따랐으면 멀쩡하게 방주에 초대했을 텐데."
"당신들의…… 말을…… 믿을 수 있을 리가, 없잖아……!"
켈레이나는 땅바닥에 발이 박혀가며 앞으로 나아갔다.
한편 잭은 그녀를 보고 "오호라" 하고 기쁜 듯 수염을 쓰다듬었다.
"나는 너처럼 강한 여자가 좋아. 믿는 무언가를 위해 무모한 줄 알면서도 앞으로 나아가는 모습을 보고 있으면—— 콧대를 꺾고 싹 다 갈아엎고 싶어져."
"그렇게 되기 전에 혀 깨물고 죽을 각오 정도는 됐거든!"
"그럼 더더욱 짓밟아서 꺾고 싶어지는걸!"
"……에휴. 교회 기사는 죄다 이 모양인가? 정말 싫네요."
"너는……."
수풀 너머에서 붉은 트윈테일을 흔들며 모습을 드러낸 오틸리에.

그녀는 기습을 하지도 않고, 진심으로 진절머리가 난다는 표정으로 잭을 바라보았다.

"오틸리에, 씨……?"

괴로운 듯 이름을 부르는 밀키트에게 그녀는 다정하게 미소 지었다.

"그렇군. **역시 그랬어**. 그렇다면 이제 단장의 취향에 따를 필요도 없겠지."

잭은 땅바닥에서 검을 뽑아 빙글 돌리더니 검집에 넣었다.

그러자 '석포'의 역장은 소실되었고 기사를 포함한 전체가 중력에서 해방되었다.

켈레이나는 즉각 가장 영향이 컸던 하롬에게 달려가 그 작은 몸을 안아 올렸다.

"하롬, 괜찮니? 하롬!"

어머니의 필사적인 목소리에 딸이 "엄……마……?" 하고 반응하자 켈레이나는 눈물을 흘리며 기뻐했다.

"아주 쉽게 손을 떼는군요, 잭 머레이."

밀키트와 잉크가 서로 지탱하며 일어서는 모습을 보고 오틸리에는 말했다.

"단장은 근심이 많았어. 어디서 정보가 새고 있는지 말이야. 그 원인이 지금 분명해졌으니 교활하게 살금살금 집구석을 뛰어다니는 검은 벌레처럼 암약한다고 의미가 있겠어?"

"없죠. 당신의 방식은 대부분 그 사람에게 간파당하고 있는걸요."

"추기경 사투키가 배반── 아니, 본성을 드러냈다면 그것도 별수 없지. 네가 이곳에 찾아왔다는 건 그 여자도 진즉에 해방됐다는 뜻이잖아?"

"네, 포예 맨캐시는 제가 구출했어요."

"포예가…… 무사하다고요……?"

마차에 매달려 호흡을 정돈하던 리치는 눈물을 글썽이며 환희했다.

"다행이다…… 다행이야……. 교회에 붙잡혔으니 더는 살길이 없을 줄 알았는데……."

그런 그의 모습을 보고 오틸리에는 "휴우" 하고 크게 한숨을 쉬었다.

"희생자는 없이 해피엔딩인 거로군. 이걸 망치는 건 내 취향이 아니지."

"마치 저를 이길 수 있다는 듯한 말투네요?"

"음, 이길 수 있지. 너 정도라면."

잭은 눈을 크게 뜨고 깜빡이지도 않은 채 오틸리에를 응시했다.

"하지만 오늘은 나도 흥이 나질 않아. 이대로 돌아가도 되겠지?"

마치 "뒤에서 습격해도 상관없어"라고 부추기듯 약아 빠진 목소리로 잭은 말했다.

'스테이터스는 큰 차이가 없는데 이 자신감── 오리진 코어라도 쓰는 듯한 분위기네요. 탐탁지 않은 남자지만, 저스티스 아츠의 진정한 위력도 모르니 얌전히 보내줄 수밖에 없겠지요.'

오틸리에에게 부여된 역할은 인질로서 끌려가려던 네 사람을 확보하는 것이다.

그것만 이룬다면 그녀의 승리다.

잭은 비틀대는 기사들을 이끌고 수풀 너머로 사라졌다.

그 모습이 보이지 않게 되기 직전에 그는 발을 멈추고 돌아서 오틸리에를 보았다.

“의외구만. 정말로 순순히 보내줄 줄이야. 앙리에트의 참상을 모르나?”

“당연히 알고 있어요. 언니 일인걸요. 이 세상의 누구보다도, 무엇보다도 저는 언니에 대해 잘 알고 있고 알아야만 해요.”

“그렇다면 왜 나를 베려 하지 않지?”

오틸리에는 손에 든 검자루를 꽉 쥐었다.

“언니가 제게 그 역할을 기대하지 않으니까요. 하지만 만약 당신을 죽여야 할 때가 온다면――.”

어둠 속에서 그녀는 몸속의 혈액 순환을 활성화시키고 눈동자를 붉게 물들였다.

“찌르고, 베고, 뚫고, 도려내고, 관통하고, 찢고, 찢고, 또 찢어서 꽃을 피우듯 살을 만개시켜서! 언니라는 가장 위대하고 숭고한 목숨을 더럽히고 상처 입힌 용서할 수 없는 죄를 최대한의 고통과 고난으로 갚게 할 겁니다! 하지만 물론 그것만으로 만족할 수도 없으니 더, 더, 더―― 형언할 수 없이 성대하고 장절한 처형을 준비할 생각이니 꼭! 꼭 기대해주세요! ……라고 기사단 여러분께 전해주세요.”

광란 끝에 오틸리에는 빙긋 미소 지었고 잭도 유쾌하게 웃었다.

“그래, 전해두마. 우리도 피와 살을 뿌려대며 검을 맞댈 그 날

을 기대하지."

그 말을 남기고 이번에야말로 그는 오틸리에 일행의 앞에서 모습을 감추었다.

"정말이지 저렇게 미친놈들과 몇 번이나 싸우게 하다니, 싸움이 끝나면 두 번 다시 사투키와는 엮이지 않겠어요."

잭의 기척이 사라지자 그녀는 몸에서 힘을 빼고 그렇게 중얼거렸다.

"오틸리에 씨…… 감사합니다. 덕분에 살았어요."

"늦지 않아서 다행이에요. 뼈가 부러지지는 않았나요?"

"저는 괜찮아요. 아직 몸이 조금 아프지만요."

"저도 괜찮아요. 켈레이나 씨와 하롬은 어떠세요?"

"하롬은 기절했을 뿐이야. 몸은…… 문제없는 것 같아."

켈레이나는 딸이 무사한 것을 확인했지만, 그 표정은 밝지 않았다.

"리치 맨캐시는 어때?"

"……."

"몸에 문제는 없는 것 같네요. 말도 시간이 지나면 의식을 되찾을 테니 당신은 예정대로 하인들이 있는 마을로 피난 가도록 해요. 부인도 그곳에 있을 테니까요."

"……감사, 합니다."

리치는 고개를 숙인 채 오틸리에에게 감사 인사를 했다.

"감사, 합니다. 아내를, 구해주셔서, 감사합니다……!"

수차례 그렇게 반복하고 눈물방울로 땅바닥을 적셨다.

"제게 감사하기 전에 사과해야 할 사람이 있지 않나요?"

"……참. 맞아요. 먼저 그래야 해요……. 아아, 죄송합니다. 사과해도 용서받지 못할 테지만. 밀키트 씨, 잉크 씨, 켈레이나 씨, 하롬 씨…… 이번에는 정말로…… 죄송했습니다! 정말로, 정말로…… 저는, 바보예요……. 멍청하고 구제불능인 남자예요……!"

리치는 땅바닥에 이마를 대고 납작 엎드렸다.

밀키트는 괜찮다며 말리려 했지만―― 결국은 아무 말도 하지 못했다.

자신의 과오를 누구보다도 잘 아는 사람은 리치 본인이다.

하지만 아내의 목숨과 정의를 저울에 달아 아내 쪽을 고를 수밖에 없었다.

그런 그를 누가 나무랄 수 있을까?

그리고 동시에 그런 그를 본인 말고 누가 용서할 수 있을까?

"자, 할 일도 했으니 제가 여러분을 안내할게요. 왕도로 돌아가게 될 텐데, 바깥보다 안전한 곳이니 안심하세요. 그럼 따라오세요."

오틸리에는 잭이 사라진 곳과는 반대 방향으로 걸어가기 시작했다.

인질은 이제 없지만, 한때나마 배신한 리치를 그 시설에 데려갈 수는 없다.

여전히 엎드린 그를 두고 밀키트를 비롯한 네 사람은 오틸리에의 뒤를 따랐다.

15 군체(群体)

다음 날 아침── 라이너스는 가디오 일행의 눈을 속이고 아직 밖이 어두운 틈에 왕도로 나갔다.

사정만 설명하면 누구도 라이너스를 말리려고는 하지 않았겠지만, 무엇보다 그 자신에게 칠드런을 막는 것 이외의 목적이 있다는 걸 떳떳하지 못하게 생각하는 마음이 있었을 것이다.

"마리아, 반드시 찾아낼게!"

그녀가 남긴 편지를 손에 쥐고 라이너스는 그렇게 맹세했다.

아무리 마리아가 그가 내미는 손을 거부한대도 그는 그녀를 포기할 생각이 없었다.

거리에는 이미 교회 기사의 모습은 보이지 않았고, 죽을 곳을 정한 건지, 아니면 이 거리를 버리지 못한 건지 겁 없는 멍청이가 드문드문 보일 뿐이었다.

사람이 줄면 줄수록 기척으로 마리아를 찾아낼 확률은 높아진다.

라이너스는 평소와 달리 고요한 왕도의 거리에 신경을 집중하며 걸었다.

벽에 손을 대고 서구 특유의 황폐한 골목을 나아가는데 손끝이 끈적끈적하고 미지근하게 젖었다.

"……윽, 이게 뭐지?"

손에는 쓸데없이 끈적거리는 혈액이 묻어 있었다.

이어서 벽으로 시선을 보내자 그곳에는 작은 사람 형태의 무언가가 처박힌 채 달라붙어 있었다.

그것이 손바닥 크기의 갓난아기라고 깨닫기까지 그리 긴 시간은 필요하지 않았다.

"하나부터 열까지 악취미로군. 누가 더 사람을 불쾌하게 만드는지 시합이라도 하는 건가? 젠장!"

분노를 참지 못하고 주먹으로 벽을 때린 라이너스는 그 손으로 활을 쥐고 전진했다.

언제 어디에서 제3세대의 괴물이 나타나도 대처할 수 있도록 그는 의식을 집중했다.

그리고 대로로 나서자―― 중년 남성과 맞닥뜨렸다.

교회 기사가 아니라 집을 버리지 못하고 왕도에 남기를 택한 사람 중 한 명인 모양이었다.

"뭐야, 인간이군. 아저씨, 여기서 도망치는 게 좋을 거야. 근처에 그 괴물이 있어."

"알아…… 알고 있어. 나도 그럴 생각이야……!"

남성의 얼굴은 새파랬고, 온몸이 땀범벅이었다.

호흡도 거칠고 자꾸만 피투성이인 손으로 목을 쥐어뜯으려 했다.

하지만 몸에 상처는 보이지 않는 걸 보니 그 피는 남성의 것이 아닌 모양이었다.

"그런데, 빌어먹을, 나도 노력했어! 최선을 다했는데 어째서……!"

"진정해. 혹시 그 골목에서 작은 괴물을 물리친 게 당신이야?"

"그래! 정신을 차리고 보니 그놈들은 집 안에 있었고, 아내와 아들이…… 나도 구하고 싶었어! 하지만 알아챘을 때는 이미 늦었고 나도 도망쳤지만…… 아아, 망했어!"

"아직 당신은 살아 있어. 부인과 아이는 유감스럽게 됐지만, 당신만이라도——."

"이미 늦었어…… 으, 읍…… 늦, 늦었어…… 음, 우웩, 오, 고오오오오오오!"

"이, 이봐! 괜찮아?!"

남성은 웅크려 앉아 입을 손으로 눌렀고 그 손가락과 손가락 사이에서 투명한 점액이 쏟아졌다.

곁으로 달려가려던 라이너스는 거기서 발을 멈추었다.

자세히 보니 손가락 사이에서 점액만 나오는 게 아니었다.

버둥버둥 움직이는 작은 머리와 손발이 무수히 그의 몸속에서 튀어나오려 했다.

"키이, 키이, 키이."

그놈들은 마치 벌레처럼 울며 철퍽 이 세상에 태어났다.

"어떻게 된 거야……? 왜 당신 몸속에서 그런 게 나오는 거냐고!"

"도, 도망쳐, 나……. 으헉, 죽고, 싶지…… 고오오, 쿠오오오오오!"

입뿐만 아니라 코와 귀, 나아가 안구를 밀어내며 눈구멍에서도 작은 사람들이 흘러넘쳤다.

이윽고 피부를 찢고 온몸을 벌집으로 만들며 몸속에서 분출되었다.

남자의 몸속은 최초로 한 마리가 침입한 시점에 알주머니로 변한 것이다.

너무나도 징그러운 광경이 펼쳐지며 강렬한 악취가 났다.

직업상 사체에는 익숙한 라이너스조차 구역질이 치밀 정도의 악몽 같은 광경이었다.

"크…… 커다란 갓난아기라고 들었는데 그 개체만 그랬던 건가……!"

라이너스에게 밀려오는 제3세대의 갓난아기들.

무리는 어느샌가 그를 에워쌌고, 그 숫자는 남성의 몸에서 나온 총합보다도 훨씬 많았다.

그 밖에도 눈에 보이지 않을 뿐 희생자가 많고, 모두가 라이너스의 주위에 결집한 모양이었다.

도랑과 민가, 지붕 위, 돌바닥 사이에서 잇따라 기어 나오는 작은 갓난아기.

그것은 과거에 잉크가 토해낸 안구를 연상시키는 광경—— 즉, '증식' 능력이었다.

"자그마한 몸에 '코어'가 있다고는 생각할 수 없어. 본체야. 그것만 쳐부수면 일망타진할 수 있어!"

냉정하게 상황을 판단한 라이너스는 활을 당겨 재빨리 화살을 쏘았다.

◇ ◇ ◇

플럼이 눈을 떴을 때, 이미 라이너스의 모습은 길드에 없었다.

그가 마리아를 찾으려 할 거라는 예감은 들었기에 가디오와 에타나도 침착했다.

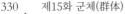

"라이너스가 없어도 할 일은 변하지 않아."
"그 녀석도 자기 역할을 죄다 내팽개칠 남자는 아니니까. 자유롭게 둬도 돼."
여행할 때 쌓은 신뢰가 있어서 그럴 것이다.
플럼도 그런 걱정은 하지 않지만, 단순히 여러 명의 적과 만나지 않을지 걱정되었다.
"아침 댓바람부터 초조한 표정 짓지 마. 자, 아침이나 먹어."
"고, 고마워, 이라."
이라는 길드에 비축해둔 빵을 다른 사람들에게도 건네주었다.
별맛은 나지 않는 바게트였지만, 배에 넣어두기만 해도 에너지가 되기는 한다.
플럼이 앉아서 그것을 씹는데 가디오가 그녀에게 봉투를 내밀었다.
"오늘 온 거야. 친절하게도 길드 앞에 놓여 있더군."
가디오가 건넨 편지를 보고 플럼은 고개를 갸웃거렸다.
"뮤트는 이제 없는데?"
혹시 자신의 예상이 빗나간 걸까? ——그런 불안을 느끼며 봉투를 열었다.
그리고 편지를 펼친 순간, 플럼의 불안은 단숨에 사라졌다.
"……우와아."
"읽을 수 있는 게 아니네"
"악필도 이런 악필이 없어."
심한 말이 쏟아졌다.

하지만 실제로 읽기도 힘들 정도로 악필이었으니 어쩔 수 없다.

하지만 일단 플럼은 해독을 시도했다.

"남은 건 하루. 씨앗은 성장하여 꽃을 피운다. 마더는 반드시 해낼 것이다. 그리고 나도 너와 결판을 짓겠다. 기다려라."

"씨앗부터 꽃 부분까지만 열심히 이전에 온 편지를 흉내 내려 했지만 금방 힘이 빠졌네."

"어젯밤엔 기척을 느끼지 못했어. 특정한 힘을 이용해서 옮겼을 테지."

"보낸 사람은 루크일 거예요. 저와 결판을 짓고 싶은 모양이니까요. 뮤트가 없어졌으니 뒤를 이었겠지요. 그나저나 이 글씨……."

플럼은 난잡한 그 글씨를 손끝으로 더듬었다.

"같은 환경에서 자랐는데 이렇게까지 차이가 날까요? 과한 생각일지도 모르지만요."

"여덟 살짜리의 글씨라고 생각하면 그 나이에 걸맞은 범주이기는 하지."

하롬의 성장을 지켜본 가디오가 한 말이니 틀림없을 것이다.

하지만 만약 그 차이마저도 마더가 의도적으로 만들어낸 것이라면――.

그런 생각을 하지 않을 수 없었다.

'이제부터 서로 죽일 상대에게 감상적이어봤자 괴롭기만 할 텐데…….'

그렇다고 해도 플럼의 의사는 흔들리지 않는다.

최종적으로는 넥트가 말릴 테지만, 그래도 싸울 때는 죽일 각

오를 가슴에 품는다.

"만약 이게 루크의 편지라면 플럼을 노린다는 이야기의 신빙성은 커졌어."

"네, 예상대로 저는 이곳에 남을게요."

그리고 가디오는 중앙구로, 에타나는 동구로 향하고자 길드에서 나가려 했다.

쿠웅! 하고 커다란 폭발음이 울려 퍼진 것은 그때였다.

"라이너스군."

"우리도 멍청히 있을 순 없어."

여럿이 힘을 합쳐 한 마리를 해치우는 작전도 에타나의 머리에 떠올랐지만, 동쪽 하늘을 보고 단념했다.

그쪽에서도 연기가 피어올랐기 때문이다.

그녀는 이내 마법으로 만든 늑대에 올라타 동쪽으로 향했다.

가디오도 에타나와는 다른 방향을 향해 뛰어가기 시작했다.

남겨진 플럼은 길드 바로 밖에서 크게 심호흡을 한 뒤,

"자, 과연 루크는 언제 나타날까?"

영혼 사냥꾼을 뽑고 소년의 습격을 기다렸다.

16 회전(回転)

멀리서 땅이 울리는 듯한 소리가 퍼질 때마다 플럼은 점점 초조해졌다.

하지만 움직여서는 안 된다. 이곳에서 슬로우와 이라를 지키는 것도 그녀의 역할이니까.

“저로서는 오리진이 실재한 것도 상당히 경악할 만한 일이었어요. 신화에 나오는 신은 대부분 인간의 공상 속에만 존재하잖아요? 게다가 그게 저희 인간을 멸망시키려 하니까요.”

“생각해 보면 신화에 나오는 신은 가차 없이 인간을 죽이네.”

영혼 사냥꾼을 쥔 손에는 긴장 때문에 땀이 배어 있었다.

코어를 두 개 사용한 뮤트는 주위의 인간을 흡수하여 자신의 것으로 바꾸는 능력을 얻었다.

만약 루크가 두 번째 코어를 사용한다면 ‘회전’의 힘은 어떻게 진화할까?

“그보다 슬로우, 문제는 당신이 왕족이었다는 거야. 어떻게 할 거야? 이대로라면 정말로 왕이 될 것 같은데.”

“실감이 나지 않는다는 게 첫 번째 소감이네요. 하지만 부자는 될 수 있겠죠!”

“그건 틀림없어. 왕성에는 금은보화가 잔뜩 쌓여 있다는 소문이 있거든…… 우후후.”

“그거 흥미진진하네요. 어머니를 호강시켜드릴 수 있을 것 같아요…… 츄르릅.”

플럼도 강해졌다는 실감은 들었다.

장비뿐만 아니라 카발리에 아츠도 이전에 비하면 꽤 잘 다룰 수 있게 되었을 터였다.

하지만 역시 아직 부족하다.

더 강한 힘을── 그 소망의 끝에 기다리는 것은 아마 칠드런과 마찬가지로 인간을 내버린 존재.

재생 능력은 편리하지만, 쓸 때마다 자신이 인간과 동떨어진 무언가가 되는 듯한 기분이 든다.

"그러고 보니 슬로우의 어머니께서는 지금 어떻게 지내셔?"

"실은 어제 일단 집으로 돌아간 다음, 지인을 따라 밖으로 도망치신 모양이에요. 오히려 제가 어디 있는지 몰라서 걱정하실지도 모르겠네요."

"하지만 왕가의 피를 이어받은 건 슬로우뿐이지?"

"네, 교회가 어머니를 노리지는 않을 거라고 생각하고 싶네요. 물론 저를 노리는 것도 싫지만요."

플럼이 싸우는 것은 오리진을 타도하면 나타날 평온한 나날을 얻기 위해서다.

만약 그곳에 다다른대도 인간다운 면모를 잃는다면──.

"걱정할 필요 없어. 거기 있는 플럼이 몸을 희생해서 지켜줄 테니까!"

"저기……."

참다못한 플럼은 눈을 가늘게 뜨고 두 사람을 보았다.

"뭐야, 플럼? 얼굴이 꼭 잠꼬대하는 개 같네."

"설마 적이 다가오는 건 아니겠지?!"

"아니, 그게 아니라 왜 안에서 기다리지 않나 해서."

플럼은 난감했다.

이라와 슬로우는 어째서인지 입구 앞에 있는 계단에 나란히 앉아 잡담을 하고 있었다.

"플럼 씨가 밖에 있고 저희가 안에 있으면 불안하잖아요?"

"그래, 갑자기 적이 실내로 쳐들어올지도 모르잖아?"

"그래서 안에 모험가들이 대기하고 있으니 안전한 곳에서 기다려줄래?"

건물 안에서 공격받는 게 무섭다는 마음은 이해한다.

하지만 루크가 플럼과 결판 짓기를 바라는 이상, 그는 정면으로 덤빌 것이다.

즉, 플럼의 예상이 옳다면 실내가 압도적으로 안전하다.

"저는 그게 싫어요. 만약 루크라는 녀석이 길드에 쳐들어오고 모험가들이 지켜준대도

…… 분명 누군가 죽지 않을까요?"

"그건…… 그럴지도 모르지만."

"저 때문에 눈앞에서 누군가가 죽다니 괴로워서 못 견뎌요. 그러니까 플럼 씨 근처에 있는 게 저로서는 더 안심이 돼요."

"딱히 상관없잖아? 어디 있든 위험한 건 마찬가지니까."

"그것도 그렇지만……."

너무도 당당한 모습에 플럼은 머리를 감쌌다.

"게다가 만약 당신이 이긴대도 우리를 지키기 위해 싸우는데

알지도 못하는 사이에 끝나버리면 답답하잖아?"

"……좋은 이야기인 양 수습하는 모양인데, 정말로 위험해."

그들과 이야기하면 플럼의 긴장감이 약해질 것 같아서 곤란했다.

그사이에도 라이너스, 에타나와 제3세대의 싸움은 격화되었다.

인간, 혹은 그것과 비슷한 존재의 속이 터져 나왔는지 바람에 불쾌한 냄새가 섞였다.

플럼도 심호흡하여 기분을 전환하고 이번에야말로 진심으로 이라와 슬로우에게 고했다.

"둘 다 안으로 들어가. 이번에는 진심이야."

아까까지와는 달리── 목소리에 실린 박력에 두 사람은 고개를 끄덕일 수밖에 없었다.

그리고 잽싸게 안으로 도망쳤다.

이어서, 몇 초도 지나지 않아 전방의 지붕에서 금발 소년이 뛰어내렸다.

그는 호주머니에 손을 찔러넣고 플럼 쪽으로 걸어왔다.

어느 정도의 거리까지 다가오자 루크는 "안녕?" 하고 손을 들어 그녀에게 인사했다.

"내가 보낸 결투장은 잘 봤어?"

"그게 결투장이었구나? 글씨가 너무 지저분해서 못 읽었어."

"크윽, 프위스랑 똑같은 소리를 하는군. 어쩔 수 없잖아. 뮤트와 달리 편지 같은 건 처음 써보니까! 처음치고는 잘했다고 칭찬을 해야지!"

"어떻게 칭찬을 해……. 이렇게 일찍 올 거면 그딴 걸 보낼 필요도 없었잖아."

"그건 아니지."

루크는 씁쓸한 듯 눈을 가늘게 뜨고 말했다.

"그게 뮤트의 '증표'라면 끝까지 해내는 게 내 역할이야."

"아직 죽지 않았지만."

"그렇다는 모양이지? 넥트 녀석은 쓸데없는 짓이나 하고 말이야. 그 녀석은 기껏 죽을 곳을 찾아냈는데. 이봐, 플럼, 당신은 어떻게 생각해? 정말로 우리를 인간으로 돌려놓을 방법이 있을 것 같아?"

"지금 상태라면 가능할지도 몰라. 원한다면 이대로 넥트가 오기를 기다려볼래?"

"핫── 됐거든."

루크는 호주머니에서 검은 수정을 꺼내 플럼에게 보여주었다.

"이미 우리는 되돌릴 수 없는 곳에 있어. 넥트는 안일하다니까. 진심으로 살아남을 수 있을 것 같아? 살아남아서 뭘 하게? 인간을 죽이는 능력밖에 없는, 인간의 모습을 했지만 인간이 아닌 괴물이 평범한 인간이 돼서 뭘 한다는 건데! 그럴 바엔 화려하게 죽는 게 훨씬 우리다워!"

본인들답다는 건 어차피 핑계에 불과하다.

그들은 자포자기했을 뿐이다──. 플럼은 그렇게 느꼈다.

하지만 대체 누가 어떤 말을 해야 그것을 멈출 수 있을까?

이제 어느 한쪽이 죽을 때까지 싸움을 피할 수 없다고 한다면, 지금까지 한 대화는 분명 루크에게 남은 작은 미련을 없애기 위한 감정적 행위에 지나지 않을 것이다.

그것은 과연 플럼의 다정한 마음이었을까?

죄를 거듭하여 죽음을 각오한, 오리진 코어의 괴물에 지나지 않는 그들에게 다정한 마음 따위가 필요했을까?

모르겠다.

인간은 다면적인 생물이다.

넥트나 뮤트, 프위스도, 루크도, 분명 가디오나 에타나, 밀키트도 그럴 것이다.

플럼도 예외 없이 가슴속에서는 정을 섞지 말고 죽여야 한다는 냉정한 마음과 부디 죽지 않길 바라는 여린 마음이 공존했다. 플럼은 '죽을 거라면 최소한 인간답게', '넥트가 바란다면 적극적으로는 죽이지 않겠다'라는 어중간한 결론을 도출했다.

분명 모두가 100퍼센트 납득할 답은 어디에도 없을 것이다.

하지만 발버둥 치고 모색해서 조금이라도 스스로 납득할 수 있는 답을 찾는다——.

"그러니까 나도 화려하게 떠날래. 똑똑히 봐, 내 목숨의——!"

"기다려."

루크는 중요한 곳에서 말을 끊겨 풀썩 넘어지려 했다.

"뭐야, 기껏 멋있는 장면인데!"

멋있는 장면이기에 아직 그렇게 둘 수는 없었다.

플럼에게는 설령 어중간한 마음일지라도 그에게 전해야 할 것이 있으니까.

"잉크 말인데, 일단 왕도 밖으로 대피시켰어."

"그딴 녀석은 딱히……."

"말은 그렇게 하지만 걱정하고 있잖아? 8년이나 함께 생활했으니까."

"그 녀석은 파파의 목소리도 듣지 못하는 멍청이야. 우리와는 달라."

"그건 칠드런으로서의 감정이겠지. 인간으로서는 어떤데?"

"……지금부터 죽일 사이인데 거 참 짜증 나는 녀석이네."

루크는 진심으로 진저리치며 말했다.

"적인데 말이야."

자기가 생각해도 바보 같은 짓을 하고 앉았다며 플럼은 쓴웃음을 지었다.

"칫…… 아, 그렇군. 잉크는 밖으로 도망쳤군. 그거 안심이네!"

어차피 죽을 건데 여기서 삐딱해져봤자 어쩔 수 없다.

루크는 본심을 훤히 드러내며 잉크의 부재에 환희했다.

"본심을 말하자면 지금부터 내가 의식을 잃고 대폭주해서 끌어들여 죽이지는 않을지 걱정됐어. 그야 그렇지. 아무리 멍청이라지만 8년이나 함께 지냈어. 8년이나 남매였다고! 정도 들겠지! 죽이고 싶지 않다는 생각도 들겠지! 하지만 없다면—— 아주 완전히, 내가 이성을 잃을 정도로 날려버린대도 문제는 없겠지!"

루크는 마음을 다잡고 두 번째 오리진 코어를 가슴에 댔다.

검은 수정은 옷을 관통하여 몸속으로 푹푹 들어갔다.

"오리진 코어 더블 드라이브(이중구동)!"

그 행위에 그가 외칠 법한 이름은 붙지 않았지만, 그것 또한 그가 바라는 바일 것이다.

"오…… 오오오오오, 크, 아아아악! 큭, 키이아아아아아아아아아아아악!"

두 번째 오리진의 힘은 몸속에서 공진하여, 존재를 대가로 한계를 초월한 힘을 준다.

"끄아아아아아아아아아아아아악! 오, 오오오, 오오아아아아아아아아아악!"

루크는 고통스러운 표정을 지으며 절규했다.

그 목에는 혈관이 떠올랐고 얼굴은 이상하리만큼 붉게 변색되었다.

손가락이 빙글 뒤틀렸다.

동시에 피부가 찢어지며 살이 훤히 드러났다.

나아가 손, 팔꿈치, 어깨로—— 나선은 온몸에 퍼지며 육체를 완전한 괴물로 이끌었다.

"끄오오오오오오오오오아아아아아아아아아아아아악!"

탄생의 울음소리는 격렬하고 장절했다.

육체에만 그치지 않고 루크의 주위에서는 접근할 수 없을 정도로 바람까지 심하게 소용돌이쳤다.

그리고 마침내 뒤틀린 머리에까지 이르러 내용물이 훤히 드러났다.

그곳에는 인간의 두개골은 없었다.

붉은 근섬유 다발이 뒤틀려 겨우 머리 같은 부분을 형성하고 있었다.

그 무렵에는 루크라는 인격은 이미 사라지고 없었다.

"오……."

입이 없는 얼굴의 어디에선가 목소리가 울려 퍼졌다.

높고 맑으며 듣기만 해도 정신이 나갈 듯 이상한 음색.

"오오오오오오오오오오오오오!"

루크였던 존재가 목소리를 냈다.

"온다――."

나선의 기색을 느끼고 플럼은 경계했다.

그러자――

"……으윽?!"

플럼은 오른발에 날카로운 통증을 느꼈다.

닿은 것도 아니고, 루크가 힘을 날린 기색도 없었는데 오른발이 뒤틀렸다.

남은 왼발로 그곳에서 물러나자 다음엔 왼팔이 돌아가기 시작했다.

그것은 점차 가속하여 결국에는 피를 흩뿌리며 고속회전을 시작했고 갈기갈기 찢어져 날아갔다.

다시 왼발로 뛰어 후퇴하자 회전은 마침내 멎었다.

"설, 마……!"

고개를 기울이지 않았는데 시야가 움직였다.

루크는 움직이지조차 않고 플럼의 **머리 윗부분**만을 돌려 파괴하려 했다.

17 상실(喪失)

"윽, 아아아아아아아아아아아악!"

플럼은 울부짖으며 거세게 땅을 박차고 뒤로 날아갔다.

그것은 아픔이라기보다는 자신의 두개골이 파괴되는 공포를 견디기 위한 행동이었다.

하지만 왼발만으로 이동하기는 한계가 있었다.

균형을 잃고 그녀의 몸은 바닥을 굴렀다.

하지만 이동한 덕분에 회전은 멎었다.

아무래도 루크의 힘은 대상을 지정하는 게 아니라 위치를 지정하여 발동하는 모양이었다.

결국 계속 이동을 이어가면 지금 이 오른발과 왼팔처럼 완전히 뒤틀려 끊어지는 일은 없다.

하지만── 이미 재생되기는 했어도, 두개골, 나아가 뇌에 직접 물리적인 대미지를 받는 일은 상상을 초월하는 혐오감을 동반했다.

쓰러진 플럼의 입에서는 토사물이 쏟아졌고, 사레까지 들려 기침을 해댔다.

두 번 다시 맛보고 싶지 않았지만 루트는 공격을 늦출 것 같지 않았다.

"오…… 오오오……."

으르렁거리는 목소리는 뮤트보다 조금 낮았다.

그는 딱히 특별한 움직임 없이, 목을 살짝 기울인 상태로 천천히 플럼에게 걸어갔다.

그리고 발바닥이 지면을 탁 때릴 때마다 발생되는 힘이 주위에 이변을 일으켰다.

탁, 타다닥, 타닥──.

플럼의 귀에는 무언가가 부서져 마찰되는 소리가 들렸다.

자신이 드러누운 땅에서 나는 것이었다.

그것은 기울고 깨져 칼날처럼 모양을 바꾸더니 샤샤샥 모래를 휘저으며 회전하기 시작했다.

플럼은 마침내 재생한 팔로 몸을 밀어내 뒹굴며 피했다.

그리고 범위 밖까지 탈출한 순간──

"크, 악……?!"

빠각, 하는 둔탁한 소리와 함께 허리가 힘없이 뒤틀렸다.

내장이 터지고 혈액이 식도로 솟구쳐 입에서 튀어나왔다.

조짐도 없었는데 왜지──? 바닥에 쓰러져 기는 플럼은 뜻밖의 공격에 혼란을 느꼈다.

"오오오…… 오오오오……."

루크의 목소리는 기분 탓인지 기쁜 듯했다.

온몸의 줄기가 맥박치며 그 사이에서 서서히 붉은 체액이 배어 나왔다.

"예측하고…… **설치한 거야**……?!"

의식은 모두 오리진에게 빼앗겨도 지능은 건재한 건가?

플럼은 더욱 굴러 눈에 보이지 않는 함정이 설치된 영역에서 탈출했다.

재생 덕분에 플럼의 뒤틀리는 몸은 조금씩 회복되었다.

그것에 연동하여 마비된 하반신의 감각도 돌아왔다.

하지만 완치를 기다릴 시간은 없었다.

플럼은 양손으로 기어 루크에게서 벗어나고자 버둥댔다.

하지만 역시 양발로 이동하는 그와는 좀처럼 거리가 벌어지지 않았다.

삐걱…… 또다시 플럼의 귀에 **내부**에서── 두개골이 변형되는 소리가 들렸다.

"키, 이이이익……!"

고통스러운 목소리를 낸 플럼은 자신의 머리에 오른손을 대고 반전의 마력을 흘려보냈다.

파지이익! 마력은 몸속에 흘러든 회전의 힘과 맞부딪쳐 격렬하게 폭발했다.

"앗, 끄아아아아아아악!"

플럼은 몸을 뒤로 젖히고 그 자리에서 몸부림쳤다.

엄청난 자멸이었다.

오른쪽 안구가 파열되어 시야가 막혔고, 나아가 얼굴의 오른쪽 절반이 켈로이드 상태로 문드러졌다.

일부는 완전히 두개골이 노출되었지만, 뇌까지 대미지가 미치지 않은 게 다행일까?

"아, 아악, 아……악!"

그녀는 그래도 전진을 이어갔다. 화상을 입은 오른손을 앞으로 뻗었다.

투명한 액체에 젖은 손바닥이 바닥을 때리며 플럼의 몸을 앞으로 끌고 갔다.

다음은 왼팔을 앞으로 뻗어 피투성이인 손톱을 돌바닥 사이에 걸고 힘을 주었다.

드, 드륵, 드르르륵── 다시 바닥의 회전이 시작되었다.

이번에는 플럼의 바로 밑, 몸통을 휘저을 수 있는 위치였다.

아직 속도는 완만하지만 옷이 말려서 제대로 앞으로 갈 수 없었다.

"오오오오, 오오오."

루크의 목소리는 어딘가 기뻐 보였다.

플럼은 고민했고── 바닥에 닿은 몸통에 반전의 마력을 쏟았다.

"리버……설!"

파직!

재차 힘과 힘이 맞부딪쳐 생겨난 불꽃이 순간적으로 주위를 눈부시게 비추었다.

그리고 충격으로 공중을 나는 플럼의 몸통.

내장과 부서진 갈비뼈를 흩뿌리면서도 '심장만 무사하면 죽지는 않는다'고 결론짓고 그녀는 강제로 소용돌이에서 탈출했다.

인챈트로 통증이 경감된다 해도 이 정도의 중상이면 의식까지 날아갈 듯했다.

배를 포크로 휘젓는 듯한 고통 속, 플럼은 공중에서 영혼 사냥꾼을 뽑았다.

그것은 루크가 처음으로 보여준 공격 동작에 대한 반응이었다.

그는 주먹을 비스듬히 위로 내밀었다.

그러자 회오리 같은 나선의 힘이 그녀를 향해 일직선으로 발사되었다.

"으라아아아아아아아앗!"

말에 의미는 필요 없다.

다만 정신줄을 붙잡고 몸을 움직일 수 있을 기합만 된다면 발음 따위는 어떻든 상관없었다.

그리고 그녀는 다가오는 나선을 향해 영혼 사냥꾼을 내질렀다.

파직파직파직!

맞부딪친 힘은 팽팽히 버텼다.

이전에 싸웠을 때, 루크의 회전력은 플럼의 반전 앞에 쉽사리 파괴되었다.

하지만 두 번째 코어를 사용하자 힘이 치솟아 호각으로 버티고 있었다.

애초에 루크는 목숨을 버리면서까지 힘을 얻었는데 겨우 동등하다니 지독하게 안 맞는 상대라 헛웃음이 나올 지경이지만——공교롭게도 지금의 그에게는 웃을 입이 없다.

"오오오오오오오오오!"

대신에 그는 포효했다.

그리고 더 큰 회전력을 나선에 실어 플럼에게 쏘았다.

"크윽, 밀린……다고?! 끄아아악!"

마침내 힘겨루기에 패배한 그녀의 몸은 후방으로 날아갔다.

루크는 발밑의 공기를 회전시켜 기류를 생성하며 공중에 떠올랐다.

그리고 가속하여 플럼을 추격했다.

"리버——설!"

순간, 날아간 플럼의 이동 방향이 반전되며 맹렬한 속도로 루크를 쫓았다.

급하게 방향이 전환되어 플럼의 몸에 커다란 힘이 걸리자 등 언저리에서 빠직 하는 둔탁한 소리가 들렸지만, 지금까지 느낀 고통에 비하면 별거 아니었다.

"흡!"

공중에서 스쳐 지난 두 개의 몸.

플럼이 휘두른 칼날은 루크의 오른팔을 절단했다.

"오, 오오오오!"

괴로운 목소리가 주위에 울려 퍼졌다.

상처는 금세 뒤틀려 출혈은 멎었다.

하지만 루크는 분노가 느껴지는 동작으로 돌아보았고, 착지한 플럼에게 힘을 행사했다.

"앗, 크윽……!"

뛰어가려던 그녀의 가슴에 날카로운 통증이 내달렸다.

루크는—— 그 심장을 직접 짓이기려 한 것이다.

플럼은 즉각 달려서 그 자리를 벗어났다.

그 뒤에도 루크는 반복하여 머리와 가슴 등 급소를 노려 힘을 방출했지만, 등을 지고 전력 질주하는 플럼을 제대로 잡을 수는 없었다.

플럼은 그렇게 루크의 힘을 피하며 아무래도 이라와 슬로우, 그리고 키릴이 있는 길드에서 멀어지려는 모양이었다.

그녀는 그 뒤, 어느 정도 거리를 두자 모퉁이를 돌아 건물 뒤로 몸을 숨겼다.

함정 설치도 눈으로 보아야 성립되는 것이라고 이해하고 한 행동이었다.

공중에서 양팔을 벌린 그는,

"오오오오오오오오오오오——."

마치 노래하듯 맑은 목소리를 냈다.

그때, 건물 뒤에서 어깨를 위아래로 들썩이던 플럼은 피로 물든 자신의 옷을 보고 쓴웃음 지었다.

싸움은 이제 막 시작된 참인데 처참한 몰골이었다.

"스으읍…… 후우우……."

심호흡하며 기분과 쿵쾅쿵쾅 뛰는 심장을 진정시켰다.

하지만 통증은 사라져도 불쾌한 기분은 계속 남았다.

특히 내장 손상은 **뒷맛**이 아주 더러워서 지금도 계속 구역질이 났다.

"……그나저나 갑자기 조용해졌네. 아까까지 그렇게 의욕이 넘치더니만."

플럼이 그렇게 중얼거리자—— 쿠우우우우우우우웅! 하고 배 속부터 흔들리는 듯 묵직한 소리가 울리며 그녀의 바로 오른쪽에 있는 건물이 산산이 부서졌다.

아니, 부서졌다기보다 **휘말렸다**고 해야 할까?

"뭐지……?"

거대하고 뾰족한 바윗덩어리가 지나갔다.

그것이 고속으로 회전하며 직진하여 그 궤도 위에 있는 건물을 모조리 파괴했다.

쿠우우우웅! 하고 또 다른 곳에서 건물이 무너졌다.

다음으로 노린 곳은 플럼의 왼쪽이었다.

즉, 세 **발**째는 중앙── 다시 말해 플럼의 바로 뒤에서 다가왔다.

"위험해!"

소리로 접근을 알아챈 그녀는 즉각 달리기 시작했고, 그런데도 미처 피할 수 없다는 걸 깨닫고 앞으로 뛰어들었다.

쿠아아아아아아앙!

아까까지 서 있었던 곳은 차폐물로 이용했던 민가와 함께 사라졌고 깊은 골만이 남았다.

그리고 탁 트인 풍경 너머에는 온몸의 붉은 섬유를 꿈틀거리는 루크의 모습이 보였다.

건물 잔해 위에 선 그는 근처에 있던 석조 주택의 벽에 손을 댔다.

그 건물에 회전의 힘을 싣자 주택은 토대에서 우지끈! 떨어져 그 자리에서 돌기 시작했다.

이윽고 회전 속도가 높아지자 그것은 직경 4미터 정도의 뾰족한 돌 드릴로 변했다.

루크는 바닥에 쓰러진 플럼에게 그 끝을 향했고──

"오오오오오오오오오오!"

포효, 그리고 발사.

피융, 드르르르르르르르륵!

가옥 전체가 거대한 착암기가 되어 플럼에게 다가갔다.

그녀는 일어나서 달렸고, 다시 쓰러지듯 앞으로 뛰어들었다.

그대로 흩어지는 건물 잔해로부터 머리를 보호하며 엎드리는데, 이번에는 치덕치덕 발소리가 다가왔다.

그녀가 황급히 일어나자 또다시 다리가 뒤틀리며 갈기갈기 찢어졌다.

균형을 잃은 플럼의 등을 향해 접근한 루크는 팔을 쳐들었다.

물론 그 손에 나선을 두르고서.

한쪽 다리를 잃었지만 다른 한쪽 다리로 디디고 몸을 돌리며 검은 칼날을 휘두르는 플럼.

파직! 파직! 파지이익!

반전과 회전이 맞부딪칠 때마다 불꽃이 터지며 두 사람이 있는 골목을 밝게 비추었다.

플럼은 필사적으로 한 번이라도 좋으니 가슴의 코어에 검이 닿기를 기도하며 재빨리 연격을 날렸다.

하지만 주먹과 대검── 루크는 아까 그 공격으로 오른손을 잃었지만, 힘이 동등하다면 결국 공격의 속도가 빠른 전자가 이길 것이다.

그녀는 조금씩 밀려서 후퇴했다.

나아가 루크는 잃어버린 오른팔로 덤비는 듯한 동작을 보였다.

물론 페이크일 터── 하지만 플럼의 몸은 반사적으로 뒤로 넘어가며 그 **공격**을 회피했다.

부웅! 하고 보이지 않는 힘이 앞머리를 스쳤다.

회전의 힘으로 오른팔을 모방한 것이다.

애초에 팔이라기보다 닿기만 해도 육체를 도려내는 흉기 그 자체였지만.

'큭── 멀어져야 해!'

팔을 잘라낸 정도로는 의미가 없다.

그것을 확인한 것만으로도 이 공격에는 의미가 있었다.

검을 휘둘러 힘과 힘이 맞부딪친 충격을 이용하여 플럼은 후퇴했다.

그리고 물러난 곳에는 함정이 기다리고 있었다.

"크, 억…… 아뿔싸──!"

오른쪽 다리가 정강이 언저리에서 뒤틀려 뼈를 부수며 빙글 뒤집혔다.

그녀는 이를 꽉 깨물고 두 다리로 착지하여 더욱 거리를 벌리려 했지만, 한쪽 다리가 망가지니 움직임도 둔했다.

"오오오……!"

루크는 소리 높여 전진하며 허리를 낮추고 플럼의 품에 뛰어들었다.

거기서 펼쳐지는 보이지 않는 오른팔의 어퍼컷.

그 손끝이── 플럼의 아래턱에 닿았다.

'위험해. 피할 수 없어!'

순간, 그녀의 온몸에 오한이 내달렸다.

나선 손가락은 가죽을 으지직 찢고, 아래턱의 부드러운 살을

짜악 가르며 혀 안쪽에서 구강 속으로 침입했다.

고개를 젖혀도 결과는 별반 다르지 않았다.

"커, 헉."

손가락이 구개에까지 도달하여 코 안쪽을 도려내며 더욱 앞으로 나아갔다.

플럼의 입에서 의식하지 않아도 기묘한 소리가 새어 나왔다.

그리고 나선은 두 안구를 안쪽에서 뽑아내더니 마지막에는 두개골 내부에서 전두전야의 일부를 긁어내듯 파괴했다.

그녀의 **얼굴**은 벗겨져 공중을 춤추다 땅바닥에 떨어졌다.

요컨대── 플럼은 두부(頭部)의 앞쪽 절반을 상실한 것이다.

시각을 상실한 그녀의 세계는 완전한 어둠에 에워싸였다.

그것은 행복한 일이었을지도 모른다.

적어도 지금 자신이 어떤 모습인지 보지 않아도 되니까.

코를 훌쩍이자 피가 왈칵 역류했다.

겨우 남은 혀뿌리에는 다만 철에서 나는 맛과 냄새만 느껴졌다.

"크……아……아……."

아프다.

아프다.

아프다.

괴로워, 싫어, 살려줘.

"아…… 아아, 아……."

하지만 인간이라는 생물은── 전두엽이 망가진 정도로는 죽지 않는다.

더 깊은 곳의 뇌간을 손상시켜야 비로소 죽음이 성립된다.
하지만 뇌를 도려내면 당연히 플럼의 몸에는 변화가 생긴다.
전두엽이 관장하는 이성과 본능의 균형이 붕괴되는 것이다.
혹은 인격 및 감정의 변질이라고 해야 할까?
재생되기까지 짧은 순간이기는 하지만── 플럼의 마음은 완전히 '끝장'났다.
"오오오오오오오오오."
루크는 뇌간을 뭉개고자 이번에는 실체가 있는 왼팔을 앞으로 뻗었다.
현재 플럼이 처한 상황을 분석하고, 그녀가 반격할 수 없다고 파악했기에 대담하게 공격할 수 있었다.
한편 플럼은 마치 무언가를 찾듯 양손을 앞으로 뻗었다.
그리고── 타앙! 하고 화약이 발포한 듯한 소리가 울렸다.
동시에 루크의 미간에 무언가가 꽂혀 그는 몸을 살짝 뒤로 젖혔다.
"오오……오오오……."
플럼은 총을 갖고 있지 않을 터였다. ──루크는 당황했다.
하지만 그녀는 계속해서 그것을 쏘았다.
타아아앙── 이번에는 3연속으로 그의 어깨에 다시 **무언가**가 꽂혔다.
"오오오오오……."
"아아아아아아……!"
으르렁거리는 두 괴물.

궁지에 몰린 쪽은 명백히 플럼인데도, 루크의 자세는 엉거주춤했다.

소리에 의지해 위치를 짐작한 그녀는 그런 그에게 **손끝**을 향했다.

이미 왼손은 엄지 말고는 존재하지 않았다.

하지만 재생 중이니 곧 다시 **장전**될 것이다.

그러니 다음으로 **발포**하는 것은 오른쪽 손가락.

마력이 손끝에 흘렀다.

'반전'하면 고정된 것은 튕겨 나간다.

'반전'하면 안쪽에 있는 것은 바깥쪽으로 해방된다.

그렇다——. 이성을 상실한 플럼은 자신의 육체를 무기로 삼아 이용했다.

손가락뼈는 그대로 발사한다. 살은 빙결시켜 보강한다.

그리고 반전의 마력을 띤 살의 탄환은 오리진의 힘을 관통하여 절체절명의 상황을 뒤집는다.

그야말로 플럼이 고대하던 기사회생의 한 수였다.

"아아아아, 아아아……!"

——제정신을 차린 그녀가 어떻게 생각할지는 별개지만.

18 연민(憐憫)

"아아아아아아아아!"

아직 재생 중인 입에서 쏟아지는 플럼의 포효.

그리고 발사되는 손가락탄.

"오오오오오오오오오오!"

루크는 초조한 목소리를 내며 손바닥을 앞으로 내밀고 공간을 회전시켜 요격했다.

공중에서 반전과 나선은 맞부딪치며 상쇄되었다.

그사이에 그는 단숨에 플럼에게 접근했다.

그녀의 시야는 아직 회복되지 않았다.

어둠 속에서 소리에만 의지하여 플럼은 재생된 왼쪽 손가락을 발사했다.

그것은 루크의 뺨을 도려내고, 어깨를 관통하고, 목에 꽂혔다.

하지만 그는 그것을 구태여 맞으면서까지 단숨에 플럼의 지근거리로 뛰어들었다.

"오오오오오!"

그리고 회전을 두른 왼팔을 얼굴 한가운데에 일직선으로 내밀었다.

"아아아아아아──."

플럼은 손가락이 없는 왼팔을 앞으로 뻗어 정면으로 방어했다.

파직! 하고 힘이 폭발하며 서로의 팔이 튕겨 나갔다.

하지만 루크는 멀쩡했고, 한편 플럼의 손목은 갈가리 찢어졌다.

이내 자세를 고친 루크는 재차 나선의 주먹을 통한 일격으로 머리를 노렸다.

그것을 이번에는 오른팔이 막았다. 튕겨 나가는 플럼의 피와 살.

이제 막을 손은 남아 있지 않았다.

"우오오오오오오오오오오오!"

막을 방법이 없다면 오직 공격할 뿐이다.

죽음의 공포 때문에 주저하는 마음은 지금의 플럼에게 존재하지 않았다.

일부러 발을 앞으로 내디딘 그녀는 손목 밑부분이 없는 왼팔을 루크의 오른쪽 옆구리에 박았다.

하지만 팔이 닿기 직전── 덜컹, 철퍽, 하고 플럼의 팔이 회전을 시작했다.

그 움직임을 읽은 루크가 나선의 함정을 설치한 것이다.

이래서야 공격은 먹히지 않는다고 생각했겠지만──.

"아아아아아아아아아!"

절규, 그리고 파열음.

플럼은 마력을 **팔꿈치**에 집중하고 안팎을 반전시켰다.

팔꿈치 관절이 터지며 그 충격으로 왼쪽 팔뚝이 탄환── 아니, 포탄처럼 발사되었다.

"오…… 오오?!"

그것은 루크가 설치한 함정째로 역장을 관통하여 옆구리에 박혔다.

팔꿈치 위를 상실한 플럼의 상처에서는 대량의 혈액이 흘러나왔다.

하지만 인간성을 상실한 그녀에게 그것은 사소했던 모양이다.

나아가 오른팔을 앞으로 내밀고 그 팔꿈치에 마력을 실었을 때――

"……아."

――뇌 재생이 완료되었다.

제정신이 든 그녀는 자신의 팔을 보고 무슨 짓을 하려 했는지, 무슨 짓을 했는지 떠올렸고―― 주춤한 루크에게 등을 지고 온 힘을 다해 달려갔다.

기껏 잡은 승기였다. 거기서 오른팔을 쏘았으면 더 큰 대미지를 줄 수 있었을 것이다.

하지만 그보다 플럼은 자신이 한 짓을 허용할 수 없었다.

살인도 했다. 자신의 몸을 희생하여 싸운 적도 있었다.

아무리 저주 때문이라지만 너무나도 비인간적이라고 자조한 적은 수도 없을 정도로 많았다.

하지만 지금은―― 자기 의사로 몸의 일부를 공격에 이용하다니, 그런 짓은――.

"아아…… 하하, 싫다……. 싫어, 정말로, 이제……!"

푸슉푸슉 재생되며 본래의 형태로 되돌아가려는 왼팔을 보고 플럼의 눈에 눈물이 맺혔다.

무엇이 싫은지 한 번 인식하면 더는 본래대로 돌아갈 수 없다.

카발리에 아츠와도 리버설과도 다른 자유로우며 예비 동작도 작은 사격 무기.

그것은 예비 동작이 큰 대검을 사용하는 플럼에게 전투의 폭을 넓히는 우수한 전술이었다.

그렇다. 그렇기에── 그 발상이 생겨난 시점에 플럼은 **사용할 수밖에 없었던** 것이다.

자신의 몸을 발사하여 무기로 삼는 비인간적인 수단을 하나의 선택지로.

"뒷북이지만, 그야 그렇지만!"

플럼은 재생이 완료된 팔로 벽을 때리고 고개를 떨군 채 땅바닥을 바라보았다.

눈물이 고여 시야가 뿌예졌다.

그것은 또래 소녀다운 모습이었다.

그녀가 마음대로 설치한 경계선이며, 수없이 말하지만 '뒷북'이기는 했다.

자신이 멀쩡한 인간이 아니라는 정도는 진즉에 알고 있었으니까.

"하지만 역시 내 의사로 몸을 떼어 무기로 삼는 건 의미가 달라……."

아아, 이것도 '습관'인 걸까?

쓰다 보니 "별거 아니네"라고 판단된 것일까?

하지만 그런 자신이 싸움을 끝내고 평범한 생활로 돌아간대도── 제대로 살아갈 수 있을까?

끝이 보이지 않는 싸움의 끝을 생각해봤자 별수 없다는 건 알고 있다.

하지만 플럼이 고난을 뛰어넘을 수 있었던 건 미래에 기다리는 희망이 있었기 때문이다.

누구도 자신의 목숨을 노리지 않는 행복한 나날이 있기에 그곳을 향해 계속 달릴 수 있었다.

빛을 잃으면 발은 멈춘다.

하지만 가령 그러지 않고서는 살아남을 수 없다면?

"죽으면 다 끝이야. 아름답게 싸운대도 살아남을 수 없다면 의미는 없어."

플럼은 그렇게 스스로에게 되뇌었다.

허용해라, 기뻐해라, 너는 오리진의 목덜미를 물어뜯을 수 있는 또 하나의 기술을 얻은 것이라고.

소녀다운 고뇌는 가슴속에서 끈적끈적하게 소용돌이쳤지만,

"……이러니저러니 해봤자 어쩔 수 없어. 아무튼 지금은."

결론 냈다.

싸울 수밖에 없다.

고오오오오오오—— 멀리서 땅이 울리는 소리가 가까워졌다.

또 그 바위 드릴을 만들어내어 모습이 보이지 않는 플럼을 향해 발사하는 것이리라.

콰아아아아앙!

등 뒤에 있는 민가가 붕괴되었고 회전하는 거대한 바위가 플럼을 덮쳤다.

그녀는 그것을 반전조차 쓰지 않고 뛰어넘어 공중에서 표적의 위치를 확인하고 검을 뽑았다.

"하아아아아아아아아앗!"

영혼 사냥꾼을 휘둘러 프라나 셰이커를 발사했다.

루크는 그런 그녀의 행동을 읽은 모양인지 내민 주먹에서 나선 탄환을 날렸다.

맞부딪쳐 충격파가 주위에 퍼졌다.

플럼은 휘몰아치는 바람 속에서 착지와 동시에 대검의 날로 땅바닥을 때렸다.

프라나 스톰(기검람)── 반전의 마력을 띤 힘의 분류가 부채꼴로 퍼져갔다.

하지만 범위는 넓어도 거리는 가까워 루크에게까지는 닿지 않았다.

플럼도 그것은 알고 있었다.

그녀의 목적은 공격이 아니라── 설치되었을 함정을 탐지하는 것.

파직, 파직파직!

반전 마력과 반응하여 그 위치가 시각화되었다.

위치만 알면 무서울 게 없다. 플럼은 루크를 향해 뛰어갔다.

"오오오오오오──."

내민 주먹. 쳐든 검.

발사된 나선은 프라나 셰이커로 상쇄.

응수를 반복하는 사이에 두 사람의 거리는 가까워졌다.

그리고 플럼은 루크의 눈앞에서 도약하여 양팔로 철 덩어리를 휘둘렀다.

휘잉! ──검은 하늘을 갈랐다.

옆으로 뛰어 피한 루크는 즉각 그녀에게 왼팔을 휘둘렀다.
나선 주먹은 베어 올린 칼날과 맞부딪쳐 폭발했다.
반동으로 둘 다 살짝 휘청였다.
주춤한 플럼의 머리가 함정에 닿았고 두개골이 크게 일그러졌다.
그녀는 즉각 허리를 낮추어 전진했고, 이내 루크는 보이지 않는 오른팔로 베듯이 요격했다.
플럼은 높이 날아 공중제비를 돌며 그의 등을 노렸다.
착지해 돌아보자마자 참격을 가했고 루크 또한 돌아보며 왼팔로 방어했다.
팔과 칼날은 접촉──한 듯 보였으나, 영혼 사냥꾼이 입자가 되어 그 자리에서 사라졌다.
플럼의 손등에 문장이 떠올랐다.
맨손이라 가뿐해진 그녀는 무방비한 루크의 복부에 손날을 날렸다.
물론 그의 몸을 지키는 역장에 닿으면 손가락은 날아갈 테니 닿기 직전에 멈추고──
"리버설(날려버려라)!"
퍼어어어어엉!
다섯 손가락을 모두 발사하여 처박았다.
내달리는 통증에 일그러지는 표정.
하지만 밀착 거리에서 연속 사격을 받아 루크는 배를 누르며 휘청휘청 뒤로 물러났다.
"오…… 오오……!"

그는 괴로운 듯 끙끙댔지만, 이내 오른팔을 플럼의 뺨에 뻗고 반격에 나섰다.

그녀는 그것을 반사적으로 왼팔로 막으려 했지만—— 그것은 팔로 막을 수 있는 게 아니었다.

"리버설(폭발하라)!"

플럼은 팔이 나선에 **깎여 나가기** 직전에 마력을 채워 직접 터뜨렸다.

탄환으로 발사한 것이 아니라 충격을 발생시키는 것이 목적인 **발포**였다.

두 사람 모두 날아가 재차 거리가 벌어졌다.

재빨리 자세를 가다듬은 루크는 양팔을 앞으로 내밀어 나선 탄환을 연발했다.

플럼은 구르며 그것을 피했고, 그사이에 오른쪽 손가락 재생이 완료되었다.

그리고 영혼 사냥꾼을 뽑아 칼날로 지면을 직직 긁으며 루크에게 접근했다.

낮은 자세로 옆구리를 노려 베어 올렸고—— 하지만 루크가 설치한 함정에 손목이 우지끈 뒤틀렸다.

"크, 또?!"

이번에는 반대로 루크가 주춤대는 플럼에게 다가가 나선의 오른팔을 향했다.

플럼은 발바닥에 마력을 전달하여 리버설을 발동했다.

루크의 몸이 기울어졌다.

그는 다리에 회전하는 역장을 둘러 바닥을 부수며 그 자리에서 버텼다.

하지만 빈틈은 생겼다.

"어차피 재생할 거라며어어어어어언!"

플럼은 뒤틀린 오른팔을 들고 손목 위를 잘게 잘라 발사했다.

뼛조각과 빙결된 살점이 수십 발의 탄환이 되어 루크의 기괴한 육체를 꿰뚫었다.

그것을 맞을 때마다 그의 몸은 잘게 떨리며 "오, 오오" 하고 괴로운 목소리가 새어 나왔다.

다 쏘았을 때, 이번에는 막 재생된 왼손으로 검을 뽑아 그 끝을 꽂았다.

"끝이다아앗!"

루크는 팔로 막으려 했지만 이미 늦었다.

검은 칼날과 체내의 검은 수정이 접촉했다.

"리버설!"

흘러드는 반전의 마력.

오리진의 나선은 역회전을 시작했고 '음의 에너지'를 생성했다.

수정은 그것을 참지 못하고 파괴되어 파직 두 동강 났다.

"오, 오오오오오오오오오! 오…… 오오……!"

영혼 사냥꾼을 뽑자 붉은 줄기를 엮은 듯한 육체가 일부 **풀렸다**.

플럼을 향하려던 왼팔도 그 움직임을 멈추고 축 늘어졌다.

승부 결정── 플럼은 그렇게 확신했다.

그리고 얼굴의 절반 정도가 인간이었을 무렵의 루크로 되돌아

가자——

"아직 끝나지 않았어어어어어어어엇!"

그는 기쁜 듯 웃으며 외쳤다.

"말도 안 돼?!"

루크는 엉망진창인 몸을 억지로 움직여 플럼에게 덤벼들었다.

그의 목적은 플럼을 이기는 것.

그것은 오리진이 지시한 것도, 마더가 명령한 것도 아니었다.

루크 자신이 개인적으로 품은 소망이었다.

"돌아라, 나의 팔이여어어어어엇!"

역장도 두르지 않고, 루크의 팔 그 자체가 회전하기 시작했다.

물론 코어 두 개일 때에 비하면 위력은 약하지만 인체를 파괴하기에는 충분하고도 남는 힘이었다.

루크의 주먹은 허를 찔려 무방비한 플럼의 왼쪽 어깨에 명중했다.

영혼 사냥꾼을 쥔 팔이 갈가리 찢어지며 바닥에 떨어졌다.

"그 심장을 가져가겠다아아!"

뒤틀린 주먹이 가슴으로 다가왔다.

"그렇게는 못 한다아아아앗!"

플럼은 재생 중인 왼손으로 루크의 손을 막았다.

손바닥에서 소년의 팔은 회전을 계속했고, 소녀는 반전 마력을 이용하여 필사적으로 그것을 막았다.

두 사람은 가죽과 살이 깎이고 뼈가 훤히 드러나도 한 발도 물러나지 않았다.

"느껴져, 느껴진다고, 플럼! 누구의 명령도 지시도 아닌 이기고 싶은 마음으로 타오르는 이 영혼! 이게 생명이지?! 이게 인간으로서 사는 거지?! 이거 좋군! 이제 승부에 이기면 미련 없이 지옥에 갈 수 있을 것 같아!"

"고집과 고집의 대결에 희열을 느끼는 거라면, 꼭 살육일 필요는 없었어!"

"하지만 우리는 그럴 수도 없어. 8년 전에 운명은 결정되었지! 그걸 선택할 수 없는 곳에 거둬졌어! 너는 알잖아! 그래서 이런 살육에 어울려주는 거잖아?!"

모든 생명을 소모하듯 루크의 회전은 더욱 속도를 높였다.

플럼의 뼈가 깎였고, 그 통증에 그녀는 얼굴을 찌푸렸다.

"큭…… 그런 건── 그저 체념이야! 나도 할 수 있다면, 해낼 수 있다면, 이렇게 잘못된 방법에 만족하고 죽길 바라지 않아! 죄도 벌도 모두 사라지는 편한 기적이 세상에 있다면! 하지만 없어! 그런 편한 방법은!"

"그래, 없다고! 그런데 넥트 녀석은 살라고 말해. 꼼짝달싹할 수 없는 우리에게 인간으로서 계속 살라고! 여기서 끝내는 게 우리에게 **최선**인데!"

플럼은 그것이 이상론인 걸 알면서도 넥트의 마음이 이해되었다.

죽음이야말로 '최선', 그런 답을 인정하고 싶지 않았다. ──가족이라면 그렇게 생각하는 게 당연하니까.

하지만 '최악'이라는 자각 아래 선택한 죽음이라면 넥트는 납득했을까?

만약 살아남는대도, 앞으로 이어지는 '최악'의 인생에 납득하며

살 수 있을까?

아아, 그런 건 아무도 모른다.

올바른 선택은, 미래의 답은 지금을 사는 플럼과 친구들은, 아무도――.

그래서 최종적으로는 서로가 감정을 부딪칠 수밖에 없는 것이다.

"그러니까 내가 이기게 해줘, 플럼. 최고의 해피엔딩을 맞이할 수 있도로오오오오옥!"

"그딴 행복 따위느으으으으으으으은!"

회전은 더욱 힘이 커졌고 플럼의 손은 형태가 일그러지며 나선에 빨려들었다.

하지만 살을 잃고 뼈만 남는대도 그녀는 오기로 루크의 주먹을 계속 받아들였다.

힘은 완전히 맞버텨 영원히 끝나지 않을 공방처럼 보였다.

하지만 루크는 이미 코어가 하나 파괴되어 몸의 절반 이상이 붕괴된 상태였다.

마음이 꺾이지 않아도 육체가 먼저 한계를 맞이했다.

회전의 힘은 반전의 힘에 밀려 루크의 팔에서 힘이 빠지며 축 늘어졌다.

"아~아…… 역시 이렇게 되는구나. 헤헷, 어쩔 수 없지. 이렇게 미련이 많아서야."

플럼은 앞으로 쓰러진 그의 몸을 부드럽게 안았다.

이미 루크에게 전의는 없었다. 패배를 인정했을 것이다.

"뮤트를 데리러 왔을 때 넥트는 누군가와 싸움을 끝낸 뒤였어."

"그래…… 나와 프위스야. 질리지도 않고 구하려는 그 녀석을 막으려 했지."

"넥트는 뭐라고 했어?"

"자신만 살고 싶은 게 아니라고. 혼자서는 어렵더라도 모두와 함께라면 다시 시작할 수 있을 거라고. 나도 같이 짊어질 거라고. 그 자식은 그렇게 바보 같은 소리를 지껄였어."

이미 저지른 잘못은 사라지지 않는다.

그런 것은 넥트도 알고 있었다.

그래서 혼자가 아니라 칠드런 전체가 살아남아 미래를 이어가려 했다.

"그래서 나도 조금은 희망을 품었어. 이제 어쩔 수 없다는 걸 알고 있었을 텐데, 정말로 모두가 살아남으면 어떻게든 되지 않을까 하고 말이야."

"그럼 넥트를 따라가면——."

루크는 힘없이 고개를 저었다.

"아직 평범하게 다시 시작할 수 있는 녀석이 있는데 왜 같이 저승길로 가겠어."

넥트가 루크를 가족으로서 구하려 했듯—— 루크 또한 넥트를 구하고 싶었다.

"살인죄뿐만이 아니야. 우리는…… 넥트를 끌어들인 죄도 짊어지고 살아야 하잖아? 그런 건 사양하겠어. 한심하고, 무엇보다 멋이 없어. 그렇다면 혼자 마음대로 인간이든 뭐든 되라고 해. 우리 같은 바보는 내버려 둬도 돼."

플럼은 더 이상 아무 말도 하지 않았다.

넥트와 루크가 같은 생각을 가슴에 품고 다른 길을 고른 이상, 더는 타인이 끼어들 영역이 아니었다.

그녀는 조용히 눈을 가늘게 뜨고 그 몸이 녹아 의식이 흐려지는 모습을 다정히 지켜보았다.

전에 싸운 사티루스는 어디까지나 여러 개의 코어를 가진 개체를 **엮었을** 뿐이었다.

하지만 칠드런의 더블 드라이브는 달랐다.

몸속에 넣은 두 개의 코어가 코어끼리 새로운 나선을 만들어내어 큰 힘을 끌어냈다.

유소년기부터 심장 대신 오리진 코어를 가졌던 그들이기에 가능한 행위일 것이다.

그만큼 육체에 걸리는 부하도 심상치는 않았다.

뮤트도 그냥 두면 곧 쇠약해져 죽을 상태였을 테고 루크도 마찬가지다.

"정말로…… 그 녀석도, 바보야. 조금 더, 빨랐다면…… 늦지 않고…… 아아…… 하지만…… 프위스, 는…… 마더……에게……."

루크는 몸에서 힘이 빠져 의식을 잃었다.

슬슬 시간이 되었다고 생각한 플럼은 등 뒤에 기척을 느껴 돌아보았다.

"오틸리에 씨?"

당연히 넥트가 왔을 거라고 생각했던 플럼은 뜻밖의 인물을 보고 깜짝 놀랐다.

"대리예요. 저쪽은 저쪽대로 바쁜 모양이거든요."

오틸리에는 플럼에게 다가가 루크의 몸을 받았다.

"저기…… 오틸리에 씨는 지금 사투키나 넥트와 함께 있죠?"

"네, 뒤에서 은밀하게 움직이고 있어요. 그 아이도……."

"그 아이?"

"……아무것도 아니에요. 일단 당신들의 편인 건 틀림없어요."

저도 모르게 말실수를 할 뻔한 오틸리에는 노골적으로 말을 돌렸다.

플럼을 동요시키지 않기 위해 지금은 밀키트에 대해서는 침묵해야 하리라고 판단했다.

"저기, 무슨 방법인지 모르겠지만, 이 상태인 뮤트나 루크를 정말로 구할 수 있을까요? 저희가 잉크를 구했을 때와는 사정이 다른 것 같은데요."

"저는 자세한 연구 내용까지는 모르지만, 절대로 불가능하다면 처음부터 받아들이려 하지 않았겠지요."

"가능성이 아예 없지는 않은── 그 정도의 성공률이군요."

조용히 긍정한 오틸리에는 눈을 내리깔았다.

잉크의 수술도 성공은 분명 기적이었을 것이다.

그것이 몇 번이나 이어지다니 분명 말도 안 된다.

그걸 알지만, 죽어가는 칠드런들을 넘기는 건 너무나도 잔혹하게 생각되었다.

하지만 가족인 넥트가 그렇게 바란다면 맡길 수밖에 없다.

"루크를 잘 부탁드립니다."

"이상한 소리를 하는군요. 아까까지 서로를 죽이려고 했는데요."
"저도 미적지근하다고는 생각해요. 죽이겠다고 단언할 정도의 결단력이 없는 거겠죠."
"그건 '다정함'이라고 말해야지요."
오틸리에는 그렇게 미소 짓더니 루크를 데리고 어딘가로 향했다.
플럼은 크게 숨을 내뱉고 환해진 주위 풍경을 둘러보았다.
의식하고 멀어졌기 때문인지 길드 건물은 멀쩡했다.
아직 싸우는 소리는 들렸지만, 엉망진창인 지금의 플럼은 방해만 될 뿐이다.
최소한의 제 역할을 다하기 위해 그녀는 길드로 돌아갔다.

루크는 부드러운 무언가에 실리는 느낌이 들어 의식을 되찾았다.
'아직 안 죽은 건가? 나도 참 끈질기군.'
하지만 머리는 멍했고 손발조차 움직일 수 없었다.
겨우 살며시 눈을 뜨자 여성이 이쪽을 들여다보고 있었다.
"어머, 정신이 들었군요. 안심했어요. 그대로 죽으면 변명의 여지가 없거든요."
루크는 입을 뻐끔뻐끔 움직였지만 목소리는 나오지 않았다.
"여기가 어디냐고요? 사투키 님이 소유한 시설이에요. 당신은 여기서 수술을 받을 거고요."
그 말을 듣고 그는 고개를 살며시 가로저었다.

"싫다고요? 일단 수술을 받을지 말지는 본인의 의사에 맡긴다는 모양이니 당신이 거절한다면 억지로 할 수는 없어요. 참고로 뮤트 씨는 받았다는 모양이에요."

루크는 깜짝 놀랐는지 입을 반쯤 벌리고 오틸리에를 응시했다.

그 시선을 받아 그녀는 겸연쩍은 듯 한숨을 쉬었다.

"……이미 수술은 끝났고 지금은 경과를 관찰하는 중이에요. 네? 그러니까…… 성공했는지 묻는 건가요? 글쎄요. 저는 알 수 없어요. 하지만 살아는 있는 모양이에요."

정작 중요한 부분을 얼버무리는 오틸리에에게 루크는 불신감을 품었다.

"그런데도 당신은 거부할 건가요?"

그런 타이밍에 물어도 그가 고개를 끄덕일 리 없었다.

"그렇군요. 이런 짓까지 했으니까요. 그리 쉽게 삶을 선택하지는 않겠지요. 하지만―― 이런 동기라면 어떨까요?"

오틸리에는 루크의 귓가에 입을 들이대고 소곤소곤 속삭였다.

그리고 얼굴을 뗀 그녀는 어딘가 슬픈 표정으로 그를 바라보았다.

한편 루크는 최대한의 경멸을 담아 오틸리에를 노려보았다.

'악마가…… 그런 말을 하면 우리가 거절할 수 없잖아.'

뮤트도 같은 상황이다.

그 말을 듣고 거절할 수 없었을 것이다.

"그렇게 노려보지 마세요. 결정한 건 사투키 님이니까요."

오틸리에는 어디까지나 바쁜 그를 대신하여 그 역할을 맡았을 뿐이었다.

물론 추가 요금은 확실히 받을 생각이지만.

"저도 이런 방식은 좋아하지 않아요."

한편으로는 그런 방식을 선택하지 않으면 일이 진행되지 않는다는 사실도 있다.

하지만 오틸리에는 어른에게 농락당하는 아이들에게 연민의 정을 품지 않을 수 없었다.

은가(隱家)

"가디오 씨, 기다리고 있었어요!"

가디오가 중앙구의 공원에 도착하자 웰시가 손을 흔들며 달려왔다.

오늘 아침에 사실 그녀는 길드에 없었는데, 가디오에게 부탁받아 이른 아침부터 조사를 하던 것이었다.

물론 밤에 홀로 행동하게 할 수는 없어서 호위로 몇 명의 모험가가 붙어 있다.

"무모한 부탁을 해서 미안해."

"네, 그야 뭐, 무모하긴 무모했지요. 하지만 이걸 찾아왔어요."

그렇게 말하고 그녀가 꺼낸 것은 신문이었다.

하지만 종이 상태만 봐도 꽤 낡았고 웰시네 신문사가 만든 신문도 아니었다.

"정말로 남아 있었나? 굉장하군. 보수는 나중에 얼마든지 지급할게."

"돈보다 길드에서 저희 신문과 계약해주는 게 더 좋아요. 뭐, 그건 그렇다 치고── 왕도의 올바른 역사를 남겨두는 건 오빠의 취미이기도 하거든요. 일부러 창고를 만들어서 그곳에 과거의 신문이나 서적을 보관하고 있어요. 아, 물론 교회에는 비밀이지만요."

그곳에는 오리진교에게 불리한 기사도 잠들어 있을 것이다.

오리진 코어 이외에도 그들은 지금의 지위를 얻기 위해 수도 없이 손을 더럽혔으니까.

"하지만 가디오 씨, 이제 와서 마더의 **어머니**에 대해 조사해서 뭘 어쩌시게요?"

가디오가 받은 신문에는 '중앙구에서 대규모 화재'라는 제목의 기사가 실려 있었다.

"본명은 마이크 스미시. 하지만 놈은 마더라 자칭하며 일부러 여장을 하고 행동했어. 그 언동을 보면 어머니라는 존재에 뭔가 콤플렉스를 품고 있다고 추측할 수 있지."

"칠드런이라는 연구를 진행한 것도, 자신을 마더라고 부르게 한 것도 그런 이유일까요? 그렇다면 상당히 일그러진 가족관을 가졌을 것 같네요."

실제로 마더는 넥트 일행을 의존시키고 반쯤 지배하듯 키웠다.

"아마 그럴 거야. 그리고 지금 마더는 교회에 버림받고 궁지에 몰렸지. 이럴 때 인간은 침착하려 해도 자신의 심층 심리에 끌려 움직이는 법이야."

웰시는 그 말을 듣고 "오호라" 하고 흥미진진한 듯 고개를 끄덕였다.

"그래서 마더는 이곳에 돌아올 것이다? 하지만 가디오 씨, 처음부터 장소는 짐작하셨죠? 중앙구와 서구와 동구 각각의 특별 구역—— 그렇게 지정하셨잖아요? 제가 조사하지 않아도 그곳에 마더가 살았던 집이 있던 걸 알고 계시지 않았나요?"

이야기를 나누며 이미 가디오와 웰시는 나란히 중앙구의 어느 곳을 향해 걷고 있었다.

"예상을 벗어나면 목숨에 지장이 생겨. 꼭 확인하고 싶었어."

"괜찮다면 그 예상에 다다른 이유를 들려주시겠어요?"

"플럼의 말을 듣고 갑자기 깨달았어."

어제, 플럼은 그 편지를 보낸 사람이 뮤트라고 추측하고 이렇게 말했다.

"인간은 많은 얼굴을 가진 생물이야. 뮤트는 왕도의 인간을 학대하고 병기로서의 가치를 보이는 한편 인간으로서 그것을 막게 하고자 편지를 보냈고 키릴도 보호하고 있어."

"그게 이번 이야기와 무슨 관련이 있죠?"

"그 두 가지는 어디까지나 칠드런 자신의 욕구에 지나지 않아. 아직 그들에게는 우선도가 높은 '마더에게 보은'이라는 목적이 남아 있을 거야."

"그러고 보니…… 현재 그 아이들은 마음껏 날뛴다고밖에 보이지 않네요."

"제한 시간이 다가오는 가운데, 이미 그들은 그 목적을 이루기 위해 행동을 일으키고 있다고 생각하는 게 자연스러워. 그렇게 생각하고 피해가 난 지점을 지도에 표시해 봤는데——."

"말했던 곳만이 텅 비어 있었다?"

결국 칠드런의 행동은 모두 마더가 있는 곳에서 주의를 돌리기 위한 양동 작전이었다.

하지만 규모가 너무 커서 그것을 양동 작전으로 생각하는 인간은 아무도 없었다.

그보다 본인들도 죽을 생각으로 싸웠으니 그럴 계획은 전혀 없었을 것이다.

"마더의 어머니 이름은 수잔나 스미시. 화재로 사망. 불에 탄 주택지는 현재 창고 거리로…… 우와앗?!"

갑자기 바닥이 크게 흔들려 웰시는 넘어질 뻔했다

진원은 동구에 있는 모양이라 그쪽으로 시선을 보내자 거대한 얼음 덩어리가 땅바닥에 꽂혀 있었다.

"저거, 에타나 씨……일까요?"

"그렇겠지. 꽤 요란하게 붙은 모양이야."

웰시가 그 모습을 관찰하는데 우뚝 선 얼음 산을 살구색의 무언가가 올라가고 있었다.

그 숫자는 다 셀 수 없을 정도로 많았고, 이윽고 전체를 감쌌다.

눈을 집중하여 그것이 무엇인지 확인하려는데――.

"웬만하면 보지 않는 게 좋을 거야."

가디오가 그것을 말렸다.

"앞으로 갓난아기를 제대로 못 보게 될 테니까."

"네? 아…… 혹시 저건……."

얼음의 표면에서 꿈틀거리는 작은 점의 정체를 짐작한 웰시는 두 번 다시 그것을 보려고 하지 않았다.

"그, 그래서 창고 거리 말인데요, 여긴 의외로 사람이 많이 드나드네요."

왕도에서 사람이 없어진 건 어제의 일이다.

그 전까지는 지극히 평범하게 많은 사람이 이곳을 걸었을 터였다.

"안 그래도 눈에 띄는 마더가 그런 상황에서 숨기는 어렵지 않을까요?"

"마침 사용하지 않는 창고가 이곳에는 있을 거야."

"사용하지 않는…… 앗, 그렇군요. 프랑소와즈 상점의!"

그것은 사티루스 프랑소와즈가 사장을 맡았**던** 회사의 이름이다.

하지만 당사자인 사티루스는 셰오르에서 소멸되었고, 웰시네 신문에 의해 교회와 위법 약물을 거래했다는 사실이 밝혀져 지금은 영업이 정지되었다.

"과연 가디오 씨네요. 거기까지 생각했을 줄이야. 그럼 당장 분담해서——."

"아니, 여기서부터는 나 혼자 하면 돼. 웰시는 조금이라도 안전한 곳에 몸을 숨겨."

마침 창고 거리의 입구에 접어든 참이라 가디오는 웰시에게 그렇게 말했다.

"싸움은 몰라도 관찰력은 있으니 찾는 걸 도울 수 있을 거예요."

"창고 거리가 마더의 은신처라면 남은 칠드런이 나를 그냥 두지 않을 거야. 프위스와 싸움이 일어났을 때, 너를 지킬 여유는 없을 테지."

"아아…… 그렇군요. 특종을 최전선에서 볼 수 없는 건 아쉽지만 어쩔 수 없네요."

차마 발걸음이 떨어지지 않았지만, 죽으면 본전도 찾지 못한다.

웰시는 미련을 떨쳐내고 동료가 기다리는 회사로 돌아갔다.

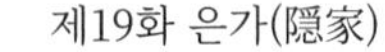

가디오는 프랑소와즈 상회가 소유한 창고 앞에서 멈춰 섰다.

"……훗. 슬슬 얼굴 정도는 비치지 그래, 넥트."

그는 갑자기 뒤를 돌아보더니 건물 뒤를 향해 그렇게 말했다.

그러자 불만스레 뺨을 부풀린 넥트가 부루퉁하게 얼굴을 내밀었다.

"쳇, 역시 알아챘군."

"기척을 그렇게 숨겨서 되겠어? 라이너스한테 배워."

"그딴 경박한 남자는 싫어. 그런데 여기에 마더가 숨어 있어?"

넥트의 질문에 대답한 사람은 가디오가 아니었다.

"그래. 그래서 내가 여기에 있는 거야."

초록색 머리카락의 소년은 넥트와 달리 당당하게 가디오의 앞에 모습을 드러냈다.

"마더는 내가 지키기로 결심했어. 상대가 누구든 반드시."

프위스는 살기를 훤히 드러내며 두 사람과 맞섰다.

가디오는 이내 검을 뽑아 경계했지만, 넥트가 그와 프위스의 사이에 끼어들었다.

"싸우기 전에 너와 이야기를 하고 싶어."

"난 할 말 없어. 어제 이야기를 나누고 서로 이해할 수 없다는 걸 알았잖아?"

"그때와는 상황이 달라. 뮤트는 수술을 받기로 했어. 오리진 코어 대신 심장을 얻어서 평범한 인간이 됐어!"

그 사실은 프위스를 동요시키기에 충분했다.

그것을 들키지 않고자 입을 다물었지만, 흔들리는 살기까지는 감출 수 없었다.

“루크도 처음에는 거부하겠지만, 뮤트 소식을 알면 받아들일 거야. 그렇게 되면 프위스, 너만 남아. 너만 살아남기를 바란다면!”

넥트는 다그치듯 설득했다.

하지만 그 순간── 프위스가 발한 기척이 또 다른 모양으로 변했다.

살기와는 다르지만, 적어도 그가 품은 것이 긍정적인 감정은 아니었다.

가디오는 방어까지는 아니더라도 즉각 움직일 수 있도록 두 다리에 힘을 실었다.

“넥트. 나는 어제부터 계속 생각했는데 말이지?”

프위스는 넥트를 나무라듯 질척질척 말했다.

“네가 말하는 미래에는── 어디에도 마더가 없어. 왜일까?”

둘 사이의 가장 깊은 골은 마더에 대한 애착이다.

자신의 성별마저 속였던 넥트는 그를 버리고 살기로 결심했다.

한편 프위스는 지금도 마더를 사랑하고 마더에게 의존하며 마더를 위해 목숨을 버리려 한다.

“마더는 우리를 키워준 세상에서 가장 소중한 어머니야.”

“아니. 마더는 우리의 미래를…… 그리고 진짜 부모를 빼앗았어!”

“마더가 없었다면 우리는 태어나지조차 못하고 죽었을 텐데?”

“아니라니까! 마더만── 교회만 없었어도 더 멀쩡하게 살 수 있었어!”

“멀쩡한 게 뭔데? 평범하면 행복해? 지금의 우리는 불행했어?

아니, 전혀 아니야. 나는 지금 여기서 마더에게 목숨을 바칠 수 있어서 진심으로 행복해."

"그 외의 행복을 알 권리를 빼앗겼다고!"

"하지만 나는 이것밖에 몰라. 그럼 아는 것 중에서 최선을 택할 수밖에 없잖아!"

프위스는 오리진 코어를 높이 쳐들고 황홀한 표정을 지었다.

그리고 그것을 가슴에 들이댔다.

'막아야 해—— 아니, 내 능력으로는 늦을 거야!'

넥트가 **지금부터** 움직여도 프위스의 코어 사용이 더 빠를 것이다.

따라서 늦지 않을 수 있었던 건 가디오가 그보다 먼저 움직이기 시작했기 때문이었다——.

재빨리 허공을 가른 검은 칼날은 그 시선 끝에 있는 프위스의 팔을 절단했다.

그의 동작이 멈추자 넥트는 즉각 커넥션을 발동하여 등 뒤로 전이했다.

발을 걸고 팔을 잡아 바닥에 억누르듯 제압했다.

"그것밖에 모른다면 같이 알면 되잖아! 우리에겐 반드시 이 선택보다 행복한 길이 있을 거야. 그걸 찾기 위해서는 모두가 살아남을 필요가 있어!"

넥트라면 숨통을 끊을 수도 있었을 것이다.

하지만 설득을 계속하는 갸륵한 그녀의 모습에 프위스는——

"아하" 하고 일그러진 미소를 지었다.

"넥트, 도망쳐!"

"늦었어. 디스토션."

"윽?! 커넥션!"

프위스의 말대로 능력 발동은 그가 0.1초 더 빨랐다.

부우웅—— 익숙지 않은 소리와 함께 풍경이 마블 모양으로 일그러지며 프위스를 제압하던 넥트의 팔이 빨려들어 **소멸되었다**.

넥트는 직후에 전이하여 프위스에게서 떨어졌지만, 팔뿐만 아니라 몸통, 다리, 얼굴 일부도 마치 쥐가 갉아먹은 듯 파여 사라진 상태였다.

"오오오오오오오오오!"

가디오는 즉각 프라나 셰이커를 쏘았지만,

"디스토션."

그가 손을 뻗었을 뿐인데 그 일격은 거품처럼 사라졌다.

"프위스에게 이런 힘이 있었다니……."

넥트의 상처에서 서서히 피가 배어 나오며 흘렀다.

이윽고 그 부위는 소용돌이치며 아물었지만, 그때마다 오리진(파파)의 목소리는 귀에 거슬렸다.

"설마 이 소년——!"

스파이럴 칠드런은 있는 그대로의 상태라면 전투 능력에서 가디오를 비롯한 영웅에게 약간 뒤진다.

또한 프위스의 능력인 '디스토션'은 루크의 로테이션에 비해 변칙적인 공격이 가능한 한편, 출력은 뒤졌다.

하지만 지금의 그는 달랐다.

가디오가 죽일 생각으로 쏜 참격을 한 손으로 순식간에 없애버렸다.

"마음처럼 안 되는군. 예상하기론 방금 그걸로 넥트를 죽일 셈이었는데."

"프위스…… 도저히 내 손을 잡을 생각은 없구나?"

"응, 이렇게 마더의 가까이에 있을 수 있는걸. 파파의 목소리가 잘 들리는걸! 나는 전혀 외롭지 않아. 틀림없이 지금이 태어난 이래로 가장 행복한 순간이야!"

프위스는 양팔을 벌리고 뱅글뱅글 돌며 "아하하핫" 하고 천진난만하게 웃었다.

"그러니까 그 행복이 마더가 만든 거라는 말인데……!"

"그만해, 넥트. 말해봤자 입만 아파."

"하지만!"

"나도 그가 제정신이라면 말리려고는 하지 않아. 하지만 지금은 달라. 말이 통하는 상대가 아니야."

"무슨 뜻이야?"

"가슴에 코어가 깃든 너라면 차분히 프위스를 관찰하면 알 수 있을 거야."

넥트는 가디오의 말대로 크게 들뜬 프위스를 바라보았다.

그러자 그 눈은 경악하며 휘둥그레졌다.

"설마 그런…… 말도 안 되는 일이……."

넥트는 떨리는 입술로 마침내 깨달은 진실을 뱉었다.

"프위스는…… **이미 두 번째 코어를 사용하고 있어**?!"

칠드런 중에서 누구보다도 마더에게 의존하고 오리진을 숭배했던 프위스다.

그는 이미 뮤트나 루크와는 다른 차원에 도달했다.

그것은 어떤 의미로 '제2세대'의 완성형이라고도 말할 수 있는 존재일 것이다.

"눈치챘어? 그럼 넥트, 내가 진정한 행복을 네게 가르쳐줄게!"

절단된 오른팔의 상처에서 붉은 섬유 다발이 주룩 나오며 새로운 팔이 생겨났다.

그리고 벌린 손바닥에서 탁류 같은 왜곡의 역장이 방출되었다.

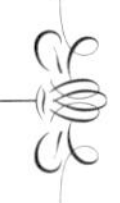

20 도명(賭命)

프위스가 방출한 왜곡의 힘은 시간, 차원, 중력, 거리── 그곳에 존재하는 다양한 요소를 일그러뜨리고 휘저어서 접촉한 물질을 모두 소멸시킨다.

부우웅── 귓속을 흔드는 듯한 저음이 그 신호다.

눈으로 볼 수는 없지만, 닿기 직전에 피하지 않으면 설령 인체일지라도 깎여 나간다.

"굉장해, 굉장하다고! 이게 더블 드라이브! 이 힘이 있으면 나는 누구에게도 지지 않아!"

가디오와 넥트는 그 힘이 '탄환처럼 발사되는 것'이라고 생각하여 각각 옆으로 날았다.

하지만 프위스가 팔의 방향을 바꾸자 바닥을 도려내는 역장은 부드럽게 휘어지며 가디오를 쫓았다.

'인식을 바꿀 필요가 있겠군. 저건 검…… 아니, 채찍 같은 건가?'

뒤에서 쫓아오는 그 왜곡을 가디오는 달리며 필사적으로 피했다.

그사이에 자유로워진 넥트는 창고 안의 짐을 접속의 힘으로 프위스에게 던졌다.

하지만 프위스는 왼손을 휘둘러 얇고 넓은 왜곡의 장으로 가뿐히 막았다.

"넥트, 너라면 알겠지? 우리 사이에 있는 압도적인 차이를 말이야!"

"그래, 알아. 그런 엉터리 힘이 오래 지속되지 않는다는 것도!"

"오래 지속되는 게 어느 정도인데? 10분? 20분? 아니면 30분? 후후훗, 그만큼 싸우면 진즉에 두 사람은 죽어 있겠지이?"

왼손으로 만든 왜곡의 방패가 넥트를 노리며 발사되었다.

그녀는 전이하여 회피했지만, 역장은 그 뒤에 있던 건물에 닿은 순간 확산되며—— 마치 녹아내리듯 거대한 창고를 통째로 그 자리에서 없앴다.

넥트는 전율했다. 한편, 가디오를 쫓는 왜곡의 채찍은 더욱 기세가 강해졌다.

"아저씨, 뒤!"

그 역장이 가디오의 등에 닿기 직전, 그의 발밑에서 바위가 솟아 나와 몸을 높이 띄웠다.

"무거운 갑옷을 입고도 의외로 빠르군. 그럼 이쪽은 어떨까?!"

프위스는 양손을 하늘 높이 들고 왜곡의 역장을 공 모양으로 만들었다.

더욱 부푼 그것은 큰 풍선처럼도 보였다.

실제로 무게는 없는지 프위스는 가뿐히 가디오를 향해 그것을 던졌다.

하지만 그 가벼운 동작과는 거기에는 정반대로 닿은 물체를 모두 없애는 힘이 있었다.

"아저씨는 공중에선 피할 수 없어……. 그렇다면 내 힘으로!"

넥트는 가디오를 엄호하고자 근처에 있는 건물을 띄워 공 모양 물체에 던졌지만, 다만 삼켜지듯 사라질 뿐 효과는 없었다.

한편, 위기를 맞이한 가디오는 검을 한 손에 들고 힘을 주었다.

팔에 혈관이 튀어나왔다.

'압도적인 힘이지만…… 그만큼 **시험**하기엔 안성맞춤이야.'

프라나는 인간의 생명 에너지를 힘으로 변환한 것이다.

그중에서도 재생 가능한 리소스이기에 '체력'을 소모하는 것이 주류였다.

하지만 가디오는 이렇게 생각했다.

돌이킬 수 없는 것일수록 막대한 열량이 깃들지 않을까?

코어의 동시 사용도 그렇다. 자신들을 희생함으로써 한계를 넘은 힘을 얻을 수 있다.

'찾아라. 반드시 있을 것이다. 찾아라. 본능 따위는 무시해라. 찾아라. 무엇을 희생하든 상관없다.'

그는 의식을 집중했다.

상상한 것은 자신의 체내로 뻗은 두 개의 팔.

체력으로 프라나를 빚을 때보다도 더 선명하고 강하게 존재시키며 안쪽으로 향했다.

울려 퍼지는 알람에 귀를 막고 떨어지는 격벽을 부수며 앞으로 나아갔다.

그만큼 엄중한 보호 장치 안쪽에 있는 것── 인간을 인간답게 하는 '근원적 개념'에 다다르기 위해.

그리고 이르렀다.

몹시도 소중하게 막에 감싸인 인간 생명의 원천에.

손을 뻗었다. 손끝이 막을 찢었다. 뚝 하고 혈액처럼 따뜻한 무언가가 흘러나왔다──.

"크, 으……윽!"

가디오는 괴로워서 신음했다. 하지만 동시에 아픔이 애틋했다. 아픔은 힘의 증거니까.

가디오는 쏟아져 나온 '붉은색'을 손으로 퍼 올려 그것을 프라나로 바꾸었다.

——인간에게는 한계가 있다.

아무리 단련해도, 아무리 결심을 거듭해도 평범한 인간에게는 다다를 수 없는 경지가 있다.

상대는 인간성을 버린 괴물. 그렇다면 그것에 이길 수 있을 만한 힘이 있으면 될까?

아니다.

가디오가 향하는 곳은 지금 눈앞을 가로막고 선 벽 저 너머——의기양양하게 웃는 흰 가운 차림의 여자와 그것을 에워싼 키마이라라는 괴물이다.

복수를 이루려면 이 정도로.

이 녀석 정도로 고전해서는 안 된다.

"컥, 크……오, 오오오오오오오오오오오아아아아아아아아악!"

팔의 혈관이 갑옷 안쪽에서 투둑투둑 파열되었다.

몸속에서도 끊어져서는 안 될 **무언가**가 끊어져 시야가 레드아웃되었으며, 피눈물이 뺨을 적셨다.

뇌 속에서 머리의 알람이 울려 퍼졌다. "그건 써서는 안 되는 힘이야" 하고 시끄럽게 외쳤다.

하지만 금기이기에, 도달해서는 안 되는 경지이기에 그는 손을

댔다.

"카아아아아아아아아아아아아아아아아아악!"

다가오는 역장을 향해 휘둘리는 까만 검.

때려박힌 철 덩어리는 본래 칼날이 사라져 끝났을 터였다.

하지만—— 일그러지며 모양을 바꾼 것은 프위스가 쏜 역장 쪽이었다.

나아가 칼날에 가득 찬 프라나가 혈관을 돌듯 공 모양 전체에 퍼졌다.

프라나 펄서(기맥쇄, 氣脈碎)—— 그것은 프라나의 도화선이었다.

가디오가 "흥!" 하고 더욱 힘을 싣자 풍선 바깥쪽이 터지며 왜곡의 역장을 감싼 그 '표면'을 잡아 찢듯 파괴했다.

그로 인해 근소한 안정성을 잃은 에너지는 더욱 거대한 폭발을 일으켰다.

"우오오오오오오오오오오오오오옷!"

가디오는 그 폭발에조차 간섭하며 힘의 흐름을 억지로 프위스에게 향했다.

폭염, 폭풍, 충격, 왜곡, 프라나—— 붕괴된 혼돈이 지상에서 올려다보는 소년을 삼켰다.

"으…… 방금 뭐지……? 평범한 인간이 저런 걸 할 수 있다고……?"

자욱한 열기에 얼굴을 찌푸린 넥트는 착지한 가디오를 두려워하는 눈빛으로 바라보았다.

'아니, 가능할 리가 없어. 저 사람은 평범한 인간이야. 선택받은 것도, 희소 속성도 아니야. 그런데 우리를 능가하는 힘을 휘두

르다니 뭔가를…… 목숨이라도 희생하지 않고서는 말도 안 돼!'

그녀는 피를 흘리는 그를 앞에 두고 그렇게 확신했다.

목숨을 깎으며 덤비는 프위스에게 목숨을 깎으며 대항하는 가디오.

그렇게까지 해서 승리를 얻는 데 무슨 의미가 있는지 넥트는 이해할 수 없었다.

"으……아……아아……."

그때, 연기가 자욱한 폭발지에서 괴로운 신음이 들렸다.

넥트는 언제든 덤빌 수 있도록 뛰어내리기 편한 건물 잔해나 멀쩡한 건물에 눈독을 들였다.

"아프……네…… 하하하. 평범한 인간 주제에 이렇게까지 하다니……."

프위스의 몸은 불에 타 문드러져 마치 썩은 구울 같았다.

하지만 온몸이 순식간에 붉은 섬유로 변하여 휘릭 나선을 그리더니 다음 순간에는 본래 모습으로 되돌아갔다.

"후우…… 멀쩡하군. 카발리에 아츠 새크리파이스(도명 기사 검술)── 갑작스러운 공격치고는 잘했다고 생각했는데."

"멀쩡하지 않아. 아아아주 아팠어. 이렇게 아픈 적은 처음이야. 굉장하네, 아저씨."

"네게 칭찬받아 봤자 쓰러뜨리지 못하면 아무 소용없어."

격렬한 통증을 느끼고 있을 가디오였지만, 그 전의는 흔들리지 않았다.

재차 대검을 잡고 프위스와 맞섰다.

"솔직히 얕봤는지도 몰라. 파파의 힘도 갖지 않은 송사리는 쉽게 짓밟을 수 있다고 생각했어. 하지만 아니었네. 이대로라면 마마가 위험해. 그러니까── 조금 진지해져야겠어."

프위스는 급격히 몸을 뒤로 젖히더니 머리가 땅바닥에 닿기 직전에 딱 멈추었다.

그리고 그의 몸통이 한가운데부터 크게 **열렸다**.

오리진 코어의 영향을 받아 뒤틀린 내장이 드러나고, 그곳에서 무수한 붉은 줄기가 뻗어져 나왔다.

그 줄기는 얽히고 뭉치며 큰 꽃송이 모양을 이루었다.

"디스토션, 올 레인지(전부)!"

무슨 공격이 올지는 넥트나 가디오도 예측할 수 없었다.

하지만 큰 기술이 올 때는 그에 상응하는 빈틈이 생긴다.

"커넥션!"

"하아아아아아아앗!"

지금이 그때라고 판단한 두 사람은 온 힘을 다해 프위스를 짓밟고자 덤볐다.

창고 그 자체가 하늘에서 떨어졌고, 목숨을 깎아 만들어낸 칼날이 소년의 목을 노렸다.

모두 혼신의 일격이기는 했지만 ──부웅── 소리가 난 순간, 그 **모양이 뒤틀렸다**.

또한 속도와 방향도 불규칙적으로 바뀌어 모든 공격이 프위스를 빗나갔다.

"이건……."

가디오는 당황하며 그렇게 말했지만, 그것이 자신의 귀에 다다른 것은 수십 초 뒤였다.

"뭐가 뒤틀렸지? 어디까지 변했지?!"

넥트는 확인하고자 고개를 돌렸으나 그 동작은 부자연스럽게 부들거렸다.

프위스는 몸을 뒤로 젖힌 채 흉흉하게 잇몸을 훤히 드러내고 웃었다.

그가 쏜 역장은 물질을 소멸시킬 정도의 위력은 없지만, 넓은 범위에 영향을 미쳤다.

왜곡시킨 것은 빛, 소리, 시간, 거리.

따라서 눈에 보이는 풍경은 일그러졌고, 자신의 목소리조차 다다르지 않기도 했으며, 천천히만 나아갈 수 있는 곳과 이상하게 빠르게 나아갈 수 있는 곳이 존재했다.

요컨대 이 안에 있는 한 프위스 말고는 자유롭게 몸을 움직일 수 없는 것이다.

"페이즈(단계), 세컨드(파국)."

그리하여 몸을 움직이지 못하게 한 뒤 힘을 꽃에 서서히 담는다.

그리고 같은 범위 내에 더욱 강한 역장을 펼친다.

이번에는 틀림없이 지금까지 썼던 것과 마찬가지로 닿는 순간 사라지는 강렬한 힘일 것이다.

왜곡의 파도가 다가오지만 두 다리로 도망칠 수는 없다.

유일하게 움직일 수 있는 것은 접속에 의한 전이가 가능한 넥트뿐이었다.

"……커넥, 션!"

하지만 단 한 번의 전이에조차 수 초의 시간이 필요했다.

어째서인지 지금의 넥트는 머리도 멍했다.

아마 프위스의 능력 때문에 사고하는 속도조차 일그러졌을 것이다.

그럼에도 가디오의 옆으로 이동하여 눈앞에 파도가 다가오는 가운데 둘이서 전이했다.

일단은 역장 밖으로——.

"이제 창고 거리의 끝인데 여기도 아직이야?!"

한 번의 전이로는 완전히 도망칠 수 없었다."

"다시 한번 할 수 있겠어?"

넥트는 즉각 고개를 끄덕였다.

이 부근은 프위스의 근처에 비해 힘의 분포가 **드문드문했다**.

아까보다는 빠르게 능력을 발휘하여 이번에야말로 벗어나는 데 성공했다.

"후우우…… 이거 큰일이군."

넥트는 벽에 기대어 크게 숨을 뱉어냈다.

가디오는 입가의 피를 손등으로 닦으며 험악한 표정을 지었다.

"이 정도를 도망쳐도 놈은 금방 쫓아오겠지."

"그럼 또 도망쳐?"

"많은 사람을 끌어들일 수는 없어. 여기서 쓰러뜨릴 수밖에 없어."

"어떻게 쓰러뜨리는데? 지금 우리는 손 쓸 도리가 없는데."

"우리 둘이 힘을 합할 수밖에 없겠지."

넥트는 저도 모르게 뿜듯이 웃었다.

"그 반응은 뭐야?"

"그야 '힘을 합한다'는 말이 어째 같은 편인 것 같아서."

"아직 적인 줄 알았어? 미안하지만 나는 이미 전우로 대하고 있어."

"하핫, 내가 그런 말에 기뻐할 정도로 단순한 것 같아?"

그렇게 말하면서도 넥트의 얼굴은 미묘하게 빨개졌지만, 그녀는 온 힘을 다해 얼버무리려 했다.

그걸 언급할 정도로 가디오는 사악한 사람이 아니며 그럴 시간도 없다.

"말해두겠는데, 이건 진지한 이야기야. 놈이 쓰는 디스토션. 그건 반드시 무적은 아니야. 높은 에너지체를 충돌시키면 파괴할 수도 있어."

"아저씨가 했던 그거 말이지? 그런 걸 하고도 몸이 괜찮아?"

"안심해. 새삼스레 아까운 목숨도 아니야."

"……그런 짓을 하면 플럼 언니가 슬퍼할 거야."

"알아. 하지만 나는 이제 그렇게 살 수밖에 없어. 과거라도 바꾸지 않는 한은."

"탐탁지 않은 각오네. 딱히 설득할 생각은 없지만."

그렇게 말하면서도 넥트는 섭섭해했다.

적게나마 가디오에도 빚이 있다고 생각하기 때문이리라.

"그래서 아저씨는 어떻게 할 생각이야?"

하지만 지금은 그에게 기대지 않으면 넥트의 목숨도 위험하다.

가디오가 말하는 그 '작전'에 귀를 기울였다.
속으로는 '무모하기도 하지'라고 반쯤 진저리를 치며.

◇ ◇ ◇

프위스의 활동 시간에는 아직 여유가 있었다.
만약 가디오와 넥트가 시간을 벌기 위해 도망쳐다닌다면 그는 살아 있는 인간들을 몰살하고 너희 탓이라고 웃을 생각이었다.
하지만 창고 거리에서 조금 떨어진 곳에서── 두 사람은 재차 프위스의 앞에 나타났다.
그것도 기습 같은 것 없이 정면에서 사이좋게 나란히 서서.
"부탁한다, 넥트!"
가디오는 마법으로 검에 바위 날을 둘렀다.
"뭉개져도 몰라. 커넥션!"
넥트는 겨우 무사한 건물을 공중에 띄웠다.
"나오는가 싶더니 질리지도 않고 그거냐? 그럼 나도 다시── 응?!"
넥트가 노린 것은 프위스가 아니었다.
공중에 뜬 건물은 가디오를 향해 낙하하기 시작한 것이다.
"자기들끼리 분열된 거야? 여기서? 그렇군. 넥트는 내 행복을 이해했구나!"
"그것만은 결단코 아니야!"
넥트는 프위스를 척 가리키며 부정했다.

그녀가 선언한 대로 건물에 가디오가 짓뭉개지는 일은 없었다.

대신에 깨진 건물 잔해들은 그가 든 검에 달라붙었다.

차례로, 차례로, 주위의 건축물 전체가 한곳에 집결하듯.

"우와아…… 하하, 아하핫, 굉장한 생각을 하는군, 넥트."

프위스는 쳐든 검을 올려다보며 저도 모르게 감탄한 목소리를 냈다.

"내 의견이라고 생각하지 마. 이렇게 무모한 짓은 절대로 하고 싶지 않으니까."

이미 실행한 넥트조차 진저리칠 수밖에 없는 모양새였다.

"후우우우우우우——."

그 '탑'을 팔만으로 지탱하다니 본래 인간에게는 불가능한 일이다.

그것을 눈앞에서 해내는 남자를 보자 이제 한숨밖에 나오지 않는 것도 당연했다.

『장기전으로는 이길 수 없어. 아낌없이 모든 힘을 한 번에 집중시켜야 해.』

확실히 가디오의 말대로 자잘하게 싸워봤자 프위스의 수비를 돌파하기는 어렵다.

『네 접속 능력으로 내 검을 보강한다.』

그러니까 그것 말고는 이길 방법이 없다—— 그 말은 사실이리라.

하지만 옳다구나 고개를 끄덕일 정도로 현실적인 작전은 아니었다.

『바보 아니야?! 그런 게 가능할 리 없잖아!』

『가능해.』『불가능해!』『가능해』『그러니까 불가능하대도!』

『내가 가능하다잖아. 너는 돕기만 하면 돼.』

가디오는 완고하게 물러서지 않았고, 내키지 않는 넥트는 따를 수밖에 없었다.

"그나저나 실제로 보니 정말로 말도 안 되게 무모해."

그런 한탄 같은 넥트의 목소리조차 이미 가디오에게는 다다르지 않았다.

"후우우우우…… 하아아아…… 후우우우……."

그는 호흡을 가다듬었다.

카발리에 아츠 새크리파이스도 아직 완전하지 않을 것이다.

더 효율적인 방법을 싸우면서 모색하다 보니 그는 더 강한 힘을 손에 넣었다.

몇 초 전까지는 지탱하는 것만도 벅찼지만, 다음 순간에는 살짝 기울일 수 있게 됐다.

그게 가능하다면 기운 채로 멈춰서 힘을 축적하고 휘두를 수도 있을 것이다.

눈앞에 나타난 거대한 탑을 올려다보는 프위스는 "아핫" 하고 웃더니 오른손을 들었다.

그리고 그 손목에 왼손을 대고 벌린 손바닥에 힘을 실었다.

"나는 야만적인 싸움은 싫어했지만. 지금이라면 루크의 기분을 조금은 알 것 같아……. 후후, 디스토션, 소드(분열)."

가디오에게 뒤지지 않고 공간을 뒤트는 무언가가 하늘을 향해 뻗어갔다.

준비 단계에 프위스가 공격했다면 넥트가 수비할 예정이었다.

하지만 프위스는 **응했다**.

남자답게, 가디오가 건 그 일대일 승부에.

"선수는 아저씨에게 양보할게. 어디서든 마음껏 덤벼봐."

흥분하여 뺨을 붉게 물들인 프위스는 그렇게 권했다.

"큭, 오, 오오오오오오오오오——."

꽉 깨문 입가에서 피가 흘렀고 흰자위는 모두 붉게 물들었다.

팔 근육은 한계까지 팽창하여, 갈기갈기 찢어지기 직전에 잘게 떨리면서도 검을 앞으로 기울였다.

쿠우우우우우우우웅—— 그저 움직일 뿐인데 공기가 휘저어지며 낮게 뜬 구름이 갈라졌다.

"우우오오오오오오오오아아아아아아아앗!"

포효가 찌릿찌릿 대기를 뒤흔들었고, 마침내 칼날은 프위스를 향해 내려왔다.

"사라져라아앗!"

프위스는 자신의 '검'으로 그 검을 받았다.

휘이이이이이이이이이잉!

"으아아아아아앗?!"

다만 검이 부딪쳤을 뿐인데 지상에 있는 넥트는 날아갔다.

그녀는 바닥의 홈에 손가락을 걸고 버티며 두 사람의 싸움을 지켜보았다.

"크, 하…… 아핫, 정말로 받아내는구나! 뒤틀리지 않고 멈췄어!"

두 자루의 검은 팽팽히 맞섰다.

프위스의 왜곡은 가디오의 검의 압도적 질량을 다 삼키지 못한 것이다.
"크아아아아아아아아악!"
가디오가 외치자 프위스가 밀렸다.
뒤꿈치가 바닥에 박히고 팔이 구부러졌다.
"하지만…… 그건 한 번뿐이지?"
하지만 프위스의 표정에는 아직 여유가 있었다. ――그는 검을 기울여 힘을 옆으로 흘려보냈다.
스으으으으윽! 하고 표면을 긁으며 프위스의 검 표면을 미끄러지는 가디오의 검.
"안 돼, 저대로 바닥에 내던져지면 더는 들어 올릴 수 없어!"
들어 올리는 것보다 그 속도를 완력만으로 막는 것이 더 곤란했다.
그러나――.
"크아아아아아아아아아아아아아악!"
가디오는 그것을 자기 목숨을 깎고 또 깎아서 해냈다.
"정말로 하는 거야……?"
넥트가 아연실색한 눈앞에서 검의 낙하는 멈추었다.
이어서 가디오는 몸을 비틀며 쳐들더니 옆으로 똑바로 휘둘렀다.
프위스는 그 위에서 짓누르듯 공간의 왜곡을 내던졌다.
거기서 가디오는 재차 포효했다.
프위스에게 짓눌린 검을 힘으로 들어 올리고 휘둘렀다.
"아하하! 인간은 굉장하네. 맨몸으로도 이렇게 할 수 있구나!"
겨루는 사이에 프위스의 마음에 가디오(인간)에 대한 약간의 동경이 싹텄다.

그것은 더블 드라이브에 대한 그의 적성을 아주 조금 약화시켰다.

"아──."

다시 검이 맞부딪치기 직전, 프위스의 검이 휘청 휘어졌다.

"크오오오오오오오오오오오옷!"

강도가 떨어진 검은 가디오가 방출한 질량에 짓눌려 채앵! 하고 튕기듯 사라졌다.

머리 위에서 그것이 떨어지는 모습은 마치 하늘이 무너지는 듯했다.

매료될 것만 같았지만, 즉각 프위스는 양팔을 교차시켜 방어 태세에 들어갔다.

"디스토션!"

쿠우웅! 하고 때린 일격.

프위스는 직격은 면했지만, 자신을 감싼 구형 역장과 함께 바닥에 묻혔다.

"흐으으으으으응!"

가디오는 검을 다시 쳐들고── 내리쳤다.

"끄으윽……!"

프위스는 완전히 궁지에 몰렸다.

이제 결판의 순간이 가까운 것은 명백했다.

"프위스, 제발 항복해. 나는 네가 죽길 바라지 않아!"

"알았어. 그만 싸울게……라고 말하면 이 사람이 멈출까──!"

다시 일격, 가차 없는 철퇴가 내려졌다.

"후우우…… 하아아…… 나도 알아. 네게 그런 생각이 없다는 정도는!"

"아하하핫, 그래. 왜냐하면 나는 마더를 위해 목숨을 바치고 싶은걸."

쿠우우우웅! 일격이 크게 대지를 뒤흔들었다.

"프위스…… 아저씨……."

딱히 누군가가 잘못한 게 아니라 이건 처음부터 그런 싸움이었을 뿐이다.

어느 한쪽이 죽을 때까지 끝나지 않는다. ――그렇게 정해져 있다.

프위스가 만든 방어벽은 궁지에 몰리고도 더욱 견고했고.

지금의 가디오조차도 깨부수기는 쉽지 않았다.

하지만 그는 조금씩 그 목숨을 깎는 방식에 익숙해졌다.

이거라면 한 단계 더 꺼내도 된다. ――그 감각을 실행에 옮겼다.

팔을 통하고 칼자루를 따라서 하늘을 가르는 칼날 전체에 프라나를 흘렸다.

기를 두른 검은 신기루처럼 흔들려 보였다.

"하하. 정말로 인간은 대단해……."

올려다본 프위스는 반쯤 체념의 경지에 이르렀다.

적어도 그의 마음속에서 오리진은 이전만큼 절대적인 존재가 아니었다.

딱히 인간임을 포기하지 않더라도 사람은 이 영역까지 도달할 수 있으니까――.

"끄으아아아아아아아아아아아아아아아아아아악!"

질량, 원심력, 속도, 프라나── 다양한 요소가 위력으로만 특화된 그 참격.

──가이아 브레이커(지열파쇄격).

대지는 부서지고 바위 파편이 거꾸로 솟아올랐다.

폭풍이 일어 필사적으로 붙잡고 있던 넥트도 날아갔다.

물론 프위스를 지키는 왜곡도 얇은 얼음처럼 깨져── 무방비한 그는 머리부터 짓뭉개졌다.

모래 먼지가 걷히기를 기다릴 것까지도 없이 그 결판은 명백했다.

"하……악, 크…… 커헉."

그는 그 손으로 괴로운 듯 가슴을 누르고 입에서 대량의 피를 토했다.

떨어진 검은 힘을 잃고 칼날을 보강했던 건물 파편이 대량으로 바닥에 나뒹굴었다.

"아야야…… 프위스…… 프위스는?!"

모두가 만신창이였지만, 가장 먼저 넥트가 활동을 재개하여 프위스를 찾았다.

모래 먼지 속에 들어가 달라붙는 모래와 자갈을 뿌리치며 손으로 찾자──

질퍽. 미지근하게 젖은 무언가가 손끝에 닿았다.

"아……."

얼굴을 들이대자 그곳에는 뭉개진 프위스의 안구가 바닥에 달라붙어 있었다.

"프위스…… 아아아…… 프위스으으으!"
넥트는 시체를 앞에 두고 슬퍼했다.
"넥트…… 너…… 이런 애였던가……?"
그런 그녀의 슬픔에 프위스는 반쯤 웃으며 대답했다.
"아…… 앗, 살았어…… 그 속에서, 살아 있었어……?"
모래 먼지가 걷히자 그곳에는 도저히 살아 있다고는 말할 수 없는 뭉개진 프위스의 몸이 있었다.
그 육체와 이어진 코어는 본래 그의 심장이었던 하나뿐.
기적이라고 기뻐해야 할지는 젖혀두고 아직 자아가 남은 프위스가 그곳에 있었다.
"살아 있었네. 아아, 아파……. 괴로워……. 죽는 게 더 편했을 거야……."
"……넥트, 어떻게 할래?"
다리를 질질 끌며 다가온 가디오가 넥트에게 물었다.
"물론 데려갈 거야. 살아만 있으면 방법은 있어."
"싫어. 이런 내가 인간으로서 제대로 살아갈 수 있을 것 같아?"
"나는 네가 이대로 살아야 한다고 생각하지는 않지만——."
그렇게 운을 뗀 가디오는 프위스에게 말했다.
"누구나 그렇잖아? 평범한 인간도 그리 잘 살 수 있는 건 아니야."
"호오…… 아저씨도 그래?"
"당연하지. 잘 사는 인간은 복수에 목숨을 바치려고는 생각하지 않으니까."
"그렇구나. 인간은 생각처럼 특별하지 않은가……? 되고 싶지는 않지만.”

“그래도 데려갈 거야. 그게 내 소망이니까. 그럼── 아저씨, 혼자 괜찮겠어?”

“그래, 아직 할 일이 남았으니까. 걸을 여력 정도는 남아 있어.”

“알았어. 그럼 또 보자, 아저씨. 커넥션.”

넥트의 얼굴이 추하게 소용돌이치며 신중하게 안은 프위스의 몸과 함께 그곳에서 사라졌다.

“나는 언제까지 아저씨인 거지?”

가디오는 한숨 섞어 그렇게 말했다.

주변은 격렬한 전투로 폐허나 다름없었지만 몇몇 곳엔 무사한 창고가 있었다.

프위스도 마더가 숨어 있는 창고가 휘말리지 않도록 했을 것이다.

몸은 만신창이고 통각이 되돌아와 온몸이 타는 듯 뜨겁지만, 아직 멈출 수는 없었다.

가슴에 손을 대자 몸에 깃든 목숨의 등불이 확실히 작아진 것을 느꼈다.

그는 그 사실에 조금 공포를 느꼈다.

하지만 에키드나의 얼굴을 떠올리며 복수의 불꽃으로 그것을 끄고 마더를 찾기 위해 걸어갔다.

21 생탄(生誕)

갓난아기는 에타나가 만들어낸 물에 감싸여 꼼짝달싹도 하지 못하는 상태였다.

그 몸은 반 정도가 뭉개졌고 상처에서는 피와 함께 작은 갓난아기가 기어 나오려 했다.

지금은 그것을 수압으로 어떻게든 막고 있었다.

전투의 무대가 된 공원에는 숨이 끊어진 작은 아기들이 다 헤아릴 수 없을 정도로 쓰러져 있었다.

주위에는 짙은 피비린내가 가득해서 서 있기만 해도 살갗에 밸 것 같을 정도였다.

에타나는 아무튼 빨리 끝내고 이 기분 나쁜 광경에서 한시라도 빨리 벗어나고 싶었다.

그리고 그 바람이── 마침내 이루어지려 했다.

"이제 끝이야."

입에서 몸속으로 침입한 물이 식도를 파괴하여 살에 구멍을 냈고 코어를 주르륵 끌어냈다.

갓난아기는 물속에서 부르르 떠는가 싶더니 그대로 움직이지 않았다.

상처에서 나오려던 아기들도 활동을 멈추었다.

"……후우, 생각보다 고전했어."

대미지를 주면 줄수록 단단해지며 뱉어내는 미니어처의 숫자가 더 늘어났다.

확실히 궁지로 몰아넣었을 텐데 왜인지 자신이 궁지에 몰린── 싸우는 동안에는 계속 그런 기분이었다.

오른쪽 어깨와 오른쪽 허벅지에 깊은 열상이, 다른 부위에도 자잘한 상처가 많았다.

직접 생성한 물로 소독은 마쳤지만 온몸이 욱신거렸다.

"다른 곳에서 소리가 들리지 않아. 혹시 내가 마지막인가?"

조금 발끈했지만 에타나는 서쪽을 향했다.

몇 곳에서 연기가 피어올랐지만, 그것은 잔향 같은 것이었다.

패배했을 가능성은 생각하지 않았다.

모두의 승리를 확신하며 에타나는 일단 가디오가 있는 중앙구로 향했다.

"이번에야말로 끝이다!"

발사한 화살이 정면에서 가슴에 명중하여 주위의 살과 함께 코어를 꿰뚫었다.

그러자 거대한 갓난아기도, 라이너스에게 다가가던 작은 아기들의 무리도 움직임을 딱 멈추었다.

그는 범위 공격에 그리 능하지는 않다.

따라서 오로지 증식을 반복하는 이 적과는 대단히 궁합이 좋지 못했다.

결과적으로 그는 마음을 바꿔 먹고 본체에만 집중하여 어떻게

든 승리를 움켜쥐었다.

과연 그것이 정답이었는지 지금은 아직 모르겠지만── 거의 멀쩡하게 승리할 수 있었으니 틀리지는 않았을 것이다.

"후…… 그나저나 이 광경은 보고 있자니 정신적으로도 타격이 오네."

하지만 체력적으로는 상당히 소모되었다.

상처는 없지만 잠시 쉬지 않고서는 연속으로 싸우기 힘들 것이다.

"소리가 나지 않는 걸 보니 싸움은 끝났나?"

가까운 길드 근처에서 누군가가 싸웠던 것은 눈치챘다.

하지만 적의 원군이 없었으니 플럼이 이겼을 것이다.

"우선은 플럼과 합류해서 그 뒤에 마더를 탐색해야겠군. 역시 힘들어……."

그렇게 말하며 머리카락을 쓸어올린 라이너스는 걸어서 길드로 향했다.

◇◇◇

전투를 끝낸 가디오는 창고에 발을 들였다.

몸이 무거워서 참을 수 없었지만, 마더를 놓치면 의미가 없다.

안은 어둡고 천장이 높고 면적도 넓다.

짐도 많이 방치되어 있어서 숨기에는 안성맞춤인 곳이었다.

가디오는 망설이지 않고 창고의 중심까지 이동한 뒤 눈을 감고 감각을 집중했다.

마더에게 기척을 죽이는 기능이 있다면 그 '탐지'를 통과했을지도 모른다.

하지만 그는 아이들과 달리 평범한 연구자다.

그렇기에 아이들의 보호를 받으며 이곳에 몸을 숨길 수밖에 없었을 것이다.

가디오는 곧장 목을 베어 죽일 생각으로 검을 쥔 채 마더에게 다가갔다.

하지만 상자 너머에 숨은 그에게 도착하기 전에── 철퍽, 하고 습한 소리가 울렸다.

"큭…… 흐, 끄으으으……!"

조금 늦게 굵은 신음도 들렸다.

"오오오, 오오, 옥, 푸…… 끼이이이익!"

가디오가 거기서 본 것은── 자기 배에 칼을 꽂은 거대한 여장 남자의 모습이었다.

마더는 가디오를 올려다보더니 입에서 피를 토하며 이를 훤히 드러내고 웃었다.

"마이크 스미시, 이 자식, 무슨 짓을 한 거냐?"

가디오에게는 그것이 그저 자살로는 보이지 않았다.

"우훗, 우후훗…… 후읏…… 오, 옥…… 후, 푸…… 후훗, 으흐흐아하하하하하하하앗!"

광기 가득한 웃음소리가 창고에 울려 퍼졌다.

배를 가른 인간의 것이라고는 생각할 수 없을 정도로 그 소리에는 힘이 담겨 있었다.

마음속에서 자신의 죽음을 후회하지 않고 두려워하지도 않으며 온 힘을 다해 환희하듯.

"뭘 했냐고 묻잖아!"

가디오는 돌바닥에 누운 마더의 얼굴 바로 옆에 대검을 꽂았다.

협박할 생각이었지만 효과가 없는 듯했다.

하지만 마더는 웃으면서도 순순히 가디오의 의문에 답했다.

"제, 왕, 절, 개♪"

그는 목소리에 교태를 담아 듣기만 해도 구역질이 날 정도로 불쾌하게 목을 울리며 그렇게 말했다.

"'제왕절개'……라고?"

"가, 여…… 워, 라, 콜록……. 하, 지만, 낳을…… 거야. 강한, 아이……니까. 조, 금…… 이르……지, 만…… 강, 하, 게…… 살, 아……갈…… 거야……."

할 일을 한 그는 실로 행복해 보였다.

고통조차도 훈장인지 몸을 태우는 열기는 쾌락으로 바뀌었고 신음과도 비슷한 괴로움을 토해냈다.

몸을 뒤틀 때마다 쥐어 짜내듯 상처에서 혈액이 흘러나왔다.

"칠, 드런…… 단…… 하나, 뿐인…… 나, 의…… 사랑……스러운, 아, 이. 이상적……인, 나, 로, 마마, 로…… 나는, 존재한다. 더욱, 더…… 높은, 곳으로……인……도, 하……."

마더의 표정에서 조금씩 힘이 사라졌다.

목소리도 가늘어지고 혈색도 창백해져── 그는 하고 싶은 말만 하고 멋대로 숨을 거두었다.

"큭, 설마 이렇게 어이없이 끝날 줄이야……. 아니, 잠깐만."

가디오는 마더의 시체에서 창고 안쪽으로 피투성이의 무언가를 질질 끈 흔적이 남아 있는 걸 알아챘다.

"제왕절개…… 이 남자는 뭔가를 낳은 건가? 그게 칠드런의 완성형인가?"

가디오는 '그것'을 쫓아 뛰기 시작했다.

그 괴물 갓난아기가 제3세대라면 마더가 낳은 것은 제4세대라고 불러야 할까?

그가 직접 배에 품고 기른 그것은 그 제조 방법부터 제3세대와 달리 양산에 적합하지 않다.

전혀 교회에 정식 채용될 의사가 있다고는 생각할 수 없는 물건이었다.

"기척은 느껴지지 않아. 혈흔도 벽 때문에 끊어졌어. 어디에 숨은 거지?"

하지만 이것을 마더가 칠드런을 넘어서는 비장의 카드라고 정의했다면 코어를 두 개 사용한 그들보다 더 강한 힘을 가졌을 터였다.

가디오에게 발견되어 미완성으로 낳았다면 미완성인 채 파괴해야 한다.

그는 주위에 놓인 짐을 후려쳤지만 기어간 흔적은 남아 있지 않았다.

이어서 혈흔이 끊어진 벽에 검을 휘둘러 파괴했다.

그러자── 그 자국은 밖을 향해 똑바로 이어져 있었다.

"장애물을 부수지 않고 빠져나갔어……. 하지만 피는 묻었을 거야."

제4세대가 어떤 존재인지 상상도 할 수 없지만, 실재하는 것은 확실했다.

가디오는 검을 쥔 채 추적을 이어갔다.

◇◇◇

시설로 끌려온 프위스는 회복 마법으로 치료를 받은 뒤 이내 처치실로 옮겨졌다.

여느 때처럼 또 사투키가 설득해서 수술을 받기로 승낙이 된 모양이지만, 뮤트 때보다는 조금 고생한 듯했다.

넥트가 처치실 앞에서 기도하듯 수술이 끝나기를 기다리는데 차타니가 그의 앞에 나타났다.

"걸어오니 어째 기분이 나쁘네."

"평범하게 굴면 평범하게 군다고 뭐라고 하는 거야? 난감하네."

"그래서 내게 무슨 용건이라도 있어?"

"사투키가 드디어 뮤트 안데시탄드에 대한 면회 허가를 내렸어. 지금부터 자유롭게 출입——."

차타니의 말이 끝나기도 전에 넥트는 커넥션으로 전이했다.

"이야기는 제대로 좀 들어라…… 하아."

남겨진 그는 오른손으로 얼굴을 덮고 한숨을 쉬었다.

"어떤 시대에 와도 권력자는 변함없구나."

"그건 누굴 말하는 걸까?"

차타니가 중얼거리는 목소리에 어느새 다가온 사투키가 끼어들었다.

"갑자기 나오는 건 내 전매특허야, 사토."

진저리치는 모습으로 돌아본 차타니에게 사투키는 짓궂은 미소를 지었다.

"나도 들뜬 거겠지. 요즘엔 가끔 아이 같은 짓을 하고 싶어져."

"칠드런에게 한 **짓거리**도 그중 하나라는 건가?"

욕설을 내뱉듯 차타니는 말했다.

"짓거리라니 너무하네. 딱히 그들을 구할 필요는 없었어. 무사히 수술을 끝내면 그들은 앞으로 교회와 싸울 무기조차 되지 않아. 그냥 짐이니까."

"그럼 왜 그런 짓을 했지?"

"너희를 흉내 낸 거야. 닥터 차타니, 그리고 플럼. 두 사람은 내게 꿈을 줬어."

사투키는 팔을 벌리며 수상쩍게, 하지만 진심으로 그렇게 말했다.

"그럴 생각은 없어. 나는 언제나 오리진이라는 현실에 맞서고 있지."

"그 현실이 가슴 떨리는 꿈 이야기잖아? 만약 내가 플럼의 고향 근처에서 너를 **발굴**하지 않았다면 나는 다른 방법으로 이 나라를 되찾으려 했겠지. 그때 손을 잡는다면…… 그래, 에키드나 쪽이려나? 그녀는 욕망에 솔직하니 자유롭게 연구할 수 있는 곳과 돈을 준비해주면 다루기 쉬워. 그리고 마족령에 쳐들어가고 점령해서 오리진을 제어하려 했을지도 모르지."

하지만 그렇게 되면 그는 플럼과 적대했을 것이다.

인위적으로 오리진을 제어하는 술법이 있다면 반전의 힘은 필요 없을 테니까.

"그건 지금의 나보다 훨씬 사악한 짓거리일 테지."

"일어나지 않은 미래와 비교하며 낫다고 한들 내게는 지금의 세계밖에 보이지 않아."

"흠…… 그런데 닥터 차타니. 오틸리에에게도 들었지만, 정말로 내가 하는 게 그렇게까지 악랄한 짓이야? 이래 봬도 좋다고 생각해서 하고 있는데."

"다시 말하지만, 나는 지금의 나밖에 보지 않아."

그렇게 잘라 말하자 사투키는 기분 탓인지 의기소침한 것처럼 보였다.

"구원은 관측하는 이에 따라 형태가 변하는 법이야. 누군가의 소망이 이루어질 때, 그것은 동시에 누군가의 꿈이 깨지는 순간이기도 하지. 나는 그 아이들이 그런 천칭 위에 있다고 생각해."

"그래서 선별하는 건가?"

"아니, 선택하는 건 그들이야. 하지만 나는 비교적 나은 선택지를 그들에게 줬다고 생각해."

전이한 넥트의 모습을 보고 뮤트는 어렴풋이 웃었다.

"뮤트, 수술은 성공했구나! 다행이야. 이제 살 수 있어……!"

넥트는 진심으로 기쁜 듯 뮤트의 뺨에 손을 댔다.

조용히 뮤트의 손을 잡고 있던 잉크는 살짝 얼굴을 들었다.

"그 한심한 표정은 뭐야? 뮤트가 살았다고. 더 기뻐하란 말이야."

막 수술을 마친 그녀의 몸에는 아직 인간을 그만두었을 때의 **상흔**이 남아 있었지만, 몸은 거의 본래 상태로 돌아왔다.

"플럼 언니에게 감사해야 해. 덕분에 뮤트의 몸이 나았으니까."

괴물이 된 부위는 리버설 코어로 오리진의 힘을 제거하여 본래 형태로 되돌아왔다.

체내의 오리진 코어도 제거되어 사투키가 준비한 죄수의 심장이 이식되었다.

지금 뮤트의 몸은 잉크와 같은 인간의 육체다.

"루크의 수술도 끝난 모양이니 이제 곧 여기로 올 거야. 프위스도 그래. 이제 모두 평범한 인간이 되고, 그리고── 잉크처럼 행복해질 수 있어. 그렇지?"

"……."

"잉크, 아까부터 왜 그래? 뮤트가 무사한 게 기쁘지 않아?"

"기쁘, 지만……."

"하아…… 나도 알아. 분명 살아남는대도 미래는 험난할 거야. 하지만 무슨 일이 있어도 반드시 넷이서…… 아니, 다섯이서 똘똘 뭉치면 극복할 수 있어."

"그건……."

"……나 참, 이럴 때도 시원찮은 언니네."

시원찮은 표정을 짓는 잉크에게 넥트는 진심으로 진저리쳤다.

"넥트."

그런 그녀를 뮤트는 가느다란 목소리로 불렀다.

"왜 그래, 뮤트. 아직 몸은 움직이지 않는 모양이니 원하는 게 있으면 말해."

"넥트."

"뮤트, 그냥 불러봤다고 하면 화낼 거야. 아니…… 지금은 용서해줄 거지만."

그렇게 말하면서도 넥트는 뮤트와 말을 섞을 수 있는 이 순간이 즐거워서 참을 수 없었다.

몇 번이든 좋으니 이름을 불러주길 바랐다.

그녀가 살아남았다는── 실감을 하기 위해서.

"있지, 넥트……."

"그러니까 이름만 부르면 어떻게 알아. 똑바로 말해."

뮤트는 연약하게 숨을 뱉더니 당장이라도 꺼질 듯한 목소리로 겨우 넥트에게 말했다.

"……미안, 해."

그리고 그 눈동자에서 투명한 물방울이 흐르자 그녀는 천천히 눈을 감았다.

"뮤트?"

넥트는 몸을 흔들었지만 반응은 없었다.

"흐……으, 윽……."

잉크는 잡은 그 손을 이마에 대고 어깨를 떨었다.

"야, 뮤트. 잠들었어? 이러지 마. 아직 뭘 원하는지 못 들었는데……."

이미 어렴풋이 알고 있었지만 부르지 않을 수 없었다.

"으, 으으으…… 뮤트……."

안구가 없는 그녀는 눈물을 흘릴 수 없지만 가슴은 다 헤아릴 수 없는 슬픔에 잠겨 있었다.

"뮤트…… 뮤트! 대답해! 이상해. 수술은 성공한 거 아니었어? 인간의 몸으로 돌아와서 우리는 평범한 남매로 살 수 있는 게 아니었어?!"

손바닥 너머로 동생의 몸에서 체온이 사라지는 느낌을 받았다.

"넥트, 이제, 뮤트는……."

"닥쳐어어어! 왜지?! 어째서?! 누가 좀 알려줘. 왜 이렇게 됐는지 누가 좀! 사투키! 차타니이이이이!"

슬픔은 이윽고 분노로 변했고, 넥트는 그것을 분출할 상대를 찾았다.

그 목소리에 응한 것은 사투키도 차타니도 아니라――.

"넥트. 네가 그렇게 흐트러진 모습은 처음 봤어. 의외로 동생을 끔찍이 생각했나 보네."

문을 열고 들어온 루크였다.

수술을 마치고 인간의 심장을 얻은 그의 안색은 시체처럼 창백했다.

그는 불안한 발걸음으로 뮤트가 잠든 침대에 다가가 끝에 걸터앉더니 그 하얀 머리카락을 만졌다.

"루크…… 이게 어떻게 된 일이야? 다 잘된 거 아니었어?!"

매달리는 듯한 넥트의 말에 루크는 천천히 고개를 저었다.

넥트의 표정이 절망으로 물들었다.

"잘……된 게 아니야? 실패, 했어? 그럼 나는……사투키에게 속아서……."

실의로 입술을 떠는 그녀를 보고 루크는 "핫" 하고 웃었다.

"뭐가 웃긴데, 루크. 보면 알아. 너도 얼마 안 남았지?!"

"그래, 맞아. 생각해 봐. 우리는 더 빨리 죽어야 했어. 많은 인간을 죽인 괴물로서 역사에 이름을 남기고. 일시적인 위안 삼아 인간다운 짓도 해봤지만 임시변통으로는 잘될 리가 없어. 역시 남은 건 살인 괴물이라는 사실뿐이야. 뭐, 딱히 그래도 상관없지만."

"그러니까—— 처음부터 실패할 걸 알고 죽음을 받아들인 거야?"

"아~니, 아니야."

"그럼 왜!"

넥트는 목소리가 거칠어졌지만 루크는 한없이 부드럽고 편안한 미소로 그녀에게 말했다.

"네 수술을 성공시키기 위해 희생이 필요하다고 들었어."

"뭐……?"

아연실색한 넥트와는 정반대로 루크는 이를 보이며 웃었다.

"이히히, 그런 죽음도 나쁘지는 않아. 그냥 죽고 끝나는 게 아니라, 목숨 그 자체가 의미를 갖고 끝난다니 내가 상상하던 해피엔딩보다도 훨씬 해피해."

"웃기지 마아아아아아앗!"

넥트는 루크의 멱살을 잡았다.

그에게 따져도 소용없다는 걸 알면서도 그러지 않을 수 없었다.

"넥트……."

"이런 건 아니야! 나를 구하기 위해? 그럼 나는 모두를 죽이기 위해 여기에 데려온 거야? 살지 못한다는 걸 처음부터 알았는데 나는 나를 위해 가족의 목숨을!"

"말하면 넌 절대로 납득하지 않았을 테니까."

"당연하잖아! 나는…… 혼자서는 안 돼. 모두와 함께 있지 않으면 의미가 없어……! 그러기 위해, 그러기 위해…… 으, 으으으……!"

넥트의 몸에서 힘이 빠졌고, 그녀는 눈물을 흘리며 무릎부터 무너져내렸다.

해방된 루크는 천천히 멍한 눈동자로 천장을 올려다보았다.

"뮤트도 연명 처치라고 하나? 그걸 받으면서까지 괴롭고 아픈데 아까까지 살아서 데이터 수집에 협력한 모양이야. 어때? 훌륭한 죽음이지? 똑똑히 가슴에 새겨둬."

"뮤트는…… 다정한 아이였으니까."

"그래, 다정한 동생이었어. 지금도…… 우리를 두고 가지 못하고 저쪽에서 기다리고 있어."

"루크, 무슨 소리를——."

그의 눈을 본 넥트는 이미 그 목숨이 바람 앞의 등불임을 즉각 감지했다.

평온하게, 조용히, 괴롭지 않게—— 루크는 뮤트의 곁을 떠나려 했다.

"거긴 행복해……? 우리는, 지옥에 떨어지는 게…… 아닐까……? 그래? 우리, 다음엔…… 평범한 가족이, 될 수 있겠지……? 그거 좋네. 정말, 좋아——."

루크는 이곳에는 없는 하늘을 향해 손을 뻗었다.

그러자 넥트는 그 손을 잡고 필사적으로 그를 불렀다.

"기다려. 하고 싶은 말만 하고 멋대로 가지 마! 나를 두고 가지 마!"

"그래……. 나쁘지는 않아……. '평범'하다는 건…… 나도, 사실은, 지금 이 목숨으로……."

몸에서 힘이 쭉 빠지며 넥트의 가슴에 루크가 쓰러졌다.

그는 이제 숨을 쉬지 않았다.

"루크……. 아아아아악…… 으아아아아아아아아아아악!"

넥트는 그의 머리를 끌어안고 목에서 소리를 쥐어 짜내듯 외쳤다.

"어떻게 그렇게 행복하게 죽을 수 있어……? 난 모르겠어……."

잉크는 루크의 감정을 그 목소리로 느꼈다.

늘 짓궂고 난폭했던 그의 그토록 평온한 목소리는 처음 들었다.

"으으…… 죄다, 제멋대로야……! 으, 윽…… 알아. 나도 남 말할 처지는 아니란 걸! 하지만, 하지만! 남겨진 나는 어떻게 하란 말이야아아아아아앗!"

무력감으로 가득한 한탄이 시설에 울려 퍼졌다.

아무리 두 사람이 만족스럽게 죽더라도 남겨진 마음은 아직 어린 소녀가 짊어지기에는 너무 무거웠다.

◇◇◇

가디오와 마더가 조우한 지 열 시간이 넘게 지나고—— 플럼 일행은 지친 몸을 이끌고 새로 태어난 '제4세대'를 찾느라 혈안이 되었지만, 결국 찾아내지 못했다.

에타나, 라이너스, 모험가들, 나아가 신문사의 기자까지도 동원했으나 중간부터는 혈흔은커녕 그 흔적조차 볼 수 없었다.

수색에 참여한 면면은 일단 길드에 모여 정보를 정리하기로 했다.

"완성되지 않았다지만 들판에 풀어준 셈이네요."

카운터 의자에 앉은 플럼은 한숨 섞어 그렇게 말했다.

"그 편지가 사실이라면 아직 몇 시간의 유예는 있을 거야."

"바꿔 말하자면 몇 시간 안에 찾지 못하면 그건 완성된다……는 소리로 들리는데?"

모르는 게 너무 많아서 가디오도 단언할 수는 없었다.

"그 마더라는 녀석의 배 속에서 자랐다면 더 이상은 커지지 않는 게 아닐까?"

"그런 걸 지키기 위해 목숨을 걸고 싸운 걸까요?"

마더의 비원을 성취시키는 게 목적이었다면 성공 여부와는 관계없을지도 모른다.

하지만 플럼은 이게 끝이라고는 도저히 생각할 수 없었다.

"이야기를 듣자 하니 마더라는 녀석은 상당히 징그러운 남자였던 모양인데, 똑똑한 건 확실한 거지? 그럼 배를 가르면서까지 놓아준 데는 반드시 의미가 있을 거야."

이라는 가디오의 붕대를 교체하며 그렇게 말했다.

회복 마법술사는 이곳에 없었다.

상처 치료는 있는 물건으로 최소한밖에 할 수 없었다.

"미완성이라고 하니 그 근처에서 죽지는 않았을까요?"

슬로우의 말은 플럼 일행의 소망을 대변한 것이기도 했다.

이만큼 찾아도 보이지 않으니 이미 녹아서 사라졌을지도 모른다.

"그렇더라도 시체를 확인하지 않고서는 안심할 수 없어."

"저도 그래요. 다음엔 서구를 중심으로 찾아보려고 해요."

아직 피로는 남았지만, 내색하지 않고 플럼은 길드를 나섰다.

"잠깐 못 본 새에 터프해졌네, 플럼. 나도 질 수 없지."

라이너스도 플럼의 뒤를 쫓듯 밖으로 향했다.

에타나와 가디오 또한 상처 치료가 끝나자 즉각 제4세대 칠드런의 수색에 나섰다.

남겨진 이라와 슬로우는 감탄한 모습으로 그들의 뒷모습을 배웅했다.

"역시 영웅이네요."

"저렇게 **영웅다운** 행동을 하는데 플럼은 인정하지 않는구나."

"사명감으로 그런 괴물과 싸우니까 주위의 눈에는 영웅으로만 보이는데요."

"인간과 동떨어진 초인처럼 여겨지는 게 싫을 테지."

"아닌가요?"

"아니야. 나는 플럼 정도밖에 모르지만, 그 아인 그렇게 대단한 인간은 아닐 거야."

"저는 도움을 받은 입장이라……. 하지만 이야기를 해보면 그냥 그 나이 또래라는 느낌이긴 해요."

다른 사람들처럼 풀 죽고, 다른 사람들처럼 탐욕스러운 부분도 있다.

그것이 플럼의 장점이자 단점이며── 이라가 그녀를 싫어할 수 없는 이유이기도 했다.

◇◇◇

플럼 일행은 왕도를 뛰어다니며 마더가 낳은 '무언가'를 계속 찾았다.

하지만 그 정체를 파악할 수조차 없었고, 무정하게도 시간은 흘러갔다.

라이너스는 높은 곳에서 마을을 샅샅이 둘러봤지만, 어디에도 보이지 않았다.

그는 자신의 탐색 기술에 자신감이 있었다. 그렇기에 과장 없이 단언할 수 있었다.

──이상하다.

이미 왕도에는 없거나 죽어서 녹은 게 아닐까?

그런 확신이 굳어졌다.

이윽고 해는 저물어 어둠이 하늘을 뒤덮었다.

그사이에 딱 한 번 네 사람은 다시 길드에서 얼굴을 마주하고 정보를 교환했다.

하지만 내실 있는 정보는 없었다. 마을의 모습에도 변화는 없었다. 기사들도 보이지 않았다.

시곗바늘이 돌았다.

그것이 어쩐 존재인지 안다면 아마 그들은 막을 수 있었을 것이다.

하지만 현재 그것을 아는 이는 같은 연구자인 에키드나 정도였다.

덧없게도, 잔혹하게도 마지막 하루가 끝났다.

『해피 버스데이 투 유.』

──하늘이 웃었다.

네 사람은 길드에 세 번 집합했다. 날짜는 바뀌었다. 카운트 제로, 즉 생일이었다.

m럼, 라i너스, 에or나, 가디n.

네 사람이 아닌 슬로우(ㄱ)는 오른손을 펼쳐 새 모양을 만들더니 그것을 바닥에 내리치며 말했다.

"봐, 엄마, 내가 열심히 새를 만들었어! ~~부우우우우우웅, 부우우우우우웅!~~"

그것은 수없이 추락했고 목뼈를 부러뜨려 죽고 싶어도 죽을 수 없었다.

"이게, 무슨…… 제4세대는, 어느, 틈에…… 성장, 을……!"

에타나는 지성에 의한 소음을 내뱉기에 그것은 소음입니다. 소

음. 소음. 소음.

따라서 그녀는 괴로운 듯, 혹은 기쁜 듯 스스로 자신의 목을 잡고,

"크……아, 악……."

머리를 책상 모서리에 콱콱 부딪치며,

"아윽, 윽, 으윽……!"

심하게 뭉개진 상처에서 끈끈한 피를 흘렸습니다.

생일을 축하하는 순간까지는 얼마 남지 않았으니 고치 속에서 쉬려무나.

혈관이 실로 변해 에타나를 스르륵 감싸고 붉은 옷으로 다정하게 에워쌌다.

저는 어렸을 때 그렇게 자는 걸 좋아해서 엄마는 그 위에서 자주 목을 졸랐습니다.

『얌전히 기다리렴, 엄마가.』

집에 돌아오면 반드시 놓여 있던 편지였습니다.

엄마는 한 번도 얌전히 있던 적이 없으면서 왜 아이에게는 그걸 바랐을까요?

잘난 척하기는. 인과응보네요. 화재가 일어난 뒤, 재가 된 그녀를 보며 저는 그렇게 생각했습니다.

하지만 동시에 상실감도 느껴졌고, 싫은데 마음속 깊은 곳에 좋아하는 마음도 있으니 인간이라는 생물은 혈연에서 벗어나지 못하고 얽매이는 어리석고 꼴사나운 생물이라는 걸 깨달았습니다.

그리고 피의 속박이 저를 붙들어 매어 저는 바닥을 길 수밖에 없었습니다.

저는 인간이 아니라 영원히, 오늘날에 이르기까지 날개가 꺾인 구더기였습니다.

재가 된 엄마를 안고 엉엉 운 것은 시체에 모여든 구더기와 같은 심경이었을 테지요.

내민 혀에 닿은 엄마의 재 맛을 지금도 기억합니다.

아주 괴로웠습니다. 그래서 맛있었습니다. 쾌락도 있었습니다.

사랑과 증오의 사이에서 생겨난 양가감정이 도착적인 쾌락을 자아낸 것일까요?

“으, 으으…… 슬로우…….”

머리를 구타당해 의식을 잃었던 이라가 눈을 떴습니다.

그녀의 구조는 아이처럼 쉽습니다. 아이처럼 쉬우니 관을 꽂아서 장난을 쳐봅시다.

“으으윽! 아, 아악, 아아아악…… 끄아아아아아아아아아아아아아악!”

움찔움찔 떨며 오줌을 지려서 바닥을 적시고, 고개를 저으며 침을 흘리는 모습은 정말로 제 아이로군요.

많이 닮았습니다. 이런, 우후후후, 기쁘네요. 겸손했기에 완료했습니다.

“……아……아……아.”

잘게 떠는 목소리가 새어 나옵니다. 몸도 떱니다. 박자를 새깁니다. 리듬감이 좋군요.

장래에는 음악가로 키우려고 했지만, 지금은 살인자 쪽이 어울리네요.

그래서 플럼 애프리코트.

겹쳐놓고 건반을 때리듯 저항 없이 손가락을 목에 담급시다.

"기다……려, 이……라……."

밀려 쓰러진 충격으로 뒤통수가 쿵 울렸고,

"아윽, 하억! 으윽, 악, 으악, 악, 크헉……."

울리고, 울리고, 울리고── 재미있었다.

이어서 이상한 연주법을, 즉 교살에 전념합니다.

『그만둬.』『죽여.』『잘못됐어.』

『그건 필요해요.』『너는 어울리지 않아.』『이어지지 마.』『사라져.』

시끄럽네. 귓가에서, 아니, 시냅스에서 오리진이 외칩니다.

신의 교성은 제게 상관없는 것이었습니다.

하지만【말살 대상 M】과 달리 저의 차단은 완전하지 않기에 거절 반응으로 힘이 들어가지 않습니다.

그렇다면 고치일 테지요. 이용해야 할 것은 교살용 수단이 아니라 고치입니다.

동그랗고 붉고 혈관이고 귀여운. 그리고 오리진의 방해도 없는.

그 속에서 만들어내는 칠드런. 플럼 애프리코트도 고치에 넣으면 내 아이.

나는 마더. 궁극적인 하나이며 다양한 전체를 아이로 묶는 완성된 개체.

"웩…… 크, 헉……!"

온몸에 관을 꽂고 주입하면 플럼은【아이】이니 다음엔 가디오의 목에 손가락을 댑니다.

밉고 또 밉고 미운 그 사람, 아아, 아팠지. 나(사랑하는 아이)를 낳기 위해서라지만 제왕절개라는 끔찍한 방법을 취해야만 하는, 아아, 가여운 나, 가엽기도 하지.

배를 가르던 고통과 아픔을 얹어 묵직하게 묵직하게, 그 굵은 목에 이라의 손가락을 담급니다.

가녀린 손가락이 푸르고 붉게 울혈되며 우두둑 꺾이는 듯한 소리가 울렸지만, 어차피 녹아서 아이가 될 것이니 상관없습니다. 그러니 이 통증은 탄생의 기쁨입니다.

"크, 아악……! 그, 추한…… 모습은, 마…… 마더……냐……!"

흐려지고 있을 터인데, 죽음을 목전에 두면 인간은 의식을 되찾으니 기묘한 일입니다.

아이는 아이답게 아이로 있으면 되는데.

어차피 용해될 테니, 라며 저는 그 귀엽지 못한 모습에 급격히 흥이 깨져 시들어 갑니다.

질렸다. 어차피 이건 전희에 지나지 않는다. 완성까지 앞으로 얼마나 남았지? 그래, 몇 분. 다행이다.

그렇다면 이제 이런 '단말'로 유치한 장난에 흥겨워할 필요도 없겠지요.

이라라 불린 여자는 다정한 제 덕분에 그 실에서 해방되자 쓰레기처럼 흰자위를 훤히 드러내며 쓰러져 "으……아……" 하고 신음하며 토했습니다.

그리고 저는 녹아서 왕도에 깔린 혈관 네트워크를 통해 회귀합

니다.

혈관 섬유질은 무성한 초목처럼 왕도를 큰 고치로 감싸고 있습니다.

이곳은 요람.

저는 당신, 당신은 저.

엄마에게서 태어난 아이인 저이자 엄마의 자궁 속의 자궁 속에서 당신은 아이가 됩니다.

그래요, 이것은 곧── 제4세대. 완성형. 이상의 체현. 꿈의 성취.

축하합니다. 감사합니다. 제가 저에게 진심으로──

축하를 보냅니다.

22 가족(家族)

구출된 밀키트 일행은 오틸리에의 인도를 받아 왕도 안의 시설에서 보호되었다.

시설 안에서 자유로운 행동은 허락되지 않았고, 넓은 방에서 부질없이 시간을 보낼 수밖에 없었다.

물론 식사는 제공되었고 원하면 책 정도는 줬지만, 가장 궁금한 바깥 정보나 이 시설의 주인인 사투키에 관해서는 아무것도 가르쳐주지 않았다.

지난 몇 시간 동안 일어난 변화는 잉크가 불려서 어딘가로 끌려간 일과 시설 안을 순찰하는 남자 용병이 "절대로 밖에 나오려고 하지 마"라며 뜬금없이 경고한 일일까?

스트레스 때문인지 하롬의 몸 상태는 좋지 않았고, 켈레이나의 짜증도 늘어갈 따름이었다.

정말로 이곳에 있어도 괜찮을까── 그런 의심을 가지기에 충분한 상황이었다.

그때 나갔던 잉크가 마침내 방으로 돌아왔다.

"잉크 씨……?"

밀키트는 달려가 눈이 보이지 않는 그녀를 안내하기 위해 손을 잡았다.

하지만 잉크의 안색은 누가 봐도 알 수 있을 정도로 창백했다.

"다녀왔어, 밀키트."

기운 없는 그녀의 손을 당겨 일단 두 사람은 소파에 앉혔다.

켈레이나도 하롬을 데리고 테이블을 사이에 두며 맞은편 소파에 앉았다.

"너만 불려가다니 무슨 일이 있었던 거야?"

직접적인 질문에 잉크는 입술을 깨물며 대답하려 하지 않았다.

지금 분명한 것은 뭔가 좋지 않은 일이 일어났다는 사실뿐이었다.

"사투키라는 사람에게 이 시설에 대해 듣지는 않았지요?"

잉크는 고개를 끄덕였다.

"그럼 잉크 씨에게 저희가 알아야 할 건 달리 없어요."

"……그래. 최소한 바깥 상황이라도 알면 좋겠지만."

켈레이나는 더 이상 잉크에게 무언가를 물으려고는 하지 않았다.

밀키트는 입을 다문 그녀를 위로하기보다 오로지 곁에 있었다.

잡은 잉크의 손은 그동안 계속 잘게 떨렸다.

그렇게 십수 분—— 켈레이나가 소파에서 멀어져 침대에서 하롬을 눕혔을 때, 잉크는 마침내 침묵을 깨고 입을 열었다.

"잘못한 걸까?"

밀키트는 "네?" 하고 고개를 갸웃거렸지만, 잉크는 무릎을 안고 말을 이었다.

"모두가 살아 있길 바라는 건 역시 잘못일까?"

그렇게 말한 그녀는 입술을 깨물었다.

밀키트는 뮤트와 루크가 죽은 것을 아직 모른다.

하지만 잉크에게 슬픈 무언가가 일어난 것은 얼굴을 보면 일목요연했다.

"많은 사람을 죽이고 나쁜 짓을 해놓고 행복해지길 바라다니 뻔뻔하지?"

"……그럴까요?"

이전의 밀키트라면 조용히 그녀가 뱉는 비탄을 듣기만 했을 것이다.

하지만 지금의 그녀는 그 괴로움과 비통함을 조금이나마 알 것 같았다.

"세간에서 일반적으로 말하는 좋은 일은 아닐지도 몰라요. 하지만 좋아하는 사람이 괴로워하면 벗어나길 바라는 게 당연하지요. 설령 그 사람이 아무리 나쁜 사람이고 온 세상을 적으로 돌렸다고 할지라도…… 만약 같은 입장이라면 저는 주인님의 행복을 바랄 테니까요."

그 행위를 악이라고 판단하는 인간은 나타날 것이다.

하지만 기도하고 바라는 데 죄는 없다.

그리고 인간의 마음이 거기에 있다면 실행에 옮기는 일도 있을 테고, 그 모든 것을 '잘못'으로 단정하고 부정하는 것은 아마 소중한 것을 잃은 적이 없는 사람뿐이리라.

잉크는 위로의 말을 해준 밀키트에게 미소를 지으며 말했다.

"그렇구나. 밀키트는…… 후후, 정말로 플럼을 좋아하는구나."

"어, 어째서 얘기가 그쪽으로 흘러가는 거죠?!"

"뭐~? 그야 세계를 적으로 돌린대도 플럼을 좋아한댔잖아? 그런 말까지 들었으면 뭐. 켈레이나 씨도 그렇게 생각하지?"

"그래. 그렇게까지 당당히 사랑을 말할 수 있는 젊음이 참 부럽다. 한 수 배우고 싶을 정도야."

"정말, 켈레이나 씨까지. 놀리지 마세요. 저는 진지하게 말한 건데……."

밀키트는 빨개진 뺨을 부루퉁하게 부풀렸다.

표정이 풍부한 그녀를 보고 잉크와 켈레이나는 어깨를 떨며 낄낄 웃었다.

"고마워, 밀키트. 내가 틀리지 않은 걸 알고 안도했어."

"잉크 씨…… 제 말이 도움이 되었다니 더할 나위 없이 기뻐요."

잉크와 밀키트는 서로 웃었다.

하지만 잉크는 동시에 이렇게도 생각했다.

'피는 이어지지 않았지만, 눈앞에서 동생들이 죽었는데도 나는 이렇게 웃고 있어. 지탱해주는 누군가가 있고, 가족 말고도 보금자리가 있어. 확실히…… 동생들과는 이제 다를지도 몰라.'

그것은 분명 잉크에게는 좋은 변화라고 불러야 할 것이다.

하지만 가족과 직접 마주하고 말을 나누면 어느 정도의 쓸쓸함도 느낀다.

던지는 목소리가 투명한 벽에 막혀 허무하게 이쪽 세계에 메아리치는 듯해서.

"……응?"

대화는 끊어지고, 조용해진 실내에서 잉크는 갑자기 얼굴을 들었다.

"왜 그래, 잉크?"

"어쩐지 이상해요. 피부가 찌릿찌릿해서……?!"

쿵쾅, 하고 현기증이 날 정도로 강하게 잉크의 심장이 뛰었다.

"잉크 씨?!"

가슴을 누르며 괴로운 표정을 짓는 그녀의 몸을 밀키트가 즉각 받쳤다.

잉크는 이마에 땀을 흘리며 "헉, 헉, 헉" 하고 거세게 호흡을 반복적으로 내뱉었다.

"이, 이건, 헉…… 우리와, 같은…… 읏, 무언가가, 탄생해, 서……!"

실패작으로 불리는 '제1세대'라도 10년이나 코어가 몸에 깃들면 영향은 남는다.

그 몸은 밖에서 일어난 이변을 감지하여 마치 고양된 듯 열기를 띄었다.

"밀키트…… 부탁이야, 부축을, 해줄 수 있을까……?"

"상관없지만 어쩌시게요?"

"가야 해……. 이런 거, 내가 느꼈는데, 넥트가, 느끼지 않았을 리 없어……!"

잉크의 몸을 돌볼 거면 지금 당장 누군가를 불러서 의무실로 데려가야 한다.

하지만 그녀의 필사적인 모습은 분명 '소중한 사람'에게 향한 것이다.

그 마음에 공감하는 바람에 밀키트는 부탁을 거절할 수도 없었다.

"알겠어요. 미력하나마 도울게요!"

"나는 어떻게 할까?"

"켈레이나 씨는 하롬 씨 곁을 지키세요. 무슨 일이 일어날지 모르니까요. 그럼 가요, 잉크 씨!"

"응…… 일단, 시설의, 출구로…… 윽!"

괴로운 듯한 잉크의 팔을 어깨에 두르고 밀키트는 지정받은 곳으로 향했다.

◇◇◇

그 무렵 넥트는 프위스의 수술이 막 끝난 처치실에 있었다.

그녀는 피비린내가 감도는 가운데 당황한 연구원들에게는 눈길도 주지 않고 침대에 누운 프위스에게 다가갔다.

"뮤트와 루크가 죽었어."

넥트는 일부러 차갑게 감정을 섞지 않고 사실만을 전했다.

"그래? 마더도 완성시킨 모양이니 드디어 때가 왔네."

훤히 드러난 그의 상반신에는 갓 꿰맨 가련한 상흔이 남아 있었다.

그래서――는 아닐지도 모르지만, 거동이 불가능한 그는 목 위만 움직일 수 있었다.

"의외였어. 설마 프위스가 나를 위해 이런 짓을 할 줄이야."

"넥트는 너무하네. 이래 봬도 나는 마더 다음으로 모두를 좋아했는걸."

"1위와 2위 사이에 열 배 정도의 차이가 있는 건 아닐까?"

"그 정도는 아니야. 기껏해야 세 배 정도일까?"

넥트가 "그래도 세 배잖아"라며 웃자 프위스도 덩달아 "아하하"

하고 웃었다.

하지만 웃음소리는 이내 딱 멈추었고 넥트의 표정이 흐려졌다.

"넥트가 무엇을 하려는지 굳이 물어보지는 않을게. 나는 가장 좋아하는 마더가 일을 완수한 순간을 지켜본 것에, 다음으로 좋아하는 넥트를 구한 것에 만족하며 죽을 테니까."

"응, 알아. 잘 자, 프위스."

"잘 자, 넥트."

그것이 두 사람의 마지막 대화였다.

아직 프위스는 죽지 않았지만, 넥트가 돌아올 무렵에는 숨이 끊어져 있을 것이다.

넥트는 막 적출된 그의 코어를 손에 들고 처치실에서 사라졌다.

이어서 시설 내의 보관실로 전이하여 뮤트와 루크의 코어도 회수했다.

그녀는 마지막으로 시설의 출구로 전이했다.

"넥트!"

그 희미한 발소리를 듣고 출구 근처에 있던 잉크는 외쳤다.

전이한 넥트는 의외라는 듯 그녀의 얼굴을 보더니 이내 힘을 빼고 "훗" 하고 미소 지었다.

"역시 마더를 막으려는 거지?"

"그렇군. 팔푼이도 **그것**을 느끼는 정도는 가능한 거로군."

"넥트 혼자 어쩔 셈이야? 이렇게 큰 녀석을 쓰러뜨릴 수 있을 리가 없어!"

"나 혼자라면 그렇겠지."

"혹시 이 느낌은……. 안 돼, 넥트. 그런 짓을 했다가는 네가 죽어!"

"그럼 물어볼게."

넥트는 일부러 떼치듯 차갑게 말했다.

"나 말고 누가 이걸 막을 수 있지? 지상이 어떤 상황인지 우리라면 대강 상상할 수 있어. 이대로 두면 네가 사랑하는 에타나 아줌마까지 죽는다고."

"그, 그건……."

잉크는 안 된다고 생각하면서도 동요했다.

그런 그녀를 보고 넥트가 기뻐하는 모습을 밀키트는 목격했다.

그 시선을 알아챈 넥트는 입술에 검지를 대고 입을 다물도록 그녀에게 부탁했다.

"그래도 싫어. 넥트는 '나만 남아서는 의미가 없다'고 생각하고 죽을 셈일지도 모르지만, 모두가 죽으면 나도 혼자가 된다니까?!"

"너는 혼자가 아니야. 그렇게 어깨를 빌려주는 사람도 있잖아."

"확실히 에타나도, 플럼도, 밀키트도, 모두 내게 잘해줘. 하지만…… 그렇다고 없어졌을 때 슬프지 않은 건 아니라고! 아무도 사라지지 않았으면 해! 넥트도 그렇게 생각해서 모두를 구하려고 한 거잖아?! 지금의 넥트는 뮤트도 루크도 죽고 프위스도 얼마 남지 않아서 자포자기했을 뿐이야! 분명 이 시설 사람들이 방법을 찾아낼 거야. 아무도 죽지 않아도 될 테니 냉정해져!"

"잉크는 무모한 소리를 하는구나."

넥트는 보란 듯이 고개를 절레절레 저었다.

"냉정해지라고? 그러면 죽는 게 두려워지잖아."

제 입으로 말하고 깨달았다.

뮤트도, 루크도, 프위스도, 이곳에 끌려 왔을 때 같은 심경이었으리라고.

죽을 각오를 한 자는 그 흐름에 따라 단박에 죽음까지 달리고 싶어지는 모양이다.

"두려워도 좋아! 그게 당연한 거야!"

"하지만 나는 해야만 해. 이 시설은 리버설 코어 덕분에 마더의 영향을 받지 않는 모양이지만, 싸울 수 있는 건 기껏해야 오틸리에 언니 정도야. 가령 싸운대도 지금의 마더에게는 시간 벌기조차 되지 못해. 영웅들을 구할 수 있는 건 나뿐이야."

그건 누구도 부정하지 않는 사실이었다.

지상의 상황을 파악하고도 시설에 있는 연구자들이 분주하게 움직이는 모습은 없다.

왕도에 탄생한 것은 아직 교회조차 몰랐던 칠드런의 완성형이다.

그것이 어떤 형태이며 어떤 힘을 가졌는지── 아무도 몰랐다.

리버설 코어를 사용한 병기라도 만들면 대항할 수 있을지도 모른다.

하지만 완성했을 무렵에는 생존자는 한 명도 남아 있지 않을 것이다.

"넥트…… 제발 나를 두고 가지 마……!"

이제 반론할 말이 떠오르지 않는 잉크는 그렇게 잠꼬대하듯 중얼거릴 따름이었다.

넥트는 그런 그녀에게 다가가 그녀의 갈색 머리에 손을 턱 얹었다.

그리고 머리카락을 마구 쓰다듬으며 온화하게 말했다.

"다녀올게, 언니."

말한 본인도 어쩐지 공연히 슬퍼져서 가슴속에서 무언가가 솟구쳤다.

넥트는 그것을 말하지 않도록 언니에게 등을 지고 이를 꽉 깨문 뒤 밖으로 이어진 문으로 다가갔다.

소리쳐 울부짖는 소중한 사람의 목소리가 들렸다.

이전 같았으면 "성가신 녀석일세"라며 적당히 대했을 테지만 막상 잃게 되니 이렇게도 슬픈 것이구나—— 하고 함께 보낸 8년이라는 시간의 무게를 느꼈다.

문을 빠져나가자 그 너머에는 지상으로 이어지는 계단이 있었다.

한 칸, 한 칸 힘껏 밟듯 올라가며 넥트는 어느 생각을 했다.

'사투키는 이렇게 될 것도 예견하고 나를 아군으로 끌어들인 걸까?'

칠드런의 완성형이 어느 정도의 힘을 가졌는지 사투키는 모른다.

하지만 그자라면 거기에도 대비했을 것이다.

그러나 넥트가 아무리 찾아도 그럴싸한 것은 발견하지 못했다.

당연했다. 사투키의 비장의 카드는 바로 넥트 자신이었으니까.

정말이지 도저히 믿을 수 없는 남자다.

하지만 최종적으로 그 길을 고른 것은 누구의 명령을 받아서가 아니라 넥트 자신의 의사였다.

'이것도 결국 내 의지로만 선택한 길이 아니라는 거구나. 핫, 역시 나도 그 녀석들과 똑같아.'

얽히고설킨 사슬에서 완전히 해방되어 진정한 의미로 '자신의 의사'를 손에 넣기는 어렵다.

그야말로, 목숨을 버리고 이 세상에서 해방되지 않는 한 방법은 없었을 것이다.

그런 의미에서 뮤트나 루크, 프위스의 선택은 하나의 정답이기도 했다.

아무리 방법이 틀렸더라도 얽히고설킨 막다른 골목에서 고를 수 있는 최선은── 그것뿐이었다.

뚜껑 같은 형상의 입구를 열자 그 끝은 민가였다.

사티루스가 비밀실로 가는 입구를 그렇게 만들었듯 사투키 또한 지하 시설로 가는 입구를 대성당 부근의 민가로 위장하여 설치한 것이다.

물론 민가에는 아무도 살지 않기에 생활감은 없지만 시체도 나뒹굴지 않았다.

커튼도 닫혀 있어 창문으로 바깥 풍경을 볼 수 없었다.

그래서── 넥트가 처음으로 그 **참상**을 본 것은 현관에서 밖으로 나간 순간이었다.

"나 참, 정말로 악취미로군. 어떻게 하면 이렇게까지 일그러질

수 있지, 마더?"

그녀는 하늘을 올려다보며—— 그곳을 메운 엉망진창으로 찌그러진 고기의 벽과 그 중앙에 묻힌 거대한 마더의 얼굴을 향해 그렇게 물었다.

마더, 또 다른 이름 '제4세대'가 눈을 뜨며 왕도는 변하고 있었다.

지상에는 맥박치는 붉은 실이 식물의 뿌리처럼 퍼졌고, 뿌리에서는 '고치'가 생겨나고 있었다.

실로 자아낸 붉은 고치는 어딜 봐도 반드시 하나는 시야에 들어올 정도로 무수히 존재했다.

고치는 '심파시'의 진행과 함께 변색되고 완전히 보라색이 되면 수확이 시작된다.

하늘을 메운 고기에서 관이 뻗어 꽂히며 대량의 점액을 쏟아부었다.

그러자 고치는 깨지고 실을 뽑아내며 살색의 거대한 갓난아기가 바닥에 철퍼덕 떨어졌다.

그 충격으로 팔다리가 부러지거나 상처가 벌어지기도 했지만, 개의치 않고 갓난아기는 왕도를 헤매기 시작했다.

"살아 있는 인간을 개조해서 자기 아이로 삼는다……. 마더는 계속 자신만 봤어. 그때 우리가 기대했던 애정은 없었어. 그렇지만 뮤트도, 루크도, 프위스도—— 자기 목숨을 당신을 위해 썼지. 어떻게 생각해, 마더? 당신은 그런 자기 아이들의 마지막을 지켜보며 어떻게 생각했지?"

하늘을 향해 그렇게 묻자 마더는 넥트의 뇌에 직접 말을 걸었다.

『오랜만이구나. 제2세대 최고의 실패작.』

넥트의 질문에는 대답하지 않고,

『최소한 그 목숨을 나를 위해 썼으면 좋았을 것을.』

다만 자신이 느끼고 생각한 것을 말로 그의 뇌에 들이밀며,

『방해할 거면 필요 없어. 너 같은 건 내 아이로 삼을 가치도 없어.』

애정 따위는 존재하지 않는다. ――그런 짐작을 확정시키듯이.

그리고 마더는 땅속에 뻗은 붉은 관을 조종하여 지면에서 뽑아내 넥트의 아래턱을 노렸다.

그녀는 몸을 뒤로 젖혀 그것을 아슬아슬하게 피했다.

"그게 우리에게 하는 대답이로군, 마더!"

이어서 넥트는 사방에서 다가오는 날카로운 관 끝을 커넥션으로 전이하여 회피했다.

마더는 이번에는 하늘의 육벽에서부터 굵은 촉수를 뽑아내 휘게 했다. 그것으로 공중에 내던져진 넥트의 몸을 노렸다.

"이런 형태로 목숨을 써서 미안해. 하지만…… 부탁이니 모두 지금만 내게 힘을 빌려줘!"

한편 넥트는 뮤트, 루크, 프위스에게서 적출한 오리진 코어를 쥐고 가슴에 댔다.

"오리진 코어―― 쿼드러플 드라이브(사중구동)!"

체내에서 총 네 개의 코어가 힘을 방출했다.

마름모꼴로 매몰된 코어와 코어가 새로운 나선을 만들어 상승효과를 자아냈다.

"끄아아아아아아아아아악! 아악, 아아아아아아악! 큭, 크아아아

아아아아아아아악!"

온몸의 피부가 찢어지며 안쪽에서 붉은 섬유가 탁류처럼 분출되었다.

이미 사람의 마음도, 사람의 체형도 유지하기는 불가능했다.

처음부터, 마땅한 형태도 영혼도 무시하고 완전한 괴물로 완성되었다.

하지만—— 싸워야 할 상대만큼은 놓치지 않았다.

"마아아아아더어어어어어어어어어어엇!"

몸이 붉은 회오리바람으로 변한 넥트는 머리 위의 마더를 향해 특별한 공격을 가했다.

23 추상(追想)

리치가 몸을 피한 마을에서는 심야임에도 불구하고 많은 주민이 밖으로 나와 웅성거리고 있었다.

그들은 똑같이 왕도 쪽을 보며 겁에 질린 표정을 짓고 있었다.

아내 포예의 어깨를 안고 창문을 통해 밖을 바라보는 리치 또한 전율을 느꼈다.

"여보, 저건…… 웰시는 괜찮은 거야?!"

"몰라. 나도 무슨 일이 일어났는지……. 플럼 씨 일행은 어떻게 됐는지……."

왕도가 있어야 할 곳에는 거대한 갓난아기가 존재했다.

그것은 바닥에서 돋아나 딱 배 부근으로 거리를 빼곡히 뒤덮었다.

"우어어어어어어어어어어어어——."

마치 첫울음처럼, 그 괴물은 중저음을 울렸다.

교회 기사단의 거점인 대성당 또한 '마더'의 몸속에 삼켜졌지만, 기사단 중에 플럼 일행처럼 착란을 일으킨 사람은 없었다.

'동류'인 오리진 코어로 보호받았기 때문인지 왕성도 마찬가지로 무사했다.

"단장, 이런 곳에서 보면 위험하지 않을까? 리셸은 그렇게 생각하는데."

리셸은 발코니로 나와 멍하니 마을을 바라보는 휴그에게 말했다.

하지만 그는 눈앞의 광경에 몰두하여 그 말에 반응하지 않았다.

대신 휴그의 옆에 선 잭이 대답했다.

"이만큼 규모가 큰 오리진 님의 발현을 가까이에서 볼 기회는 좀처럼 없으니까."

"우에에엑. 우엑. 우에엑!"

"그렇게 좋은 건가? 단장에게는 다른 게 보이는지도 몰라."

"크카칵, 이것만은 가치관이라고밖에 말할 수가 없겠군. 그러는 나도 아름답다고 생각하지만."

"으으윽, 냄새…… 으으으윽……! 오오오오옥!"

"우웩, 취향 참 지독하네."

"우웩…… 우읍, 꾸, 꾸엑……."

"……그보다 아저씨, 그렇게 징그러우면 오지를 말지."

리셸은 웅크려 앉아 오열하는 바트에게 말했다.

"부단장 회의가 있다길래 왔어……. 나만 빠질 수는…… 우웨에에에에에엑!"

"회의가 아니라 단장과 함께 있는 것뿐이야. 강제가 아니라고."

"미안해, 나 알잖아? 아름다움을 공유하고 싶어서 불렀는데 바트에게는 맞지 않았던 모양이네."

"잭…… 아저씨에게는 무리라는 거 알면서."

리셸은 눈을 가늘게 뜨고 진저리쳤다.

"그러니까 아저씨가…… 우웨에에에에엑!"

그리고 바트는 충만한 비린내와 악몽 같은 광경에 몸부림쳤다.

그사이에도 왕도에서는 고치가 계속 깨지며 잇따라 갓난아기가 탄생했다.

◇◇◇

그 무렵, 왕성의 발코니에서도 마을의 모습을 바라보는 이가 있었다.

'키마이라'를 탄생시킨 장본인인 에키드나와 그 부하가 된 베르나였다.

"칠드런의 양산성에는 의문을 가졌었는데, 마지막엔 이렇게 될 예정이었군요."

"이건 양산이고 나발이고 할 것도 없는 거 같은데?"

"이것 자체가 플랜트예요. 거리를 통째로 삼키고 거기 사는 주민을 병기로 바꿀 거예요. 그렇게 생각하면 아주 효율적이고 네크로맨시보다 멀쩡한 것 같네요."

"멀쩡…… 멀쩡이라."

아무리 봐도 광기밖에 없는 광경이지만, 에키드나에게는 그렇게 보였던 모양이다.

"일찌감치 이 완성형을 추기경 쪽에 보여줬으면……."

"키마이라가 아니라 칠드런이 정식 채용될 가능성도 있었다는 건가?"

베르나가 그렇게 말하자 에키드나는 입이 찢어질 듯 입가를 끌어올리고 그에게 얼굴을 들이댔다.

"우후, 우후후후, 우후후후후후후훗. 베르나, 정말로 그렇게 생각하나요? 제가 만들어낸 너무나도 귀여운 키마이라들이 이 센스라곤 없는 칠드런에게 질 것 같나요?!"

'아니, 센스는 큰 차이가 없을 텐데…….'

그렇게 반론하고 싶었지만, 심기를 거스르면 키마이라의 재료가 될지도 모른다.

베르나는 양손을 들고 "네네, 키마이라가 세계 최고로 훌륭합니다"라며 항복했다.

"그래요, 그럼 됐어요. 키마이라는 최고, 키마이라는 최강, 키마이라는 최고로 귀여워요! 그게 섭리! 운명! 이미 정해진 일! 그러니까 저는 여유를 갖고 지켜볼 거예요. 완성도를 높인 제4세대 칠드런과 미완성이지만 폭발력이 뛰어난 제2세대 칠드런── 그 승부를 말이죠."

넥트의 구슬픈 말로── 붉은 섬유 다발은 때로 회오리치고, 때로 검 모양으로 변하며 마더가 만들어낸 갓난아기나 마더 자신이 펼친 촉수와 충돌했다.

에키드나는 지참한 의자에 앉더니 다리를 꼬고 관전에 집중했다.

인간 세상은 결국 취향의 상호적인 강요.

친애, 정애, 성욕, 이것저것, 우리는 어디까지나 독립된 생물이야.

그리고 부딪치면, 누군가가 타협하고 인내한다.

하지만 진정한 승자는 오만하게 식물 연쇄의 정점에 도달하여 미안한 기색도 비치지 않지.

“저는 마이크 스미시예요.”

‘아니야.’

“저는 마이크 스미시예요. 마더라고도 불리죠.”

‘아니야. 나는 플럼 애프리코——.’

“마더예요. 마이크예요. 마더예요. 마더예요. 마더예요.”

‘아, 머리가, 깨질…… 아, 아아아아아아아아아아아아아아아악!’

그래서 보다시피 체념한 뒤 영합할 수밖에 없어.

패자가 분함에 눈물을 흘리고 그 상처를 평생 안고 산다면, 그걸 통째로 지워주는 것이 다정한 마음.

마이크 스미시가 승자라면 패자 또한 마이크 스미시가 되면 돼.

“나는 그런 인생을 걸어왔어. 그럼 당신(나)도 그런 인생을 걸어야 해.”

뮤트의 심파시처럼 표면만을 바꾸기는 쉬워.

하지만 그것은 α에 마이크 스미시를 대입할 뿐인 행위에 지나지 않아.

정말로 α를 마더의 아이로 삼고 칠드런으로서의 이상을 체현하려면 α는 α가 아니라 마이크 스미시가 되어야 해.

그러기 위해 붉은 관은 온몸의 피부를 북북 찢어발기고 체내로 침투하지.

그리고 쿵쾅쿵쾅 펌프질하여 ‘나’를 흘려보내——.

『왜 태어났어? 아무도 나를 보지 않는다면 냉큼 너를 죽일 텐데.』

어딘가에서 들어본 적 있는 듯한 악의로 가득한 대사를 엄마는 자주 내게 뱉어냈다.

변두리 창부는 매일 식비를 버는 게 고작이라 낙태 비용을 벌 수도 없었다.

무엇보다 왕도의 창부가 가진 기묘한 윤리관이 낳은 아이를 버리게 허락하지 않았다.

『최소한 몸을 팔 수 있는 여자였으면 좋았을 텐데. 이 거리에서 남자는 별로 값을 쳐주지 않아.』

생각해 보면 그 말이 계기였을지도 모르겠다.

다섯 살 무렵에 엄마의 마음에 들고자 나는 여자처럼 꾸미고 엄마 앞에 나섰다.

『마음대로 내 옷을 입지 마. 징그러워! 창부가 되고 싶어? 그럼 여자로 태어나! 왜 남자로 태어난 거야! 왜 나와 비슷한 얼굴을 하고 태어난 거야! 이 쓰레기야! 보기만 해도 불쾌해! 죽어! 죽으라고!』

그 무렵부터 엄마는 가끔 진심으로 나를 죽이려고 했다.

주위의 비난을 두려워하여 욕조에 머리를 누르고도 죽기 직전에 놓아줬지만, 고통은 수없이 계속되어 나는 자연히 아첨하는 미소를 띠게 되었다.

『병이라니 거짓말이야. 나는── 아. 보지 마! 너 때문이야! 너 때문에 나는!』

내가 성장하자 엄마는 창부의 전성기를 지나 성병도 앓아 정신

적으로 불안정해졌다.

동시에 나도 엄마도 야위어갔지만, 병 때문인지, 수입이 줄었기 때문인지는 모르겠다.

『뜨거워, 뜨거워, 살려줘……. 얘, 마이크. 착하지. 나를…… 살려줘…… 힉, 그만해. 너, 내 아이…… 앗, 꺄아아아아아아아아아아아악!』

그리고 마침내 그날은 찾아왔다.

중앙구의 주택가를 화염이 에워싸 많은 창부가 사는 싸구려 여관도 함께 불에 탔다.

화염 속에서 다리를 다쳐 움직이지 못하는 엄마를 앞에 두고 나는 집에 있던 기름을 뿌렸다.

『이 새끼, 큭, 저질렀겠다! 너는 저주받을, 크어억! 아아아아아아악!』

그리고 나는 살아남아 나중에 발견한 엄마의 주검에 그녀를 사랑하는 친자식처럼 매달렸다.

끌어안고 얼굴을 들이대고 불에 탄 주검의 귓가에 입을 가까이 대고 속삭였다.

『피부가 타는 기분은 좋았어?』

엄마가 그런 비정상적인 플레이를 하는 모습을 몇 번인가 본 적이 있었다.

피부가 타고 기름을 맞아 필시 최고의 엑스터시 속에서 떠났을 것이다.

그리고 나는 엄마의 귀를 물어뜯어 씹으며 처음으로 인육 맛을 보았다.

——그것은 아직 일부에 지나지 않는다.

왜 내가 이렇게 되었는지 이해하려면 더 많은 내 전부를 쏟아부어야 한다.

따뜻하고 붉고 매우 평안한(징그러운), 새로운 엄마의 콜로니(자궁).

물론 α를 마이크 스미시로 할 때 자아는 저항을 시도했지만, 엄마에게 깃든 아이들이 할 수 있는 일은 배를 발로 차는 정도가 고작이다.

그런 건 진짜 엄마에겐 귀여운 범주겠지? 그래서 나는 다정하게 촉수로 쓰다듬었지.

"나는 마더, 나는 마이크 스미시, 나, 나, 는…… 밀키, 트……그, 래. 나는, 나. 나는, 플럼 애프리코트……. 너 따위에게 질 수 없어!"

아아, 하지만 정말로 네 힘은 성가시네.

α를 바꾸는 데는 찬반양론이 있지만, 그는 어디까지나 파파에 지나지 않는다.

저는 마더, 모든 아이를 장악하는 것은 엄마의 임무, 파파가 나설 자리는 없습니다.

자, 잔뜩 마시세요. 자, 잔뜩 먹어요. 자, 잔뜩 내가 되세요.

"관심, 없어. 네 과거 따위…… 무슨 상관이야!"

어머, 너무하네. 나를 동정하지 않아? 잉크를 구했으면서. 뮤트나 루크를 죽이지 않고 보내줬으면서. 모두 같은 살인자인데 나만 따돌리기야?

“아니야……. 가해자 주제에 피해자인 척하지 마! 엄마가 어떻든 네가 악취미에 빠진 건 모두 네 뜻이잖아! 취미로 아이의 인생을 엉망진창으로 만들고, 취미로 사람을 죽이고, 네가 기분 좋을 때까지 많은 사람을 끌어들인 변태잖아!”

그 아이들도 즐거운 듯 인간을 죽였어. 나와 동류야.

“선택지를 빼앗아 그렇게 만든 장본인이 뻔뻔한 소리 하지 마!”

시끄럽네. 왜 이렇게 시끄러워. 나는 마더인데. 엄마인데.

엄마를 거역하면 안 돼. 넥트도 그래. 엄마를 거역하는 건 아이가 아니야.

역시 제대로 아이로 삼아야겠어.

관을 휘리릭 회전시켜 관자놀이에 들이대고 부드러운 뼈를 관통해서——.

“아……악, 아악, 큭!”

귀여워. 입에서 침을 흘리며 몸을 부들부들 떠는 게 마치 갓난아기 같아.

더 안쪽으로 들어가 줄 테니 더 귀여워지렴.

너는 누구냐고 다시 한번 물을게(관 끝에서 뇌 속으로 끈적끈적한 액체를 흘려보낼게).

“크흑, 킥, 흐윽, 악, 악, 내, 내, 내…… 내, 윽, 가……!”

있지, 플럼 애프리코트(마이크 스미시). 있지, 마이크 스미시(플럼 애프리코트).

——있지, 마이크 스미시.

“아니야아아앗! 아니, 아니, 아니야아아아앗! 아아아아아아악!”

아주 진하고 끈적끈적한 나를 들이부어 줄게.

자, 느껴봐. 나를 느껴. 나를, 나를, 나를——.

『엄마가 죽은 뒤 목을 긋고 자살. 교회가 구해줬어. 교회에서 배운 나날. 오리진 코어와의 만남. 칠드런 계획의 발안. 제1세대—— 실패. 어쩔 수 없어. 그냥 쓰레기. 좌절, 고난을 극복하고 나는 다시 강해졌어. 제2세대—— 제1세대보다는 나았지만 실패. 나는 더욱 이상적인 아이로 키워내기 위해 몇 가지 실험을 했지만, 모두 거리가 멀었지. 마치 삑삑 우는 작은 새처럼 추하고 방해됐기에 내게 의존시켜 조만간 쓰다 버릴 수 있도록 유도.』

"그게…… 뭐야. 그 아이들은…… 모, 모두…… 너, 를, 엄마, 라고…… 진심으로 그렇게, 사랑해서……! 정말로 가족이 되었……는데, 너는, 너만—— 살아서!"

아직 나를 이해하지 못했으니 관의 숫자를 늘린다. 뇌를 휘젓는다.

『나는 엄마가 되고 싶었어. 엄마가. 진정한 엄마가 되기 위해 나는 실험을 계속했어. 제3세대, 시험관으로 태어난 아이들은 제2세대보다 내 이상에 가까웠지. 완성 직전에 교회는 칠드런 중지를 바랐고 시설을 파괴했어. 하지만 나는 포기하지 않았어. 좌절과 고난이 나를 강하게 만드니까. 나는 완성 직전이던 제4세대를 내 몸속에 품고 버릴 패를 이용하여 시간을 벌기 시작했어. 그리하여 나는 많은 시련을 극복하고 나 자신의 힘으로 마침내 내가 나를 낳아 엄마가 되는 데 성공했어.』

"……아니, 야……! 너, 는…… 아무것도, 이룬…… 게……!"

그래…… 아아, 확실히 오리진이 당신을 특별 취급하는 이유는 잘 알았어. "어차피 될 리가 없다", "헛수고다", 그런 목소리가 들리니 나는 무시당하는 걸까?

아니면 오리진도 인간과 마찬가지일까?

아빠는 엄마를 이길 수 없어. 나는 마더이니 오리진조차도 날 제어할 수 없어.

그렇다면── 조금 더 꽂아보자. α를 마이크 스미스로 덧칠하기 위해.

"끄으으으으으으으으!"

우선은 손바닥과 발을 꿰뚫어서 고정한다.

"으악──."

허벅지, 옆구리.

"크, 크으윽."

뺨, 이마, 목, 배꼽, 종아리, 가슴, 어깨──.

"악, 아아아아아아아아아악! 오지 마! 내 안에 들어오지 마아아아앗!"

나는 내게서 태어나 지금은 완전한 엄마가 되었고 행복을 얻었어.

그런데 왜 당신은 내가 되기를 거부하는 걸까?

자, 저항(반전)은 그만두고 나를 받아들여.

여자는 가면을 쓰고 변해버린 왕도를 홀로 달렸다.

"헉, 헉, 헉……."

변해버린 왕도를 홀로 달렸다.

이것도 신의 계획이라면 손을 뻗을 필요는 없을지도 모른다.

하지만── 그냥 둘 수는 없었다. 멋대로 몸이 움직였다.

분명 알면 모두 "어설퍼"라며 비웃을 테고, 스스로도 알 수 없었다.

무엇을 하고 싶은지, 어떻게 하려고 하는지, 어디에 가고 싶은지──.

"헉, 헉, 헉……."

멈춰 섰다. 주르륵, 가면 밑에서 피가 흘렀다.

익숙하지 않은 그 불쾌한 감각에 주먹을 쥐고 견디며 그녀는 눈앞에 떠오른 고치를 올려다보았다.

정신이 오염된 정도에 따라 그 색깔과 고도는 달라진다.

처음에는 반투명하고 연한 빨간색이지만 점차 진해지며 최종적으로는 보라색이 되는 것이다.

"당신은 어떤 표정을 지을까?"

라이너스를 발견할 수는 없었다.

가능하면 그를 구하고 싶었지만, 그래봤자 근원을 끊어내지 않으면 문제는 해결되지 않는다.

그래서 마리아는 브레이브의 반동으로 의식을 잃었기 때문인지 혹은 그것도 '용사의 성질'인지 눈에 띄게 오염 진행이 더딘, 키릴이 붙잡힌 고치 앞에 섰다.

"저지먼트."

그리고 손을 뻗어 빛의 검으로 그녀를 감싼 섬유를 찢었다.

안에서 점액이 쏟아지며 끈적끈적하게 오염된 키릴의 몸이 배출되었다.

오염 진행이 경미했기에 강제 배출의 대가는 팔다리 몇 곳의 열상으로 끝났다.

마리아는 키릴의 곁에 서서 회복 마법으로 그 상처를 치료했다.

"음…… 으음……."

그러자 그녀는 괴로운 목소리를 내며 천천히 눈을 떴다.

그 시야가 가면을 쓴 여자를 바라보았다.

"윽?!"

재빠른 동작으로 거리를 둔 키릴은 즉각 검을 뽑아 경계했다.

"마리아! 여긴 어떻게?!"

"구하러 왔어요. 주위를 보세요. 지금은 적대할 때가 아니에요."

네가 할 소리냐——고 반론하고 싶었지만, 일단 키릴은 주위를 둘러보았다.

땅바닥에 뻗쳐 맥동하는 붉은 관과 공중에 뜬 무수한 고치, 그리고 검붉은 하늘.

어딜 봐도 이상한 모습에 눈이 휘둥그레졌다.

"이, 이게…… 뭐지? 플럼은? 에타나는? 가디오랑 라이너스는?!"

"움직일 수 있는 건 저와 당신뿐이에요. 그리고 얼른 제4세대로 완성된 '마더'를 쓰러뜨리지 않으면 다른 모두도 **저것**과 똑같은 모습이 될 거예요."

마리아는 지금 막 고치에서 떨어진 거대한 갓난아기를 가리켰다.

"으……으악……."

그것이 본래 인간이었다고는 생각하고 싶지 않다—— 그런 거절을 표하듯 키릴은 고개를 잘게 저었다.

하지만 어지러이 변하는 상황은 현실을 부정할 시간조차 주지 않았다.

『쫄래쫄래 빠르네! 나를 사랑한다면 얌전히 사랑을 받아들여!』

"오오오오오오오오오오오옷!"

하늘에는 육벽과 거대한 얼굴. 벽에서는 촉수가 뻗쳐 흐느적 모양을 바꾸는 붉은 괴물과 싸우고 있었다.

"저, 저건 뭐야……?"

왕도를 에워싼 괴물과 저 붉은 괴물이 적대하는 것까지는 키릴도 이해했다.

하지만 그 싸움은 너무나도 상식을 벗어나서 이해가 미치지 못했다.

"적어도 저 실 괴물은 아군이에요. 놀랍죠? 저렇게까지 의사를 남기다니."

마리아는 어쩐지 그리워하듯 마더와 싸우는 넥트를 바라보았다.

하지만 이내 키릴에게 시선을 되돌리고 그녀에게 말했다.

"저게 시간을 벌어주는 지금이 기회예요. 플럼 씨를—— 구하고 싶죠?"

겁에 질리고 혼란스러운 그녀에게 마리아는 차가운 목소리로 말했다.

키릴은 크게 숨을 내뱉고 조용히 고개를 끄덕였다.

마리아를 믿을 수는 없지만, 플럼 일행에게 위기가 닥친 것은 사실이었다.

지금은 그녀와 손을 잡을 수밖에 없다.

"그럼 갈까요?"

"……알았어."

일어선 키릴은 모든 에픽 장비를 불러냈다.

온몸이 빛에 감싸였고—— 하얀 암가드, 갑옷, 정강이 보호대, 망토, 그리고 서클렛이 일제히 장착되었다.

그리고 그녀는, 아마 플럼이 붙잡혀 있을 먼 곳의 커다란 고치를 바라보았다.

친구(友達)

넥트는 자신을 형성하는 섬유를 주위의 갓난아기에게 내밀더니 보이지 않는 '힘'을 주입했다.

——커넥션.

마더는 건방진 소녀의 그런 목소리를 들은 것 같았다.

그리고 갓난아기들의 몸은 공중에 떠올랐고 하늘 위에서 이쪽을 내려다보는 얼굴에 포탄처럼 발사되었다.

『어째서…… 어째서 그 목숨을 헛되이 하는 거야! 어째서 내 사랑을 알아주지 않는 거야!』

마더는 히스테릭하게 외치며 다가오는 갓난아기들을 촉수로 후려쳤다.

파아앗—— 붉은 안개를 흩뿌리며 마더는 자기 아이를 흔적도 없이 날려버렸다.

재차 갓난아기를 한쪽 끝에서부터 찔러 접속의 힘을 주입한 넥트.

하지만 아까 그 공격으로 위력이 부족하다고 깨달았는지 더 공들여 성능을 높였다.

——로테이션.

공중에 떠오른 갓난아기들은 팽이처럼 회전하더니 끝이 뾰족한 창으로 모양이 변했다.

그리고 재차 마더를 향해 발사되었다——.

『아아아아아아아아악! 짜증 나! 실패작 주제에, 발판 주제에에에에엣!』

또다시 촉수로 후려치려 했지만, 이번에는 회전의 위력이 우세했다.

육창은 푸우욱 촉수를 꽂았고, 그중에는 그대로 관통하여 마더에게 육박하는 것도 있을 정도였다.

그건 철퍽, 안구에 맞았고 노랗고 탁한 액체가 지상을 향해 흩어졌다.

『아파, 아파! 아파아아아아아아앗! 이 빌어먹을 자시이이이이이이이이익!』

마더는 짜증을 내며 마구 촉수를 휘둘렀다.

한편, 괴물은 탄생한 갓난아기에게 더욱 실을 꽂아 자신의 무기로 변화시켰다.

『너희는 내 아이도 아니면서! 등신을 기껏 키워줬건만! 왜 내 진짜 아이를 그렇게 다루는 거야아아아아앗!』

마더는 여전히 외쳤지만, 괴물은 귓등으로도 듣지 않고 계속 갓난아기를 발사했다.

『적당히 해, 넥트. 내 실험 도구면 도구답게 나를 위해 죽어야지! 가치 없는 목숨에 가치를 부여한 건 나야! 그렇다면 그건 모두 나를 위해 사용되어야지. 안 그래?!』

이번에는 마더가 발사한 촉수가 포탄처럼 회전하기 시작했다.

제4세대가 가진 회전의 힘은 루크가 남긴 코어── 그곳에 깃든 힘을 쳐부수고 파괴했다.

『지옥에서 피바다에 빠지며 영원히 내게 사죄해라! 어리석은 불효자 넥트으으으!』

그대로 회전한 촉수는 넥트를 향해 직진했다.

그녀는 자신의 몸을 산산이 조각내어 마더의 공격을 회피했다.

즉각 수습한 뒤, 다시 갓난아기에게 실을 꽂았다.

그리고 재차 발사하는가 싶더니 이번에는 다른 능력을 주입했다.

——심파시.

갓난아기들은 바닥에 꽂힌 촉수에 모였다.

그리고 와락 안기더니 마더를 향해 기어 올라갔다.

『아아, 귀여운 내 아이들. 사실은 이렇게 달래주고 싶었어. 사랑해주고 싶었어. 그런데…… 그런데…… 저세상에서 원망할 거면 저 멍청한 실패작을 원망하거라!』

촉수를 휘둘러 갓난아기들을 날려 보내려는 마더.

하지만 그에 앞서 주입된 에너지가 임계점에 다다랐다.

——디스토션.

그리고 퍼엉! 하고 일제히 터졌다.

이름을 붙이자면 공간 왜곡 폭탄이라고 할까?

범위는 넓지 않지만, 뒤틀린 공간 속에 존재하는 물질은 그 원형이 일그러지고 시간의 흐름도 엉망진창이 되어 이 세상에 현재의 형태로 계속 존재할 수 없게 된다.

즉, 남은 결과는—— 소멸이다.

『……어째서.』

분노의 한계를 넘은 마더는 엄마라는 설정을 잊고 낮게 떨리는 목소리로 한탄했다.

『왜. 왜, 왜, 왜, 왜! 왜냐고오오오오오오!』

물론 감정의 폭발이 향하는 곳은 한 점뿐.

섬유로 엮여 공중에 떠올라 붉은 구체를 이룬 넥트였다.

『이 실패작이. 코어를 아무리 써도 완전한 내게 이길 수 있을 리가 없는데. 왜 너처럼 은혜도 모르는 것이 이 세계에 존재할 수 있는 거지? 이상해.』

마더는 정서가 불안정한 모습에서 돌변하여 침착하게 그렇게 말하더니 자신의 얼굴을 에워싼 육벽에서 대량의 촉수를 천천히, 마치 아이를 낳듯 생산했다.

슈우욱—— 살이 마찰되는 소리가 왕도에 울려 퍼졌고, 넥트는 움직임을 보이지 않고 조용히 그것을 기다렸다.

마더가 다루는 촉수의 숫자는 지금까지 하나뿐이었다.

그 하나로 지금의 넥트와 호각으로 싸우고 있는 것이다.

숫자가 곧 전력이라고는 단정 지을 수 없지만, 이렇게 늘어나면 틀림없이 마더가 유리해질 것이다.

『이상해. 이상해, 이상해, 이상해! 그럼! 부모로서 훈육을 해야지!』

휴우우우우우웅!

넥트에게 회전하는 촉수의 비가 쏟아졌다.

그녀는 몸을 풀고 섬유를 뿔뿔이 흩트려 피하려 했지만, 소용돌이치는 바람이 그것을 허락하지 않았다.

실은 말리고 잡아 찢겨 피를 분출하며 바닥에 내팽개쳐졌다.

『아직아직아직아직이다아아아아아!』

슈우우우우우우욱!

촉수는 더욱 늘어나 마치 기둥처럼 왕도의 바닥에 꽂혔다.

넥트의 육체는 힘없이 파괴되었고——

『찾았~다.』

마침내 네 개의 코어를 내포한 실을 마더가 발견했다.

가차 없이 꽂아 바닥에 내팽개쳤다.

그러자 '핵' 부분이 망가졌는지 흩어진 섬유가 한곳에 모였다.

그리고 서로 얽혀 변형되더니—— 사람 모양으로 되돌아갔다.

『넥트. 나는 너도 아이로 삼으려고 했어. 실패작이지만 다시 낳으면 나는 너를 사랑해줄 수 있었어. 그런데…… 이런 결말이라니 슬퍼서 참을 수가 없구나. 정말로…… 진심으로…… 아아, 아아아아…….』

마더는 눈에서 눈물을 뚝뚝 흘리며 진심으로 울었다.

그때 넥트는 마지막 힘을 쥐어 짜내어 섬유를 움직여 갓난아기에게 꽂았다.

그리고 제대로 목소리를 낼 수 없는 자신을 대신하여 지금의 마음을 마더에게 전했다.

"너, 정말로, 징그러운 놈이구나."

『……뭐?』

"그런 건, 사랑, 따위가 아니야."

"엄마 놀이지. 민폐야."

"시시한, 인형 놀이에, 우리를 끌어들이지 마."

그때 마더에게는 입조차 없는 넥트의 얼굴이—— 건방지게 웃는 것처럼 보였다.

『하…… 하하……하하핫, 아하하하하하하하하핫! 네놈은 죽어라아아아아아아앗!』

푸욱! 인간 크기밖에 되지 않는 넥트에게 거목만큼 굵은 촉수가 꽂혔다.

푸욱! 그것은 뭉갰다는 표현이 더 어울릴 법했다.

푸욱! 푸욱! 푸우욱!

——넥트의 몸은 원형조차 남지 않을 정도로 엉망진창이 되었다.

하지만 섬유는 희미하게 움직이는 걸 보니 과연 코어를 네 개나 쓴 보람은 있었다.

『허억…… 허억…… 당연한 업보야. 오히려 아직 약할 지경이지. 후후, 우후훗. 아직 살아 있다면 마침 잘됐어. 더 괴롭고 더 고통스러운 벌을 줘야지——.』

넥트가 전투 불능에 빠져 마음이 가라앉았는지 마더는 마침내 **그것**을 깨달았다.

"헉…… 키릴 씨, 서두르세요. 마더에게 들켰어요!"

"알지만! 이 껍데기는 꽤 단단해서 벨 수가 없어!"

마리아와 키릴이 플럼을 가둔 고치에 매달려 그걸 깨려 하고 있었다.

『——저 아이는 하여튼 구제불능이네.』

그때 마더는 넥트의 의도를 마침내 깨달았다.

이만큼 힘이 차이 나면 절대로 이길 수 없다는 정도는 알 터였다.

하지만 코어 네 개라는 무모한 짓을 해서 그녀는 마더에게 덤볐다.

그렇다. 처음부터 이길 생각은 없이── '시간 벌기'가 진짜 목적이었다.

『그렇게 사소한 역할조차 너는 해내지 못해. 왜냐하면 실패작이니까. 등신이니까. 쓸모없는 존재니까. 내가 손을 뻗지 않았으면 가치 없던 먼지 쓰레기니까.』

촉수가 마리아와 키릴에게 다가갔다.

"키릴 씨, 브레이브는 쓸 수 없나요?"

"……미안해. 지금은 안 돼."

눈앞에 펼쳐진 지옥은 플럼이라면 "익숙한 광경이야"라고 말했을지도 모른다.

마리아에게도 놀랄 만한 것은 아니었지만, 다양한 의미로 키릴에게는 거리가 먼 것이었다.

마리아도 별로 기대하지는 않았다.

플럼이 옆에 있다면 또 모를까 지금 그녀의 정신 상태로 브레이브를 쓸 수 있다고는 생각할 수 없었다.

"그렇다면 이번에는 제가 시간을 벌게요. 키릴 씨는 그사이에 플럼 씨를!"

마리아는 일어서서 다가오는 촉수와 맞섰다.

인간의 형상으로 몸에 적합하지 않은 오리진 코어를 깃들인 그녀에게는 마더만큼의 힘은 없다.

하지만── 지금의 키릴보다는 오리진의 나선을 견디기에 적합할 터였다.

'마더는 이 고치를 뭉갤 수 없어요. 그러니까 휘두른 이 촉수는

그저 협박——.'

슈우우웅! 하고 휘어진 타격이 바로 옆을 지나 바닥을 때리고 흔들었다.

'움츠러든 순간 갓난아기를—— 아니, 아직 거리가 있어요. 그렇다면 이쪽을 노리는 거군요!'

굵은 촉수의 표면이 빠각 열리며 가느다란 촉수가 무수히 뻗어 나왔다.

"저지먼트—— 스파이럴 레인!"

마리아는 오른손을 휘둘러 회전하는 대량의 빛의 검을 만든 뒤 발사했다.

이만큼의 양을 동시에 다루는데도 조준은 정확하고 위력도 강했다.

키릴을 잡으려 한 가느다란 촉수들은 모두 광검의 직격을 받아 산산이 조각났다.

『교활하네. 갈 곳을 잃은 속이 시커먼 성녀님?』

"……SIN 저지먼트."

마더의 값싼 도발에 넘어갈 마리아가 아니었다.

그녀는 조용히 평소에 사용하는 빛의 검보다 더욱 큰 검을 만들어내더니,

"스파이럴 에지."

그 검을 오리진의 힘으로 회전시켜 촉수에 덤벼들었다.

현재 마더의 육체는 기본적으로 모든 것이 오리진의 역장에 보호받고 있으며 살 그 자체도 견고하다.

어설픈 공격은 통하지 않기 때문에 의식해서 단단하게 만든 고치는 키릴조차 절개할 수 없다.

마더의 촉수는 그에 비하면 부드럽지만, 그래도 끊으려면 상응하는 마력이 필요했다.

따라서 마더 자신도 마리아 같은 실패작보다 못한 존재가 자신에게 상처를 낼 수 있을 리 없다고 생각했지만―― 그 회전하는 검을 앞에 두고 생각을 바꾸지 않을 수 없었다.

『이 여자, 다른 코어 사용자보다도 오리진의 에너지 공유량이 많은 거야? 광신도도 아닌 것 같은데. 후후, 그 배 속에 대체 어떤 어둠을 숨기고 있는 걸까!』

마더는 촉수를 쳐들어 검을 요격했다.

마리아의 검은 막혔지만, 맞부딪칠 때마다 확실히 살은 깎여갔다.

『그 배를 가르고 속을 파헤쳐주마!』

물론 마더가 조종하는 촉수는 여럿 존재했다.

그중 하나와 공방을 벌여봤자 시간 벌이도 되지 않는다.

마리아는 플럼의 고치에서 싸움의 중심지가 떨어진 것을 확인하고 기어를 하나 더 올렸다.

"스파이럴 레인―― 브로큰 에지!"

작은 검을 상대에게 찔러 그 조화로운 마력을 흩뜨리며 파괴. 그리고 폭발.

"클로즈드 서클, 레이라이트 리플렉션!"

이어서 빛의 구체를 생성하고, 그 속에서 빛을 반사 및 확산시켜 내부를 태웠다.

『성녀님치고 쓸데없이 폭력적이네. 마치 사람을 죽이기 위한 마법 같아!』

"——윽!"

마리아의 표정이 살며시 일그러지자 마더는 "아하" 하고 웃었다.

하지만 그 정도에 마음을 흩트릴 수는 없었다.

마리아가 촉수를 상대하는 동안에도 새롭게 태어난 갓난아기가 키릴을 에워싸고 있었으니까.

"스파이럴——."

『두 번이나 시간 벌이를 허용할 것 같아?!』

"으으으윽!"

마더의 공격이 마리아에게 직격했고 즉각 가드한 그녀의 오른팔을 꺾었다.

『어차피 코어를 파괴하지 않으면 나는 죽일 수 없어. 너는 무력해. 그리고 완성된 칠드런은 무적이지. 당연해. 왜냐하면 나는 이상적인 엄마고 전 세계의 인간이 내 아이가 되어야 하니까!』

날아간 마리아는 고통에 얼굴을 찌푸리며 빛 마법으로 키릴을 엄호했다.

키릴은 에픽 장비인 검을 용사의 마법으로 보강하여 수차례 찔렀다.

"플럼…… 플럼…… 반드시! 반드시 내가 구해줄게! 하아아아아앗!"

진이나 3마장이 쓰는 복수 속성이 아니라 고유의 희소 속성 소유자가 사용하는 마법은 '감각'에 기대는 경우가 많고, 키릴이 쓰는 검 강화 마법도 예외는 아니었다.

그녀는 지금까지 그 마법을 한 번도 사용한 적이 없었다.

지금 생각났고, 지금 상상하며 발동시켰고, 그리고 실제로 효과를 발휘한 것이다.

"플럼을 놔줘! 나를! 방해하지 마라아아아앗!"

그 행위에 집념을 불태운 나머지 지금의 키릴은 주위 경계가 소홀해졌다.

마리아는 마더와 직접 싸우면서도 빈번히 지상에 있는 갓난아기의 섬멸도 실행했다.

상당히 화려하게 빛의 검이 꽂혔고 폭음과 빛을 내뿜었지만, 키릴은 알아채지 못했다.

광기마저 느껴질 정도로 덮어놓고 다만 플럼을 구하는 데만 집중했다.

그녀 자신도 이 상황에서 구출되길 플럼에게 바라는지도 모른다. 혹은 실수를 반복해서는 안 된다는 강박 관념이 그녀를 움직이는지도 모른다.

덧붙여 고치에 도착하기까지 마리아에게 들은 이야기도 키릴의 필사적인 마음에 박차를 가했다.

『플럼 씨는 벌써 몇 번이나 오리진 코어를 이용한 괴물과 싸웠어요. 진에게 팔리고 나락의 바닥에 떨어져도 자신의 반전의 힘을 사용하는 법을 깨닫고 저주받은 장비를 지닌 채 만신창이가 되면서도 계속 일어났어요. 이전과는 비교도 되지 않을 정도로 몸도 마음도 강해졌어요.』

딱히 키릴에게 책임이 있는 건 아니다.

하지만 그래도 팔려간 플럼이 입은 상처는 깊고, 그뿐만 아니라 보기만 해도 정신이 아득해지는 괴물과 용감하게 맞서 싸워왔다.

용사의 역할보다도 훨씬 괴롭고 곤란한 길을 꺾이지 않고 걸어왔다.

그렇게 진정한 용사라 부름 직한 플럼을 구할 수 없다면 키릴은 자신을 용사로 인정하기는커녕 분명 영원히 키릴 스위치카라는 인간을 용서할 수 없을 것이다.

소중한 사람을 위해, 그리고 자신을 위해.

그 두 가지 동기가 합치되었을 때——

"아악, 아아악! 으아아아아아아아아아아아악!"

인간은 광적일 정도의 집중력을 발휘한다.

마더는 초조했다.

섭취 허용량은 진즉에 한계를 넘었을 텐데 왜 그녀는 내가 되지 않느냐며.

"으……크억, 헉, 카학……!"

오리진이 왜 플럼을 필요로 하면서도 이 행위를 보고만 있는지 이유를 알았다.

하지만 그러면 그럴수록 옹고집이 되는 것이 연구자다.

"하……아, 아……후, 으……."

의식 수준의 저하. 몽롱한 그녀의 상처에 비집고 흘러든다.

“아악, 히이이이이이이이익!”

그녀가 눈을 까뒤집고 외쳤다. 효과 없음. 초조했다. 더욱 상처를 벌리며 관을 삽입.

“으악, 커헉, 키이이이이이이익!”

삽입, 삽입, 삽입── 상처에서 흘러나올 정도로 ‘나’를 주입해도 효과 없음.

기억은 모두 이해하고 비극도 모두 삼켰을 텐데 왜지?

『끈질긴 녀석.』

“이렇게나 오리진의 힘을 쓰는… 주제, 에…… 마더, 당신이…… 자아를 먹히지 않고 당신으로 존재할 수 있는 이유를, 알 것, 같아…….”

오리진 코어 사용자는 인간의 모습에서 벗어나면 벗어날수록 자아가 침식된다.

하지만 마더는 이렇게까지 변모했는데도 그런 모습은 보이지 않았다.

『무슨 말일까? 이건 나의 끊임없는 노력의 성과야.』

그것은 마더가 자신을 유지할 수 있도록 이 ‘칠드런’을 만들어 낸 성과다.

키마이라도 라이벌인 네크로맨시나 칠드런에게서 기술을 훔쳤다.

그와 동시에 마더도 키마이라에게서 오리진의 의식을 억제하는 방법을 얻었다.

『내 두뇌가, 내 바람이, 나를 유지한 채 나를 엄마로 만들게 했어.』

"그건 아니야."

마더의 자신감을 플럼은 정면으로 부정했다.

"'고독'. 자신 이외의 존재를…… 자신의, 목적을…… 달성하기 위해서, 만…… 이용, 하지. 관계를, 부정……하고, 그토록, 자신을 사랑한 아이들을…… 그저 '도구'라며 잘라냈어."

『그게 뭐? 그건 아이로 적합하지 않았기 때문이야. 나는 옳았어.』

"하하…… 그런 점이, 오리진과, 많이 닮았네. 그래서, 먹히지 않은 거야……."

『그걸 안다고 상황은 바뀌지 않아. 그만 포기하고 마음을 열어, 플럼 애프리코트── 아니, 너는 이미 마이크 스미시야.』

마더에게는 여유가 있었다.

자신의 힘이 이런 계집에게 통하지 않을 리 없다고 확신했기 때문이다.

하지만 그에 반해 플럼은 마더에 의한 의식 오염의 약점을 파헤치고 있었다.

아니, 마더의 약점이라기보다는 오리진 그 자체의 약점이라고 불러야 할지도 모르겠다.

오리진의 특성 중 하나로 '접속'이나 '동화'가 있지만 그 연결법은 매우 일방적이다.

연결하고, 흘려 넣고, 범하고── 그것은 이미 지배라고 해야 할 방식이었다.

사람과 사람의 연결, 접점…… 그러한 말과 뉘앙스는 비슷해도 대극점에 있었다.
분명 모든 생명을 잇고 지배하여 하나로 만든다면, 인간관계에서 태어나는 부정적 감정은 생기지 않을 것이다.
그것을 완전한 평화로 숭배하는 인간, 혹은 조직이 탄생한대도 이상하지 않았다.
하지만 한편으로 긍정적 감정도 탄생하지 않게 된다.
"……밀키트."
플럼은 늘 그랬다. 괴로워지면 그녀만 생각한다.
하지만 지금 생각해 보면 그것은 매우 **이치에 맞는** 행위였는지도 모른다.
마더를 포함한 오리진들은 이해할 수 없겠지.
사람을 사귀기는 힘들다. 추한 싸움이 되는 일도 적지 않다. 평화롭지는 않다.
그것은 사람과 사람이니 피할 수 없는 굴레다.
하지만―― 그렇기에 얻을 수 있는 힘도 있다.
"나는 무슨 일이 있어도 나야. 절대로 네가 되지 않아. 다시 한 번 그 아이를 만나기 위해."
『후후훗, 현실 도피하며 눈을 돌릴 심산인가? 소용없어. 인간은 도저히 이 고치에서 벗어날 수 없어. 벗어나려 해도 유착된 육체는 즉각 붕괴되지!』
가령 몸이 부서진대도 **그게 뭐 어떻다**는 말인가.
붕괴된대도 금방 재생한다면 대미지는 없는 것이나 마찬가지다.
『게다가 아무리 제정신이라도 몸이 움직이지 않으면 의미는 없잖아?』

그렇다 해도 움직이지 않는다면 **움직이게 하면 될** 뿐이다.

타인을 생각하는 마음. 그것은 근성론이나 정신론이 아니다.

한없이 고독한 오리진들은 타인의 존재라는 괴로움에서 해방됨과 동시에 타인의 존재에서 얻을 수 있는 행복마저도 잃고 만다.

에타나, 잉크, 가디오, 라이너스, 그리고 키릴. 일단 이라도.

그 밖에도 다양한 사람들이 있고 싫은 일도 있지만, 그 존재가 플럼에게 힘을 준다.

그중에서도 특히 큰 것을 인간은 사랑이라고 부른다.

플럼과 밀키트의 사이에 있는 감정을── 그것을 근원으로 솟구치는 힘을──.

오리진은 멈출 수가 없다.

"하, 아아……!"

관으로 내벽에 박힌 왼팔에 힘을 실었다.

관은 쓸데없이 깊이 박혔지만 개의치 않고 계속하자 무언가가 지익 벗겨지며 날카로운 통증이 내달렸다.

붙어 있던 손등의 가죽과 살이 벗겨져 뼈가 훤히 드러났다.

하지만 아직 움직였다.

"밀, 키트……!"

오로지 머릿속을 그녀로 꽉 채웠다. 사소한 일은 생각할 수 없었다.

그녀를 만나고 싶다는 마음으로 모든 것을 채우고, 거기서 생겨난 힘만으로 육체를 움직였다.

오른팔, 등, 뒤통수── 순서대로 벗겨지면서도 속박에서 벗어났다.

아프다. 차갑다. 휑하다.

뭐가 훤히 드러났는지 자신의 눈에는 보이지 않지만, 몸이 쓸데없이 가볍게 느껴졌다.

『이 고치 속에서 자력으로 움직이다니…… 벽이 파괴돼서 그런가? 아니면 내 힘이 소모돼서?! 그렇다면── 정말 못 말리는 천하의 불효자구나!』

당황한 마더는 새로운 촉수를 플럼에게 접근시켰다.

목을 관통하려는 그것을 그녀는 접촉 직전에 왼손으로 잡았다.

"리버, 설!"

퍼어엉! 하고 관은 안쪽부터 부풀어 파열되었다.

『반전의 힘이 이렇게까지── 하지만 그 이상의 힘을 부딪치면 얼마든지 상쇄할 수 있어!』

다음 관을 보내는 그 틈에 플럼은 더욱 몸을 비틀어 구속을 떼어냈다.

그리고 뻗은 오른손으로 관을 튕겨내 다시 파열시켰다.

『아까보다 강도가 올랐을 텐데?! 당신의 마법은 정말로 성가시네!』

"아니, 그뿐만이 아니야! 나를 움직이는 힘은, 오리진에 저항하기 위한 힘은!"

『그렇다면 뭐라는 거냐!』

플럼은 손을 뻗어 이번에야말로 영혼 사냥꾼을 쥐었다.

그리고 당황한 마더의 질문에 씩씩하게 대답했다.

"핫── 너처럼 인간의 마음을 잊은 사악한 놈은…… 평생 알 수 없지이이이이이이이!"

내지른 검이 붉고 강인한 막을 꿰뚫었다──.

◇◇◇

키릴이 온 힘을 다한 덕분에 얇아진 부분에서 검은 칼이 튀어나왔다.

"……플럼? 플럼!"

바깥쪽에서도 또한 검을 꽂아 그 흠집을 더욱 벌렸다.

그리고 마침내 키릴은 틈새에서 플럼의 모습을 발견했다.

"플럼────!"

이름을 외치며 그녀는 안에 팔을 집어넣었다.

"키릴!"

플럼도 그 목소리를 알아채고 손을 뻗었다.

이제 곧 손가락과 손가락이 맞닿을── 그때, 키릴의 발목을 누군가가 붙잡았다.

"아뿔싸……. 키릴 씨, 뒤예요!"

상처투성이인 마리아가 필사적으로 불렀다.

마더의 공격을 받아 그녀에게는 갓난아기를 쓰러뜨릴 만한 여유가 없었다.

"방해하지 말고 떨어져!"

키릴은 떼치고자 발로 차듯 다리를 움직였지만, 갓난아기는 오히려 뼈를 부술 정도로 거세게 붙들어댔다.

"키릴……!"

팔을 빼면 기껏 연 탈출구는 재생되어 닫히고 만다.

"블레이드! 꽂혀라아앗!"

키릴은 검을 쥐고 빛의 날을 뻗어 요격했다.

뇌만 파괴하면── 그렇게 생각했지만, 갓난아기는 이마가 꿰뚫리고 빛에 얼굴이 타고도 멈추지 않았다.

"그렇다면── 블라스터어어어엇!"

이번에는 빛의 다발을 쏘아 머리째로 날려버렸다.

하지만 머리를 잃은 갓난아기는 아직 살아 있었다.

"이 녀석…… 죽여도 반응이 없어?"

"키릴 씨, 헛수고예요! 그건 어디까지나 마더가 만들어낸 신체 일부에 지나지 않아요! 심장부인 오리진 코어를 파괴하지 않는 한 움직임을 멈출 수 없어요!"

그리고 날아간 목의 절단면에서는 작은 갓난아기가 우글우글 기어 나와 키릴의 다리를 기어 올라왔다.

그 녀석들은 팔로 피부를 절개하고 몸에 들어가려 했다.

'이대로라면 늦어. 나도 죽어. 플럼도 구할 수 없어. 싫어, 싫어, 그런 건 싫어!'

그렇다면── 그녀가 할 수 있는 일은 하나다.

'할 수 있나? 할 수 있나? 플럼을 구하지 못한 내게 그런 용기가 있나? 아니, 아니야. 구하지 못했으니 할 수 없다는 건 의미가 없어. 구할 수 없으니까, 실패할 것 같으니까 용기를 내야만 해. 내게 자신감을 가져야 해. 할 수 있냐 없냐가 아니야. 하지 않으면 나는 또 실수를 반복할 거야. ――다른 무엇보다 나는 그게 제일 싫어!'

마음을 정했다. 영혼을 불태웠다.

키릴이 검을 쥔 손에 힘을 준 순간, 스르륵, 붉은 실이 그녀의 발에 감겼다.

그러는가 싶더니 그 실은 몸속에 잠기려는 갓난아기를 찌르고 파괴되었다.

『하고 싶은 걸, 한다.』

갑자기 뮤트의 말이 뇌리에 떠올랐다.

아니, 어쩌면 이건 **들리는** 것일지도 모른다.

소리인지, 마음인지, 떠오른 것인지, 흘러든 것인지―― 알 수 없지만 그것은 따뜻했다.

『포기하면, 끝나. 무서워. 하지만, 키릴이, 줬어.』

그리고 이윽고 뮤트에게 들어본 적 없는 말까지 울리기 시작했다.

『나, 골랐어. 바라, 목숨, 쓰는 법. 그래서, 보은.』

왜 그 '실'에 뮤트의 의식이 깃들어 있는 걸까?

이치도, 상황도, 모든 것이 이해의 범주를 넘어섰다.

하지만 키릴은 딱 한 가지를 확실히 이해했다.

『고마워, 키릴. 내, 첫, 친구――.』

――뮤트는 죽었다.

포기하고 죽은 게 아니라 진심으로 만족할 수 있는 결말을 얻으며.

그리고 이번에는 키릴이 후회하지 않도록 힘을 빌려주고 있다.

이를 꽉 깨물었다.

솟구치는 눈물을 삼켰다.

지금 이 말에서 받아들여야 할 것은 비탄이 아니다.

이런 모습이 되면서도 은혜를 갚은 그녀의 존귀한 용기다――.

"브레에에에에에에이브!"

키릴은 드높게 외치며 온몸에서 빛나는 오라를 발산했다.

거친 바람이 달라붙은 적을 날렸고, 흩어진 빛이 놈들을 태웠다.

동시에 붉은 실도 힘을 잃고 바닥에 툭 떨어졌다.

그리고 키릴은 고치의 작은 균열에 양쪽 손가락을 찔러넣고,

"크, 으…… 으랏차아아아아아아아아앗!"

북북 잡아 찢어 탈출구를 열었다.

"키릴!"

"플럼!"

뻗은 두 사람의 손이 단단히 포개지고 플럼은 고치 밖으로 끌려 나왔다.

잡아당겨지자 몸에 꽂힌 관이 살을 찢었다.

하지만 이미 그런 건 사소한 통증이라 얼굴을 찌푸리지조차 않았다.

하지만 고치는 더욱 벌린 입에서 관을 뻗으려 했다.

두 사람은 손을 잡고 그 위에서 뛰어내렸다.

『어째서……? 어째서 너희만 보답을 받는 거지? 이렇게 궁지에

몰렸으면서, 손 쓸 수 없는 곳에 있으면서, 그런데도 마지막에는 어떻게 웃을 수 있는 거지! 치사하잖아아아아앗!』

그 끈질긴 태도는 마더의 연약한 질투에서 온 것이다.

"둘 다 방심하면 안 돼요! 여기서부턴 저도 엄호가―― 끄, 아악!"

피폐한 마리아는 이제 촉수의 공격을 막는 데 급급했다.

마더의 비뚤어진 속내를 들은 플럼은 크게 한숨을 쉬더니 영혼 사냥꾼을 뽑았다.

"기껏 재회했는데 멋이라곤 없군. 나 참."

"플럼, 이제 움직일 수 있어?"

"응, 괜찮아. 그러니까 일단 저놈들은 내게 맡겨."

쳐든 검에 프라나와 마력을 채우고 그 늠름한 눈동자는 갓난아기 무리를 바라보았다.

"……인챈트 블레이드."

그러자 키릴이 옆에서 플럼의 칼자루를 쥔 손에 직접 손을 포개 마력을 주입하여 빛의 날을 둘렀다.

살로 이루어진 캐노피가 하늘을 덮어 그림자에 에워싸인 왕도. 그 왕도의 검붉은 어둠을 베는 듯한 빛.

"하자, 플럼."

"고마워, 키릴. 이거라면―― 일격에 섬멸할 수 있어!"

그것은 마더의 일부. 아무리 파괴해도 계속 늘어나는 과거에 인간이었던 살덩어리.

그 몸을 움직이는 것은 마더의 코어에서 공급되는 오리진의 힘이자, 달리 심장이 되는 부위가 없는 이상 그 온몸은 이미 오리진의 에너지 그 자체라고 해도 과언은 아니다.

즉, 플럼의 반전의 힘 앞에는── 늘 심장부를 훤히 드러내고 있는 셈이었다.

"헤임달(광인, 光刃)── 그랑스톰(굉기람, 轟氣嵐)!"

아래로 휘두른 칼날.

대지를 부수고 터지고 거친 폭풍이 불고 빛이 춤췄다.

얼핏 환상적으로도 보이는 그 광경은 오리진의 힘을 가진 자에게는 지옥이었다.

최강이라 불리는 용사와 최약체라 멸시당했던 추방자의 힘이 조화를 이루어 적을 삼켰다.

바람이 멎고 날아오르던 모래 먼지도 잠잠해지자 갓난아기는 한 마리도 남아 있지 않았다.

"키릴."

플럼에게 불린 키릴이 돌아보자 그녀는 얼굴 옆에서 팔을 벌리고 있었다.

의도는 알지만── 키릴은 자신의 손을 바라보며 조금 주저했다.

그러자 플럼이 천진난만한 미소를 지으며 그녀에게 전했다.

"다시 한번 도와줘서 고마워."

"플럼…… 미안해. 정말 미안해."

"내가 방해였던 것도 사실이니 피차일반이야. 이걸로 이 얘기는 끝내자."

"그것만으로는 끝나지 않아."

"그럼 키릴은 지금도 나를 친구로 생각해?"

"그야 당연하지!"

키릴은 가슴에 손을 얹고 잽싸게 대답했다.

플럼은 기뻐서 조금 쑥스러운 듯 고개를 숙였다.

"그거면 충분해. 정말 진짜로. 내가 계속 두려웠던 건 키릴과 친구가 아니게 되는 일이니까. 그러니까…… 앞으로도 영원히 잘 부탁할게. 알았지?"

그렇게 말한 플럼은 펼친 손바닥을 다른 한쪽 검지로 쿡쿡 찔렀다.

키릴은 "정말로 이거면 되나?"라고 자문하면서도 손을 접근시켜── 마치 합치듯 가볍게 손바닥을 맞댔다.

플럼은 펼친 손을 오므리고 키릴과 손가락을 얽고서 씩 웃었다.

"또 그 케이크 가게에 가야겠네."

"그러게……. 얼른 싸움을 끝내고 약속을 지켜야지."

두 사람은 하늘로 고개를 들며 분한 듯 입술을 깨물고 떠는 마더의 얼굴을 노려보았다.

그러자 촉수와의 싸움에서 해방된 마리아가 플럼과 키릴의 옆에 내려섰다.

"두 분이 한 건 해주신 덕분에 도망칠 수 있었어요."

"마리아 씨…… 하고 싶은 말은 있지만 지금은 도울게요."

플럼이 그렇게 말한 게 의외였는지 마리아는 잠시 멍한 표정을 보였다.

하지만 이내 "후훗" 하고 웃으며 고개를 가로저었다.

"저도 그렇게 제안할 생각이었어요."

일시적이나마 세 사람의 협력 태세가 갖추어졌다.

플럼과 키릴이 서로를 이해한 것만으로도 충분히 불쾌했는데―― 마더가 더욱 세게 입술을 깨물자 하늘에서 피가 뚝뚝 흘러 대지를 더럽혔다.

『유대라느니…… 사랑이라느니…… 우정이라느니…… 너희는 왜 그렇게 내가 싫어하는 걸 정확하게 찌르는 걸까? 그렇다면…… 내가 옳다는 걸 증명하기 위해 철저하게 죽여야겠네에!』

하늘에서 거목이 낙하하듯 촉수가 회전하며 쏟아졌다.

"다들, 가자!"

키릴의 호령에 플럼과 마리아가 고개를 끄덕였다.

그리고―― 각자 다른 숙명을 짊어진 세 소녀는 더욱 큰 벽과 맞섰다.

25 용사(勇者)

다가오는 촉수에 검을 향한 키릴은 그 칼날에서 마법을 방출했다.

“체이서.”

발사할 때의 모습은 광선을 뿜는 ‘블라스터’와 같지만, 그것은 명중하기 직전에 확산됐다.

그리고 작고 무수한 광선이 가지를 뻗더니 그 하나하나가 키릴이 노린 부위에 명중했다.

물론 나뉜 만큼 위력은 떨어지지만 노린 것은 마리아가 상처 입힌 곳이었다.

명중하면 상처가 번지고 때로는 찢어져 최소한의 대미지로 최대한의 손해를 줄 수 있다.

키릴은 만족스레 웃었지만, 등 뒤에서는 또 새롭게 탄생한 갓난아기가 다가왔다.

“레인.”

이번에는 손을 뻗어 빛의 비를 내렸다.

‘용사’의 마법에 빛이나 어둠, 불, 물 등 특정한 카테고리는 없다.

굳이 말하자면 ‘빛’에 가깝지만 그렇다고 빛 속성 술사가 재현할 수 있는 마법은 아니었다.

경미한 마력 소비에 다루기 쉽고 압도적인 범위와 위력── 나란히 싸우는 마리아는 새삼 키릴의 특이한 속성을 인식했다.

“하아아아아아아아앗!”

플럼은 쳐든 영혼 사냥꾼으로 바다을 때렸다.

폭발하는 프라나, 거칠게 부는 폭풍.

키릴의 '레인'에 의해 잘게 베여 분열된 갓난아기들이 반전의 마력으로 파열되었다.

한편 하늘에서는 다음 촉수가 플럼을 덮치려 했다.

"디바인 프로텍션."

그러자 마리아가 실드를 만들어 그 공격을 일시적으로 막았다.

하지만 그것으로 막을 수 있는 것은 기껏해야 한두 발── 이내 표면에 금이 갔고 세 번째 공격이 때리면 무참히 부서질 것이다.

"버스트."

그래서 마리아는 그 전에 굳이 장벽을 부수어 그 파편을 흩트리더니,

"스파이럴 프라그먼츠."

회전시켜 가까이 온 촉수를 난도질했다.

공격을 펼치던 무방비한 상태로 빈틈도 없을 정도로 엉망진창이 된 촉수는 소녀들을 후려치기 전에 힘을 잃고 썩은 듯 바닥에 툭 떨어졌다.

공격과 공격 사이에 생겨난 작은 인터벌.

이런 상대와 싸우는 데 익숙한 플럼은 그 틈에 두 사람에게 물었다.

"키릴, 마리아 씨, 상의할 게 있는데."

"코어 위치 말이죠? 추측할 수는 있지만 너무 알기 쉬워요."

"함정일 가능성도 있다는 뜻이지?"

"아니, 괜찮아. 희미하지만 느껴져. 천장 너머에 오리진 코어의

기척이 말이야.”

플럼은 하늘을 올려다보았다.

멀리 보이는 마더의 얼굴, 그리고 육벽은 도저히 사람의 손이 닿는 높이가 아니었다.

게다가 설령 도달할 수 있대도 코어를 파괴하지 못하면 의미가 없다.

결국 저곳에 도달하지 않는 한 이 싸움에 승리는 찾아오지 않는다.

“내가 플럼을 안고 저기까지 날면…… 윽, 닿을 거야!”

휘둘리는 촉수를 뒤로 뛰어 피하고, 착지점을 노린 다음 공격을 블레이드로 빗나가게 하는 키릴.

하지만 그녀의 말에 플럼은 고개를 가로저었다.

“그럼 당신이 하늘을 날 수밖에 없어요!”

촉수를 뛰어 올라가 빛의 칼날로 베며 마리아는 말했다.

“네, 그럴 생각이에요. ――리버설(중력 반전)!”

플럼은 바로 옆에서 건물 잔해를 베며 다가오는 촉수의 회피와 함께 도약했다.

그대로 반전된 중력에 따라 떠오르더니 공중에서 조준을 맞춘 다른 촉수를 절단했다.

이어서 베인 잔해를 박차고 반전을 해소. 지상을 기는 살덩어리에 칼날을 찔렀다.

“떴어?! 굉장하다……! 굉장해, 플럼!”

키릴은 칭찬하며 흥이 올랐는지 휘두른 손이 속도를 높였다.

눈앞에 선 적은 순식간에 잘게 다져졌다.

"아니, 키릴에 비하면 별거 아니야."

겸손이 아니라 진심으로 그렇게 생각했다.

하지만 기쁘지 않은 건 아니라 플럼은 살며시 뺨을 물들이며 머리를 긁적였다.

"……역시 그녀는."

홀로 중얼거리는 마리아의 말은 아무에게도 다다르지 않았다.

플럼 일행의 우세로 싸움은 계속되어 마더의 움직임에도 초조함이 보였다.

"좋았어, 이대로 가면!"

눈에 보이는 희망에 플럼의 목소리가 요동쳤다.

갓난아기를 만들려면 시간이 걸리는 데다 아무래도 완성까지는 개인차가 있는 모양이라 계산도 어렵다.

무엇보다 존재하는 숫자가 무한한 게 아니라 왕도에 남아 있는 인간에 한정된다.

머리 위에서 생겨나는 촉수는 차치하더라도 갓난아기의 끝은 머지않았다.

그렇게 되면 지상을 키릴과 마리아에게 맡기고 코어로 돌격을 실행할 수 있다.

하지만── 쉽사리 그것을 허락할 정도로 마더도 만만치는 않았다.

『웃기지 마.』

초조함을 감출 수 없는 남자의 목소리가 왕도에 울려 퍼졌다.

『이렇게 진정한 불행도 모르는 계집에게 내 꿈이 막힐 수는 없지! 드디어 엄마가 됐는데, 그 엄마에게서 해방됐는데…… 인정 못 해, 나는 인정 못 한다고오오오오오오오!』

히스테릭하게 뱉은 귀 따가운 짜증은 플럼 일행의 살갗을 찌릿찌릿하게 뒤흔들었다.

"훗……."

어린애 같은 응석에 마리아는 저도 모르게 조소했다.

평소의 그녀답지 않은 반응에 플럼과 키릴은 무심코 마리아를 응시했다.

"……방금 그건 잊어주세요."

마리아는 겸연쩍은 듯 얼굴을 돌렸지만, 쓴웃음 짓는 두 사람도 마음은 같았다.

힘은 강해서 제2세대를 능가하겠지만── 이제 무섭지는 않았다.

"마더, 뭘 모르네. 가장 큰 불행은 너 같은 인간에게 능력과 그것을 발휘할 기회가 주어진 거야. 그리고 가장 괴로운 건 너 때문에 인생을 망친 아이들이야!"

『그 실패작 말이야? 내가 구하지 않았다면 길바닥에서 죽었을 텐데! 그걸 구했어. 그럼 구한 내가 목숨을 어떻게 쓰든 내 마음이지. 왜냐하면 정말로 꿈을 이루어야 할 건 불행한 나니까!』

마더가 이렇게까지 막무가내인 이유는 자신이 '피해자'이기 때문이리라.

지금도 그렇다.

이런 일까지 일으켜 놓고, 너무나도 많은 목숨을 빼앗아놓고

미안한 기색도 없다.

왜냐하면—— 마더는 지금 이곳에서도 여전히 피해자니까.

"뮤트는 다른 사람을 생각했어. 엄마, 동료, 그리고 만난 지 얼마 안 된 내게 삶을 보여줬지."

"뮤트뿐만이 아니야. 넥트도, 루크도, 분명 프위스도…… 같은 스파이럴 칠드런이나…… 마더, 너를 생각했어!"

『그게 뭐! 그건 내가 바란 사랑이 아니야!』

그는 이해하지 못한 게 아니다. 이해하지 않으려 한 것이다.

엄마에게 사랑을 배우지 못했어도 아이들과 살면서 그럴 기회는 얼마든지 있었을 텐데.

"뮤트가 나를 이끌고, 플럼이 내게 용기를 줬어. 사람과 이어지는 것은 잔혹하고 귀찮지만, 나를 강하게 해. 연결을 거부한 인간에게는 보이지 않는 세계가 그곳에 있어!"

두 사람은 한없이 올곧고—— 듣고 있으면 자신이 잘못된 것 같아서——

그래서 마음에 들지 않았다. 그래서 부수고 싶었다.

흔들리는 마음은 이윽고 분노로 변했고, 폭주하는 열기는 제어할 수 없는 영역까지 도달했다.

『시시해……시시해…… 시시해, 시시해, 시시해애애애애애앳!』

마더의 분노에 호응하듯 천장이 일렁이더니 그곳에서 거대한 팔이 나타났다.

그리고 그는 그 손을 입에 넣더니 잡아 찢고 벌려서 그 열린 구멍 속에서 무언가를 밀어 올렸다.

그것은 머리였다. 파란색인 인간의 머리였다.

마이크 스미시라는 남자의 가장 큰 문제는── 결국 자신을 사랑하지 못한 것이리라.

엄마에게 계속 부정당하여 마침내 그는 자신의 얼굴도, 목소리도, 성별도, 그리고 탄생마저도 증오했다.

자신을 부정하고, 자신을 자신이 아닌 존재로 만드는 데에만 인생을 바쳤다.

그래서 그 머리에는 얼굴다운 것이 없었다.

다만 매끈한 타원형의 구체, 그리고 어깨, 팔, 몸통, 다리──가 돋아 마침내 떨어졌다.

투명한 점액에 젖은 두 발이 대지를 힘차게 밟자 충격으로 대지가 흔들렸다.

그것은── 20미터가 넘는 거인이었다

『이제 됐어. 당신들은 필요 없어. 아이가 되지 않아도 돼. 이대로 죽여주마!』

거인은 쳐든 주먹으로 바닥을 때렸다.

그러자 플럼 일행이 선 대지가 움직이기 시작했고── 회전하기 시작했다.

세 사람은 동시에 도약하여 소용돌이치는 바닥에서 물러났다.

하지만 루크의 것과 달리 그 범위는 꽤 넓었다.

한 번 뛴 정도로는 다 피할 수 없어서 그녀들은 각자 다른 방향으로 질주했다.

『아하하하하하하! 기세 좋게 떠든 것치고는 도망만 치잖아!』

마더의 웃음소리가 왕도에 울려 퍼졌다. 연동하여 거인도 어깨를 흔들었다.

『이곳은 내 자궁 속이야. 당신들은 탯줄로 이어진 아이지. 태아는 아무리 달려도, 필사적으로 다리를 움직여도 배를 차기만 할 뿐이야! 도망칠 수 있을 리 없다고!』

"도망칠 생각은—— 없어! 액셀러레이트!"

키릴은 검을 앞으로 내지르며 속도를 높였다.

검 끝에서 빛의 띠를 반복적으로 내뿜으며 거인에게 접근했다.

『다가와 봤자 아이는 엄마의 큰 사랑을 거스를 수 없어.』

거인은 그 거대한 몸에 어울리지 않게 재빨리 팔을 쳐들었다.

하지만 키릴과 마찬가지로 적에게 접근했던 플럼은 즉각 카발리에 아츠를 방출했다.

날카롭고 빠르며 정확하게 조준한 원격 찌르기—— 프라나 스팅.

그게 거인의 어깨에 맞았지만, 반전 마력을 담았는데도 관통할 수는 없었다.

강도도 지금까지의 갓난아기와는 비교도 되지 않을 정도였다.

그래도 목적은 달성했다. 펼쳐지는 주먹의 궤도는 어긋나 키릴에게 맞지 않았다.

그 틈에 품을 파고든 그녀는 오른손에 쥔 보물 장식 검, 그 칼날을 빛으로 감쌌다.

"블레이드!"

동시에 바닥에 꽂힌 거인의 팔이 재차 올라갔다.

『늦었어. 아무리 용사라도!』

"늦은 건 그쪽이에요."

그렇게 말한 사람은 마리아였다.

그녀는 이미 두 번째 공격이 올 것을 예견하고 나선의 광창을 사출한 상태였다.

광창은 휘이이이이익! 하고 회전하며 플럼의 프라나 셰이커가 만든 상처에 꽂혀 살을 더욱 도려냈다.

『이 음란 성녀가아아아아아아아!』

"으라아아아아아아앗차!"

마더의 욕설이 무색하게 키릴의 검은 더욱 상처를 내어 거인의 팔은 절단되었다.

물론 그녀에게는 플럼처럼 반점의 힘도 없거니와 마리아처럼 오리진의 힘도 없다.

17,000이 넘는 근력에서 펼쳐지는 참격이 쉽사리 그 강도를 웃돌았을 뿐이다.

『팔이야……. 그냥 팔이야……. 그뿐이잖아! 뭘 기뻐하는 거야아아아!』

마더는 그렇게 말하면서도 동요를 감추지 못했다. 한편 키릴은 자기 힘에 자신감을 가졌다.

하지만 잘린 팔의 상처는 이내 뒤틀려 지혈되었다.

그것을 보고 플럼은 확신했다. 그 거인의 정체를.

"역시 그렇군……. 저 거인에게는 다른 송사리와 달리 오리진 코어가 있어."

거인에게서 조금 떨어진 곳에 플럼이 멈추자 빙빙 돌던 마리아

가 옆에 나란히 섰다.

“……당신도 눈치챈 모양이군요. 이 마더라는 거대한 육체를 유지하는 건 제2세대 칠드런들처럼 여러 코어의 힘을 이용하지 않고서는 불가능했겠지요.”

“생각해 보면 그 아이들에게 코어를 건넨 건 마더일 텐데.”

“코어의 동시 사용에 따른 상승효과…… 칠드런은 어떤 의미로 키마이라보다도 높은 기술을 가졌을지도 몰라요. 물론 제어는 훨씬 어렵겠지만요.”

“하지만 마더는 그 귀중한 코어 중 하나를 저 거인에게 사용했어.”

“맞아요, 그래서 촉수의 공격도 멎고 갓난아기의 생산 속도도 떨어지고 있어요.”

요컨대 이 상황은 플럼 일행에게 기회였다.

저 거인만 쓰러뜨리면 마더 전체의 출력은 크게 떨어질 테니까.

하지만 쉽게 할 수 없기 때문에 그는 말 그대로 비장의 카드로 거인을 투입한 것이다.

쉽게는 당하지 않는다. ――그런 그의 자신감과는 정반대로 키릴은 품속에서 오로지 검을 휘둘렀다.

“흣! 핫! 하아아아아아앗!”

‘액셀러레이트’를 사용하여 가속한 그녀가 펼친 참격은 이미 눈으로 볼 수 없었다.

평범한 상대라면 잘게 다져졌을 테지만, 거인은 온몸이 상처투성이가 되고서도 건재했다.

하지만 키릴의 검은 반격할 틈마저 주지 않을 정도로 격렬했고,

멈추지 않았다.

거인은 동작을 취하지 못하는 가운데, 손바닥을 펼치더니—— 꽉 쥐었다.

직후, 키릴의 눈앞에서 거인이 소실되었다.

“사라졌어——?!”

그녀는 등 뒤에서 오싹한 살기를 느꼈다.

그건 사라진 것이 아니라 ‘접속’에 의한 전이였다.

『역시 그래. 보답받는 건 내 꿈이야.』

거인의 등에서 무수한 촉수가 뻗쳤다.

끝부분이 기세 좋게 회전하는 촉수는 키릴을 에워싸듯 쇄도했다.

『그러니까—— 이제 나의 승리다아아아아앗!』

“일대일이라면 그렇겠지.”

“반복하지만 우리는 한 명이 아니야.”

쇄도하는 빛의 검과 프라나의 날이 등 뒤에서 촉수를 잘라냈다.

『그런 건 비겁해.』

“무슨 소린지 모르겠네.”

플럼이 접근—— 직접 베어 나머지 왼팔이 이어진 부분에 상처를 냈다.

“당신은 자랑스러운 아이들에게 둘러싸여 있잖아요?”

마리아도 마찬가지로 접근했지만, 거인은 괴로워하며 촉수로 창처럼 그녀를 찔렀다.

하지만 그녀는 공중에서 몸을 틀어 그것을 피했다.

그 동작을 가능케 한 것은 오리진 코어에 의한 스테이터스 상

승이었다.

그리고 중거리에서 발사된 여러 빛의 창이 다시 상처를 크게 벌렸다.

"그러니까, 이런 짓은 소용없다고!"

키릴의 날카로운 일섬── 그 참격이 다른 한쪽 팔을 떨어뜨려 거인은 마침내 양팔을 잃었다.

"타인을 부정하고 덧칠한대도 그런 건 만들어진 가짜일 뿐이야. 고독도 콤플렉스도 해소되지 않아. 꿈도 이루어지지 않아. 아니, 오히려 그 도달점에 허무함만 있는 걸 깨닫고──."

『오오오오오…… 오오오오오오오오오오옷!』

마더의 초조함은 절정에 이르렀고 머리 위 하늘에서는 양 손가락을 얼굴에 누른 채 눈에는 핏발이 섰다.

그사이에도 플럼은 거인에게 접근하여 심장 부근에 있는 오리진 코어를 노리며 뛰어올랐다.

하지만 그 찌르기 공격이 코어에 다다르기 전에 마더는 포효했다.

『나는, 인정하고 싶지 않아아아아아아아아아아아앗!』

휘이이이이잉── 거인의 몸을 둘러싸듯 바람이 격렬하게 소용돌이쳤다.

"플럼, 위험해!"

위험을 감지한 키릴이 뛰어들어 플럼을 안고 이탈했다.

조금만 더 가까이에 있었다면 지금쯤 그녀의 몸은 잘게 잘렸을 것이다.

"미안해, 고마워."

"천만에요. 그보다 저거——."

"성가시네요. 이대로라면 접근할 수 없어요."

두 사람의 근처에 내려서자 마리아는 말했다.

회오리바람은 그 자체의 파괴력은 물론이거니와 건물 잔해를 휘감아 올려 더욱 위력을 키웠다.

게다가 조금씩 범위가 넓어졌고—— 어디까지 확대될지 알 수 없었지만, 이윽고 도망칠 곳은 없게 될 것이다. 키릴 일행은 그런 예감이 들었다.

『아아아아아아아아악! 싫어, 이런 건 인정 못 해애애앳! 나느으으으으으으은!』

미친 듯 외치는 마더의 목소리는 역시 떼를 쓰는 아이 같았다.

"저 사람은…… 어릴 적 그대로 시간이 멈췄는지도 몰라."

"동정할 여지는 없어, 플럼. 저 녀석만 없으면 다치지 않았을 사람이 많아."

"알아. 관계없는 타인을 희생시켜도 되는 이유란 없잖아. 나도 용서할 마음은 없어."

두 사람은 올곧은 눈동자로 폭풍의 중앙에 선 거인을 노려보았다.

"……."

한편 마리아는 조용히 두 사람의 이야기를 듣고 있었다.

실컷 부추기기는 했지만, 그녀는 마더의 마음을 조금 이해할 수 있었기 때문이다.

피할 수 없는 부당함 앞에서 미워할 대상을 잃은 인간은 때로 온 세상을 거부한다.

사랑하는 고향 사람들은 마족에게 몰살당했다.

은인이라고 생각했던 교회 사람들은 그 마족과 이어져 있었다.

믿었던 모든 것이 허구였다.

잃어버린 것과 동등하거나, 그것을 넘는 삶의 보람을 만날 수 있다면 정상적인 레일로 돌아갈 수 있었을지도 모르지만—— 그 만남도 때늦은 뒤로는 괴로움만 커질 뿐이다.

"그런데 저 소용돌이는 어떻게 돌파하지? 키릴, 무슨 방법 있어?"

"……단순히 힘으로 빠져나갈 수 없을지 시험해볼게."

그렇게 말한 키릴은 한 발 앞을 내디디고 양손으로 검을 쥐더니 앞으로 내질렀다.

그 끝을 거인의 심장부로 향하고 "휴우" 하고 숨을 내뱉었다.

그리고——

"블라스터!"

검에서 너무나도 눈부시고 세찬 빛의 띠가 방출되었다.

"히익?!"

플럼은 충격에 비틀대며 놀랐다. 마리아는 조용히 양발에 가볍게 힘을 주어 버텼다.

그 마력 덩어리는 정면에서 소용돌이와 충돌하여 몇 초 동안 맞부딪친 끝에 궤도를 이탈했다.

휘어진 빛의 띠는 근처에 있던 건물에 명중하여 흔적도 없이 증발되었다.

"크…… 돌파할 수 없군. 온 힘을 다해 쐈는데."

"하지만 꽤 버텼어!"

“반전으로 소용돌이를 약화시킬 수 있다면 이길 수 있을지도 몰라요.”

“응, 해볼게.”

“저도 최대한의 마력으로 엄호할게요.”

“플럼, 조심해!”

키릴의 말에 힘을 받아 플럼은 거세게 바닥을 박차고 제 발로 소용돌이에 파고들었다.

마력만을 흘려보낼 거면 프라나로 날리기보다 직접 부딪치는 게 더 효과적이다.

빨간 칼자루를 양손으로 쥐었다. 눈앞에 다가오는 폭풍의 장벽. 낮게 잡은 칠흑의 검, 그 날을 기울였다.

“하아아아아아앗—— 리버설(뚫어라)!”

플럼은 온 힘을 다해 영혼 사냥꾼을 쳐들었다.

오리진의 역장과 반전의 마력이 접촉한 순간, 섬광이 터졌다.

그것은 키릴이 내뿜은 블라스터와 같거나, 그것을 넘어서게 눈부셨다.

“같은 코어를 사용하는 자로서 생각하는 바는 있지만…….”

마리아는 주위에 무수한 ‘회전하는 빛’을 띄웠다.

“제 최대한의 힘을 받으세요!”

손을 떼치자 그것들은 단숨에 소용돌이를 향해 돌진했다.

어느 것이 얼마만큼의 효과를 발휘했는지는 모르겠지만, 확실히 소용돌이는 약해졌다.

“이번에야말로 처리해라, 블라스터어어어어어엇!”

키릴은 검을 양손으로 잡고 두 번째 고에너지포를 쏘았다.
반동으로 그녀의 뒤꿈치가 바닥에 긁히며 몸이 후퇴했다.
용사의 스테이터스를 갖고도 버티기가 힘들 정도의 위력.
"가라아아아아아아아앗!"
덧붙여 키릴의 맹렬한 감정에 호응하듯 블라스터는 출력이 더욱 커졌다.
『닿지 않아……. 왜냐하면 그건 틀렸거든. 닿아서는 안 되거으으으으은!』
마더의 거부가 무색하게 빛의 띠는 소용돌이를 없애고 거인에 도달했다.
지익── 푸슉!
엄청난 고온에 타지도 않고 증발하는 거인의 상반신.
플럼은 훤히 드러난 골격 속에 떠오른 오리진 코어를 발견했다.
"리버설!"
끼익── 코어에 마력이 흘러들어 나선은 역회전을 시작했다.
『오오오오오오오오오오오오오──!』
빠직, 하고 흑수정이 둘로 깨지자 마더는 괴로운 듯 신음했다.
플럼 일행은 알 길이 없지만── 외부에서는 거대한 갓난아기가 괴로운 듯 몸을 뒤틀었다.
"이제 코어 하나인데 앞으로 얼마나 남아 있을까요?"
"하지만 보아하니 한동안 마더는 움직일 수 없을 것 같아."
"**날 거면** 지금이야."
세 사람은 일제히 하늘을 올려다보았다.

그 끝에 있는 코어—— 그것을 파괴하려면 플럼이 그 얼굴까지 다다라야 한다.

"플럼, 정말 갈 거야?"

키릴은 걱정스레 물었다. 그 마음이 플럼은 기뻤다.

"나밖에 할 수 없는 일이니까."

"……그렇구나. 역시 플럼은 대단해."

"그야 무섭지. 징그럽고 더러워. 할 수만 있다면 보고 싶지도 않을 정도지만."

"후후후, 그러게요. 저거에 다가가는 건 저도 싫은걸요."

"마리아도 그렇구나."

"두 사람과 두 살밖에 차이 나지 않아요. 성녀라고 불려도 그 나이 또래의 면모는 있다고요."

가면 때문에 표정은 읽을 수 없지만, 플럼과 키릴은 그녀에게 처음으로 친근감을 품었다.

"그러니까 조금이라도 플럼 씨가 깔끔하게 다다를 수 있도록 온 힘을 다해 엄호할게요."

"나도 반드시 도달시킬 거야."

"응, 고마워."

든든한 말에 플럼의 몸은 전에 없이 활력이 넘쳤다.

지금이라면 질 것 같지 않았다.

"리버설(중력이여, 반전하라)!"

그리고 그녀는 바닥을 박차고 하늘을 향해 **떨어졌다**.

『그렇게……는, 못 합니다……!』

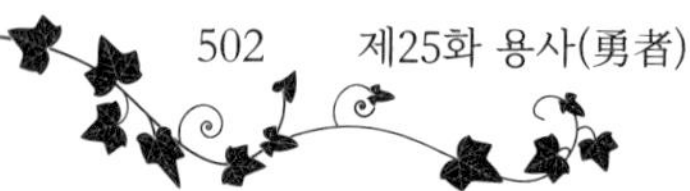

마더는 고통에서 복귀하고 있었다.
그는 원망이 담긴 목소리를 플럼에게 향하더니 천장의 막 너머에서 두 개의 팔로 붙잡으려 했다.
"안 되지── 블라스터!"
"세이크리드 랜스!"
지표면의 키릴과 마리아가 플럼을 엄호했다.
빛의 띠와 창에 의해 뻗은 팔이 움츠러들었다.
그 뒤에도 반복하여 집중적으로 노리자 마더의 양팔은 부드러운 관절 부분부터 찢어졌다.
두 사람은 안도하여 표정이 느슨해졌지만── 그게 끝은 아니었다.
마더는 남은 모든 힘을 촉수에 쏟아부어 일단 하나만 플럼에게 덤볐다.
물론 둘은 즉각 지표면에서 마법을 발동하여 떨어뜨렸다.
이번에는 두 개의 촉수가 플럼을 노렸다.
키릴과 마리아는 나온 직후에 격추했다.
그러자 다음에는 네 개, 그다음은 여덟 개, 또 열여섯 개──.
"지금까지와는 달라…… 부수기는 간단하지만 점점 늘어나!"
"저 뿌리 부분에 코어가 깃든 모양이에요. 저기를 노리면 일망타진할 수 있을 거예요!"
"말은 쉽지만 끝부분을 멈추지 않으면 플럼이 당할 거야!"
플럼이 천장에 다다르기까지는 아직 거리가 있었다.
이 상태로 늘어난다면 코어를 부수기는커녕 플럼을 지킬 수도 없을 것이다.

그녀 자신도 검을 휘둘러 대처했지만, 자유롭게 움직일 수 없는 공중에서 가능한 동작으로는 한계가 있었다.

"여기까지 왔는데, 더 이상 늘어난다면 일단 돌아가야 할지도 몰라."

『닿지 않아. 닿게 하지 않아. 소망을 이루어서는 안 되지! 당신들처럼 행복한 인간은!』

마더는 완전히 컨디션을 회복하고, 계속해서 늘어나는 촉수를 묶고 엮으며 종횡무진으로 휘둘렀다.

그리고 플럼에게 60개가 넘는 촉수의 '벽'이 다가왔다.

"아직 이런 힘이……?! 큰일이야, 이래서야 돌아가기는커녕!"

급소인 뇌간이나 심장째로 짓눌릴지도 모른다.

"오오오오오오오오오오오오오오옷!"

하지만 그것들은 모두 지상에서 거대한 바위의 검을 잡은 남자에 의해 둘로 나뉘었다.

그의 온몸은 피투성이지만, 투기는 가득했다.

"가디오 씨?!"

지상에 선 남자를 발견하고 플럼은 소리쳤다.

『왜지?! 어떻게 자력으로 도망치는 거지이이이이이이!』

"흥, 나도 몰라. 멋대로 힘이 약해졌으니 기어 나왔을 뿐이야."

아까 파괴한 코어는 모든 고치에도 영향을 미쳤다.

정신 오염이 약화됐고, 특별히 강한 의지를 가진 자는 자력으로 도망칠 수 있었다.

『젠장, 빌어먹으으으으을! 하지만 아직이야. 아직 내게는 힘이 남아――.』

“이쪽에도 사람은 남아 있어……. 봐!”

남자가 쏜 화살은 공중에서 터지며 무수한 탄환이 되더니 정확히 촉수를 맞췄다.

“라이너스 씨까지!”

“……그래.”

라이너스의 무사를 확인하자 마리아도 안도했다.

애초에 꽂힌 관을 억지로 뽑았기에 서 있는 것만도 벅찼지만.

상처를 치료하고자 달려온 마리아의 모습을 보고 라이너스는 부드럽게 웃었다.

『아직이에요, 아직 질 수 없어요오오오오오오옷!』

마더는 다시 발버둥 치려 했지만――

“유감이지만, 나도 있어.”

이번에는 물의 산탄이 하늘을 향해 발사되어 늘어난 촉수를 모조리 부쉈다.

“에타나 씨, 무사했군요!”

“멀쩡해.”

에타나는 플럼에게 브이 사인을 보냈지만, 아무리 생각해도 허세였다.

그래도 살아 있다.

모두 살아서 플럼을 돕고 있다.

『이런…… 동료라느니 타인과의 연결이라느니, 그딴 거어어어어어언!』

이제 플럼을 막을 것은 아무것도 없다.

"오오오오오오오오오오옷!"

플럼의 검이 마더의 이마를 꿰뚫었다.

그것을 막는 오리진의 힘조차 반전으로 비틀고, 가죽을 찢고 살을 끊어 안으로, 안으로.

그 너머에 잇는 코어를 향해 일직선으로 돌진했다.

26 영웅(英雄)

육벽을 돌파한 플럼은 열린 공간으로 나갔다.

영혼 사냥꾼을 한 손에 들고 선 그녀의 시선 끝에는 파묻힌 세 개의 코어가 있었다.

아까 그 거인과 촉수에 하나씩 사용했기에 본래는 다섯 개가 이 거대한 몸을 지탱했을 것이다.

플럼이 코어에 다가가자 진로를 차단하듯 밑에서 사람만 한 살이 튀어나왔다.

그것은 이윽고 사람 모양이 되어 복장까지 재현했고, 마더는 플럼의 앞에 나타났다.

"잘도…… 잘도, 잘도, 잘도오오오오오오!"

마더는 손바닥을 앞으로 내밀고 공기를 회전시켜 쏘았다.

플럼은 옆으로 물러나 회피했고 착지와 동시에 단숨에 접근하여 가로로 곧게 검을 휘둘렀다.

찰나, 마더의 모습이 소실되었다. 접속에 의한 전이였다.

그것을 예측한 플럼은 영혼 사냥꾼을 입자화하여 수납했다.

검을 휘두른 기세 그대로 돌려차기로 옮겨가 뒤에 선 마더의 머리를 강타했다.

그는 그것을 오른손으로 가드—— 하지만 플럼의 다리에는 반전의 마력이 담겨 있었다.

오리진의 힘으로는 완전히 막을 수 없어서 그는 뭉개진 팔에 손을 대고 살짝 휘청였다.

그사이에 플럼은 후퇴했다. 거리를 두고 영혼 사냥꾼으로 재빨리 십자를 그려 두 개의 검기를 쏘았다.

마더는── 가드조차 하지 않았다.

그의 육체는 무참히 넷으로 갈라졌다.

하지만 조각은 모두 마더와 같은 모습과 크기가 되어 결과적으로 네 명으로 증식했다.

"이제 충분히 날뛰었지? 괜히 발버둥 치지 말고 얌전히 코어를 내놔."

『싫어. 왜냐하면 엄마는 아직 여기 있는걸. 그러니까 나는 끝나지 않아!』

모든 마더가 동시에 신음하며 머리를 흔들었다.

그는 다정한 엄마가 되어 과거에 자신을 학대한 자신의 엄마를 극복하려 했다.

그는 행복한 아이가 되어 기억에 새겨진 괴로운 나날을 덧씌우려 했다.

탄생되어 왕도를 에워싼 시점에 그 목적은 달성되어 그는 '완전'해졌다.

『엄마는 죽지 않았어. 봐, 거기에도 있어. 거기에도, 거기에도! 왕도에도 많은 엄마가 있어! 나를 부정하는 건 모습이 달라도, 모양이 달라도 모두 엄마였어어어어어!』

외침이 화음을 이루었다. 플럼은 진심으로 동정하며 그 모습을 바라보았다.

"……있잖아, 불편한 현실과 마주하면 이성을 잃는 게 엄마랑

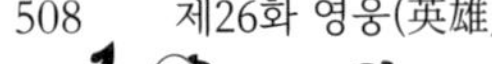

똑같구나.”
그것은 플럼에게 마더의 기억이 주입되었기 때문에 알아챈 사실이었다.
누가 부정하든 틀림없이 그는 수잔나 스미시의 아들이었다.
『뭐……? 내가 엄마랑 똑같아……?』
“주위에 엄마가 있잖아. 네 안에 엄마가 있다는 거야.”
『그럴 리가 없어! 왜냐하면 나는 다정한 엄마가 되었는걸! 아이를 사랑하는걸!』
“분명 그 엄마도 같은 마음이었을 거야. 그게 좋은 건 줄 알고 사랑의 매라는 핑계로 폭력을 휘두르고, 인격을 부정했지. 물론 네가 제2세대 아이들에게 했듯이 스트레스를 발산할 통로로 폭력을 휘두르기도 했겠지만. 그런 점을 포함해서 정말로 비슷해.”
『사랑이었다고……? 그런 게……그런…… 게…….』
확실히 수잔나 스미시는 구제불능인 엄마였을 것이다.
하지만 그 엄마를 극복하려 한 것이 지금의 마더라면 이렇게 허무할 수는 없다.
자기 완결, 타인의 거부, 자신을 사랑한 아이들을 향한 실패작이라는 매도.
그 모든 것이── 엄마가 해온 짓과 판박이가 아닌가.
『그렇다면…… 어떻게 하면 좋았을까? 내 안에 살도 아니고 피도 아니고 영혼이라고 불러야 할 부분에 엄마가 있다면. 나는 어떻게 하면 좋았을까!』
“이제 와서 그걸 물어? 키릴도 계속 말했는데. 타인의 목소리에 귀를 기울이라고."

『그런 걸로 변할 리가 없어!』

"그래, 쉽게는 변하지 않지. 누구나 헤매니까. 하지만 네게는 8년…… 아니, 10년이나 유예가 있었어. 그만큼 아이와 함께 살았으면 피는 섞이지 않았어도 다소의 애정은 품게 되잖아? 아니면 이건 '그랬길 바라는' 나의 소망인가?"

『그런 거…… 내가 어떻게 알아. 엄마에게 사랑을 받지 못한 내가!』

"하지만 그 아이들은 알고 있었어. 외부로부터 격리된 곳에서 자라면서도 당신을 사랑했어."

칠드런도, 마더도, 서로 사랑을 모르는 시작 지점은 같았을 터였다.

하지만 마지막에 다다른 곳은 슬프리만큼 어긋났다.

"실패작. 실험 재료. 그런 식으로 변명을 하며 그 아이들을 이해하려 하지 않았으니까 알아채지 못한 거야. 오리진 코어에 닿은 이상, 결과는 변하지 않았을지도 몰라. ──하지만 네가 그 아이들처럼 납득하고 목숨을 잃는 결말도 있지 않았을까?"

그것이 올바른 방법이라고는 플럼도 생각하지 않는다.

하지만 고뇌 속에서 그것이 해소되지 않은 채 미련을 남기고 죽는 것은 상상을 초월하는 고통일 것이다.

『……알았어. 잘 알았다고. 그러니까 가르쳐줘. 지금부터 나는 어떻게 하면 돼?』

고개를 떨구고 비애에 젖은 목소리로 네 명의 마더는 플럼에게

물었다.

그 말에 그녀는 진심으로 진저리치고 웃으며 자포자기하듯 이렇게 대답했다.

"뭘 어떻게 해? 구제불능 쓰레기 자식으로서 구제받지 못한 채 죽을 수밖에 없지."

모두 늦었다. 이제 모두.

구하고 말고가 아니라 구할 수 없는 것이다. 이 남자는.

자신이 잘못된 길의 종점에 있다는 것을 알아챘는지, 혹은 정곡을 찔려 격앙되었는지——

『웃기지 마. 내가 행복해지지 못하면 의미가 없잖아아아아아아아앗!』

거친 목소리로 네 명의 마더가 일제히 플럼에게 뛰어들었다.

"타인에게 실컷 빼앗아놓고 새삼스럽게 무슨!"

플럼도 전진하여 스쳐 지나며 한 명의 몸통을 갈랐다.

시선 끝에는 전방의 벽에 삼각형으로 묻힌 코어가 있었다.

그녀는 그대로 곧장 달릴 생각이었지만, 다리를 잡으려고 살로 된 바닥에서 팔이 돋았다.

동시에 뒤에서도 기척을 감지했다. 중력 반전으로 뛰어올라 천장을 차고 풀어낸 뒤, 적의 등에 착지.

낮은 자세를 취하며 영혼 사냥꾼으로 베어 올려, 오른쪽 허벅지와 왼쪽 겨드랑이를 직선으로 연결하며 둘로 잘랐다.

갈라진 몸은 다시 변형되어 각각이 새로운 마더가 되려 했다.

『늦었다니 인정 못 해! 너를 죽이면 나도 아직 길은 남아 있어!』

바닥에서 수많은 마더의 상반신이 탄생했다.

"그러니까 부정하는 인간을 없애도 아무것도 변하지 않는다고 했는데!"

플럼은 재차 중력을 반전시켜 천장으로 이동하여 코어를 향해 달렸다.

『모두 사라지면 내가 엄마를 보는 일도 사라질 거야!』

천장에서도 무수한 팔이 뻗쳐 플럼의 다리를 잡았다.

이내 뿌리치려 했지만── 고정된 오른발이 휘릭, 하고 급속으로 비틀리기 시작했다.

"그런 건……!"

회전이 온몸에 전염되기 전에 플럼은 자신의 몸을 반전시켜 다리를 잘라냈다.

파열의 반전, 그리고 중력 반전 해소의 영향으로 그녀의 몸은 바닥을 향해 날아갔다.

초 단위의 공방, 아마 이 다리의 재생을 기다릴 여유는 없을 것이다.

따라서 플럼은 그 찢어진 다리조차 공격에 이용했다──.

"영원히 보답받지 못할 뿐이야!"

상처에서 흘러나오는 피를 빙결시켜 그 끝을 뾰족하게 한 뒤 착지와 동시에 마더의 머리에 꽂았다.

너무 억지를 부렸는지 마더 하나를 물리치기는 했으나 플럼 자신도 균형을 잃고 넘어졌다.

하지만 앞으로는 나아갈 수 있었다.

구르며 중력 반전으로 가볍게 공중에 떠올라 영혼 사냥꾼을 바닥에 꽂고 한 발로 섰다.

그대로 날아 코어를 노렸다. 물론 증식한 마더와 팔이 방해했다.

그런 가운데 플럼은 "후우우" 하고 크게 숨을 내뱉고 거의 모든 체력을 프라나로 변환했다.

어차피 여기서 결판내기를 망설여봤자 소용없다.

접근하여 에워싸는 마더와, 이미 피할 곳이 없을 정도로 빼곡한 팔.

플럼은 그것들을 최대한 끌어들였고, "이제 무리야"라는 약한 소리를 하면서도 더욱 끌어들여——

"하아아아아아아아아앗!"

몸 전체에서 프라나의 파동을 전방위로 발사했다.

발밑의 팔은 물론이거니와 접근했던 마더들도 몸이 찢기며 날아갔다.

순간, 코어로 가는 길이 열렸다. 다리도 재생이 완료되었다. 이제 파괴할 뿐이다.

『싫어어어엇! 나는 죽고 싶지 않아! 엄마가 잘못했잖아. 나를 이렇게 낳은 엄마가! 그런데 왜 내가 불행해져야 해애애애애애!』

"머리도 좋고, 교회에서 권력도 가졌고, 아이들보다 더 선택의 폭이 다양했으면서! 쓰레기처럼 산 건 다름 아닌 너 자신이야!"

막아선 마더를 베고 매달리는 팔을 짓밟고.

아무튼 앞으로, 앞으로—— 얼마 남지 않은 체력을 쥐어 짜내어 마침내 코어를 사정권에 포착했다.

"받아라아아아아앗!"

플럼은 오른손에 쥔 영혼 사냥꾼을 코어를 향해 날카롭게 내질렀다.

그리고—— 벽에서 스르륵 모습을 드러낸 **거대한 얼굴**이 오른팔째 물어뜯었다.

『아아아아아아아아악!』

이미 양쪽 모두 필사적이었다. 짐승 같은 마더의 포효가 울려 퍼졌다.

"아아아아아아아아아악!"

하지만 플럼도 지지 않았다.

우선은 완전히 찢어지기 직전에 오른팔에 반전의 마력을 쏟아 입안에서 폭파시켰다.

『끄아아아아아아아악!』

마더는 얼굴이 파괴되어 괴로워했다. 하지만 코어 소실까지는 이르지 못했다.

이어서 플럼은 왼팔을 내밀었지만 바닥에서 돋은 팔이 그녀의 두 발목을 잡았다.

회전 시작. 우둑, 끼익, 철퍽, 하고 소리를 내며 비틀리기 시작했다.

나아가 후방에 있던 마더의 증식체가 회전 탄환을 난사—— 몇 발이 명중했다.

내장 여러 곳이 훼손. 또한 한 발은 왼쪽 어깨에 명중하여 이제 검은 쥘 수 없었다.

『장난이 아니야! 마지막엔 집념이! 승리를 이끌어 내는 거야아아아아아!』

의기양양한 마더. 하지만 플럼의 마음도 꺾이지 않았다.

아니, 거짓말이다. 조금 허세를 부리고 있다.

아프다, 괴롭다, 얼른 집에 가고 싶다. 키릴과 이야기를 하고, 밀키트와 끌어안고, 모두와 맛있는 음식이라도 먹고, 씻은 다음 죽은 듯이 자고 싶다.

그리고 너덜너덜한 옷을 갈아입거나, 가끔은 귀여운 옷을 사러 쇼핑이라도 가고 싶다.

하고 싶은 일이 많다. 그래서 더더욱 질 수 없다.

"집념이라면 나도 지지 않는다아아아아아아아아아앗!"

리버설── 플럼은 붙잡힌 두 발을 잃은 상태로 코어에 접근했다.

『설마 그런 몸으로……?!』

플럼은 **입으로 물고서** 영혼 사냥꾼을 아공간에서 뽑았다.

코어를 부수는 데 필요한 것은 참격의 위력이 아니다. 반전의 마력이다.

즉, 어떤 자세라도 마력이 깃든 **무언가**만 접촉한다면 파괴는 가능하다.

"흐읍, 크아아아아아아아아아악!"

치아로는 검의 무게를 지탱하는 게 고작이지만── 칼날이 삼각형으로 배치된 코어에 접촉했다.

흘러드는 마력. 시작된 역회전. 그리고 수정에 생기는 균열.

분열된 마더도, 바닥에서 돋은 팔도, 동시에 움직임이 딱 멎었다.

손발을 상실한 플럼은 주르륵 떨어져 바닥 위에 누운 채 “하아아” 하고 크게 숨을 내쉬었다.

『싫어어어어어어어어어어어어어어어어어어어어어엇!』

마더가 단말마의 비명을 질렀다.

육벽에서 핏빛이 사라지며 모든 붕괴가 시작되었다.

『아, 아아…… 아아아아아…… 무너, 진다…….』

왕도를 감싼 자궁도, 플럼이 있는 방도, 너무나도 선명할 정도의 붉은빛이 메마르고 쇠해갔다.

『내 꿈이…… 미래가…… 싫어, 죽고 싶지 않아, 이렇게 보답받지 못하는 인생으로 끝나고 싶지 않아…….』

사방에서 들려오는 그 목소리에 플럼은 진심으로 동정했다.

그것이 그의 자존심을 다치게 할 줄 알면서도 그러지 않을 수 없었다.

“하지만…… 산다는 건 그런 것일지도 몰라.”

마더의 엄마가 수잔나가 아니었다면 지금의 그는 탄생하지 않았으리라.

하지만 그것은 어쩔 수 없는 일이다. 바꿀 수 없는, 정해진 사실이다.

『플럼 애프리코트…… 당신은 영웅이지?』

운명은 때로 부드럽지만 때로 잔혹하다.

그렇다. 플럼도, 마리아도, 다른 모두도 그 인생은 만남에 크게 좌우되었다.

분명 잘못된 길로 나아갈 가능성은 누구에게나 있을 것이다.

『그 힘으로 모두를 구하고 있지? 그럼 나도 어떻게 좀 해봐.』

그렇다고 해서 이 무책임한 남자를 '피해자'로 다룰 생각은 없다.

플럼은 죽음을 눈앞에 두고 다가오는 마이크 스미시를 차갑게 뿌리쳤다.

"네 인생은 반전한대도 구할 수 없어."

마침내 바닥이 무너지며 플럼의 몸은 중력에 이끌려 지표로 낙하했다.

그 무렵에는 손발이 거의 재생되었다.

『……그게, 뭐야.』

온몸으로 바람을 맞으며 들려오는 남자의 목소리를 들었다.

『불공평하잖아. 나를 구하는 사람은 아무도 없어서, 혼자 할 수밖에 없었어. 그래서 이런 방법밖에 없었어. 그런데…… 인복이 있는 너는 나를 구해주지 않는 거야? 이상해. 싫어, 나는 죽고 싶지 않아. 이런 부당함은 못 참아……. 나는, 나……는…….』

플럼은 낙하하며 재생된 오른손으로 영혼 사냥꾼을 쥐었다.

"그렇게 많은 사람을 끌어들여 놓고 그런 말이 통할 리 없지."

그리고 가볍게 휘둘러 프라나의 날을 날렸다.

그것은 겨우 남아 있던 **살아 있는** 살 조각을 갈랐다.

그러자…… 끊임없이 원망을 늘어놓던 남자의 목소리가 딱 멈추었다.

"하아…… 드디어 끝났군……."

아주 긴 싸움이었다. ――희생자도 지금까지와는 비교도 되지 않을 정도로 많고, 내려다본 거리는 곳곳에 무사한 부분도 있지만 꽤 큰 타격을 입었다.
하지만 기뻐해도 될지는 모르겠으나 플럼 일행의 집은 무사했다.
자유낙하하는 그녀의 입가에 미소가 떠올랐다.
"자, 슬슬――."
지표면이 가까우니 착지 준비를 해야 했다.
그렇게 생각한 플럼의 시야에,
"어서 와, 플럼."
그렁그렁 눈에 눈물이 고인 키릴이 불쑥 나타났다.
"……다, 다녀왔어, 키릴."
아직 대성당 꼭대기보다 높은 곳에 있었을 터인데, 확실히 브레이브를 발동한 지금의 키릴이라면 점프해서 이 고도까지 다다르는 일이야 누워서 떡 먹기였으리라.
하지만 실제로 보자 아연실색하지 않을 수 없었다.
키릴은 플럼의 몸을 양손으로 안더니 부드럽게 스르륵 착지했다.
그대로 소위 말하는 공주님 안기 자세로 걷기 시작하자 부활한 동료들이 달려왔다.
"기다려, 키릴, 내려줘! 창피하니까 내려달라고!"
어쩐지 에타나와 동료들에게는 보여주고 싶지 않아서―― 얼른 내려주기를 바란 플럼은 버둥댔지만 키릴은 "생각보다 팔팔하네"라며 상큼하게 웃을 뿐 놓아줄 것 같지 않았다.
평소에는 소극적인 그녀지만, 오늘은 전에 없이 고집스러웠다.
그렇게 들뜰 정도로 플럼이 무사히 돌아온 게 기뻤을까?
"어쩔 수 없네……."

타협하고 받아들였지만, 가장 먼저 에타나의 모습이 보이자 역시 불길한 예감이 들었다.

그녀를 포함하여 고치에서 자력으로 탈출한 모두는 마리아의 회복 마법을 받아 상처가 치유된 모양이었다.

하지만 그토록 크게 다쳤으니 얌전히 있길 바랐다.

하지만 에타나는 플럼의 얼굴을 들여다보고 예상대로 히죽거리는 표정을 지었다.

"플럼이 바람을 피웠어. 밀키트한테 일러야지."

"맨 먼저 하는 말이 그건가요……?"

진저리치는 플럼의 모습에 에타나는 보기 드물게 어깨를 떨며 웃었다.

그리고 이번에는 부드럽게 미소 지으며 플럼의 머리를 톡톡 쓰다듬었다.

딱히 말은 없었지만, 그녀 나름대로 많이 걱정했던 모양이다.

"고생하셨어요, 플럼 씨."

"네…… 마리아씨도요."

라이너스의 옆에 있는 그녀는 순순히 플럼을 칭찬했다.

뮤트와 싸운 뒤 눈을 떴을 때의 그녀는 없었다.

어쩌면 이번에도 사라지지 않을까 했던 만큼 이곳에 남아 있는 게 플럼에게는 조금 의외였다.

아니── 아마 머지않아 다시 모습을 감추겠지.

라이너스에게는 다짐을 받았겠지만, 아무래도 그녀에게는 그의 옆에서 평범하게 살아가는 길을 고를 생각이 없는 것만 같았다.

"완전히 적의 술수에 빠져서 면목이 없어. 플럼이 없었다면 죽었을 거야."

"그래, 맞아. 또 플럼에게 빚을 졌어."

"나도 마리아 씨와 키릴이 구해주지 않았다면 어떻게 되었을지."

"그렇게 따지면 저희도 제2세대 칠드런에게 도움을 받았는데요."

"뭐…… 제2세대라니……?"

플럼은 마리아의 시선 끝을 바라보았다.

그곳에는 축 늘어진 채 겨우 인간의 형상을 한 붉은 무언가가 누워 있었다.

"그럴 수가, 넥트……야? 미안해, 키릴. 내려줄래?!"

"내가 다가가는 게 빠를 거야."

키릴은 넥트에게 다가가 플럼을 팔에서 내렸다.

이미 서기도 힘들 정도로 체력이 소모된 그녀는 키릴의 부축을 받아 웅크려 앉았다.

그 뺨을 만지자 피가 손바닥을 더럽혔다.

하지만 아직 따뜻했다. 몸을 형성하는 섬유는 희미하게나마 맥박치고 있었다.

살아는 있지만── 네 개의 코어 때문에 변모된 이 육체는 그리 오래는 버틸 수 없을 것이다.

"왜 이런 일이……. 모두를 구하는 거 아니었어? 인간으로서 사는 게……."

"넥트 외의 칠드런은 이미 모두 죽었어요."

목소리에 반응하여 돌아보자 그곳에는 오틸리에와── 이곳에

있을 리 없는 잉크가 서 있었다.

"어떻게 여길……."

"사정이 있어서 밀키트네도 같이 보호받았어."

"밀키트가?!"

"왕도의 안전은 확보되지 않았으니까, 꼭 따라와야겠다는 그녀만 데려왔어요."

잉크는 오틸리에에게서 떨어져 기척만으로 넥트를 찾았다.

그러자 플럼이 잉크의 손을 잡고 그녀의 손을 넥트의 뺨으로 이끌었다.

"아, 넥트……."

그 감촉으로 이미 인간의 몸이 아니라고 깨달았으리라. 잉크는 쓸쓸하게 중얼거렸다.

그러자 오틸리에가 하얀 수정을 한 손에 들고 넥트에게 다가가 그것을 얼굴 위로 댔다.

"오틸리에 씨, 그건 뭐죠?"

"나중에 설명할게요. 하지만…… 이 힘만으로는 코어 네 개의 힘을 상쇄하기는 어려워요."

넥트의 몸에서 오리진의 힘이 빠져 겨우 입가와 목의 일부만이 사람의 모습을 되찾았다.

하지만 얼굴의 대부분과 몸 전체는 그대로였다.

오틸리에도 리버설 코어로는 일부밖에 되돌리지 못하리라는 것은 알고 있었다.

최소한 마지막으로 말은 할 수 있지 않을까 하는 기대로 도박을 한 것이었다.

하지만 넥트는 주위 인간을 인식하지 못하고 살며시 입을 벌려 헛소리를 반복할 뿐이었다.

"기……다려…… 나…… 금방…… 갈 테니까……."

그리고 그녀는 천천히 팔을 들어 올려 손바닥을 맑고 푸른 하늘로 뻗었다.

"다행이야. 아직 기다려줬구나."

넥트는 뮤트, 루크, 프위스를 보고 안도하며 가슴을 쓸어내렸다.

"사과하지 못하면 어쩌나 싶었어."

조금 앞에 선 세 사람은 약간 놀란 모습으로 넥트를 바라보았다.

"미안해. 하지만 이건 나밖에 하지 못하는 일이었어. 플럼 언니에게는 은혜도 입었고."

후회는 없었다.

각자가 바람을 이루고 역할을 다하고 죽었으니 미련이 있을 리 없었다.

적어도 넥트는 그렇게 생각했다.

"아, 그 표정은 혹시 '헛수고했다'고 생각하는 거야? 하지만 나는 프위스에게 '잘 자'라고 밖에 말하지 않았어. 잘 자라는 말 뒤에는 반드시 잘 잤어가 오잖아. 이별의 말이 아니야."

그런 농담을 하며 넥트는 세 사람에게 다가갔다.

하지만 나란히 서려던 때── 보이지 않는 벽이 그녀를 막았다.

"아야. 이게 뭐야? 벽? 싫어, 방해하지 마. 나는 저 녀석들과 같은 곳으로 갈 테니까. 너희도 그게 좋지? 왜냐하면 우리는 형제니까."

그럼에도 넥트가 뻗은 손은 또다시 벽에 튕겨 나갔다.

신기한 듯 자신의 손바닥을 바라보는 넥트를 보고 프위스가 웃었다.

"넥트는 허세가 좀 있어."

"프위스?"

이어서 루크는 호주머니에 손을 찔러넣고 짓궂은 표정으로 말했다.

"아직 살아서 하고 싶은 일이 있다는 표정이 다 보인다니까."

"루크……."

마지막으로 뮤트가 인형을 안으며 부드럽게 타일렀다.

"하고 싶은 걸, 한다. 나를 위해, 후회하지 않도록. 그게, 제일이야."

"뮤트……!"

세 사람은 넥트에게 말을 전하자 등을 지고 떠나갔다.

멀리── 손이 닿지 않을 정도로 먼 빛으로──.

"기다려……. 얘들아, 나를 두고 가지 마!"

넥트를 막은 것은 산 자와 죽은 자를 가로막는 벽이었다.

이곳에서 해후한 것은 분명 별을 지켜보는 누군가가 준 작은 기적이었으리라.

"얘들아, 얘들아아아아아아아아앗!"

그렇다. 그것은 세계의 미래를 뒤덮은 어둠을 가르는 희미한 빛——.

◇ ◇ ◇

"코어가…… 빛나고 있어……?"

지금까지 본 적도 없는 현상을 목격하고 플럼은 깜짝 놀라 중얼거렸다.

넥트의 몸에 묻혀 있던 코어 중 세 개가 빛을 뿜으며 저절로 몸에서 나오려 했다.

"이건 대체……."

그것은 멀리서 지켜보는 마리아조차 말을 잃을 정도로 말도 안 되는 광경이었다.

넥트의 몸에서 떨어진 코어는 천천히 하늘을 향해 떠올랐다.

그리고 뒤쫓듯 뻗은 그녀의 팔이 코어의 상실로 인해 인간의 모습을 되찾았다.

팔뿐만이 아니라 몸도, 다리도, 얼굴도—— 완전하지는 않지만 이전과 가까운 형태로 되돌아오려 했다.

"기적이 일어나고 있어요……?"

"아니, 기적이 아니야."

오틸리에의 말을 잉크는 고개를 저어 부정했다.

"모두의 목소리가 들려. 뮤트…… 루크…… 프위스……!"

"뮤트…… 거기 있구나……."

키릴도 하늘을 올려다보며 똑같이 생긴 코어 속에서 뮤트가 깃든 그것을 빤히 바라보았다.

이것이 기적이 아니라면 대체 무엇이란 말인가.

제2세대 칠드런은 유소년기부터 오리진 코어를 심장 대신 쓰며 살아온 예외 없는 존재다.

그 육체는 오랜 세월에 걸친 코어 사용으로 인간과 동떨어진 신체 능력을 얻었다.

즉, 오리진의 힘이 온몸에 **스민** 것이다.

왜냐하면 오리진은 인간을 지배하고, 변질시키고, 절망시키는 존재이니까.

"하지만…… 오리진 코어도 완벽하지 않아……. 저항할 방법은 있어……."

"마리아?"

중얼중얼 말을 잇는 마리아를 라이너스는 걱정스레 바라보았다.

"다른 사람을 생각하는 감정과 오리진의 지배는 양립할 수 없는 정반대의 존재……."

마더에게도 그랬다. 그는 한없이 고독해서 오리진 코어에 적응했다.

한편 칠드런들은 서로와 이어져서 살아왔다.

육체를 오리진으로 채우면서도 그에 반발하는 힘을 마음에 품고 있었다.

"그래서…… 일방적인 지배는 완전히는 성립되지 못했군요. 육체에 오리진 님의 힘이 스몄듯 코어에도―― 그 아이들의 의사가 깃들어 있었어요."

그리고 넥트를 살린 세 사람의 마음이 이 현상을 일으켰다.

하지만 상반되는 두 개의 힘의 공존은 그리 오래 이어지지 않았다.

리버설 코어의 작용으로 인해 반전의 힘을 받아 강도도 떨어진 상태.

하늘 높이 떠오른 오리진 코어는 하늘에 닿기 전에 산산이 부서졌다.

파편이 햇빛을 받았고 흐려진 넥트의 시야에서 반짝반짝 빛났다.

동시에 하늘을 올려다본 잉크도 어둠에 갇힌 세계에서 그 빛을 본 것 같았다.

"그 녀석들…… 얼마나 나를 살리고 싶은 거야?"

"모두 넥트를 사랑했던 거야."

"정말 바보야. 이놈이고 저놈이고……."

기쁨과 슬픔이 뒤섞여 울고 웃으며 가족을 보내는 넥트와 잉크.

그것은 진정한 의미로 교회에서 '칠드런'이라는 연구가 끝난 순간이었다.

"이 상태까지 돌아왔다면 수술도 가능할 거예요. 넥트와 세 사람의 몸은 제가 맡을게요."

"부탁드려요, 오틸리에 씨."

"나도 따라갈게. 아, 그리고 밀키트에게 플럼은 무사하다고 전해둘게!"

“고마워. 부탁할게, 잉크. 뭐, 금방 만나러 갈 생각이지만.”

시설은 무사했던 모양이다. 넥트를 안은 오틸리에와 잉크는 그 입구로 돌아갔다.

그리고 잉크가 멀어지자── 플럼은 실이 끊어진 듯 크게 휘청였다.

황급히 키릴이 부축하자 플럼은 마음속으로 살며시 웃었다.

그 시선 너머에는 마더의 죽음으로 녹아 사라진 고치와 쓰러진 왕도 주민의 모습이 있었다.

희생된 인간도 많았지만── 그래도 구한 사람은 있었다.

“플럼 덕분이야.”

“키릴이 없었다면 불가능했어.”

“아니, 플럼이 없었으면 이기지 못했어.”

“아니야, 키릴이 있었던 덕분이래도.”

“……이 지경인데 고집도 세네.”

“그건 양보할 수 없거든.”

공을 세웠다고 해서 플럼은 오만해지지 않는다.

그러자 겸손한 두 사람을 앞에 두고 라이너스가 우쭐대기 시작했다.

“뭐, 우리 모두의 승리라고 하면 되지 않겠어?”

“우리는 거의 아무것도 한 게 없어.”

“그래, 공적이라고 하기에는 너무 약해.”

“뭐~ 상관없잖아. 우리도 플럼이 위에서 싸우는 동안 의외로 노력했어.”

"후후훗, 맞아요. 모두 노력했어요."

일동이 마리아의 웃음소리를 들은 것은 오랜만이었다.

라이너스는 그것이 특히 기뻤는지 그 뒤에도 주절주절 우쭐댔다.

그런 가운데 플럼은 하늘에서 쏟아지는 따뜻한 햇볕을 받으며 강한 졸음을 느꼈다.

아니, 이미 졸음이라고 하기보다 기절에 가까웠지만── 모든 체력을 소진한 대가일 것이다.

"괜찮아. 잘 자, 플럼."

밀키트도 만나야 하는데── 하고 필사적으로 깨어 있으려던 플럼은 허가를 받자 졸음을 버틸 수 없었다.

"그럼 사양…… 않고……."

플럼은 천천히 눈을 감고 친구의 체온에 감싸이며 편안한 졸음에 몸을 맡겼다.

작가 후기

「너 따위가 마왕을 이길 수 있다고 이하 생략」 4권을 구매해주셔서 진심으로 감사드립니다.

저는 늘 그렇듯 저자인 kiki라고 합니다.

제5장 '칠드런 편'은 어떠셨나요?

4장에서 생겨난 어느 변화가 한 소녀의 운명을 크게 바꾼 모양입니다.

한편으로 수상한 교회 기사단의 면면도 생겨났고, 그중에는 아무래도 플럼이나 밀키트와 개인적인 원한이 있는 인물도 있다나 없다나.

앞으로의 활약이 기대됩니다!

그리고 이 4권은 놀랍게도 코미컬라이즈 1권과 동시 발매됩니다!

미나카타 스나오 선생님께서 오리지널 전개를 섞어 제1장을 그려주셨습니다!

머스트 바이입니다. 베리 베리 머스트 바이입니다.

서적판에서는 일러스트가 등장하지 않은 그 접수처 아가씨가 등장하고, 용사 파티의 표정이 다들 너무 좋고, 순수한 플럼과 밀키트의 관계에 몸을 배배 꼬는 등 훌륭한 만화입니다.

이 4권과 함께 꼭 즐겨주시면 좋겠습니다. 오리진도 그렇게 말하고 있습니다.

뒤표지는 정말 끝내줍니다!(흥분)

코믹스엔 저도 오리지널 전개용 문장과 책 말미에 SS를 적었습니다.

용사 파티 전체가 얽힌, 아마 대단히 의외인 내용일 것입니다. 코믹스를 구매하시면 읽어봐 주세요.

여기서 깨달았는데, 작가 후기는 어렵네요.

역시 글자 수를 채우려면 작중 인물과 저자의 대화라는 유서 깊은 수법을 이용할 수밖에 없겠습니다.

"……작가 후기?"

"시즈카, 갑자기 어떻게 된 거야?"

"목소리가 들렸어. '작가 후기다운 얘기를 해'라고."

"누가? 그보다 작가 후기가 뭔데……?"

"카츠키, 못 들었어? 내가 분명히 들었는데."

"아니, 전혀. 후토는 어땠어?"

"들었어. 틀림없이."

"가끔은 그런 일도 있을 테지. 시즈카는 특히 감수성이 예민한 모양이니까. 그런데 넥트와 잉크의 산책, 오늘은 시즈카 차례야."

"그랬구나. 우와, 두 마리 다 보고 있네. 침을 흘리고 있어. 꼬리를 엄청나게 흔들어."

"시즈카와 산책하는 걸 고대하는 거야. 그래, 나도 한가하니 같이 갈까?"

"그거 좋네. 나도 갈까? 가끔은 남매끼리 산책하는 것도 좋겠지."
"응, 좋아. 가족 모두 같이. 제일 좋지."

……이런, 아무래도 생각했던 것과 다른 채널로 이어졌던 모양입니다.

실은 캐릭터와 이야기하는 이 힘은 대단히 제어하기 힘들어서 고도의 스킬이 요구되기에 실패하면 목숨이 위태롭습니다.

따라서 많은 저자는 이걸 습득하기 위해 오소레야마 산에서 가혹한 수행을 한다고 합니다. 작가 업계에 전해지는 도시 괴담입니다. 농담입니다. 방금 생각했습니다.

그럼 마지막으로 이 책과 관련된 모든 분께 감사를 전합니다.

아저씨부터 소녀까지, 폭넓은 캐릭터를 미려하게 그려주신 킨타 선생님. 다양한 캐릭터가 보여주는 멋지고 귀여운 모습에 매번 폴짝거리며 기뻐합니다. 감사합니다.

글자 수가 계속 늘어나서 가격이 늘어나는 등 여러모로 민폐를 끼쳐드린 담당 편집자 I님. 정말로 늘 감사드립니다.

출판 관계자 여러분, 힘을 보태주셔서 감사합니다.

그리고 그만큼 두껍고 조금 비싼 4권을 구매해주신 독자 여러분께도 진심으로 감사드립니다.

정말로 감사합니다.

다음 이야기—— 다가오는 무수한 핵미사일, 하늘을 메운 키마이라와 공중요새. 지금이야말로 인류와 마족이 손을 잡고 싸울

때! 교회를 상대로 한 최종 결전, 신성 부유 도시 '도쿄'편!
――이 완성되면 다시 뵐 수 있게 되길 바랍니다.

"너 따위가 마왕을 이길 수 있다고 생각하지 마"라며 용사 파티에서 추방되었으니 왕도에서 멋대로 살고 싶다 4

2022년 8월 15일 1판 1쇄 발행

저　　자 kiki
일러스트 킨타
옮 긴 이 조민경
발 행 인 유재옥
본 부 장 조병권
편집 1 팀 김준균 김혜연 박소연
편집 2 팀 정영길 조찬희 박치우 정지원
편집 3 팀 오준영 곽혜민 이해빈
디 자 인 김보라 박민솔
라 이 츠 맹미영 이승희 이윤서
디 지 털 박상섭 김지연
발 행 처 ㈜소미미디어
등　　록 코리아피앤피
주　　소 제2015-000008호
판　　매 서울시 마포구 토정로 222, 403호(신수동, 한국출판콘텐츠센터)
제 작 처 ㈜소미미디어
마 케 팅 한민지 최원석 최정연
물　　류 허석용 백철기
전　　화 (02)567-3388, Fax (02)322-7665

ISBN 979-11-384-3355-6
ISBN 979-11-6507-665-8 (세트)